【光緒皇帝朝服像】

光緒帝（1871~1908），即愛新覺羅．載湉。在位三十四年（1875~1908）。年號光緒。醇親王奕譞之子，道光帝之孫。同治帝死無嗣，遂入繼為帝。因年幼，長期由慈禧太后垂簾聽政。

【大清國慈禧皇太后】

慈禧置祖制及同治遺詔於不顧，力排眾議，以自己的外甥載湉繼承大統。

【醇親王奕譞及福晉葉赫那拉氏】

光緒皇帝的生父奕譞是道光皇帝旻寧的第七子，其母葉赫那拉氏是慈禧太后的胞妹。

【隆裕皇后】

慈禧為了進一步控制親政後的光緒，又在他大婚上做文章，強行將自己弟弟、都統桂祥的女兒立為光緒的皇后。

【頤和園全景】

奕譞頂住朝野壓力，以鉅資修繕頤和園，使其成為現今世界上第一流的皇家園林，企圖用風景如畫的湖光山色，來轉移慈禧對朝政的興趣，但毫無效果。

【珍妃】

【瑾妃】

珍妃姓他他拉氏，光緒十四年（1888），年僅十三歲的珍妃與其姊瑾妃同時選為嬪，光緒二十年（1894），因慈禧六旬慶典，姊妹同升為妃。

【恭親王奕訢晚年】

為了排除后黨在對日戰爭中的干擾，光緒很希望將閒置已久的恭親王奕訢拉入自己的陣營。然而，已經年過花甲的奕訢，經歷了慈禧歷次打擊，竟成了一個老態龍鍾、唯唯諾諾的老人，很令光緒失望。

【點石齋畫報・高陞號沉沒圖】

光緒二十年六月二十三日（1894.07.25），日艦在豐島海面攻擊我濟遠等艦，擊沉高陞號運兵船，中日甲午戰爭爆發。

【馬關條約簽字圖】

光緒二十一年三月二十三日（1895.04.17），清朝全權代表李鴻章與日本簽訂嚴重喪權辱國的《馬關條約》。

【康有爲】

【梁啓超】

《馬關條約》簽訂後，大清朝野震動極大，一股要求變法維新的思潮，在中國大地湧現出來，代表人物是康有為、梁啓超。

近自和約定議以後廷臣交章論奏謂地不可棄費不可償仍應廢約決戰以期維繫人心支撐危局其言固皆發於忠憤而於朕辦理此事兼權審處萬不獲已之苦衷有未能深悉者自去歲倉猝開衅徵兵調餉不遺餘力而將少宿選兵非素練紛紜召集不殊烏合以致水陸交綏戰無一勝至今日而關內外情勢更迫北則竟偪遼瀋南則直犯京畿皆現前意中之事陪都為
陵寢重地京師則
宗社攸關況廿年來
慈闈頤養備極尊崇設一朝徒御有驚則藐躬何堪自問加以
天心示警海嘯成災沿海防營多被衝没戰守更難措手用是宵旰彷徨臨朝痛哭將一和一戰兩害熟權而後幡然定計此中萬分為難情事乃言者章奏所未詳而天下臣民皆應共諒者也茲當批准定約特將前後辦理緣由明白宣示嗣後我君臣上下惟當堅苦一心痛除積弊於練兵籌餉兩大端盡力研求詳籌興革勿存懈志勿騖空名勿忽遠圖勿沿故習務期事事覈實以收自强之效朕於中外臣工有厚望焉

【光緒帝爲簽訂《馬關條約》的硃諭（局部）】

【光緒皇帝】

戊戌變法僅一百天，卻是光緒一生中最輝煌的時期。

【翁同龢】

光緒的啓蒙師傅翁同龢，是晚清一位傑出的思想家、政治家，對光緒的一生，產生了積極的影響。

98191

光緒二十四年四月二十三日內閣奉
上諭數年以來中外臣工講求時務多主變法自強
邇者詔書數下如開特科裁冗兵改武科制度立
大小學堂皆經再三審定籌之至熟甫議施行惟
是風氣尚未大開論說莫衷一是或託於老成憂
國以為舊章必應墨守新法必當擯除衆喙嘵嘵
空言無補試問今日時局如此國勢如此若仍以
不練之兵有限之餉士無實學工無良師強弱相
形貧富懸絕豈真能制梃以撻堅甲利兵乎朕惟
國是不定則號令不行極其流弊必至門戶紛爭
互相水火徒蹈宋明積習於時政毫無裨益即以
中國大經大法而論五帝三王不相沿襲譬之冬

【明定國是詔】

光緒二十四年四月二十三日（1898.06.11），光緒頒布《明定國是》詔，正式宣布變法維新。

【榮祿】

光緒二十四年（1898），「百日維新」期間，榮祿調聶士成率武毅軍五千人駐天津，董福祥率甘軍駐長辛店，與駐天津小站的袁世凱新建陸軍相呼應，密謀政變。

【南海瀛臺】

慈禧將光緒囚禁於皇宮西側南海瀛臺之涵元殿，令李蓮英選派二十名太監監管光緒。瀛臺為一小島，四面是水，本有一木橋，慈禧令拆去，太監要乘小舟到岸上。

【袁世凱】

史稱係袁世凱出賣維新派，導致慈禧發動政變，但從清宮檔案及史家考證看，慈禧八月初四日（1898.09.19）政變在前，袁世凱初六日（1898.09.21）向榮祿出賣在後，但這是袁世凱在歷史舞臺上首次惡劣表演。

【譚嗣同】

【劉光第】

【林旭】

【楊深秀】

【楊銳】

【康廣仁】

光緒二十四年八月十三日（1898.09.28），清廷在菜市口殺害譚嗣同、林旭、劉光第、楊銳、楊深秀、康廣仁，史稱「戊戌六君子」。

【溥儁】

光緒二十五年（1899）冬，在慈禧授意下，頑固派載漪、崇綺、徐桐等上奏請求廢立，慈禧徵求榮祿意見後，決定將載漪之子溥儁繼承同治皇帝。

【八國聯軍兵臨城下】

一連串決策失誤，導致八國聯軍侵佔北京，慈禧脅迫光緒逃往西安。

【奕劻】

【李鴻章】

【《辛丑條約》簽訂儀式】

清廷派李鴻章與奕劻為全權大臣，與列強簽訂了喪權辱國的《辛丑條約》。

【幼年溥儀】

光緒死後，無兒女，滿朝希望立一個年長些的國君，以應付多事之秋，但慈禧卻立三歲的溥儀繼承同治，是謂中國最後一個皇帝──宣統皇帝。

清史事典

遠流實用歷史館／策畫
陳捷先／主編

清史事典⑪

光緒事典

策　　畫／遠流實用歷史館
主　　編／陳捷先
編　　著／劉耿生
發 行 人／王榮文
出版發行／遠流出版事業股份有限公司
台北市100南昌路2段81號6樓
電話／2392-6899　傳真／2392-6658
郵撥／0189456-1
香港發行／遠流(香港)出版公司
香港北角英皇道310號雲華大廈4樓505室
電話／2508-9048　傳真／2503-3258
香港售價／港幣126元
法律顧問／王秀哲律師・董安丹律師
著作權顧問／蕭雄淋律師
2005年7月16日 初版一刷
行政院新聞局局版台業字第1295號
新台幣售價380元 （缺頁或破損的書，請寄回更換）

ISBN 957-32-5569-3

YLib 遠流博識網
http://www.ylib.com　**e-mail: ylib@ylib.com**

主編的話

陳捷先

清朝是帝制中國的最後一個朝代，也是中國專制與民主政體的分水嶺，因此清朝在整個中國史中具有承先啓後的地位與作用，這是毋庸置疑的。在歷史長河中，清朝確實也是中國由強變弱、由先進變爲落後、由主權獨立變爲半殖民地的轉折時刻，而日後中國的政治、經濟、軍事、外交、文化、民族等等的問題，又大都與清朝有著分割不了的關係，不是清朝演化的，就是清朝延伸的，這就使得清史研究至今仍有其學術與實用價值的主要原因。

然而清朝的史事紛繁，有宮庭的，有國內的，有邊疆的，有國際的，有政經文教的，有軍事外務的……眞是不一而足，包羅萬象。同時這些歷史事象又能反映巨大世局的變化，更有深刻的歷史內容，因此一個人若要研究清史，往往眞有翻讀《二十五史》的感覺，「不知從何開始」。清朝的史料也是浩如煙海，有漢文的，有滿文的，有其他少數民族的，也有東洋與西洋的，要收集、整理、編印、利用這些資料，實在不易。同時清朝史料還有內容失實的、僞造的、互相牴牾的、簡略疏漏的，不經專家學者精心考證分析與去蕪存菁，勢必不能取得有益的、可信的素材，根本寫不出讓人共信的歷史。

所幸近幾十年來，清朝深宮大內的珍藏，中央與地方的檔冊，非漢文的多種國內外語文史料，逐漸編輯或翻譯成書了，而專家學者們的研究成果也日新月異的陸續問世了，這給治清史的人提供了不少參考之資。不過這些學術論文、專書與史料匯編，有的過於專精艱深，有的分散不易獲得，對研究、教學及一般人士的利用，仍有不便之處。臺北遠流出版公司爲服務各界，特發起編纂《清史事典》叢書，邀約清史學者多人，分別執筆，以清朝歷代皇帝爲單位，用年表式開列其在位期間的重要大事，再以辭典式文字來詳解人、事、時、地的內容，使讀者一目瞭然，容易掌握當年的史實。本叢書出自多人之手，寫作時間又不多，疏忽與錯誤之處在所難免，尙望方家君子不吝指教，以便再版時修正。

光緒事典

劉耿生／編著

前言

我國最後一個封建王朝——清朝，在康熙、雍正、乾隆時代，像巨人般地屹立在世界東方，西方人只能在地球的另一角讚嘆它。但是，歐洲經歷產業革命，國力迅速增強，而中國則固守君主專制制度，故步自封，妄自尊大，毫無進步，全面落後於西方先進國家，到了晚清，尤爲嚴重。

光緒一生，處於晚清末期，由於日本經過明治維新，頃刻成爲軍國主義國家，急於侵略和掠奪中國，其野蠻和兇狠程度，超過了西方列強，而極端腐朽的清王朝對日本的崛起，毫無認識，直到中午戰敗，朝野才爲之震驚，導致光緒堅持變法，度過了他屈辱一生中最輝煌而短暫的時期。由於他手中無權、缺乏經驗、急於求成、能力有限及性格懦弱，加之以慈禧太后爲首的頑固派勢力過大，使得變法失敗，光緒被囚禁至死。

光緒的悲劇，既是清王朝的悲劇，又是中華民族的悲劇，使中國再次失去富強繁榮的機會，造成中國陷入更加黑暗悲慘的深淵。光緒三十四年十月二十二日（1908.11.15），英國倫敦的一家英文報紙以顯著位置報導了光緒病死的消息，有一句話很值得人們深思：

> 如果這位已故皇帝所推行的改革獲得成功，中國將會是另一番模樣，可惜歷史的機遇一旦錯過，便無法挽回。

歷史不能假設，但總結光緒的一生，在撫今思昔、仰天長嘆之餘，也可以思考：近代中國，爲何既沒有像日本那樣，發展成爲先進的現代化國家；也沒有像印度那樣，淪落爲完全的殖民地？從這個意義上講，光緒不僅是清代的一位希望有所作爲的皇帝，亦是中國歷史上有數的幾個希望有所作爲的皇帝之一。

歷史是已經逝去的現實，現實是正在展開的歷史。歷史在不停地發展，叱吒風雲的英雄，驚天動地的事業，俯仰之間，已爲陳蹟。歷史不能重演，它不能像化學反應那樣在實驗室內反覆實驗。任何歷史人物、歷史事件，只能產生一次，一旦過去，即消失在漫漫的歷史夜空中，後人不可能回到過去的年代，身臨其境地對當時的歷史進行考察和研究，但是，古往今來，人們所有的努力奮鬥，無一不是在以史爲誡，鑒往知來，用歷史的經驗和教訓作爲今人現實言行的準繩，所以我國自古以來非常重視修史，有著後朝修撰前朝史書的優良傳統。因而，前代史學家給我們留下了卷帙浩繁的《二十五史》。但是，由於歷史的因素，在清王朝滅亡近百年的今天，海峽兩岸竟尚無一部權威的大清史，眞是憾事。

司馬光修《資治通鑑》先作《長編》和《叢目》，其體例和風格有些像我們今日的《清史事典》，「先後有倫，精粗不雜」，斟酌詳略，比較異同，成爲不朽史著之骨肉。遠流出版公司和陳捷先教授對《清史事典》所付出的心血，必將爲今後兩岸乃至全世界範圍清史的普及和研究，澆灌出豐碩的果實。

《光緒事典》的執筆者是我的幾位研究生耿興敏、李凡、潘月傑和楊冬艷，他們數年學習和研究清檔及清史，學業有成，現已畢業。見到年輕一代茁壯成長，可喜可賀。本書最後由我審訂，統其大成。希望清史專家及廣大讀者不吝賜教。

劉耿生

中國人民大學檔案學院教授

凡例

1. 本書正文分爲「小傳」、「年表」和「辭條解釋」三大部分，依年代先後編排，特別以黑體字標示出辭條條目。
2. 爲了便於對照參閱，每一開頁上半部的年表和下半部的辭條解釋力求相互呼應，或可於前後頁索得爲準則。
3. 關於日期的表達方式，統一以阿拉伯數字代表陽曆日期，以國字代表陰曆日期。日期不明確者，集中於該年之末，這部分的西元紀年以灰色字表示。
4. 每個辭條中，每個年號首次出現時均附加西元紀年，其餘除日期明確或特殊狀況外，不另行標註。
5. 人名、地名等因音譯而有不同譯名時，本書力求統一用法，以避免因混用而造成困擾。但於個別辭條解釋中，再將不同的譯名列出，供讀者參考。
6. 本書共選取571個辭條。
7. 書末附錄包含「光緒皇帝后妃表」、「年代對照表」、「辭條檢索」及「譯名對照表」等，方便讀者查閱檢索。

目錄

【清德宗】

光緒皇帝小傳

姓名：愛新覺羅．載湉

父親：醇賢親王奕譞

生母：醇賢親王妃葉赫那拉氏

出生日期：同治十年六月二十八日子時

登極日期：光緒元年正月二十日

稱帝年齡：4歲

親政日期：光緒十五年二月初三日

親政年齡：19歲

在位時間：34年

薨逝日期：光緒三十四年十月二十一日酉刻

享年：38歲

年號：光緒

諡號：景皇帝

廟號：德宗

陵名：崇陵

【清德宗】

光緒皇帝

光緒皇帝名愛新覺羅・載湉，同治十年六月二十八日（1871.08.14）出生於北京宣武門太平湖東岸醇王府的槐蔭齋。其父奕譞是道光皇帝旻寧的第七子，其母葉赫那拉氏是慈禧太后的胞妹。同治十三年十二月初五日（1875.01.12），十九歲的同治皇帝載淳病逝，無子嗣，按清廷祖制，需從皇室近支的晚輩中選一人爲同治立嗣，繼承帝位，但這樣一來，可能由同治皇后阿魯特氏「垂簾聽政」，慈禧太后則成了太皇太后，很難繼續操縱政權。同治生前也有爲自己立嗣的願望，並選好了繼承人。但慈禧置祖制及同治遺詔於不顧，力排衆議，以她的外甥載湉繼承大統，自己繼續「垂簾聽政」。當日，四歲的載湉被迎入宮中，正式即位，改明年爲光緒元年。正月二十日（1875.02.25），載湉在清宮太和殿舉行了登基大典，成爲清王朝入主中原後的第九位皇帝，建元光緒。他死於光緒三十四年十月二十一日（1908.11.14），在位三十四年，終年三十八歲。

一、帝德教育

光緒入宮第二年四月二十一日（1876.05.14），五歲的載湉開始接受啓蒙教育，在紫禁城內齋宮右側的毓慶宮讀書，這裡又稱上書房，由學識淵博、思想開明的翁同龢、夏同善等授讀。清朝入關共十帝，有五帝是兒童，他們當皇帝的年齡爲：順治六歲，康熙八歲，同治六歲，光緒四歲，宣統三歲。由於明朝多昏君，清朝鑑於明亡的教訓，十分重視皇子的培養，當然更重視兒童皇帝的教育，除了同治，其他四人，從日後長大成人情況看，所受教育都還算是成功，並形成了一套制度。但是這種教育制度亦存在不少弊端。

以光緒爲例，五六歲的兒童，經常在睡意朦朧中被太監喚醒，太監還念念有辭地告誡皇帝要「黎明即起、勤政愛民」之類的話，然後被太監送往毓慶宮，學習儒家經典、歷代帝王治術、列朝實錄、聖訓等課程，並讀詩作文，除了漢文功課，還有滿洲師傅教授滿文及蒙文，武臣傳授「騎射技勇」。

光緒開始學習這些枯燥的課程肯定感到厭倦，尤其翁同龢是江蘇人，夏同善是浙江人，其濃重的地方口音，更令幼年的光緒莫名其妙。慈禧發現光緒也對學習感到乏味，遂下令光緒的生父醇親王奕譞到毓慶宮常川照料，天長日久，小皇帝適應了單調的學習生活，二位師傅也注意調整教學方法，光緒學業漸有起色。

光緒自幼是個性格溫順、脾氣平和的「乖孩子」，加之四歲就失去了母愛，在慈禧的淫威下，終日戰慄驚恐，因而養成了服服帖帖、儒弱沉默的作風。從檔案記載可知，每年慈禧的生日在十月初十，宮中舉辦萬壽慶典；六月二十八日是光緒生日，此外，還有新年、端午、中秋等大小節日，宮中張燈結彩，鑼鼓喧天，但凡年節，光緒仍堅持學習。翁同龢在日記中寫道：光緒黎明即「到書齋朗誦書史，作字，未嘗間斷」。光緒二年十月十二日（1876.11.27），爲給慈禧慶典，宮中演戲，六歲的光緒對翁師傅說：「鐘鼓雅音，此等皆鄭聲，隨從人皆願聽戲，余不願也。」光緒三年正月初六日（1877.02.18），別人過年看戲，光緒「略一瞻矚，便至後殿讀書寫字」。光緒五年六月二十九日（1879.08.16），光緒九歲生日翌日，慈禧誇讚他「實在好學，坐立臥皆誦書及詩」。當然，從光緒好學習的另一面，也可以清楚地看到光緒小小年紀，在長期受到慈禧對他的精神壓抑後，已經失去了兒童應具備的本性，他凡事要仰承慈禧臉色而行事。慈禧擔心光緒成年後不再馴服，她一方面將光緒塑造出唯唯諾諾、逆來順受的品格；另一方面，她還高度重視對光緒的「帝德」教育，以人倫孝道束縛光緒的思想。

光緒的啓蒙師傅翁同龢，是晚清一位傑出的思想家、政治家，對光緒的一生，產生了積極的影響，他極力希望將光緒培養成一位有作爲的君主，並總結了同治不成材的教訓，面對慈禧令他加強對光緒「帝德」的教育，他引導光緒樹立愛民的思想，將《孔子家語》中所說的「君者舟也，庶人者水也；水可以載舟，亦可以覆舟」當作座右銘向光緒灌輸。因此，在光緒小小的年紀中，「民惟邦本，兢兢求治」的觀念就佔據了他的思想，光緒懂得，歷代帝王「或耽於安逸，或習於奢侈，縱耳目之娛而忘腹心之位者」，是水覆舟的重要原因。當皇帝的只有愛民，國家才能長治久安；人君只有孜孜求治，才會使天下臻於太平。光緒在少年時期的作文中寫道：

> 爲人上者，必先有愛民之心，而後有憂民之意。愛之深，故憂之切。憂之切，故一民飢，曰我飢之；一民寒，曰我寒之。凡民所能致者，故悉力以致之；即民所不能致者，即竭誠盡敬以致之。

翁同龢以自己的見聞，向光緒講述地方官吏如何「用度奢靡，漏卮不塞」、「剝民以奉君，猶割肉以充腹」。光緒在深宮中，也能對外界的黑暗有所耳聞，他在評論唐玄宗理財一文中寫道：

> 善理財者，藏富於民；不善理財者，斂富於國。國之富，民之貧也……以帝王之尊，而欲自營其筐篋之蓄，其爲鄙陋，豈不

可笑也哉。

光緒在翁師傅的熏陶下，逐漸樹立了愛民思想，在他少年時期寫的詩文中，有充分的反映，他寫道「畿輔民食盡，菜色多辛苦」，想到「民食」已盡，人有「菜色」，進而發出了「遙憐村舍裡，應有不眠人」的感嘆。這對於一個長年深居宮中，養尊處優、衣簇錦食，從未接觸下層社會的少年皇帝，能寫出這樣的詩句，何等難能可貴！他還寫過「知有鋤禾當午者，汗流沾體趁農忙」的詩句，發出了「荷鍤攜鋤當日午，小民困苦有誰嘗」的感慨，顯然這是他學了「鋤禾日當午，汗滴禾下土；誰知盤中飧，粒粒皆辛苦」古詩後的有感之作。他終日在冰盤竹簟、雲淡風輕的蔭清齋裡獨坐納涼，能想到「鋤禾當午者」在「汗流沾體」，「小民困苦有誰嘗」，在中國帝王中，屈指可數。在大雪紛飛、寒風凜冽的嚴冬，他端坐在溫暖如春的殿堂裡，思緒卻飛向了小民的寒舍，飛向了百姓的茅棚，在這種思想驅使下，寫了《圍爐》詩：

西北明積雪，萬户凜寒飛；
惟有深宮裡，金爐曾炭紅。

這種將宮廷的奢侈豪華生活同貧苦萬戶的生活強烈對比的詩文，是同齡的同治皇帝當年不可能寫出來的。

儒家治國思想，重要的一條是「求賢若渴，破格用人」。翁同龢很認真地給光緒講這個道理，他認爲，天下之大，絕非一人所能治，「必得賢人而共治之」，「權者，人君所執以治天下者也，人君無權，則天下不可得而治，然使權盡歸於人君，而其臣皆無權，則天下亦不可得而治」。這種思想已表明不主張把一切權力都集中在皇帝一人手中，但還不屬於西方的民主思想，只是把選賢任能當作關乎國家長治久安、興衰存亡的大事。

翁同龢還向光緒灌輸了「惟才是舉」和破格拔擢的用人思想，翁主張循名責實，反對論資排輩、循資提升以及憑門戶取人的陳腐觀念，光緒在翁師傅的教導下，於光緒十一年（1885）他十五歲時，在《乙酉年御製文·停年格論》中寫道：

用人之道，不拘資格，惟其賢而已矣。其人賢，即少年新進，亦不妨拔舉之；其人不賢，既閱歷已久，安得不除去之？此朝廷用人之權衡也。

尚未親政的光緒，已經對當時權貴的尸位素餐、驕居自喜等作風非常不滿，他憑著年輕人的正義感，對當朝老朽壓制新生力量十分氣憤，寫道：「爲政者當綜核名實，不次而拔之，不測而罰之，庶幾可以磨礪而成大器。」他批評嫉賢妒能、踐踏人才的佞臣和庸臣說：「人臣之事君也，忠莫忠於推賢讓能，奸莫奸於妨賢病國」。他的這種見解應該說是很正確的。

科舉制度產生於隋朝，成熟於唐代，對於否定門閥制度及貴族特權，曾經有過進步作用。延至明清，科舉制度依靠的八股文，已成爲束縛書生思想的工具，光緒處於科舉制度窮途末路之際，他也對這種開科取士的傳統辦法產生了懷疑：

今鄉會試士子，皆歷試三場，登諸甲科，然後服官，其於文字蓋能通曉矣。至於德行政事，猶必明試而後知之。故藝文者，取士之權輿也。

光緒已經感覺到八股取士不過是「權輿」的辦法，說明他看到科舉制度的弊端，但在當時的歷史條件下，也找不到更科學、更合理的「知人善用」的辦法。鑑於此，光緒希望滿朝上下皆能發現人才、啓用人才，他說「欲作千間廈，應須大匠材」；要對天下人才「察之於言，洞之於微，考之於心術之隱」。

翁同龢身處晚清風雨飄搖之際，又是世界大發展之時，他在毓慶宮對光緒進行了十多年的教導，儘管這些教育仍然沒有超出儒家鼓吹的「堯舜之君」的標準，仍在中世紀君主道德規範中徘徊；在教學方法上除死記硬背書本教條，也談不到走出深宮看看外面的世界，但是，翁的開明思想無疑對光緒在以後的戊戌變法中，起到了相當大的作用。

二、親政風波

光緒漸漸成長，距離親政日期漸近，慈禧又在想方設法，盡力阻撓將政權轉移給光緒，以維持自己的權勢。慈禧是個天生的政治動物，她在搞陰謀、玩權術上有超人的特異功能。早在光緒親政之前的幾年，慈禧就在考慮如何採取措施不使大權旁落。她見光緒軟弱，似不足爲慮，最令她警惕的，是擔心已和洋人建立了廣泛關係的奕訢，他若支持侄兒光緒，那麼慈禧必大權旁落，這個權力慾極強的太后，在不便違抗祖制，無法阻止光緒親政的情況下，決定先翦除奕訢的勢力，以孤立光緒。

光緒十年（1884），載湉才十四歲，距親政還有二年，慈禧就伺機動手了。三月初四日（1884.03.30），奕訢向慈禧奏報十月中爲她慶賀五十大壽事，慈禧一反常態，藉口法國正在邊界進犯，責備奕訢不該在此時談祝壽事，罰奕訢「跪至六刻，幾不能起」。第二天，奕訢等被召見時，仍請示爲慈禧祝壽事，她責備奕訢「心好則可對天，不在此末節以爲盡力也」。詹事府左庶子盛昱發現有機可乘，於三月初八日（1884.04.03）上奏，不點名地批評奕訢「軍機大臣貽誤國事」。慈禧借題發揮，於十三日（1884.04.08）令「恭親王奕訢等退出軍機處，開去一切差使」。十四日（1884.04.09），慈禧又降旨：「軍機處遇有緊要事件，著會同醇親王奕譞商辦，俟皇帝親政後再降懿旨。」慈禧讓奕訢之胞弟奕譞接替乃兄，這一招術很高明，奕譞誤以爲慈禧翦除奕訢勢力，是爲了給光緒親政鋪平道路，讓自己這個當父親的輔佐兒子爲政，實則，慈禧是在離間奕訢、奕譞兄弟，以打擊奕訢。慈禧還令迂腐平庸的禮親王世鐸和孫毓汶等進入軍機處，以便她自己從中控制，這一年爲甲申年，史稱「甲申易樞」。

光緒十二年（1886），光緒已經十六歲了，慈禧仍在那裡「垂簾聽政」，有違祖制，六月初十日（1886.07.11），她不得不降旨：「著欽天監於明年正月內選擇吉期，舉行親政典禮。」十二日（1886.07.13），奕譞爲了討好慈禧，奏請慈禧再「主持裁決」幾年，起碼等光緒二十歲時再歸政。十八日（1886.07.19），慈禧順水推舟，再次降旨曰：「勉允醇親王等所請，於皇帝親政後再訓政數年。」注定了光緒親政後仍然是個傀儡皇帝。

光緒十三年正月十五日（1887.02.07），光緒在紫禁城舉行親政儀式，在詔書中被迫強調慈禧「再訓政數年」，因而，這一天實則是慈禧「訓政」的開始，光緒並未實際親政，根據祖制，光緒必須在大婚之後，才能算是成人，方可在形式上實際親政，因而慈禧爲了延長自己「訓政」時間，一再拖延光緒婚事，直到光緒十九歲了，在盛行早婚的清代，這已經是「大齡」，才不得不爲他立后。

即便如此，慈禧仍不放心，她爲了進一步控制親政後的光緒，又在他大婚上做文章，強行將自己弟弟、都統桂祥的女兒立爲光緒的皇后，因光緒生母乃慈禧胞妹，光緒娶了自己親舅舅的女兒，這種近親婚姻之後果，不知慈禧是不懂，還是顧不得這些了，她的目的「一則於宮闈之間，可刺探皇帝之動作，一則爲將來母族秉政張本」，既可以監視、控制光緒，又使帝后及其後代均有那拉氏血統。

光緒對這樁婚姻極爲反感，他明白這是慈禧控制他之舉，從後來隆裕皇后的照片看，其貌不揚，很難讓光緒喜歡她。光緒還選擇了禮部左侍郎長敘的兩個女兒爲妃，即珍妃和瑾妃。光緒一生的悲劇在於他始終無力擺脫慈禧的陰影，只能逆來順受。光緒十五年正月二十六日（1889.02.25），十九歲的光緒大婚典禮，按大清禮制，在冊立、奉迎典禮結束後，皇帝做新郎，在皇宮太和殿宴請皇后的父親乃至整個皇后家族，由在京的王公百官陪同慶賀。光緒由於對這樁婚姻十分厭惡，竟然藉口有病，撤消了這個盛大宴會，後來降旨把宴席分送在京的王公大臣時，竟然「未提及后父、后族」，朝野頓時議論帝后不和，自然引起慈禧對光緒的不滿。

光緒婚後，慈禧不能再以任何藉口「訓政」，必須公開地還政於光緒，擬於二月初三日（1889.03.04）正式舉行光緒「親政」大典，慈禧在大典之後，將移往花鉅資擴充修建的頤和園，是謂「捲簾歸政」。在「捲簾歸政」前夕，慈禧急於布置光緒親政後的「後事」，她授意禮親王世鐸等人上《酌擬歸政事宜摺》，核心一條是大臣給光緒上奏摺，同時要另繕一份給慈禧，光緒不能先加硃批發表意見，要「皇上奏明皇太后，次日再頒諭旨」。慈禧對世鐸的這個奏摺批示「依議」，令軍機處「永遠存記」，世鐸的奏摺上未講這種作法到何時結束，也就是說，一直到慈禧死都適用，顯示了儘管光緒名義上「親政」了，但任何「聖旨」，皆要經過慈禧同意才能發布執行，尤其委用四品以上大員，光緒必須經慈禧同意。這樣，滿朝重臣皆慈禧信任之人。

慈禧從「訓政」到在頤和園「捲簾歸政」，對光緒的控制在形式上不得不有所放鬆，但是她在「表面上雖不預聞國政，實則未嘗一日離去大權；身雖在頤和園，而精神實貫注於紫禁城也」。滿朝權貴皆慈禧提拔起來的，唯其「懿旨」是從，他們也看透了光緒無非一介傀儡，因而逐漸形成了以軍機大臣孫毓汶、世鐸、奕劻和徐桐等親貴爲核心的「后黨」；同時，朝中一些「守正者」，有的對太后干政反感，有的希望光緒能有一番作爲，而聚集在光緒周圍，如帝師翁同龢、珍妃之胞兄禮部侍郎志銳、工部侍郎汪鳴鑾、戶部侍郎長麟等，形成了「帝黨」。

夾在「后黨」和「帝黨」之間的奕譞，處境最爲尷尬，慈禧處處做出姿態，表示依信他，他畢竟是慈禧的親妹夫，但他又是光緒的生身之父，自然希望自己的兒子能夠成爲一個堂堂正正的國君。爲此，他頂住朝野壓力，以鉅資修繕頤和園，使其成爲現今世界上第一流的皇家園林，企圖用風景如畫的湖光山色，來轉移慈禧對朝政的興趣，但毫無效果，奕譞遂在鬱鬱中死去。

三、甲午戰爭

光緒二十年（1894）爆發的中日甲午戰爭，不僅對光緒本人，就是對中國、日本的命運，全起到了至深至巨的影響。

大清和朝鮮保持二百餘年友好的貢奉關係。光緒二十年，朝鮮發生「東學黨起義」，清王朝應朝鮮政府之請，派兵入朝鮮鎮壓東學黨，日本以「保護使館及僑民」以及「協助朝鮮平亂」爲藉口，先後派遣大批軍隊在仁川登陸，四、五月份，日軍數量已超過清軍。東學黨起義失敗，清政府照會日本撤兵，日本非但不撤兵，反而以改革朝鮮內政爲由，要求長期賴在朝鮮，並不斷向清軍挑釁滋事，企圖尋機入侵中國。

主管清王朝洋務外交的直隸總督北洋大臣李鴻章，堅持「以夷制夷」方針，對英、俄等列強抱有幻想，立足於和，不做認眞的戰守準備。而面對日本的侵逼，光緒極力主戰，五月二十八日（1894.07.01）降諭旨，反映了他的態度：

> 現在倭焰愈熾，朝鮮受其脅迫，勢甚岌岌，他國勸阻亦徒托之空言，將有決裂之勢……我戰守之兵及糧餉軍火，必須事事確有把握，方不致臨時諸形掣肘，貽誤事機。

六月十四日（1894.07.16），光緒在給李鴻章的上諭中，主張嚴厲回擊日本挑起的戰爭：

> 現在倭韓情事，已將決裂，如勢不可挽，朝廷一意主張，李鴻章身膺重寄，熟諳兵事，斷不可意存畏葸……若顧慮不前，徒事延宕，訓致貽誤事機，定惟該大臣是問。

由於光緒旗幟鮮明，朝野上下主戰的呼聲日益高漲，同時，李鴻章幻想英、俄等國調停的願望完全落空。六月二十三日（1894.07.25），日本艦隊在豐島海域襲擊中國的運兵船，中日戰爭升級。光緒曾提出「南北夾擊」的戰爭主張，命令在朝鮮北方的清軍與在牙山一帶的南路清軍葉志超部同心協力，夾擊日軍，使日軍背腹受敵，難以應付，爲此，他三令五申李鴻章電催平壤各軍星夜兼程，直抵漢城，與葉部夾擊日軍。

七月初一日（1894.08.01）光緒頒發對日宣戰上諭，並「著李鴻章嚴飭派出各軍迅速進剿」。而李鴻章爲了保存淮軍實力，聲稱要「

先定守局，再圖進取」，「步步穩愼，乃可圖功」，在平壤的二十九軍遲遲未南下接應，使得光緒的「南北夾擊」作戰計劃未能施行。李鴻章對沙俄仍然抱有幻想，七月十六日（1864.08.16），他電奏請求「聯俄」。對此，光緒頒諭：「力言俄不能拒，亦不可聯，總以我兵能勝倭爲主，勿盼外援而疏本務。」光緒還在上諭中強調：

俄使喀西尼（Arthur Pavlovitch Cassini, 1835-?）留津商辦，究竟彼國有無助我收場之策，抑另有覬覦別謀？李鴻章當沉機審察，勿致墮其術中，是爲至要。

清王朝上下在當時對日本沒有正確的認識，尤其不了解「明治維新」的意義，因而仍然存在盲目自大的「天朝大國」觀念，藐視日本，光緒力主依靠中國自己的力量打敗日軍侵略，這種願望無疑是正確的，但他對清王朝的腐敗及日本的進步，缺乏眞正的了解，因而他制訂的戰略，帶有一定的空想成分。

因清軍武備廢弛，指揮失當，九月下旬，日軍突破鴨綠江防線，侵入中國境內作戰。十月，美國公使田貝出面調停，光緒反對，說：「冬三月倭人畏寒，正我兵可進之時，而云停戰，得毋以計誤我耶？」十月二十五日（1894.11.22），日軍攻佔旅順，並提出了苛刻的停戰和談條件，光緒不但反對停戰，而且懲處作戰不力、貽誤大局的李鴻章，「拔去三眼花翎，褫去黃馬褂，以示薄懲」，並告誡李鴻章說：

旅順既爲倭據，現又圖犯威海，意在毀我戰艦，佔我船塢。彼之水師可往來無忌，其謀甚狡，敵兵撲犯，必乘我空隙之處，威海左右附近數十里內，尤爲吃緊。著李鴻章、李秉衡飛飭各防軍，晝夜梭巡，實力嚴防，不得稍有疏懈。

在甲午戰爭中，慈禧的態度，歷來是史家感興趣的話題。戰前，慈禧像大多數中國人一樣，輕視日本的軍事力量，以為蕞爾島國，根本不是「天朝大國」的對手，光緒召見軍機大臣時就說過「朝廷一力主戰，並傳懿旨亦主戰」，同時不許向外洋借債，慈禧仍然將日本和周邊的朝鮮、越南、暹羅諸國等同看待，認為是區區小寇在造反，只要大清國赫然震怒，就會將小日本一鼓蕩平。另外，甲午年（1894）是慈禧的六旬慶典，她滿腦袋如何大肆慶賀一下，因而，最初她對於光緒向日宣戰並不介意，甚至支持光緒的措施。

但是，隨著清軍在戰場的失利，以及日軍入侵我國，慈禧擔心曠日持久的戰事會影響到自己的慶典活動，感到當初的主戰是決策錯誤，后黨骨幹孫毓汶一味仰承慈禧意旨，置國家利益於不顧，從反對帝黨的立場出發，反對開戰；李鴻章一貫主和，今李鴻章受到光緒懲戒，無疑是對后黨的打擊，光緒懲李引起慈禧不滿。尤其令慈禧不能容忍的，是她覺察到在光緒周圍，已經形成一股勢力，並且敢於和她抗衡了，這些人除了翁同龢和汪鳴鑾，還有志銳、文廷式、李盛鐸等臺館諸臣，他們事事秉承光緒旨意，甚至敢於提出停辦慈禧慶典的景點以移充軍費的建議，這無異於公然在向慈禧挑戰。

尤其珍妃的胞兄志銳，竟敢無所顧忌地攻擊慈禧的寵臣孫毓汶、徐用儀，指斥軍機大臣孫毓汶剛愎成性、任意指揮：

方日人肇釁之時，天下皆知李鴻章措置之失，獨孫毓汶悍然不顧，力排眾議，迎合北洋；及皇上明詔下頒，赫然致討，天下皆聞風思奮，孫毓汶獨泱泱不樂，退後有言，若以皇上為少年喜事者。

志銳還批評徐用儀性情柔滑，與孫毓汶狼狽為奸，要求將徐、孫立予罷斥，退出軍機。志銳的這些言論，反映了光緒的意向。為了排除后黨在對日戰爭中的干擾，光緒很希望將閒置已久的恭親王奕訢拉入自己的陣營。因慈禧急於和日本停戰，八月底，她同意了光緒請求，讓奕訢「管理總理各國事務衙門，並在內廷行走」。然而，已經年過花甲的奕訢，經歷了慈禧歷次打擊，已經成了一個老態龍鍾、唯唯諾諾的老人，很令光緒失望，因而，對日交涉最終還是按慈禧的意圖發展。

光緒二十年十二月（1865.01），在慈禧和李鴻章的意旨下，清廷派戶部侍郎張蔭桓和湖南巡撫邵友濂赴日求和，因當時日軍正節節獲勝，為攫取更多利益，日本以張、邵官小為由，傲慢地拒絕和談。光緒二十一年正月十八日（1895.02.12），日軍攻陷劉公島，清王朝經營數十年的北洋海軍全軍覆沒，清王朝徹底失敗了。

光緒事先沒有料到如此結局，他不願意接受屈辱的和談，他甚至想到懸不次之賞，嚴後退之誅，重振軍威，再與日本決戰，不惜遷都再戰，但是，慈禧、奕訢及后黨皆力主言和，割地賠款亦在所不惜，光緒陷入苦悶之中，翁同龢在日記中寫光緒因「時事如此，戰和皆無可一恃，言及宗社，聲淚並發」，很是逼真。

光緒二十一年三月二十三日（1895.04.17），清朝全權代表李鴻章與日本簽訂嚴重喪權辱國的《馬關條約》，日本提出了極為苛刻的條件：賠償日本軍費二億兩白銀，割讓臺灣及澎湖列島，開放更多的口岸，日本可以在中國開設工廠等等。三月二十七日（1895.04.21），條約文本送至北京，次日，孫毓汶「捧約逼上（光緒）批准，海鹽

（徐用儀）和之」。在翁同龢支持下，光緒堅決「不允」簽約。

三月二十九日（1895.04.23），光緒在養心殿召見軍機大臣，孫毓汶主張「讓臺」，光緒說：「條約要割臺灣，而臺灣一割，天下人心皆去，朕何以為天下主？」孫氏奏曰：「前線屢戰屢敗，皇上如不簽約，則倭人將犯京師，奈何？」光緒斥責道：「前敵屢敗，皆由賞罰不嚴所致，此約關係重大，汝欲逼朕簽約不成？應先請太后懿旨，再作定奪。」

四月初三日（1895.04.27），光緒親往頤和園欲面見慈禧，要求拒和廢約，遷都再戰。而慈禧不見光緒，令太監傳旨：「今日偶感冒，不能見，一切請皇上旨辦理。」老於世故的慈禧知道，明明打不過日本，但又不願承擔簽訂《馬關條約》之罪名，因而將這個難題推給光緒。光緒只得寄希望俄、德、法出面調解，但列強只關心自己的在華利益，對於臺灣，無意過問。

四月初八日（1895.05.02），由於慈禧和奕訢已決意簽約，光緒只好頒諭批准《馬關條約》，當時，「眾樞在直立候，上（光緒）繞殿急步約時許，乃頓足流涕，奮筆書之」。在召見軍機大臣之後，光緒回到自己讀書的毓慶宮，見到在那裡等候的翁同龢，彼此「戰慄哽咽」，「相顧揮涕」。開戰之初，師徒二人本以為對日開戰，既揚國威，又立君威，不料光緒親政不久，即使國家蒙受史無前例的恥辱，翁同龢進呈陳熾寫的《庸書》和湯震的《危言》，希望光緒勵精圖治，奮發振興。

四月十四日（1895.05.08），中日雙方代表在煙臺換約，《馬關條約》正式生效。在此後十天，光緒度日如年，他晝不甘食，夜不安寢，在養心殿前的小院內獨自徘徊：為何敗於蕞爾日本手下？如何向臣工交代？今後怎麼辦？他寫了硃諭向群臣宣示，他說群臣上奏「謂地不可棄，費不可償，仍應廢約決戰」，而自己作爲皇帝有「萬不獲已之苦衷」，「自去歲倉猝開釁」，「將少宿選，兵非素練」，因而「戰無一勝」。「嗣後我君臣上下，惟當艱苦一心，痛除積弊，於練兵籌餉兩大端，盡力研求……」從光緒的這道上諭，可看出他在當時的思想狀態，十分痛苦，想有一番作爲，卻迎來奇恥大辱，但是，他仍然沒有弄明白，日本自明治維新後，已將侵略中國作爲國策，不是清王朝「倉猝開釁」的問題，而是日本肯定要主動侵略；另外，他戰敗後的反思也僅僅是「練兵籌餉」，仍然沒有超出歷代失敗帝王的認識水平，還沒有「變法」的思想高度。

七月初九日（1895.08.28），李鴻章奉調入閣辦事，被免去直隸總督兼北洋大臣之職，入朝陛見時，光緒指斥他「身爲重臣，兩萬萬之款從何籌措？臺灣一省送了外人，失民心，傷國體」。中國戰敗，李鴻章應負很重要的責任，但是，關鍵是清政府極端腐朽，這才是失敗的根本原因，這一點，光緒是在以後幾年才逐漸領悟到的。

四、戊戌變法

戊戌變法僅一百天，卻是光緒一生中最輝煌的時期。

《馬關條約》簽訂後，大清朝野震動極大，賠二億兩白銀，嚴重加重了人民負擔；割讓領土臺灣，動搖了國本，滿朝上下開始思考，千年來一直認爲落後的日本，何能一舉打敗天朝上國？中國如何報仇雪恨，振興朝政？光緒正在苦苦探求這些道理時，一股要求變法維新的思潮，在中國大地湧現出來，代表人物是康有爲、梁啓超。

早在光緒十四年（1888），三十歲的康有爲目睹朝綱敗壞，上興土木之工，下習宴遊之樂，他以布衣身分，伏闕上書，發出了國事蹙迫，「在危機存亡之間，未有若今日之可憂也」的警告，他在《上清帝第一書》中，除了指出英、俄、法在蠶食中國外，還很有遠見地強調日本將是中國最危險的侵略者：

日本雖小，然其君臣自改紀後，日夜謀我，內治兵餉，外購鐵艦，大小已三十艘，將翦朝鮮而窺我邊。

康有為準確的預言，在當時沒有引起任何人的重視，翁同龢見到了這件奏摺，他也沒有感覺到日本的威脅，擔心這件奏摺的內容公開後，可能引起外交糾紛，因而沒有給光緒看，以致六年後日本突然襲擊，中國無任何準備。後來，又出現了公車上書，上千名舉子聯名上書，可惜，黑暗的制度，腐朽的官僚，致使此書始終沒能讓光緒看到，使光緒失去了注重防日、棄舊圖新的好機會。

光緒二十一年（1895）五月，《馬關條約》簽訂後，由於清廷開始關注日本動向，因而康有為的《上清帝第三書》較順利的呈到光緒手中，康有為認為，「先事不圖，臨事無益，亡羊補牢，猶為未遲，中國只要當機立斷，速圖自強」，同樣可以救國。光緒「攬而喜之……命即日抄四份……一存乾清宮南窗小篋，一存勤政殿備觀覽」。康有為受到鼓舞，又寫了篇一萬數千言的奏摺，長達丈餘。中國歷來以「守成」為美德，無論是政權還是家業，非常保守，康有為在本摺中猛烈的抨擊了「守成」，他說：

當以開創之勢治天下，不當以守成之勢治天下……蓋開創則更新百度，守成率由舊章……不變法而割祖宗之疆土，馴至於危；與變法而光宗廟之威靈，可以強大。孰輕孰重，必能辨之者……非變通舊法，無以為治。

六天後，順天府胡燏芬亦上《條陳變法自強事宜摺》，請「急求雪恥之方」，「求皇上一心振作，破除成例，改弦更張，咸與維新」。光緒又從各地臣工奏摺中選出了南書房翰林張百熙《急圖自強敬陳管見摺》等七篇奏摺，從不同角度提出了變法維新主張，光緒甚爲讚賞，令軍機處將康、胡、張的條陳發至全國將軍、督撫進行議論。

光緒二十一年閏五月十五日（1895.07.07）發布上諭，以求振興，曰：

近中外臣工條陳時務，如修鐵路、鑄鈔幣、造機器、開礦產、折南漕、減兵額、創郵政、練陸軍、整海軍、立學堂，大抵以籌餉練兵爲急務，以恤商惠工爲本源，皆應及時興舉。至整頓釐金、嚴核關稅、稽查荒田、汰除冗員，皆於國計民生多所裨補。直省疆吏應各就情勢，籌酌辦法以聞。

此乃光緒表示要變法圖強之開始，他此時的思想已經超出僅僅「練兵籌餉」的水平，而要「恤商惠工」，他急於在中國建立近代工商業，這是他思想的飛躍，亦是戊戌變法的序曲。

光緒二十三年（1897）十月，德國藉口山東鉅野發生教案，出兵侵佔了膠州灣；沙俄隨即強佔旅順、大連，對光緒的思想產生了猛烈的衝擊，變法圖強之心更切，梁啓超寫道：

（光緒）既無權則惟以讀書爲事，故讀書極多。昔歲無事，旁及宋、元版本，皆置懋勤殿左右，以及漢學經説，並加披覽。及膠、旅變後，上怒甚，謂此皆無用之物，命左右焚之，太監跪請不許。大購西人政書覽之，遂決變政。

此時，康有爲再次來北京，進呈《上清帝第五書》，請求皇上「及時發憤，革舊圖新」，「下發憤之詔，先罪己以勵人心，次明恥以激士氣，集群才咨問以廣聖聽，求天下上書以通下情，明定國是，與海內更始」，「以俄國大彼得之心爲心法，以日本明治之政爲政法」，「大集群才，而謀變政」。光緒見後，感慨很深，決定召見康有爲，但奕訢以「本朝成例，非四品以上官不能召見」爲藉口，阻攔召見。康有爲萬般無奈，決定再回廣州萬木草堂去講學教書。

光緒二十三年十一月十八日（1897.12.11）清晨，翁同龢來到康有爲在北京的住所：宣武門外米市胡同的南海會館，翁看了康的《上清帝第五書》，表示贊同康的見解，轉達光緒亦對康十分讚賞的言詞，挽留康住在北京，不要南下。康有爲看到了希望，決意在京鼓吹變法。

光緒二十四年即戊戌年正月初八日（1898.01.29），康有爲上《應詔統籌全局摺》（即《上清帝第六書》），明確指出，「觀萬國之勢，能變則全，不變則亡；全變則強，小變仍亡」，核心是要「大變」。康有爲還將自己寫的《日本變政考》和《俄彼得變政記》隨摺呈上，向光緒介紹日本明治維新及沙俄彼得大帝改革的事蹟。光緒讀後，眼界大開，令翁同龢找來黃遵憲的《日本國志》及英人李提摩太（Timothy Richard, 1845-1919）編譯的《泰西新史攬要》、《列國變通興盛記》等書，「置御案，日加披覽」。這些著述使光緒明白面對「各國環處，凌迫爲憂」的局勢，「非實行變法，不能立國」。

是年春季，康有爲等在北京成立「保國會」，提出「保國、保種、保教」的口號，還利用這年春天各省舉人來京會試的機會，鼓動他們到都察院上書，籲請朝廷早日變法。

國內要求變法維新的呼聲日高，引起了頑固派的仇視，紛紛上奏攻擊康有爲。御史文悌彈劾康有爲「招誘黨羽，因而犯上作亂」，「名爲保國，勢必亂國」。光緒反駁道：「會爲保國，豈不甚善！」圍繞變法，帝黨與后黨又展開了激烈的爭鬥。慈禧的心腹除了不時向在頤和園的太后密報京城變法動態外，還親自出馬攻擊變法。榮祿揚言：「康有爲立保國會，現在許多大臣未死，尚不勞他保也。其僭越妄爲，非殺不可！」軍機大臣剛毅奏曰：「我朝成法盡善盡美，皇上仍應遵祖宗舊制，不可輕易更張，而驅入夷狄之教。」

光緒曾讓慶親王奕劻轉告慈禧：「太后若仍不給我事權，我願退讓此位，不甘作亡國之君。」面對列強企圖瓜分中國，慈禧也感到了一種前所未有的危機感，她仔細閱讀了光緒轉呈的康有爲的奏摺及《日本變政考》、《俄彼得變政記》等書，覺得康有爲所言亦有道理，因爲「措天下於磐石之安」，也是慈禧的願望，於是她同意了光緒要變法的請求，聲稱「苟可致富強者，兒自爲之，吾不內制也」。在慈禧的首肯下，光緒才有可能宣佈變法。

光緒二十四年四月二十三日（1898.06.11），光緒頒布《明定國是》詔，正式宣布變法維新：

> 數年以來，中外臣工講求時務，多主張變法自強……朕惟國是不定，則號令不行，極其流弊，必至門户紛爭，互相水火，徒蹈宋明積習，於時政毫無裨益……用特明白宣示，嗣後中外大小諸臣，自王公以及士庶各宜努力向上，發憤爲雄……須博採西學之切於時務者，實力講求，以救空疏迂謬之弊，專心致志，精益求精，毋徒襲其皮毛，毋竟騰其口說，總期化無用爲有用，以成通經濟變之才。

第二天，光緒帝即下令各省整頓商務礦務、廣開利源；爾後又在京師設立了農工商總局、鐵路礦務局。爲了培養人才，廣開風氣，勸勵工藝，獎募創新，他還頒布了振興工藝給獎章程，對各省士民著有新書及創行新法、製成新器果係堪資實用者，懸賞獎勵，量其才能，或授以實職，或賜以章服，表以殊榮。所製新器，頒給執照，准其專利售賣。光緒甚至不惜觸動旗人的寄生特權，讓他們自食其力，准許自謀生計，廢除以前的計口授田成案，光緒的這一決策是極應稱道的。

光緒宣布變法後，「舉國歡欣」，「臣民捧讀感泣，想望中興」。光緒威望迅升，引起了慈禧的警覺，擔心光緒利用變法，奪去政權。加之頑固派「哭求太后勸阻」光緒變法。慈禧沒有從正面阻止變法，她還要看看事態的發展，但是她於四月二十七日（1898.06.15）連發四道上諭，以約束光緒，並爲萬一光緒奪權事先做好準備：一、以「漸露攬權狂悖」的罪名將翁同龢革職，逐出京城，使光緒失去一位得力助手；二、令二品以上文武大臣具摺後，直接向慈禧謝恩陛見，以控制朝政及人事大權；三、令親信榮祿署理直隸總督，兼領北洋三軍，以防不測；四、秋天由光緒「恭奉」太后到天津「閱操」，梁啓超認爲「此實幽廢皇上，誅捕帝黨之先聲」。

光緒不爲所動，仍堅持變法，四月二十八日（1898.06.16），他打破皇帝不召見四品以下官員的成例，在頤和園仁壽殿召見工部主事康有爲，命康「在總理各國事務衙門章京上行走」，康有爲的奏摺以前是由別人代遞，今後有「專摺奏事」之權。

自四月二十三日（1898.06.11）頒布《明定國是》詔，至八月初六日（1898.09.21）變法失敗，光緒共發布維新詔令一百八十條之多，宣布變法的具體措施，內容非常廣泛，涉及政治、經濟、軍事、文教等各方面。主要內容爲：薦才用才，諭各省督撫學政及三品以上京官保薦通達時務之才，不論官大官小，破格任用；興學育人，在京城籌辦京師大學堂，各省、府、廳、州、縣的大小書院及民間祠廟，「

一律改爲兼習中學西學之學校」，省會設高等學校，郡城設中等學校，州縣設小學校，以便「廣育人才」；廢除八股，鄉會試及生童歲科各試，一律改試策論，以選拔通達時務的人才；改革行政，裁機構，減冗員，改定行政規章，切實整頓吏治，以除積弊而行新政；廣開言路，准許各省藩（布政使）、臬（按察使）、道、府、州、縣官及士民上書言事；提倡辦報、譯書以「開廣見聞」；鼓勵遊學，選派宗室王公出國「遊歷」，青年學生出國留學，以「開通風氣」，造就通才；振興工、農、商及交通各業，設立鐵路礦務、農工商總局和提倡私人辦企業；整頓民事，改革財政，嚴禁各級官吏「擾民」，命戶部編製每年的財政預算表；裁減舊軍，重練新式陸海軍，以期富國強兵等等。

從戊戌變法上述內容可以看出，它既是一場帶有資本主義性質的政治、經濟改革運動，又是一場帶有啓蒙性質的思想解放運動。光緒是這場運動的組織者和領導者，由於他缺乏一位政治家、思想家的眼光和才能，加之頑固派的干擾，他的改革上諭大多停留在一紙空文上，沒有任何實效。但是，在一個閉塞愚昧、令人窒息的封建專制社會，畢竟吹進了一股清新爽快、令人振奮的新鮮空氣。

進入農曆七月之後，光緒變法心切，步伐加快，他不顧守舊官僚的強烈反對，大刀闊斧地精簡龐大的政府機構，將無用的詹事府、通政司、光祿寺、鴻臚寺、太僕寺、大理寺等在京城各衙門裁撤，並令各地將「候補捐納」冗員等在一個月內裁汰。晚清大員多「貪劣昏庸」，爲追逐「高爵厚祿」不擇手段，而「置國事於不問」，光緒十分憎惡這幫官吏，七月初十日（1898.08.26），他嚴厲譴責兩江總督劉坤一和兩廣總督譚鍾麟對新政「意存觀望」，「此諭雖明責譚、劉，實則深惡榮祿」。七月十九日（1898.09.04），他把阻撓新政的禮部尙書懷塔布，許應騤等六堂官全部革職。第二天，他諭令擁護新政且有才識的內閣侍讀楊銳、內閣候補中書林旭、刑部候補主事劉光第和江蘇候補知府譚嗣同加四品卿銜，在軍機章京上行走，史稱「以國政繫於四卿，名爲章京，實則宰相也。後此新政，皆四人行之，密詔傳授，亦交四人焉」。七月二十二日（1898.09.07），他又降旨開去李鴻章和敬言在總理各國事務衙門行走之職。兩天後，他頒諭：爲了「妙選才能，以議庶政」，在中央設置三、四、五品卿和三、四、五、六品學士，以廣招支持新政之人。

七月二十六日（1898.09.11），支持變法，多次代康有爲遞奏摺的禮部右侍郎徐致靖上《保薦袁世凱摺》，實則代表康有爲的意思，康認爲，「袁世凱夙駐高麗，知外國事，講變法，昔與同辦強學會，知其人與董（福祥）、聶（士成）迥異，擁兵權，可救上者，只此一人」。在奏摺中請光緒召見袁世凱「加官優獎之」，「請撫袁以備不測」。老奸巨猾的袁世凱一時還拿不準變法能否成功，因而施展其一貫的兩面手法，在維新派面前表示支持新政，迷惑了康有爲，使維新派在生死存亡關頭，鑄成大錯。遍布朝廷的慈禧黨羽，立即將這一消息密報慈禧，慈禧擔心光緒以袁世凱武力支持變法，達到奪權之目的，七月二十八日（1898.09.13），榮祿奉懿旨調聶士成武毅軍入天津，調董福祥甘軍駐北京西南的長辛店，說明慈禧不僅在防範，而是在作政變的軍事部署了。

康有爲曾建議依照先朝懋勤殿故事，以議制度，並策劃由王照、徐致靖分別舉薦康有爲、黃遵憲、康廣仁、梁啓超、麥孟華、宋伯魯、徐致靖等十人入懋勤殿，日夕討論如何變法。光緒恐太后不允，令譚嗣同引康熙、乾隆、嘉慶三朝諭旨擬詔。七月二十九日（1898.09.14），光緒到頤和園見慈禧，「太后不答，神色異常，（光緒）懼而未敢申說」。

光緒感到大事不妙，立即寫密詔交給楊銳，即爲後人稱之謂的「衣帶詔」，戊戌變法後，康有爲宣傳這個「衣帶詔」是光緒令楊銳交給康的，康出示的「衣帶詔」內容廣爲流傳，史家多以爲據。但是，近來從清宮檔案中發現「衣帶詔」原件，乃宣統元年楊銳之子楊慶旭上交都察院，慶親王奕劻見後，令國史館收藏而保存下來的，與康有爲宣傳的文字、日期皆不同，故錄原文以正視聽：

> 近來朕仰窺皇太后聖意，不願將法盡變，並不欲將此輩老謬昏庸之大臣罷黜，而登用通達英勇之人，令其議政，以爲恐失人心。雖經朕累次降旨整飭，而並且由隨時幾諫之事，但聖意堅定，終恐無濟於事。即如十九日之硃諭，皇太后已以爲過重，故不得不徐圖之，此近來之實在爲難之情形也。朕亦豈不知中國積弱不振，至於阽危，皆由此輩所誤，但必欲朕一旦痛切降旨，將舊法盡廢，而盡黜此輩昏庸之人，則朕之權力實有未足。果使如此，則朕位且不能保，何況其他？今朕問汝，可有良策，俾舊法可以全變，將老謬昏庸之大臣盡行罷黜，而登進通達英勇之人，令其議政，使中國轉危爲安，化弱爲強，而又不致有拂聖意。爾其與林旭、劉光第、譚嗣同及諸同志等妥速籌商，密繕封奏，由軍機大臣代遞，候朕熟思，再行辦理。朕實不勝十分焦急翹盼之至。特諭。

光緒發現自己的帝位「且不能保」了，想起康有爲推薦的袁世凱，決定靠袁世凱的新軍支持自己，遂於八月初一日（1898.09.16）召見直隸按察使袁世凱，立即擢升爲侍郎，命專辦練兵事務。八月初二日（1898.09.17），光緒再次召見袁世凱，說：「人人都說你練的兵、辦的學堂甚好，此後可與榮祿各辦各事。」意爲可以不聽榮祿指揮。

光緒重用袁世凱，是有其歷史背景的。七月底，盛傳太后將於九月天津閱兵時廢光緒帝位，因之康有爲等亦謀廢太后，策劃以袁世凱之新建陸軍圍頤和園，以畢永年率百餘敢死隊入園捕殺慈禧。八月初一日（1898.09.16），畢永年見到譚嗣同，談及此事，譚云：「此事甚不可，而康先生必欲爲之，且使皇上面諭，我將奈何之？」晚八時，康有爲、梁啓超正晚餐，忽聽到光緒召見袁世凱，康乃拍案叫絕：「天子眞聖明，較我等所獻之計，尤覺隆重，袁必喜而圖報矣。至袁統兵圍頤和園時，汝（畢永年）則率百人奉詔往執西后而廢之可也。」畢永年感到自己勢孤力單，建議唐才常進京同謀。康、梁同意，找譚嗣同，獲准，康、梁給唐才常發電報，令其進京。

八月初三日（1898.09.18），是決定變法命運及光緒本人命運的一天。光緒兩見袁世凱，使慈禧明白光緒要借助武力奪權了，是日，她以迅雷不及掩耳之速度，宣布取消光緒獨立處理政務的權力，規定一切章奏均須呈慈禧後方可定奪，這一舉動預示著變法運動正在走向失敗。

康有爲還不知道慈禧這一決定，他企圖利用日本前首相伊藤博文訪華，挽救變法。伊藤於七月二十九日（1898.09.14）自天津進京，幼稚的維新派對他寄予厚望，希望聘其爲顧問。八月初三日（1898.09.18）下午，康有爲往日本公使館訪伊藤，請伊藤勸慈禧，「感動太后回心轉意」。

八月初三日（1898.09.18）夜，已聞知慈禧奪回權力的譚嗣同，未及深思熟慮，去訪袁世凱，冒失地說：「榮祿近日向太后獻策，廢去皇上，你知道嗎？初五日（1898.09.20）你見皇上時，希望向皇上討一道硃諭，令你帶兵到天津，見榮祿出硃諭宣讀，立即正法，即以你代爲直隸總督，然後帶兵包圍頤和園。」袁世凱說：「我殺榮祿如殺一條狗一樣，但是我營皆舊人，槍彈火藥皆在榮祿處，且小站距北京二百餘里，隔於鐵路，考慮不周容易事洩。皇上九月即將巡幸天津，等到那時，軍隊都集合起來，只要皇上在一寸紙條上寫下命令，誰敢不遵，又何事不成？」譚嗣同在此冒犯了和袁「交淺言深」的錯誤，他畢竟是個少不更事的年輕書生，他和袁世凱夙無往來，對老袁的爲人知之甚少，風風火火地要袁世凱帶他那一點點兵，去殺榮祿、圍太后，這在當時都是滅門九族的死罪，老袁何等狡猾，怎麼能去送死？

八月初三日（1898.09.18）傍晚，慈禧聽說康有爲見到了伊藤博文，她深恐維新派借此引日本爲援，決定在光緒召見伊藤之前，立即發動政變，不使日本插手此事。遂於八月初四日（1898.09.19）黎明，慈禧突然自頤和園回到城內皇宮，闖入光緒寢宮，將大臣上的奏摺搜括而去，怒斥光緒說：「我養了你二十餘年，你卻聽信小人之言算計我？」嚇得光緒「戰慄不發一語，良久囁嚅曰：『我無此意。』太后唾之曰：『癡兒，今日無我，明日安有汝乎？』」慈禧傳旨，稱光緒患病，不能理朝，恢復太后「訓政」。是日，光緒例行上早朝時，對群臣說：「朕不在乎自己的安危得失，死生聽天，你們要激發天地良心，顧全祖宗基業，保全新政，朕死無憾。」自此，光緒失去自由。

老謀深算的袁世凱已風聞慈禧重新訓政，在八月初五日（1898.09.20）光緒按原計劃召見他時，老袁亦知光緒身邊皆乃慈禧耳目，因而一改腔調，大談變法之不易，他先說：「古今各國變法非易，非有內憂，即有外患，請忍耐待時，步步經理，如操之太急，必生流弊。」他在談到「變法尤在得人」的問題上，先是吹捧慈禧欣賞的張之洞：「必須有眞正明達時務、老成持重如張之洞者，贊襄主持，方可仰答聖意。」接著，他借機攻擊維新派，以討好慈禧：「至新進諸臣，固不乏明達猛勇之士，但閱歷太淺，辦事不能愼密，倘有疏誤，累及皇上，關係極重。」光緒聽了，沒有回答，大約心中在想：袁世凱這傢伙眞會見風轉舵！

是日，光緒按原安排接見伊藤博文，因光緒已無權，又在慈禧嚴密監視之下，因之未能深談日本維新經驗，會見草草結束。

八月初五日（1898.09.20），袁世凱被光緒召見後，即乘火車回天津，傍晚到津，馬上見榮祿，簡單介紹一下北京形勢，和榮祿一起痛斥維新派，攻擊變法，正巧有客來訪榮祿，袁世凱只好先退。次日早上，袁世凱再訪榮祿，御史楊崇伊在座，出示慈禧訓政之電報，老袁知道光緒及維新派徹底失敗了，遂向榮祿出賣了譚嗣同夜訪時講的話。

八月初六日（1898.09.21）上午，就在袁世凱向榮祿告發譚嗣同的同時，清廷宣布慈禧訓政，但仍以光緒名義發布詔旨。此後召見大臣，慈禧與光緒並坐，大臣上奏，光緒不發一言，有時慈禧讓光緒發言，光緒不過說一兩句敷衍一下，這種狀態至光緒終生。慈禧還將光緒囚禁於皇宮西側南海瀛臺之涵元殿，令李蓮英選派二十名太監監管光緒。瀛臺爲一小島，四面是水，本有一木橋，慈禧令拆去，太監要乘小舟到岸上，傳說光緒在冬季踏冰上岸，爲太監所阻。光緒在頤和園住玉瀾堂，慈禧故意令在東西廂房內砌上磚墻，讓光緒明白，縱貴爲天子，亦被囚禁，以從精神上折磨光緒。光緒見一太監屋有《三國演義》，長嘆「朕不如漢獻帝也」。

八月十三日（1898.09.28），清廷在菜市口殺害譚嗣同、林旭、劉光第、楊銳、楊深秀、康廣仁，史稱「戊戌六君子」。康有爲、梁啓超逃往日本，戊戌變法失敗，中國失去一次振興圖強的機會。

史稱係袁世凱出賣維新派，導致慈禧發動政變，但從清宮檔案及史家考證看，慈禧八月初四日（1898.09.19）政變在前，袁世凱初六日（1898.09.21）向榮祿出賣在後，慈禧發動政變和袁世凱出賣譚嗣同沒有關係，但這亦是袁世凱在歷史舞臺上首次惡劣表演。

五、庚子禍亂

戊戌變法失敗後，慈禧想廢掉光緒，她令太醫捏造光緒病情，企圖以光緒患病爲藉口，謀廢立之事，不料遭到反對，列強堅持派西醫給光緒治療，使得慈禧暫時放棄了廢帝計劃。光緒二十五年（1899）冬，在慈禧授意下，頑固派載漪、崇綺、徐桐等上奏請求廢立，慈禧徵求榮祿意見後，決定將載漪之子溥儁繼承同治皇帝，溥儁的祖父惇親王奕誴是道光的第五子，咸豐的親弟弟，慈禧的親小叔子。溥儁的父親載漪，娶慈禧哥哥桂祥的女兒爲妻，溥儁的母親即是慈禧的親侄女・慈禧頗喜歡載漪，封他總理衙門大臣，掌管神機營，握軍事外交大權，儘管溥儁「愚呆且鄙」，因慈禧與他母親的特殊關係，仍堅持立溥儁，各列強仍然支持光緒。慈禧曾希望借慶賀新年之際，讓大阿哥溥儁與各國公使見面，各國公使拒絕出席以示杯葛。

此間義和團運動已自山東發展到京津一帶，載漪利用義和團盲目排外的情緒，企圖從中讓兒子順利當上皇帝。自戊戌政變後，朝中有識之士幾被趕盡殺絕，所餘皆迂腐愚昧之人，他們面對義和團和八國聯軍開戰之事，只能頻出荒唐可笑之下下策，導致義和團攻打北京外國使館以及八國聯軍入侵我國。面對這種形勢，慈禧召集臣工對洋人是「戰」與「和」問題徵求意見，光緒數次發言，這是他自戊戌政變至去世前唯一的一次有違慈禧意旨的公開表態，說明在國難當頭之時，他不計個人安危。

光緒二十六年五月二十日（1900.06.16）午刻，慈禧召臣僚四十餘人於中南海儀鑾殿東暖閣，室中跪滿，後至者跪門外，慈禧、光緒背窗而坐。光緒首先責備諸臣「不能彈壓亂民」，神色甚嚴厲，有的大臣希望令董福祥鎮壓義和團，載漪依仗自己兒子是大阿哥，不客氣地打斷，說：「好！此即失人心第一法！」大家明白，載漪在影射光緒，光緒反駁道：「人心何足恃？只能添亂。今人喜歡言兵，然自朝鮮之後，創鉅痛深，後果有目共睹，何況西洋各國之強，十倍於日本，列強聯合而謀我，中國以何禦之？」載漪仗著慈禧支持，頂撞光緒曰：「董福祥剿回民叛亂有功，用他禦洋人，當無敵。」光緒反駁道：「董福祥驕悍難用，洋兵武器厲害而且兵精，非回民可比也。」慈禧說：「我就靠董福祥了。」表明要向列強宣戰，否決了光緒的意見。

五月二十一日（1900.06.17）未刻，慈禧再召群臣到儀鑾殿，由光緒首先詰問總理衙門大臣、兵部尚書徐用儀，是和是戰？徐用儀本是后黨，戊戌變法期間被光緒革去軍機大臣之職，此次徐主和，和慈禧相左，他圓滑世故，不敢表態，光緒本來就厭惡他，拍著桌案厲聲斥道：「你仍然如此搪塞，難道就可以了事了嗎？」慈禧本想利用徐用儀反駁光緒，她鼓勵徐道：「皇上意在和，不想用兵，我的心很亂，今日廷議，可對皇上暢所欲言。」徐用儀才敢大聲言道：「用兵非中國之利，且不能由中國先開戰。」光緒見徐主和，與自己意見一致，遂和緩道：「對列強宣戰不是不能說，但是要知道中國積弱，兵又靠不住，用亂民以求一逞，能夠有結果嗎？」載漪又反駁光緒：「人心一解，國家還靠誰？」光緒一聽載漪又提「人心」，斥曰：「義和團亂民皆烏合之衆，能以血肉之軀和洋槍洋炮相搏嗎？況且空談人心，難道以民命爲兒戲？」此次御前會議沒有結果。

五月二十二日（1900.06.18）申刻，慈禧第三次召集御前會議，堅持對列強宣戰，群臣不敢反對，光緒只好請榮祿勸慈禧，光緒說：「我兵全不可依靠，事情要審慎，好在兵權在你手中，希望像太后那樣知己知彼，不宜魯莽宣戰。」榮祿沒有表示，他明白慈禧已決定開戰，勸也無用。

五月二十三日（1900.06.19）未刻，慈禧再次召群臣到儀鑾殿，這一次不是聽取意見，而是宣布開戰，命許景澄通知各國使臣。光緒對許說：「朕一人死不足惜，但是天下生靈怎麼辦？不要輕易開戰，要好好商量一下。」慈禧斥責光緒：「皇上放手，不要誤事。」光緒嘆曰：「可惜十八省數萬萬之生靈，將遭塗炭。」

八國聯軍入侵，清廷守土有責，下令宣戰，本爲正義之舉，但慈禧、載漪希望靠義和團法術制敵，以保住大阿哥，其出發點錯誤，加之毫無抵抗準備，一連串決策失誤，導致八國聯軍侵佔北京，慈禧脅迫光緒逃往西安，光緒爲擺脫慈禧，以與外國公使會談爲由，請求留在北京，慈禧就擔心洋人支持光緒，堅持光緒同行。清廷派李鴻章與奕劻爲全權大臣，與列強簽訂了喪權辱國的《辛丑條約》，光緒二十七年十一月二十八日（1902.01.07），慈禧、光緒才回到北京，慈禧被迫廢去大阿哥溥儁。據記載，光緒隨慈禧逃出北京後，他終日鬱鬱寡歡，每到一地都喜歡獨自「坐地作玩耍，尤好於紙上畫成大頭長身各式鬼形無數，仍拉雜扯碎之。有時或畫成一龜，於背上填寫袁世凱姓名，粘之壁間，以小竹弓向之射擊，即復取下剪碎之，令片片作蝴蝶飛」，可見他對袁世凱叛變他之深仇大恨。

六、光緒之死

光緒三十四年十月二十一日（1908.11.14），光緒結束了三十四年傀儡皇帝生涯，含著無限屈辱和遺憾的心情，「崩於瀛臺之涵元殿」；時隔不到二十小時，慈禧亦「崩於中南海之儀鑾殿」。慈禧死時七十四歲，而光緒死時僅三十八歲，人們多認爲是慈禧自知將死，先害死光緒，自己再死，此說影響甚廣。但是，從光緒死前的脈案分析，他是患病而死。

光緒自四歲開始失去母愛，在慈禧狠毒管束下戰戰兢兢度日，沒有童年快樂，沒有家庭溫暖，心情抑鬱，孤獨恐懼。戊戌政變後，遭到軟禁，身體迅速惡化。他在婚姻生活上也很不幸，慈禧給他指定的隆裕皇后，他不感興趣，只愛珍妃。珍妃姓他他拉氏，光緒十四年（1888），年僅十三歲的珍妃與其姊瑾妃同時選爲嬪，光緒二十年（1894），因慈禧六旬慶典，姊妹同升爲妃。珍妃聰穎活潑，深得光緒寵愛。珍妃手下太監在外胡作非爲，賣官鬻爵，事發，慈禧正在惱怒自己的外甥女隆裕皇后失寵，遂借機杖責珍妃，嚴懲其違法太監。戊戌變法中，因珍妃胞兄志銳支持變法，被慈禧貶斥到烏里雅蘇臺。更有甚者，戊戌政變後光緒長期被囚禁，斷絕了他與珍妃的來往，慈禧在光緒二十六年七月二十一日（1900.08.15）逃出北京當天，下令將珍妃推入皇宮內寧壽宮外井中溺死。光緒知道後，「悲憤之極，至於戰慄」，內心受到巨大創傷。光緒因此患嚴重的精神官能症、肺結核、心血管疾病及腎結核，在當時皆乃不治之症。

脈案記載，光緒三十三年八月二十二日（1907.09.29），他相繼出現「潮熱、盜汗、咳嗽、心悸、失眠、頭暈、耳鳴、健忘」等症，且已進入晚期。光緒三十四年（1908）三月，西藏活佛達賴喇嘛請求於秋天來京陛見，李蓮英鑑於光緒病重，認爲活佛與皇帝同居一城，必有一人不利，建議慈禧取消此事，慈禧卻說：「皇帝之病，已知必不能癒，活佛來京與否，無所關涉」，說明光緒死數已定，無須人害。此後，曾召集全國名醫爲光緒診治，均無效。

十月十七日（1908.11.10），光緒死前四天，他生命已垂危，這一天有三名御醫入診，一致認爲他「元氣大虧，病勢危篤已極」。江蘇名醫杜鐘駿參加搶救，光緒哭問御醫：「你有何法救我？」杜問：「皇上大便如何？」光緒說：「九日不解。」御醫退出說：「此病不出四日，必出危險。」十月二十日（1908.11.13）脈案記載，光緒已是「目瞼微而白珠露，嘴有涎而唇角動」，此乃中樞神經症狀，人處彌留之際，次日死亡。若係被害死，不會拖這麼久。1982年（民國七十一年），開其陵墓，化驗其遺骨，亦診斷爲病逝，無中毒跡象。

光緒死前，遺囑很簡單：「殺袁世凱。」光緒躺在冰冷的涵元殿，隆裕皇后跪在屍體前哭訴自己的懺悔，但是光緒已經聽不到了。在文藝作品中多寫隆裕如何成爲慈禧爪牙和鷹犬，但在檔案中，未發現她有何劣跡，清宮嚴禁后妃干政。隆裕也很不幸，和光緒沒有感情，沒有夫妻生活，她怨恨光緒寵珍妃，但她又擔心慈禧廢去光緒，她的皇后也就不存在，她就在矛盾中生活。

光緒死後，無兒女，滿朝希望立一個年長些的國君，以應付多事之秋，但慈禧卻立三歲的溥儀繼承同治，是謂中國最後一個皇帝——宣統皇帝。慈禧目的不言而喻，她要繼續執政。慈禧在死前二小時還下令「所有軍國政事，悉秉承予之訓示，裁度施行」，說明她要當太皇太后，繼續掌權，不認爲自己死期已至。但是，光緒死後第二天，慈禧一顆日日提防光緒的緊張心情，猛然鬆弛下來，很自然又想到親子同治之死，一個老太婆的心理無法承受這種變化，「精神萎頓」；

加之宮中自十月初十日（1908.11.03）開始爲慈禧祝壽，一連六天演戲，慈禧勞累，咳嗽、腹瀉，突然死亡。三年後，大清亡國。

宣統元年（1909）正月，諡光緒曰：「同天崇運大中至正經文緯武仁孝睿智端儉寬勤景皇帝」，廟號德宗。七月，葬於河北易縣西永寧山崇陵。

光緒皇帝事典

年表（1875~1908）

辭條解釋（571條）

西元	年號	大事記
1875	光緒元年	正月初一日，以吏部尚書英翰、兵部尚書**沈桂芬**爲**協辦大學士**。
1875	光緒元年	正月初十日，廢除內地民人渡臺禁例。
1875	光緒元年	正月初十日，**沈葆楨**奏請在臺灣府爲明末延平郡王朱成功（**鄭成功**）建立專祠，以使「臺民知忠義之大可爲」。

沈桂芬（1818～1881）　字經笙，順天宛平（今北京）人。道光進士。同治二年（1863），署山西巡撫。時因鴉片馳禁，山西種植罌粟甚多，民食不敷，糧價陡增，他刊發章程，飭屬嚴禁。同治六年，任軍機大臣，兼總理各國事務衙門大臣。光緒五年（1879），崇厚與俄人議訂條約，喪權辱國，舉國譁然，他從中委曲調停，易使往議，改訂條約。

協辦大學士　官名。清代自雍正後，於內閣滿、漢大學士各二人之外，增設協辦大學士滿、漢各一人，官階僅次大學士一級，從一品。其職務待遇均與大學士相同。亦別稱中堂。又稱「協揆」。自雍正七年（1729）軍機處成立後，大學士、協辦大學士逐漸成爲封授各部尚書和外省督撫的榮譽虛銜。

沈葆楨（1820～1879）　字幼丹，福建侯官（今福州）人。道光進士。初任監察御史、知府等職。娶林則徐之女爲妻。後入湘軍幕，參與鎮壓太平軍，受曾國藩賞識。咸豐十一年（1861），升江西巡撫。同治三年（1864），捕殺幼天王、洪仁玕等。同治五年，任福建船政大臣，主辦福州船政局。他擴充廠房，增添設備，創辦學堂，派遣留學生出國學

1875	光緒元年	正月十二日，准在臺灣琅嶠添設恆春縣。
1875	光緒元年	正月十六日，英國駐華使館翻譯官**馬嘉理**於雲南永昌府（今保山市）被殺死。
1875	光緒元年	正月十六日，命督辦新疆軍務景廉、前寧夏將軍**金順**務當規劃全局，收復烏魯木齊。

習，取得一定成效。同治十三年，日本尋釁琉球，他受命巡視海防，加強了對臺灣的管轄、防務和經濟開發，爲維護海疆安全做出了一定貢獻。光緒元年（1875），任兩江總督、兼南洋通商大臣，參與經營輪船招商局。著有《沈文肅公政書》。

鄭成功（1624～1662）　字明儼，號大木，原名福松，又名森，泉州南安（今福建南安）人。清初民族英雄。南明隆武年間，受唐王寵遇，賜姓朱，改名成功，時稱「國姓爺」。順治三年（1646），清軍南下入閩，他起兵反清，永曆政權封他爲延平郡王。十六年，兵敗，退回沿海。十八年，率軍渡臺灣海峽，於鹿耳門（今臺灣臺南市西北）登陸，在臺灣人民支援下，逐出荷蘭侵略軍。康熙元年（1662），總攻臺灣府城（今臺灣臺南市）。殖民頭目揆一被迫出降，自此收復臺灣。後即著手建立政權，整頓法紀，安定社會，實行軍屯，又推廣大陸先進生產技術，促進了臺灣地區的經濟發展。不久病死。

馬嘉理（Augustus Raymond Margary, 1846-1875）　英國領事官。1867年（同治六年）來華，歷任駐臺灣、煙臺等地領事。1874年，調往上海英國領事館。同年，奉令赴雲南迎接由緬甸入滇的英國探路隊。1875年1月，他與探路隊頭目柏郎（Colonel

1875	光緒元年	正月十七日，內閣學士廣安奏，請飭廷臣會議，頒立鐵劵，明定將來光緒帝若生皇子即承繼**同治帝**爲嗣。
1875	光緒元年	正月二十日，**光緒帝**登極典禮行於紫禁城太和殿。翌日，頒詔大赦天下。

Horace Albert Browne, 1832-1914）在緬甸八莫會齊。2月初，他先柏郎兩日啓程，21日（光緒元年正月十六日），在雲南被殺。這件事被稱爲「馬嘉理事件」，亦稱「雲南事件」或「滇案」。他死後出版有《漢口大理之行雜錄》。

金順（？～1885） 伊爾根覺羅氏，字和甫，滿州鑲黃旗人。初授驍騎校尉。太平天國起義，隨多隆阿轉戰湖北、安徽。同治二年（1863），任協領。後參加圍剿陝甘回民起義，授鑲黃旗漢軍副都統。同治五年，任寧夏副都統。八年，暫代寧夏將軍。十年，擢升烏里雅蘇臺將軍，不久因過革職。十二年，復職。經陝甘總督左宗棠保奏，率兵二十營，駐守烏魯木齊，任正白旗漢軍都統。幫辦新疆軍務，討伐阿古柏。先後收復烏魯木齊等五座城市。光緒元年（1875），調伊犁將軍。四年，攻克西四城。七年，奉命接收伊犁，按約劃界。十一年，返京時病死甘肅。

同治帝（1856～1875） 即愛新覺羅．載淳。咸豐帝之子。滿族。在位十三年（1862～1875）。即位時年僅六歲，由生母慈禧太后掌握實權。統治期間，實行「借洋兵助剿」政策，鎮壓太平天國起義和捻軍、回民、苗民、彝族人民等起義。十九歲時病死，廟號穆宗。

光緒帝（1871～1908） 即愛新

1875	光緒元年	正月二十九日，總理衙門請飭在廷諸臣會議海防事宜。
1875	光緒元年	二月初三日，密諭陝甘總督**左宗棠**就海防、塞防之爭奏陳意見。
1875	光緒元年	二月十二日，英使**威妥瑪**就**馬嘉理案**照會總理衙門，提出六點要求。

覺羅・載湉。在位三十四年（1875～1908）。年號光緒。醇親王奕譞之子，道光帝之孫。同治帝死無嗣，遂入繼爲帝。因年幼，長期由慈禧太后垂簾聽政。光緒十三年（1887）親政後，朝政仍操縱在慈禧太后的手裡。中日甲午戰爭中主戰。《馬關條約》簽訂後，民族危急空前嚴重，表示不願做「亡國之君」，開始接近維新派。光緒二十四年四月二十三日（1898.06.11），下定國是詔，許官民上書言事，裁撤冗員，裁減綠營，發展工商業，改革考試制度，辦學堂，設譯局、報館，獎勵新發明等，史稱「戊戌變法」。遭到頑固派的極力反對。八月初六日（1898.09.21），慈禧太后發動政變，被幽禁於中南海瀛臺。此後雖名爲皇帝，實爲傀儡。二十六年，義和團運動興起後，力主鎮壓，反對西太后對外宣戰。八國聯軍迫近北京時，被慈禧太后挾持，逃往西安。光緒三十四年十月二十一日（1908.11.14），先慈禧太后一日死於北京。廟號德宗。

左宗棠（1812～1885）　字季高，一字樸存，湖南湘陰人。道光舉人。咸豐十年（1860），由曾國藩推薦，率湘軍赴江西、皖南與太平軍作戰。同治元年（1862）初，升浙江巡撫。旋即與法國組織「常捷軍」，進攻浙江太平

1875	光緒元年	二月十四日，命雲南巡撫岑毓英查辦馬嘉理案，並防英人藉此尋釁。
1875	光緒元年	二月十八日，頒賞琉球國入貢使臣毛精長等緞匹，並賞賜該國王緞匹文綺如例。
1875	光緒元年	二月二十日，同治帝后嘉順皇后卒。

軍。五年，創辦福州船政局，成爲洋務派首領之一。六年，調任陝甘總督，率湘軍先後鎮壓西部捻軍和陝甘回民起義。創辦蘭州製造局、蘭州機器織呢局等企業。光緒元年（1875），任欽差大臣督辦新疆軍務。次年，出兵新疆，擊敗俄、英支持的阿古柏侵略軍，收復除伊犁以外的天山南北各地。他主張加強邊防，開發新疆，並率軍出屯哈密，力圖收復伊犁。光緒七年，升軍機大臣，調兩江總督兼通商事務大臣。十年，中法戰爭時，督辦福建軍務，力主出兵抗法。次年，病死福州。著有《左文襄公全集》。

威妥瑪（Sir Thomas Francis Wade, 1818-1895） 英國外交官、漢學家。又譯韋德。1841年（道光二十一年），參加鴉片戰爭。1852年（咸豐二年），任英國駐上海副領事。1854年，英、法、美三國攫取上海海關管理權後，任上海江海關第一任外人稅務司。1855至1871年，任英駐華使館漢文正使（漢務參贊）。1871年（同治十年），任英國駐華公使。1876年（光緒二年），藉口馬嘉理案，強迫清政府簽定《煙臺條約》。1883年，回國。1888年，任劍橋大學首任漢語教授，設計拉丁字母拼寫漢字，這種拼法成爲「威妥瑪式」。著有《語言自邇集》、《尋津錄》等

1875	光緒元年	二月二十七日，禮親王**世鐸**等奏報會議海防事宜情形，認爲海防爲最要之圖。
1875	光緒元年	三月初七日，左宗棠復奏海防塞防意見，認爲二者不可偏廢。
1875	光緒元年	三月十八日，雲南巡撫岑毓英奏報，派員護送緬甸貢使來京。
1875	光緒元年	三月二十日，命東三省整頓駐防旗兵。
1875	光緒元年	三月二十一日，**總理衙門**請飭滇省持平辦理

。

馬嘉理案　即「馬嘉理事件」。見「**馬嘉理**」條。

世鐸　清宗室，封禮親王。光緒十年（1884），中法戰爭爆發，奕訢因兵敗被逐出軍機處，他代爲領班軍機大臣，但一切均受醇親王奕譞操縱。二十一年，奕訢復任領班軍機大臣，他仍留在軍機處內。宣統三年（1911），任宗人府宗令，兼奕劻內閣弼德院顧問。

總理衙門　全稱「總理各國事務衙門」，又簡稱爲「總署」、「譯署」。咸豐十一年（1861）初，奕訢等奏請設立。是清政府辦理對外事務的中央機構。設立總理大臣，下設總辦章京、幫辦章京、章京和額外章京。職責是辦理外交事務，選派駐各國公使，兼管通商、海防、關稅、廠礦、鐵路、軍工、譯文和派遣留學生等事務，並管轄南北洋通商大臣。光緒二十七年（1901），改爲外務部，班列各部之首。

丁寶楨（1820～1886）　字稚璜，貴州平遠（今織金）人。咸豐進士。咸豐四至六年間（1854

		馬嘉理案。
1875	光緒元年	三月二十八日，命左宗棠爲欽差大臣督辦新疆軍務。
1875	光緒元年	四月十二日，山東巡撫**丁寶楨**代奏候補同知**薛福成**所上條陳「治平六策」及「海防密議十條」。
1875	光緒元年	四月二十四日，命浙江**學政**胡瑞瀾複審楊乃武與葛畢氏案。

～1856），在平遠、平越等地參與鎮壓教軍和苗民起義。十年，授湖南岳州府知府。同治二年（1863），授山東按察使。五年，升山東巡撫，鎮壓宋景詩、捻軍起義；以誅殺慈禧太后寵信太監安德海名噪一時。光緒元年（1875），籌辦渤海海防，創辦山東機器局。次年，調任四川總督，建四川機器局，改革都江堰水利工程。光緒十一年，英國佔領緬甸、侵犯西藏時，籌劃西南防務，不久，病死。有《丁文誠公奏稿》。

薛福成（1838～1894）　字叔耘，號庸庵，江蘇無錫人。清末外交家、改良主義思想家。初入曾國藩幕府，後隨李鴻章辦外交。光緒五年（1879），著《籌洋芻議》，主張改革政治，發展資本主義。光緒十年，中法戰爭期間，任浙江寧紹道臺，與提督歐陽利見在鎮海擊退法艦進攻。十五年，以左副都御史出使英、法、比、意四國。有《庸庵全集》等。

學政　官名。清代「提督學政」的簡稱，俗稱學臺，亦稱督學使

1875	光緒元年	四月二十六日，派**李鴻章**爲督辦北洋海防大臣、沈葆楨爲兩江總督兼南洋大臣。
1875	光緒元年	四月二十六日，令在臺灣、磁州（今河北磁縣）試辦煤鐵之礦業。
1875	光緒元年	四月，北洋大臣李鴻章與稅務司**赫德**議定向

者。由朝廷派往各省，專管生員的考試黜陟，按期到各府廳視察考試，稱爲「案臨」。學政由朝廷在進士出身的侍郎、京堂、翰林、科道、部署各官中選拔，任期三年。任職期間，無論官階大小，一律與督撫平行。光緒三十二年（1906），改爲提學使，歸督撫節制，主管所在省的教育。辛亥革命後撤銷。

李鴻章（1823～1901）　字少荃，安徽合肥人。道光進士。咸豐三年（1853），在籍辦團練，繼而投靠曾國藩。十一年，編練淮軍；次年，調至上海，在英、法、美支持下與太平軍作戰，升任江蘇巡撫。同治四年（1865），署兩江總督。次年，繼曾國藩任欽差大臣，先後鎮壓了東、西捻軍。同治九年，繼曾國藩任直隸總督兼北洋大臣，掌管外交、軍事、經濟大權。爲了挽救清朝統治，大辦洋務，開辦了一批近代軍事工業和民用工業，並借此擴充淮軍勢力，建立了北洋艦隊。在歷次對外交涉和對外戰爭中，力主妥協退讓，導致對外戰爭失敗，與外國侵略者簽訂了一系列喪權辱國的條約，如：《煙臺條約》、《中法新約》、《馬關條約》、《中俄密約》、《辛丑條約》等。光緒二十七年（1901），病死。有《李文忠公全集》。

赫德（Sir Robert Hart, 1835-1911）　英國人，字鷺賓。1854年（咸豐四年），抵香港，任職

		英國訂購炮艇四艘。
1875	光緒元年	五月初一日，**福州船政局**所造第十六艘木殼蒸汽推進輪船「元凱」號下水。
1875	光緒元年	五月初六日，命前江蘇巡撫**丁日昌**赴天津，幫同李鴻章辦理海防事務。

英國商務監督公署。1855年，任寧波領事館翻譯。1858年，調任廣州領事館助理。1589年，任粵海關副稅務司。1863年（同治二年），繼李泰國爲中國海關總稅務司。制訂了一套由外國人管理的半殖民地海關制度，推行於中國各口岸。控制中國的財政收入，干涉中國的內政外交，擴展列強特別是英國的侵華權益。1866年，提出《局外旁觀論》，要求清政府遵守不平等條約，建議引進西方資本主義工業技術和新式武器。次年底，支持卸任的美國公使蒲安臣（Anson Burlingame, 1820-1870）擔任「辦理各國中外交涉事務大臣」，率領中國使團出訪歐美各國。1876年（光緒二年），配合英國公使威妥瑪迫使清政府簽《煙臺條約》。中法戰爭期間，暗助法國迫清廷簽《中法新約》，法國授其「榮譽團大公」稱號。1901年，支持各國脅迫清政府簽訂《辛丑條約》。1908年，請假回國，加尚書銜。控制中國海關達四十八年之久。著有《中國論集》等。

福州船政局　又稱「馬尾船政局」，清政府創辦的規模最大的船舶修造廠。同治五年（1866），左宗棠於福州設立。中法戰爭中，船廠遭到嚴重破壞，後經修復繼續生產。辛亥革命後，改稱「海軍造船所」。該廠附設有新式學堂，並派遣留學生出國留學。

丁日昌（1823～1882）　字禹生

1875	光緒元年	五月十三日，寄諭督辦新疆軍務左宗棠當一意西征。
1875	光緒元年	五月十四日，准總理衙門保薦陳蘭彬、李鳳苞、何如璋、徐建寅、許鈴身、許景澄等「才堪出使」。
1875	光緒元年	五月十六日，派湖廣總督**李瀚章**赴雲南查辦馬嘉理案。
1875	光緒元年	五月十七日，岑毓英奏報所查馬嘉理案情形。
1875	光緒元年	六月初四日，命兩廣總督英翰、廣東巡撫張兆棟查禁「闈姓賭局」。
1875	光緒元年	六月初十日，總理衙門擬每年爲南北洋海防

，又作雨生，廣東豐順（今豐順北）人。貢生出身。初在籍辦團練鎮壓潮州人民起義。咸豐九年（1859），任江西萬安知縣，後入曾國藩幕。同治元年（1862），被李鴻章調往上海主辦洋炮局（後併入江南製造總局）。四年，升任蘇松太道。七年起，歷任江蘇、福建巡撫（兼臺灣學政和兼督船政）。後因貪污被劾，稱病辭職。有《撫吳公牘》等。

李瀚章（？～1888）　安徽合肥人，李鴻章之兄。歷任湖南永定、益陽、善化知縣。咸豐元年（1851），參加鎮壓太平軍。任江西吉南贛寧道、廣東督糧道、按察使、布政使。同治四年（1865），任湖南巡撫。率兵進攻太平軍餘部李世賢部，鎮壓貴州苗民暴動。六年，授江蘇巡撫，未任

		經費撥銀四百萬兩。
1875	光緒元年	六月十三日，派丁日昌爲中祕（祕魯）換約大臣，並與該國再商華工保護事宜。
1875	光緒元年	六月二十七日，命黑龍江練兵一萬名，由山東等省每年撥給**地丁**等銀八萬四千兩。
1875	光緒元年	七月初三日，威妥瑪於天津和李鴻章談馬嘉理案。
1875	光緒元年	七月初八日，英使威妥瑪派使館漢文正使（翻譯參贊）梅輝立（William Frederick Mayers, 1831-1878）來見李鴻章，表示願在天津商議**滇案**，並提出六點要求。

，旋署湖廣總督。七年，任浙江巡撫。再署湖廣總督。光緒元年（1875），任四川總督。次年，回任湖廣。因丁憂，居家六年。後再任漕運總督，未幾調任兩廣總督。廣東舊有闈姓賭局，官抽捐四成充餉。廣東巡撫馬丕瑤以其有礙政體，奏請革除。李瀚章爲籌軍餉，主張維持舊例。爲輿論所不滿，尋借疾告歸，數年後病死。

地丁　清初實行「攤丁入地」後田賦和丁銀的合稱。明初，賦、役分別徵收。實行「一條鞭法」後，徭役一般折成丁銀，逐漸併入田賦，但丁銀和田賦仍是兩個稅目。清代普遍施行「攤丁入地」的辦法，地丁合一，過去所徵各項錢糧名目不再通行，統稱「地丁」或「地丁錢糧」。

1875	光緒元年	七月初九日，左宗棠奏與俄人訂立購糧合同。
1875	光緒元年	七月初十日，命自明年開始，每年由戶部撥銀七十萬兩，作爲「東三省的餉」。
1875	光緒元年	七月初十日，命兩廣總督英翰等嚴禁澳門等處以招工名義拐騙華人販賣出洋。
1875	光緒元年	七月十四日，准沈葆楨雇用洋人開採臺北雞籠煤礦（**基隆煤礦**），並諭以務須委員妥爲經理，即有需洋人之處，仍當權自我操，勿任彼族攙越。
1875	光緒元年	七月二十八日，派**郭嵩燾**爲出使英國大臣，

滇案　即「馬嘉理事件」。見「**馬嘉理**」條。

基隆煤礦　中國近代最早使用機器開採的煤礦。初爲手工採掘。光緒元年（1875），由兩江總督沈葆楨奏請開辦後，聘英國礦師翟薩選定臺灣（今基隆）礦區，並從英國購置機器，雇傭技師和工匠。次年，鑿井開鑽。經費由福州船政局籌撥，每年約五至十萬，雇工多時千餘人。光緒四年，正式投產；七年，年產量爲五萬四千噸。主要供應福州船政局，也有部分出售市場。十年，中法戰爭時，遭嚴重破壞，戰後生產日益衰落。二十一年，中日《馬關條約》簽訂後被日本侵佔。抗日戰爭勝利後，由國民政府接收。

郭嵩燾（1818～1891）　字伯琛，號筠仙，湖南湘陰人。道光進士。咸豐三年（1853），曾協助曾國藩創建湘軍，鎮壓太平軍。同治二年（1863），升廣東巡

		許鈐身爲副使。
1875	光緒元年	七月二十八日，沈葆楨奏臺灣不宜另設一省。
1875	光緒元年	八月初二日，命將兩廣總督英翰開缺來京（因擅自弛禁粵省闈姓賭局），交部議處。
1875	光緒元年	八月初二日，以**劉坤一**爲兩廣總督、劉秉璋爲江西巡撫。
1875	光緒元年	八月初八日，派前江蘇巡撫**薛煥**赴雲南，幫同李瀚章查辦馬嘉理案。允明發派郭嵩燾等出使英國之上諭。

撫。後任兵部侍郎。光緒二年（1876），出使英國。四年，兼駐法公使。在處理馬嘉理案中，附和李鴻章妥協方針，與副使劉錫鴻不合，辭職歸國。他積極參與洋務運動，主張允許私人開辦企業，反對官辦壟斷。著述頗豐，有《禮記質疑》、《大學中庸質疑》、《訂正家禮》、《周易釋例》、《毛詩約義》、《詩文集》等。

劉坤一（1830～1902）　字峴莊，湖南新寧人。廩生出身。初入劉長佑幕，鎮壓太平軍。同治元年（1862），任廣西布政使。四年，升江西巡撫。光緒元年（1875），擢兩廣總督。五年，調任兩江總督兼南洋通商大臣，長達二十多年。曾與李鴻章等倡辦洋務。中日甲午戰爭後期，被任命爲欽差大臣，率湘軍出山海關與日軍作戰，經遼河一役，全線潰敗。二十二年，重任兩江總督。二十六年，義和團運動中，與

1875	光緒元年	八月初八日，沈葆楨奏，擬將船政局造第十七、十八號輪船名「藝新」及「登瀛洲」。
1875	光緒元年	八月十九日，英使威妥瑪照會總署，稱中國辦理滇案「絲毫未見實心」，「本大臣現當陳明本國，不日將帶同僚屬南下」。
1875	光緒元年	八月二十一日，**「江華島事件」**發生。
1875	光緒元年	八月二十九日，准各部院大臣與外國駐京公

張之洞發起所謂「東南互保」。有《劉坤一遺集》。

薛煥（1815～1880）　字覲堂，四川興文人。舉人出身。咸豐三年（1853），以捐班知府帶領川勇鎮壓上海小刀會起義。五年，任蘇松太道。十年，太平軍攻克常州、蘇州時，升任江蘇巡撫署兩江總督，與吳煦、楊坊等勾結美國人華爾（Frederick Townsend Ward, 1831-1862）組織洋槍隊，鎮壓太平天國起義；並引英、法軍隊入上海，阻止太平軍進上海。同治元年（1862），任通商大臣，轉授禮部左侍郎、總理衙門大臣。光緒元年（1875），赴雲南辦理馬嘉理案。六年，病死於原籍。

江華島事件　先是，日本明治政府成立伊始，由於朝鮮李朝政府拒絕接受其帶有「皇」、「敕」字樣之國書（朝鮮說只知道有中國大清皇帝，而不知其他），其權要人物木戶孝允等即借機煽動所謂「征韓論」。此後又有另一權要西鄉隆盛爲首一批人堅持要把「征韓論」立即付諸實施，因與「緩征派」岩倉具視等意見分歧，竟憤而辭職，以至不惜發動內亂。1875年9月20日（光緒元年八月二十一日），日本軍艦「雲揚」號未經許可，擅自闖入朝

		使有所往來。
1875	光緒元年	九月十一日，命各省督撫對持有總署所給護照之外國人，必須妥為保護。
1875	光緒元年	九月十六日，第四批留美幼童三十名由上海出洋。
1875	光緒元年	九月十七日，光緒帝與**慈安太后**、**慈禧太后**送同治帝及孝哲皇后靈柩赴東陵。

鮮仁川附近水域測量航路，並以尋找淡水為名派舢板向江華島炮臺靠近，遭到炮臺鳴炮警告，該艦長井上良馨少佐即下令發炮攻擊，將炮臺打毀，復派陸兵登岸攻陷永宗城，劫掠一空，又放火焚毀，然後退回艦上，是為「江華島事件」（日方謂之「雲揚號事件」）。事件發生後，日本官方及其國內輿論咸以朝鮮無禮，「征韓論」再度甚囂塵上。

慈安太后（1837～1881）　清咸豐帝后。滿洲鑲黃旗人。鈕祜祿氏。咸豐帝病死後，六歲的載淳即位，1862年起改元「祺祥」。尊為母后皇太后。又上徽號「慈安」。因住東宮，俗稱東太后。在那拉氏（即慈禧太后）慫恿下，參與密謀廢除八大臣輔政的政變計劃。政變成功後與那拉氏共同垂簾聽政。改元「同治」，實權實際上操於慈禧太后之手。光緒七年三月初十日（1881.04.08）崩，尊諡「孝貞顯皇后」。

慈禧太后（1835～1908）　清咸豐帝妃。同治、光緒兩朝實際統治者。葉赫那拉氏，滿洲正黃旗人。咸豐元年（1851），被選入宮。十年，咸豐帝死，其子載淳六歲即位，被尊為聖母皇太后，又上徽號「慈禧」。因住西宮，俗稱西太后。同年十月，夥同恭

1875	光緒元年	十月初一日，山東巡撫丁寶楨奏籌設機器局，製造子彈彈藥。
1875	光緒元年	十月十九日，劉坤一奏江蘇有「安清道友」、「哥老會」兩大會黨。
1875	光緒元年	十月三十日，定福建巡撫「冬春駐臺灣，夏秋駐福州」之制。
1875	光緒元年	十一月初一日，准以濟嚨呼圖克圖阿旺班墊曲吉堅贊代辦商上事務。
1875	光緒元年	十一月初五日，以廣西巡撫**劉長佑**爲雲貴總督，嚴樹森爲廣西巡撫。

親王奕訢發動宮廷政變（亦稱「辛丑政變」、「祺祥政變」），垂簾聽政。十三年，同治帝死，又立五歲侄載湉爲帝，年號光緒，仍行聽政。光緒十五年（1889），名義上歸政於光緒帝，但仍控制軍政實權。二十四年，發動戊戌政變，幽禁光緒帝，公開執政，直至三十四年，病死。統治期間，對內殘酷鎮壓人民的反抗、維新變法運動以及資產階級活動；對外妥協投降，與帝國主義簽訂了一系列喪權辱國的條約，是近代半殖民地化中國腐朽勢力的代表。

劉長佑（1818～1887）　字印渠，湖南新寧人。拔貢出身。咸豐二年（1852）後，隨江忠源率鄉勇至廣西參與圍剿太平軍。九年，與李續賓打敗石達開軍。次年，升任廣西巡撫。同治元年（1862），擢升直隸總督。二年，

1875	光緒元年	十一月十二日，李瀚章、薛煥奏報查辦馬嘉理案情形，請將地方官吳啓亮革職。
1875	光緒元年	十一月十四日，命陳蘭彬、容閎均加二品**頂戴**，允出使美國、日國（西班牙）、祕魯三國欽差大臣。
1875	光緒元年	十一月十四日，以丁日昌爲福建巡撫，並督辦福州船政局事務。
1875	光緒元年	是年，丁寶楨在濟南創辦山東機器局。
1876	光緒元年	十二月十二日，兩宮太后懿旨，派署侍郎內閣**大學士翁同龢**、侍郎夏同善於明年三月在毓慶宮授讀光緒帝。

鎮壓宋景詩起義軍。六年，因屢戰失利被革職。十年，又被起用，歷任廣東巡撫、雲貴總督等職。有《劉武愼公遺書》。

頂戴　清代區別官員級別的帽子上頂珠質色。官員禮帽帽頂均綴紅色之纓，帽頂中央爲珠形帽飾，以珊瑚、藍寶石、青金石、水晶、硨磲、金、銅等製成，按品級而分質色，一、二品紅色，三、四品藍色，五、六品白色，六品以下用銅黃色。通常皇帝可賞給無官之人某品頂戴，亦可對次一品等的官員賞以較高的頂戴，以示恩寵。如總督爲從一品，若賞加頭品頂戴，即可按正一品待遇。

大學士　官名。清初，在內三院，即內國史院、內祕書院、內弘文院，各設大學士一人。後將內三院改爲內閣，大學士即成爲內閣主官。定額滿、漢各兩人，正

1876	光緒元年	十二月十四日，命將楊乃武與葛畢氏案提交刑部審訊。
1876	光緒元年	十二月二十日，准於臺灣添設臺北府、淡水縣、宜蘭縣，將原淡水廳改設新竹縣，噶瑪蘭廳通判一缺改爲臺北府分防通判，移紮雞籠，臺灣南路同知駐紮卑南（今臺東）。
1876	光緒元年	十二月二十二日，予盛京將軍以**總督**體制。
1876	光緒元年	十二月二十八日，日使森有禮與李鴻章在保定會談中朝、中日、日朝關係等問題。
1876	光緒二年	正月初七日，命南洋大臣沈葆楨籌借洋款一

一品，以殿閣之名入銜，即保和殿、文華殿、武英殿、體仁殿、文淵閣、東閣大學士。別稱中堂。自雍正七年（1729）軍機處成立後，內閣不再握實權，大學士逐漸成爲優禮各部尚書和外省督撫的榮譽虛銜。

翁同龢（1830～1904）　字叔平，江蘇常熟人。咸豐狀元，光緒帝師傅，爲帝黨首領。歷任戶部侍郎，都察院左都御史，刑部、工部、戶部尚書等職。於光緒八年（1882）、二十年，兩入軍機處，兼總理各國事務衙門大臣。光緒二十年中日戰起，他力主抗戰。《馬關條約》簽訂後，欲扶光緒帝親政，籌思革新，支持康有爲變法主張，並向光緒帝密薦康有爲。二十四年四月，光緒帝宣布變法後四天，被慈禧下令開缺回籍。戊戌政變後被革職，交地方官管束。有《翁文恭公日記》、《瓶廬詩文稿》。

總督　官名。明代始以總督爲最高地方長官。清制，總督主管一省或二、三省軍民要政，別稱制

		千萬兩作爲西征軍餉。
1876	光緒二年	正月二十八日，劉錦棠統兵往肅州準備出關收復新疆。
1876	光緒二年	二月初二日，日本與朝鮮簽訂《**江華條約**》。
1876	光緒二年	二月初三日，准送兩隻「四不像」（麋鹿）給德國，以示友好。
1876	光緒二年	二月十八日，威妥瑪照會總署，要求允許上海英商修造**吳淞鐵路**。

府、制臺、制軍，地位略高於巡撫，例兼兵部（光緒末改爲陸軍部）尚書、都察院右都御史銜。官階正二品，加尚書銜者爲從一品。此外設有專管漕運的漕運總督和專管河道堤防、疏浚的河道總督。

江華條約　該條約宣稱「朝鮮爲自主之邦，保有與日本平等之權利」（此語係針對朝鮮與中國之傳統宗藩關係而然，意在否認中國對於日本侵略朝鮮行爲之干預權），並規定日本可以派使臣駐朝鮮京城（漢城）；朝鮮在京畿、忠清、全羅、慶尙、咸鏡等五道之中對日開放通商口岸兩處；日本船隻可以在朝鮮任何港口停泊避風或購買需要之物；朝鮮國之沿海島嶼、沿礁應准日本航海業者自由測量以編製圖志；兩國商民任意貿易，官吏不得干涉；日本國人在朝鮮口岸僑居地犯罪而與朝鮮人有關者，由日本官吏審理。是爲朝鮮近代史之開端。

吳淞鐵路　外國人擅自在中國修築的第一條鐵路。同治十一年至

1876	光緒二年	三月初一日，左宗棠奏報西征糧運、關外敵情及進兵布置方略。
1876	光緒二年	三月初四日，李鴻章函告總署擬派卞長勝等七人赴德國學習軍事。
1876	光緒二年	三月初七日，命順天府府尹吳贊誠開缺充督辦福建船政大臣。
1876	光緒二年	三月十五日，命景廉在**軍機大臣**上學習行走、涂宗瀛爲廣西巡撫。
1876	光緒二年	三月十八日，命沈葆楨等阻止英商在上海擅造鐵路。
1876	光緒二年	三月二十八日，擢四川布政使文格爲雲南巡撫。
1876	光緒二年	四月初十日，准直隸將軍減免稅釐。
1876	光緒二年	四月十二日，准廓爾喀（尼泊爾）按期呈進

光緒二年間（1872～1876），未經清政府同意，英美合資公司「吳淞鐵路公司」修築的鐵路，從上海到吳淞。光緒二年閏五月十二日（1876.07.03），正式通車。九月初八日（1876.10.24），清政府與英、美議定《收買吳淞鐵路條款》，規定清政府以二十八萬五千兩白銀買回該路。光緒三年，拆毀。

軍機大臣　見「**軍機處**」條。

傳臚　科舉制度中，在殿試（或廷試）後由皇帝親臨宣布登第進士名次的典禮。古代以上傳語告

		表貢。
1876	光緒二年	四月二十五日，太和殿**傳臚**。
1876	光緒二年	五月初四日，大學士文祥卒，予諡「文忠」。
1876	光緒二年	五月十一日，威妥瑪提出議結滇案「**六條辦法**」。
1876	光緒二年	五月十五日，威妥瑪於議結滇案「六條辦法」之外又提出「劃定口界」等苛刻條件。
1876	光緒二年	閏五月初五日，因英使罷議出京有意要挾，命南北洋大臣等布置防務。
1876	光緒二年	閏五月十五日，命四川預行籌撥西藏軍餉，嗣後作爲定章。
1876	光緒二年	六月初八日，派大學士直隸總督李鴻章爲全權大臣，往煙臺與威妥瑪會商事務。

下爲臚，即唱名之意。

六條辦法　內容有：（一）由總署上奏惋惜馬嘉理，並轉述英使請勿懲辦各犯（指李珍國、而通凹等）之意，並請旨曉諭各處保護洋人，張貼告示；（二）英方可派員赴各處查看是否張貼；（三）凡有中國人傷害英國人案件，英國派員觀審；（四）雙方派人商議滇緬邊界通商事宜；（五）英國在雲南大理、四川重慶派駐領事官；（六）增開通商口岸，如奉天大孤山、湖南岳州、湖北宜昌、安徽蕪湖及安慶、江西

1876	光緒二年	六月二十八日，劉錦棠、金順兩軍攻克古牧地，隨後收復烏魯木齊。
1876	光緒二年	七月二十六日，**《中英煙臺條約》**簽字。
1876	光緒二年	八月初九日，以**曾國荃**爲山西巡撫，調閩浙總督李鶴年爲河東河道總督。
1876	光緒二年	八月十三日，命許鈐身爲出使日本國大臣，**何如璋**爲出使日本國副使。

南昌、浙江溫州、廣東北海等處，且各項洋貨在本口完納正稅後即不再重徵，入內地則請領稅單再完半稅。

中英煙臺條約　亦稱《滇案條約》或《芝罘條約》。英國爲實現侵入我國西南邊疆的野心，藉口馬嘉理被殺事件，強迫清政府訂立的不平等條約。光緒二年七月初三日（1876.08.21），中、英雙方代表李鴻章與威妥瑪在煙臺開始談判；七月二十六日（1876.09.13），正式簽訂條約，共三部分十六款，附有《另議專條》。主要內容是：（一）增闢宜昌、蕪湖、溫州、北海四處爲通商口岸；（二）凡遇內地各省地方或通商口岸有涉及英人生命財產的案件，英國可派員「觀審」；（三）租界內免收洋貨釐金；（四）洋貨運入內地，不論華商洋商，都只納子口稅，全免各項內地稅；（五）英國派官員調查滇緬邊界貿易情況；（六）英國派員從北京出發經甘肅、青海、或經四川，前往西藏，轉赴印度，也可派員由印度進入西藏。

曾國荃（1824～1890）　字沅甫，湖南湘鄉人。曾國藩九弟。優貢生出身。咸豐六年（1856），太平軍進軍江西，他受命從湖南募勇三千增援江西吉安，號稱「

1876	光緒二年	八月十五日，命劉錫鴻爲出使英國大臣（副使）。
1876	光緒二年	九月初八日，吳淞鐵路案議結。
1876	光緒二年	九月十一日，以何璟爲閩浙總督，丁寶楨爲四川總督，李瀚章爲湖廣總督，文格爲山東巡撫，實授**潘鼎新**爲雲南巡撫。

吉字營」，爲湘軍嫡系部隊。次年，陷吉安，擢知府。十年二月，圍安慶，屢敗陳玉成等部援軍。次年八月，陷安慶。同治元年年（1862）四月，進圍天京。三年六月，陷天京後，血洗全城，縱火七日不熄。五年，調任湖北巡撫，旋因對捻軍作戰失敗，稱病退職。光緒元年（1875）起用，歷任陝西、山西巡撫，署兩廣總督。十年，升兩江總督。

何如璋（1838～1891）　字子峨，廣東大埔（今大埔北人）。同治進士。光緒三年（1877），任駐日本公使。十年，任福建船政大臣。中法戰爭時，不積極備戰，甚至將法軍的挑戰書匿而不發，致使福建水師遭受慘敗，後被革職。

潘鼎新（？～1888）　字琴軒，安徽廬江人。清代淮軍將領。道光舉人。初在安徽辦團練，咸豐十一年（1861），募勇創淮軍鼎字營。次年，隨李鴻章到上海鎮壓太平軍。同治四年（1865），又赴山東鎮壓捻軍。不久，升任山東布政使。光緒九年（1883），署湖南巡撫。次年，調廣西巡撫。中法戰爭時，在李鴻章指使下，對法國侵略軍不事備戰堵擊，失諒山、鎮南關後，逃回龍州。十一年，被革職。

1876	光緒二年	九月十二日，總理衙門奏呈《**出使章程**》。
1876	光緒二年	九月十二日，令成都將軍魁玉等妥查川省教案。
1876	光緒二年	九月十八日，諭實錄館將自咸豐十一年七月十七日至同治十三年十二月初五日期間與外國交涉事件照咸豐朝實錄撰寫之例，另爲一書。
1876	光緒二年	九月二十一日，金順等軍攻克瑪納斯南城，北疆除伊犁之外全部收復。
1876	光緒二年	十月十二日，自英定購之兩炮艦「龍驤」、「虎威」號駛抵大沽。
1876	光緒二年	十月二十六日，命**李鴻藻**、景廉在總理各國事務衙門行走。

出使章程　共十二條，主要內容有：頒發出使各國大臣銅印各一顆，印由吏部鑄造，文曰「大清欽差出使大臣關防」；出使任期，自到某國之日起以三年爲限（副使亦然）；各出使大臣分爲頭等、二等、三等，所帶參贊、領事、翻譯等員，由該大臣酌定其人數；在任期間，重大事件隨時奏陳，尋常事件函告總署轉奏；有兼攝數國事務者，由該大臣酌定何時應駐何國；出使薪俸及一切經費，均由江海關（即滬關）按年匯寄。

李鴻藻（1820～1897）　字寄雲，號蘭孫，直隸（今河北）高陽人。咸豐進士，同治帝師傅。歷任工、吏、兵、禮等部尙書，軍

1876	光緒二年	十月二十六日，署盛京將軍崇實卒。
1876	光緒二年	十月二十八日，命金順爲伊犁將軍，英翰爲烏魯木齊都統。
1876	光緒二年	十月二十八日，因江北地方旱災嚴重，命從江蘇、安徽、山東糧道庫存項下提款各五萬兩，解交**漕運**總督文彬。
1876	光緒二年	十一月初十日，命左宗棠籌劃新疆旗丁屯田事。
1876	光緒二年	是年，求志書院在上海縣創辦。
1876	光緒二年	是年，開平礦務局創立。
1877	光緒二年	十一月二十五日，准左宗棠於明春進兵南疆。

機大臣，是清政府中的守舊派官僚。同治七年（1868），爲鎮壓捻軍積極出謀劃策。曾策劃清流派彈劾洋務派李鴻章。反對崇厚擅自簽訂《里瓦幾亞條約》。中法、中日戰爭時均主戰，反對求和。光緒十三年（1887），鄭州黃河決口，他奉命前往督辦，以治河無方受革職處分。由於深得慈禧信任，不久復職。

漕運　本意指水路運輸，後專指封建王朝將所徵糧食解往京師或其他指定地點的運輸。道光年間，運河淤塞，以海運爲主，並逐漸改徵折色（不收實物，改收錢鈔或其他物品，減少運量）。同治十一年（1872），用海輪運漕糧後，河運停止。宣統三年（

1877	光緒二年	十二月初二日，派何如璋爲出使日本國**欽差大臣**，知府張斯桂爲副使。
1877	光緒二年	十二月初五日，命湖北、江西、浙江撥銀一百萬兩收購美國**旗昌洋行**船產。
1877	光緒二年	十二月十六日，因葛品蓮案餘杭知縣劉錫彤革職。
1876	光緒二年	是年，長江以北各省普遍旱災。

1911），辛亥革命後，漕糧全徵折色，漕運廢除。

欽差大臣 官名。清襲明制，由皇帝委派並授權專辦重大事務的高級官員。頒授關防，權威很大。一般簡稱欽使，統兵者稱欽帥。後派駐國外的外交使節也稱欽差出使某國大臣。

旗昌洋行（Russell & Co.） 美國殖民者對舊中國進行經濟侵略最早設立的機構。總行設在美國波士頓（Boston），分行設在廣州（道光四年，1824）、上海（道光二十六年，1846）。初期向中國武裝販運鴉片。光緒四年（1878），在上海設旗昌絲廠（光緒十七年，由法商接辦，改名寶昌絲廠）。十四年，在臺北設旗昌機器焙茶廠。此外還在中國設立輪船公司，並在沿海私設海底電線，侵犯中國領海權。十七年，停閉。

楊乃武與葛畢氏案 晚清一大公案。葛品蓮原爲浙江餘杭城一豆腐店夥計，同治十一年（1872）春，娶畢秀姑爲妻。秀姑貌頗清秀，喜穿綠色衣服，繫白色圍裙，綽號「小白菜」。婚後租舉人楊乃武房屋一間，比鄰而居。時楊喪妻不久，兩家來往無間。日久，葛懷疑其妻葛畢氏與楊乃武有染，其母葛喻氏從中撥弄，但

1877	光緒三年	正月初四日，賞濟嚨呼圖克圖「達善」名號。
1877	光緒三年	二月初八日，郭嵩燾奏請嚴禁鴉片。
1877	光緒三年	二月初九日，孚郡王奕譓卒，謚曰「敬」。
1877	光緒三年	二月十六日，**楊乃武與葛畢氏案**審結，浙江巡撫楊昌濬等革職。

無實據。後葛品蓮忽於同治十二年初冬暴病身亡，葛喻氏旋向餘杭縣控告葛畢氏謀殺親夫。縣令得狀，輕信浮言，在仵作草率驗屍之後，臆斷葛品蓮是中毒喪命，將葛畢氏押衙刑訊，葛畢氏不堪捶楚之苦，偽供與楊早有姦情，合謀殺夫。楊乃武遂被拘到堂，楊矢口否認，縣令剛愎自用，隨將不實之驗屍情況上報杭州府。杭州府據此對楊施加酷刑，楊屈認從藥店買得砒霜作案。府又報省，並擬定葛畢氏凌遲處死，楊乃武斬首示眾。浙江巡撫楊昌濬曾親自審訊，葛畢氏、楊乃武已料難翻案，屈供如前。楊昌濬雖派員調查，但不深究，仍照杭州府所擬罪名上報清廷刑部。十二年，到刑部覆核本案時，懸而未決，指派浙江學政胡瑞瀾承辦，胡不顧案情破綻，仍據不實情事，日夜熬審人犯，葛畢氏、楊乃武繼續誣服。直到光緒元年（1875），給事中邊寶泉上奏異議，浙籍京官聯名上書請勘，清廷下令刑部複查，移棺京師，當衆開棺驗屍，驗明葛品蓮並非中毒，實係病亡。這一轟動朝野、歷時二年餘的案件始得大白，楊昌濬以下審辦官員均受處分。此案傳說頗多，所云各異。後來編成《楊乃武與小白菜》戲曲。

1877	光緒三年	二月十八日，湖北宜昌、安徽蕪湖、浙江溫州開埠。
1877	光緒三年	二月十九日，廣東北海開埠。
1877	光緒三年	二月二十二日，盛京將軍**崇厚**奏，擬於奉省添設寬甸、懷仁、通化三縣，請將昌圖廳改設府治，添設奉化廳、懷德縣。
1877	光緒三年	二月二十八日，派駐英副使**劉錫鴻**爲駐德國使臣，停設駐英副使。

崇厚（1826～1893）　字地山，完顏氏，滿洲鑲黃旗人。道光舉人。曾任知州、監運使等職。咸豐十年（1860），協助奕訢和英、法等國簽訂喪權辱國的《北京條約》。十一年，任牛莊、天津、登州三口通商大臣。同治六年（1867），天津教案完結後，被派赴法國道歉。光緒四年（1878），出使俄國交涉歸還伊犁問題。次年，擅自簽訂《里瓦幾亞條約》，被撤職治罪。十年，復職。

劉錫鴻　廣東番禺人。字雲生。咸豐年間，任刑部員外郎。同治年間，極力反對仿造外洋船炮，訓練新式軍隊，發展工商業。光緒二年（1876），任駐英副使，與正使、洋務派官員郭嵩燾思想分歧，遇事攻訐。四年，與郭一起被清廷召回。回國後，任光祿大夫，依舊堅持頑固立場，反對興建鐵路等一切革興措施。七年，奏劾李鴻章「跋扈不臣，儼然帝制」，以「妄言」獲罪被革職。著有《劉光祿遺稿》、《英軺日記》等。

劉步蟾（？～1895）　清末海軍

1877	光緒三年	二月，福州船政局學生鄭清濂等十六人赴法學習製造，**劉步蟾**、方伯謙、嚴宗光（嚴復）等十二人赴英學習駕駛，馬建忠隨同赴歐。
1877	光緒三年	三月初六日，劉錦棠率老湘軍二十九營克復達坂城。
1877	光緒三年	三月初八日，張曜、徐佔彪兩軍收復吐魯番城。
1877	光緒三年	三月十六日，**劉錦棠**收復托克遜。

將領。福建侯官（今福州）人。畢業於福建船政學堂。光緒元年（1875），被送往英國學習槍炮、水雷等技。回國後，由李鴻章推薦，升游擊，會辦北洋操防，協助制訂海軍軍制、營規。十一年，赴德國購定遠艦，後爲該艦管帶。十四年，赴歐購領船艦，任北洋水師右翼總兵。二十年，中日戰起，黃海戰役中丁汝昌受傷，他代爲督戰指揮，鏖戰三時許，多次擊中敵艦。次年，在威海衛海戰中英勇抗敵，以身殉國。

劉錦棠（1844～1894） 湖南湘鄉人。字毅齋，劉松山之侄。青年時即隨劉松山轉戰各地，對太平軍、捻軍、回民軍作戰。同治九年（1870），劉松山在寧夏被回民軍擊斃，他接統老湘軍。十年，擊敗金積堡回民起義軍，捕殺馬化龍。次年，又擊滅西寧回民軍。繼隨左宗棠赴新疆。光緒二年（1876），佔領烏魯木齊，殲滅天山北路的妥明等部。次年，攻佔達坂、托克遜等城，阿古柏懼罪自殺。繼下庫車、拜城、喀什噶爾等地。阿古柏之子伯克

1877	光緒三年	三月二十五日，臺灣雞籠老寮坑井看見煤層。
1877	光緒三年	三月二十六日，命吉林將軍銘安隨時監視「韓邊外」等聚衆淘金者。
1877	光緒三年	四月初三日，福州船政局所造第一號鐵脅輪船「威遠」號下水。
1877	光緒三年	四月十二日，左宗棠覆奏京師旗人移駐新疆屯田之議。
1877	光緒三年	四月，山西、河南旱災嚴重，糧價昂貴。
1877	光緒三年	四月二十五日，太和殿傳臚。授王仁堪、余聯沅、朱賡揚分別爲**翰林院**修撰、編修，賜進士及第。
1877	光緒三年	五月初十日，密諭左宗棠奏陳英人爲阿古柏僞政權遊說意見。
1877	光緒三年	五月十四日，命駐日使臣何如璋相機辦理日

胡里和白彥虎等，由布魯特逃入俄國境內。十年，新疆建省，任第一任新疆巡撫，死於任所。

翰林院　官署名。清襲明制，設翰林院，掌編修國史，記載皇帝言行的起居注，進講經史以及草擬冊文、封誥等文書。其長官爲掌院學士，滿、漢各一人，所屬職官有侍讀學士、侍講學士、侍讀、侍講、編撰、編修、檢討、庶吉士等，統稱翰林。

使西紀程　書名。清郭嵩燾撰。

		本阻止琉球入貢事。
1877	光緒三年	五月，阿古柏自殺，其長子伯克胡里西走喀什噶爾。
1877	光緒三年	六月初四日，免予十二世達賴喇嘛之呼畢勒罕（轉世靈童）金瓶掣簽。
1877	光緒三年	六月初六日，伊犁將軍金順奏，與俄訂立合同，購糧一千萬斤。
1877	光緒三年	六月十一日，令毀郭嵩燾所著《**使西紀程**》書版。
1877	光緒三年	七月初二日，左宗棠因英人爲阿古柏僞政權遊說事，強調地不可棄，兵不可停。
1877	光緒三年	七月初四日，命李鴻章借撥北洋海防軍費賑濟山西。
1877	光緒三年	七月初五日，令**布政使**葆亨暫署福建巡撫。

二卷。係作者出使英國旅程日記。記述其自光緒二年十月十七日至十二月初八日（1876.12.02～1877.01.21），歷新加坡、暹羅、波斯、土耳其、希臘、意大利、法國、埃及、摩洛哥等十八國，涉及地理位置、山川形勢、風土人情、宗教等。亦包括在香港參觀學館、監獄等情況。對《瀛環志略》誤記或漏記之地，亦有所補訂。

布政使　官名。全稱爲承宣布政

1877	光緒三年	七月十七日，劉錦棠軍進兵庫爾勒等地，開始收復南疆東四城之行動。
1877	光緒三年	七月二十日，明諭不准前藏已革額爾德蒙諾們罕再行轉世。
1877	光緒三年	八月三十日，命雲南巡撫潘鼎新來京候用，雲南布政使杜瑞聯署理巡撫。
1877	光緒三年	九月初一日，劉錦棠軍收復庫爾勒、喀喇沙爾。
1877	光緒三年	九月初四日，派翰林院編修**吳大澂**赴津，幫同辦理晉豫賑災事。
1877	光緒三年	九月初六日，派閻敬銘爲稽查山西賑務大臣

使司布政使。明朝始設，清沿明制，於各省置承宣布政使司，設布政使一人（唯江蘇設兩人），別稱藩臺、藩司，尊稱方伯，從二品。主管一省的財政、民政和人事，隸屬於各省督撫。辛亥革命後，逐步裁撤。

吳大澂（1835～1902）　字清卿，號恆軒，又號寧齋，江蘇吳縣（今蘇州）人。同治進士。光緒十年（1884），會辦北洋軍務，駐天津。十一年，詔赴吉林，同俄使交涉琿春黑頂子邊界，收復沙俄侵佔之地。翌年，升廣東巡撫。十四年，鄭州黃河決口，派往治河，授河道總督。十八年，出任湖南巡撫。二十年，中日甲午戰爭時，自請率湘軍赴前線作戰，因兵敗革職。他擅長文學、金石學和古文字學，頗有創見。著述有《說文古籀補》十四卷、《字說》、《齋集古錄》、《恆

		，令其迅速啓程。
1877	光緒三年	九月初九日，命將山東省本年冬漕撥山西、河南各八萬石。
1877	光緒三年	九月十二日，劉錦棠收復庫車。
1877	光緒三年	九月十四日，李鴻藻丁憂解任，以**督察院**左都御史賀壽慈爲工部尚書。
1877	光緒三年	九月十五日，派河東河道總督李鶴年（後袁保恆代之）周歷河南災區、稽查賑務。
1877	光緒三年	九月十五日，令陝西巡撫**譚鍾麟**查明陝西各屬災區輕重。

軒古金錄》、《權衡度量考》、《古玉圖考》。

都察院　官署名。漢代後歷代都設有御史臺。明朝初年改設都察院，最高長官爲左、右都御史，下設左、右副都御史，左、右僉都御史。又分全國省區爲十三道，每道設置監察御史，巡視州縣，考察官吏，俗稱巡按。清代裁撤僉都御史，設左都御史（滿、漢各一人），左副都御史（滿、漢各二人），下設有六科（吏、戶、禮、兵、刑、工）給事中，十五道監察御史，統稱科道官，是清代的最高監察、彈劾機關。其右都御史、右副都御史例爲總督、巡撫的兼銜。

譚鍾麟（1822～1905）　湖南茶陵人，字雲覲，號文卿。咸豐進士。歷任杭州知府、署杭嘉湖道、河南按察使。同治十年（1871），授陝西布政使；次年，曾護

1877	光緒三年	九月十八日，劉錦棠收復拜城、阿克蘇、烏什，南疆東四城全告收復。
1877	光緒三年	九月二十五日，駐英使臣郭嵩燾請於新加坡設立領事館，以道員胡璇澤充之。
1877	光緒三年	十月初二日，令沈葆楨勸諭各商捐輸。
1877	光緒三年	十月十三日，**《古巴華工保護條約》**訂立。
1877	光緒三年	十一月十一日，降河南巡撫李慶翺三級，以涂宗瀛爲河南巡撫，楊重雅爲廣西巡撫。
1877	光緒三年	十一月十三日，劉錦棠軍收復喀什噶爾。

理陝西巡撫，設局發行紙幣，供應左宗棠西征糧餉。光緒元年（1875），授陝西巡撫。五年，調任浙江巡撫。七年，遷陝甘總督。十七年，授吏部左侍郎兼署戶部左侍郎，兼管三庫事務。次年，署工部尚書，旋授閩浙總督。二十年，調四川總督；次年，改兩廣總督。二十四年，百日維新中，抵制新法。次年，因病免職。

古巴華工保護條約　先是，西班牙屬地古巴拐誘中國閩、粵等省人民，「販賣至該島傭當苦工，種種苛虐，殆非人理」。同治十三年（1874），駐美留學監督陳蘭彬奉命前往調查，遂有立領事以保護華工之議。至光緒三年十月十三日（1877.11.17），由總署大臣沈桂芬等與西班牙公使伊巴理（Cárlos Antonio de España, ?-1880）訂立此條約，主要內容爲：日國（即西班牙）商人不得誘迫華工出洋；已在古巴之華人

1877	光緒三年	十一月十七日，劉錦棠軍收復葉爾羌、英吉沙爾等城，南疆各城全部收復。
1877	光緒三年	是年，直隸保定、河間等處遭蝗、旱災。
1877	光緒三年	是年，臺灣基隆八斗煤礦建成投產，爲中國第一座以西法開採之近代化煤礦。
1877	光緒三年	是年，英商創辦臺灣樟腦壓製廠。
1878	光緒三年	十一月二十八日，川督丁寶楨奏，擬設**四川機器局**製造槍炮。
1878	光緒三年	十二月二十三日，令將記名提督左寶貴交**軍機處**記名，待機簡放。

，應與各國之人同等看待；華人自願前往傭工者，應先在中國口關報名註冊，發給護照；到古巴後，由中國領事查驗護照；中國即派領事官前去古巴夏灣拿（哈瓦那）駐紮，並詳細調查在古之華人狀況，分別發給護照；華人在古巴享有與各國人平等之訴訟權利。

四川機器局　清政府經營的軍用工廠之一。光緒三年（1877），由四川總督丁寶楨創設於成都。規模不大，開辦費僅七萬七千兩，設備簡陋。常年經費從土貨釐金項下提撥。利用城內金水河水力發動機器，冬春水枯，始用鍋爐。所製槍、炮、子彈、火藥，除供應四川省軍用外，也接濟雲南等地。光緒五至六年間，一度停辦。七年，復業，並添設火藥廠。三十一年，川督錫良奏請擴充，向德國訂購機器，建設新廠，並選派學生赴德國學習機器製造。宣統元年（1909），新廠建

1878	光緒四年	正月二十一日，以出使英國大臣郭嵩燾兼充出使法國大臣。
1878	光緒四年	正月二十三日，兩廣總督劉坤一奏，撥解山西、河南、陝西賑銀各五萬兩。
1878	光緒四年	正月二十八日，浙江巡撫梅啓照奏光緒三年該省共一千一百四十六萬五千七百丁口。
1878	光緒四年	二月初一日，川督丁寶楨奏籌款修都江堰水利。

成正式開工，稱兵工總廠，原機器局稱兵工分廠。辛亥革命後，改稱四川兵工廠。

軍機處　官署名。清代輔佐皇帝決策和處理軍政要務的機構。雍正七年（1729），清政府用兵西北，設軍機房；十年，改稱爲辦理軍機處，簡稱軍機處。在軍機處任職的無定員，最多時達六、七人，由皇帝指定親王、大學士、尙書、侍郎等滿漢大員兼任，稱軍機大臣，俗稱「大軍機」。其僚屬稱爲「軍機章京」，俗稱「小軍機」，掌繕寫諭旨、記載檔案、查核奏議。乾隆時，定爲滿、漢兩班，各八人，後增四班三十二人，每班有領班、帶領班各一人。軍機處的職掌是秉承皇帝旨意，處理軍政要務、官員任免和一切重要奏章，用面奉諭旨的形式對全國各部門各地方的負責官員發布指令。宣統三年（1911）四月，皇族內閣成立後，軍機處被撤銷。

東鄉濫殺無辜案　光緒元年（1875）五月間，四川東鄉縣（今宣漢縣）農民不堪當地官紳浮派苛斂，公推袁廷蛟等人赴縣算帳。署知縣孫定揚以「土匪作亂」爲由，具稟請兵鎮壓，川督吳棠

1878	光緒四年	二月初一日，詔命丁寶楨覆核四川**東鄉濫殺無辜案**，並令前兩江總督李宗羲查明具奏。
1878	光緒四年	二月初五日，調湖南巡撫**王文韶**署兵部左侍郎，在軍機大臣上學習行走。
1878	光緒四年	二月十二日，命予左宗棠晉爲二等侯爵，劉錦棠晉二等男爵，提督余虎恩等各賞敘有差。

派記名提督李有恆等率兵勇數營前往。李等既到東鄉，乃不問情由，縱兵濫殺，竟至殺斃尖峰寨等處平民五百餘人（一說千餘人）之多。此前，袁廷蛟來京控告，被巡視北城御史奎光以「潛逃匪首」罪名捕獲。至是，奎光將袁之「供詞」錄呈奏上。諭稱：前據文格（護理四川總督）等奏報，四川東鄉縣「匪徒滋事」，首犯袁廷蛟在逃未獲；嗣據御史吳鎮奏提督李有恆濫殺無辜，當經諭令文格查明究辦。茲據奎光等奏袁廷蛟潛逃來京，現經拿獲。據供稱，上年（光緒元年）因該縣官紳苛斂難堪，率衆赴局算帳，該縣以民變稟請剿辦，李有恆濫殺無辜，擄掠婦女，懇請代訴等情。袁廷蛟著即交刑部審訊，暫行監禁，其所供各節著李瀚章等確實查明，不得稍涉迴護。

王文韶（1830～1908）　字夔石，號耕娛，晚號退圃。浙江仁和（今杭州）人。咸豐進士。光緒二十一年（1895），署理直隸總督、北洋大臣，曾列名強學會。二十四年，以戶部尚書入贊軍機處。光緒帝下詔變法時，表面上秉承帝命辦新政，暗中卻進行阻撓。義和團運動期間，力主「外

1878	光緒四年	二月十四日，總理衙門奏，各省洋槍隊教練所用口號宜全用中國語文。
1878	光緒四年	二月十四日，命各省購買外洋軍火須劃一辦理。
1878	光緒四年	二月十九日，命戶部再撥庫款銀二十萬兩並續撥南漕十六萬石賑濟晉豫。
1878	光緒四年	三月初九日，因湖南巡撫衛榮光**丁憂**解任，調湖北巡撫邵亨豫爲湖南巡撫，湖北布政使潘霨署湖北巡撫。
1878	光緒四年	三月十三日，諭令江蘇、安徽等十省籌銀協濟山西、河南。
1878	光緒四年	四月初七日，以督辦船政大臣**吳贊誠**署理福建巡撫。

釁不可啓」。八國聯軍攻陷北京後，隨慈禧太后西逃，授體仁閣大學士。二十七年，任外務部會辦大臣，參與中俄條約的談判。後充政務處大臣，督辦路礦大臣，轉文淵閣大學士，晉武英殿大學士。

丁憂　舊時稱遭父母之喪爲「丁憂」。清代制度，官吏丁憂，須離職守制。

吳贊誠（？～1884）　安徽廬江人，字存甫。拔貢出身。咸豐二年（1852），授廣東永安知縣。七年，補德慶知府、署惠潮嘉道。同治四年（1865），與太平軍餘部對抗。旋調天津製造局，補天津道。後歷任順天府尹，督辦福建船政。光緒四年（1878），

1878	光緒四年	四月初十日，令蘇、皖等十省各籌撥銀六萬兩解赴山西。
1878	光緒四年	四月十三日，刑部左侍郎、稽查河南賑務袁保恆卒，詔命從優賜恤，予謚「文誠」。
1878	光緒四年	四月二十一日，宣示山西得雨。
1878	光緒四年	四月二十九日，因購辦西征軍火出力並捐款賑災，命予道員**胡光墉**交部議敘並賞穿黃馬褂。
1878	光緒四年	五月初二日，因賑濟有功，命予翰林院編修吳大澂賞加侍讀學士銜。
1878	光緒四年	五月十九日，調萬青藜爲吏部尚書，**徐桐**爲禮部尚書，翁同龢爲都察院左都御史。

署福建巡撫，旋以病辭。後被李鴻章招至天津辦理水師學堂。

胡光墉（1823～1885）　字雪岩。安徽績溪人。初在錢肆學徒，後入浙江巡撫王有齡幕，爲清軍運餉械鎮壓太平軍。同治元年（1862），受左宗棠指使，與法國組織「常捷軍」。五年，協助左宗棠開辦福州船政局。六年，左宗棠調任陝甘總督，他在上海爲左大借外債，購運軍需物品鎮壓捻、回起義。又依仗湘軍權勢，於各省設金銀號，經營絲茶業，設典庫於江浙兩湖等地二十三處。在杭州設有胡慶餘堂中藥鋪，並經營出口絲業，操縱江浙商業，資金最高達二千萬元以上。光緒十年（1884），受洋商排擠破

1878	光緒四年	五月十九日，命沈桂芬兼任翰林院掌院學士。
1878	光緒四年	五月十九日，福州船政局第二號鐵脅船「超武」建成下水。
1878	光緒四年	五月二十二日，派崇厚爲出使俄國欽差大臣，辦理索還伊犁等事。
1878	光緒四年	六月初二日，**奕山**卒，命照例賜恤。
1878	光緒四年	六月初五日，總理衙門奏，議定日本阻止琉球入貢事交涉辦法。
1878	光緒四年	六月二十一日，詔予出使俄國大臣崇厚作爲

產。

徐桐（1820～1900）　字蔭軒，漢軍正藍旗人。道光進士。曾任翰林院編修、檢討等職，後爲同治帝師傅，旋即授禮部侍郎、尙書等職。光緒五年（1879），反對崇厚與沙俄所訂《里瓦幾亞條約》，並力主嚴懲之。十五年，又以吏部尙書兼協辦大學士，後升體仁閣大學士，竭力反對康、梁變法，宣稱「寧可亡國，不可變法」。他贊成榮祿廢光緒立溥儁爲大阿哥的主張，深得慈禧寵信。二十六年，八國聯軍侵佔北京後，自縊死。有《治平寶鑑》等。

奕山（1790～1878）　愛新覺羅氏。字靜軒。滿洲鑲藍旗人。道光帝之侄。侍衛出身。道光二十一年（1841），任靖逆將軍督師廣州，拒納林則徐的戰守建議，叫嚷「防民甚於防寇」，污蔑抗英人民爲「漢奸」。閏三月，廣州被圍，他樹白旗投降，並派余

		全權大臣，便宜行事。
1878	光緒四年	六月二十五日，**開平礦務局**正式開局。
1878	光緒四年	七月初四日，命各省裁革陋規。
1878	光緒四年	七月初四日，實授潘霨湖北巡撫；實授杜瑞聯雲南巡撫。
1878	光緒四年	七月二十三日，命王文韶、周家楣在總理各國事務衙門行走。
1878	光緒四年	七月二十七日，派**曾紀澤**為出使英、法兩國欽差大臣。

保純向英軍求和，旋訂立《廣州和約》。三元里人民痛殲英軍時，又遣余保純爲英軍解圍。七月，英軍再犯定海，兩江總督裕謙奏請道光帝飭令他進攻香港，以資策應，他拒不出兵。鴉片戰爭後，被革職論罪。二十三年，被起用爲和闐辦事大臣。咸豐八年（1858），在黑龍江將軍任內，屈服於沙俄的軍事壓力，簽訂《中俄璦琿條約》。

開平礦務局　光緒三年（1877），李鴻章派輪船招商局總辦唐廷樞在天津設立。次年，擬定章程，招商集股。四年，在直隸唐山開平鎮正式成立「開平礦務局」；七年，全面投產。資本爲二百萬元左右，雇傭英國技師，雇工約三千人左右。八年，日產煤六、七百噸，年產煤三萬八千噸，到二十四年，年產煤增至七十三萬噸。所產煤，主要供應輪船招商局和天津機器局使用，剩餘出售，獲利頗厚。二十六年，八國

1878	光緒四年	七月二十七日，命**李鳳苞**署理出使德國欽差大臣。
1878	光緒四年	八月初九日，嚴飭各省整頓吏治。
1878	光緒四年	八月十七日，黑龍江呼蘭城守尉**惠安與法國傳教士鬥毆案**發生。
1878	光緒四年	八月二十九日，命閩省妥辦福州教堂被毀案。
1878	光緒四年	九月十二日，清廷駐日使臣何如璋照會日本外務省，抗議其阻止琉球入貢。

聯軍入侵時，實行中外合辦，改名「開平礦務有限公司」，在英國註冊。該礦長期為英人霸佔。

曾紀澤（1839～1890）　字劼剛，湖南湘鄉人。曾國藩長子。精通小學、樂律，兼通泰西文字。光緒四年（1878），出使英、法。六年，兼任駐俄公使。次年，代替崇厚赴俄京彼得堡，與俄國重新談判，修訂《中俄伊犁條約》。中法戰爭時，主張抗法。後與英人議定洋藥稅釐，為清政府每年增加幾百萬兩收入。十一年，海軍衙門成立，任會辦，採購軍艦，助李鴻章建立北洋海軍。十二年以後，歷任總理各國事務衙門行走，戶、刑、吏等部侍郎。有《曾慧敏公全集》。

李鳳苞（1834～1887）　字丹崖，江蘇崇明（今上海崇明）人。李鴻章親信。肄業於同文館，精測繪。曾任江南製造局、吳淞炮臺工程局編譯和留學生監督。光緒三年（1877），赴英、法兩國學習。次年，出使德國。不久，兼使奧、意、荷三國。十年，在

1878	光緒四年	九月十四日，准左宗棠借洋款，用於新疆裁勇改餉、興辦善後事宜。
1878	光緒四年	九月十七日，命續撥漕糧十二萬石、銀二十萬兩賑濟山西。
1878	光緒四年	九月三十日，命鄂督李瀚章於湖北樊口興修閘壩。
1878	光緒四年	十月初六日，命提督**馮子材**率兵赴越南平定李揚才起事。

德國購買軍艦，從中受賄銀六十萬兩，遂被革職。有《四裔編年表》、《西國政聞匯集》、《文藻齋詩文集》等。

惠安與法國傳教士鬥毆案　呼蘭城法籍天主教士訥依而然為教民財產之事，欲面見地方官，以行干預。光緒四年八月十七日（1878.09.13），該教士帶十餘人騎馬前來城守尉衙署，與該守尉惠安等致起毆鬥，當經官兵將教民拿獲。「惠安被打，頭迷眼昏」，至患「恍惚病症」，嗣於十月初離署出走，不知去向。

馮子材（1818～1903）　字南幹，號萃亭。廣東欽州（今屬廣西）人，行伍出身。早年參加天地會起義。咸豐元年（1851），入清軍，參與鎮壓太平天國和貴州苗民起義，累升至提督。光緒八年（1882），稱病退職。十年，中法戰爭時，參加抗法。法軍佔領鎮南關（今友誼關）後，受新任兩廣總督張之洞舉薦，起用為廣西關外軍務幫辦，率部在鎮南關前修築長牆，重新部署戰備。

1878	光緒四年	十月十六日，劉錦棠於玉都巴什大敗阿古柏殘匪。
1878	光緒四年	十月二十一日，以裕寬為福建巡撫。
1878	光緒四年	十月二十二日，派**吉林將軍**銘安、刑部左侍郎馮譽冀查辦惠安與法國傳教士鬥毆案。
1878	光緒四年	十一月初九日，左宗棠奏在新疆宜設行省，並三年之內請撥銀五百萬兩。
1878	光緒四年	十一月十五日，駐日使臣何如璋奏，於橫濱

二月，在關前隘擊敗法軍主力，並乘勝追擊，收復諒山。旋因清政府下令停戰，被迫撤回境內，受命會辦廣西軍務。十二年，授雲南提督，因病未赴任。中日甲午戰爭期間，奉命率軍駐守鎮江，戰後回廣西。二十七年，調任貴州提督；次年，因病去職。

吉林將軍　官名。清代吉林地區最高軍政長官。原稱寧古塔將軍。康熙十五年（1676），寧古塔將軍移駐吉林；乾隆二十四年（1759），改稱吉林將軍。統掌吉林駐防旗營及地方的軍民事務，綜制文武、鎮守封疆。將軍衙門設主事、助教、筆帖式等員辦理所屬事務，並有理刑司、銀庫等機構。所轄有副都統六人，水師總管一人，火器營參領一人，以及駐防協領、佐領、防禦、驍騎校等職，分掌駐防旗營各項事務。光緒三十三年（1907）裁，改設巡撫。

領事　一國根據國際慣例和協議派駐他國某城市或地區的外交代表。一般有總領事、領事、副領事和領事代理人。主要職責是：按照國際慣例和有關國家間的協

		、神戶、長崎等處分設**領事**。
1878	光緒四年	十一月二十四日，令各省督撫講求吏治。
1878	光緒四年	十二月初七日，命盛京將軍切實籌劃防務，以防俄人窺伺東三省。
1878	光緒四年	是年，陝甘總督左宗棠倡辦**蘭州織呢局**。
1879	光緒四年	十二月十四日，命戶部及各省停止捐納，以肅吏治。

議，保護本國的國家利益；保護本國公民和法人的正當權益；管理本國僑民；辦理護照、簽證、公證、認證；協助和管理本國的船舶和飛機。以合法手段了解當地和領區的情況等。領事執行職務時，一般同駐在國地方有關機關聯繫。受本國外交部和駐在該國的外交代表領導。但鴉片戰爭後，西方列強依靠不平等條約派駐舊中國的領事，凌駕於中國政府之上，動輒對中國的內政外交指手劃腳，與一般領事含意不同。

蘭州織呢局　清末最早創辦的官辦機器毛紡織廠。光緒四年（1878），左宗棠在蘭州開始籌建，投資官款三十萬兩白銀。六年，正式開工生產。機器購自德國，並聘請十幾名德國人爲技師。共有線錠一千零八十枚，織機二十張。產品主要製作軍用物品及普通衣料。九年，因鍋爐爆炸，難於維持，繼而停工。十年，陝甘總督譚鍾麟將其裁撤。三十四年，清政府圖謀恢復，改稱「蘭州織呢廠」。宣統二年（1910），官府不堪賠累，招商經營，但

1879	光緒四年	十二月十五日，命各省協徵西征餉銀（每年七百餘萬兩）解交左宗棠。自光緒五年起，三年內均按十成報解，俾資應用新疆善後事宜。
1879	光緒四年	十二月二十八日，以崇厚爲都察院左都御史。
1878	光緒四年	是年，薛福成上《創開中國鐵路議》。
1878	光緒四年	是年，海關設「**華洋書信局**」，江海關發行「海關大龍票」。
1879	光緒五年	正月十二日，劉錦棠再次大敗阿古柏殘匪。
1879	光緒五年	正月二十一日，裁撤**京捐局**。
1879	光緒五年	正月二十四日，調裕寬爲廣東巡撫，李明墀爲福建巡撫。

仍連年虧蝕，終於在民國四年（1915）關廠停業。

華洋書信局　光緒四年（1878），海關總稅司赫德與李鴻章商定，海關附設該局，仿歐洲辦法，集股籌資，試辦郵政，由江海關（即上海海關）印製發行第一種郵票，圖案爲龍，俗稱「海關大龍票」。

京捐局　咸豐元年（1851），開捐後，各省紛紛設局，減成折收。咸豐四年（1854），戶部設「捐銅局」，專辦「暫開事例」（即於常捐之外，或因軍務，或因河工等事，如經費不足，暫准捐納實職，事竣即停）。同治十三年（1874），更名「京捐局」。爲肅清吏治，光緒五年（1879）

1879	光緒五年	正月二十五日，貴州巡撫黎培敬降三級調用，**張樹聲**爲貴州巡撫。
1879	光緒五年	正月二十七日，以翁同龢爲刑部尙書，潘祖蔭爲都察院左都御史。
1879	光緒五年	二月初七日，令駐藏大臣松溎撫恤哲孟雄（錫金），以安邊圉。
1879	光緒五年	二月初八日，命將山西吉州**知州**段鼎耀（侵貪賑款）正法。
1879	光緒五年	二月十二日，丁寶楨因「率更成法，致堤被水沖刷」，降爲三品頂戴留任。
1879	光緒五年	三月初三日，日本侵入琉球。
1879	光緒五年	三月初四日，命將工部尙書賀壽慈（**張佩綸**、黃體芳參其交結商人）降三級調用。

，將該局裁撤。

張樹聲（1824～1884）　字振軒，安徽合肥人。出身廩生。咸豐三年（1853），在鄉辦團練。同治元年（1862），隨李鴻章率淮軍赴上海鎮壓太平軍。六年，參加鎮壓捻軍。十一年，任江蘇巡撫。光緒五年（1879），升兩廣總督，任內又鎮壓苗族起義。十年，中法戰爭時駐防越南，在李鴻章指使下率軍撤退，被免職。有《張靖達公奏議》。

知州　官名。宋朝時爲州一級的地方行政長官，稱「權知某軍州事」，簡稱知州，意爲暫時主持某軍州事務。明、清以知州爲正式官名。直隸州的知州，地位略低於知府；其他屬州（府轄的州

1879	光緒五年	三月初六日，吳元炳署兩江總督。
1879	光緒五年	三月十一日，以**潘祖蔭**爲工部尚書，童華爲都察院左都御史。
1879	光緒五年	三月十三日，日本宣布廢滅琉球王國，改爲日本國沖繩縣。
1879	光緒五年	三月十五日，命李鳳苞爲出使德國大臣。
1879	光緒五年	三月十六日，嘉獎濟嚨呼圖克圖（辦理西藏商上事務妥善），並令其照看十二世達賴喇嘛之呼畢勒罕（轉世靈童）。
1879	光緒五年	三月二十一日，光緒帝赴東陵舉行同治帝及皇后下葬典禮。
1879	光緒五年	三月二十八日，因日本吞滅琉球，命南洋大臣沈葆楨等籌辦南洋防務。
1879	光緒五年	閏三月初二日，兵部尚書廣壽奏所查山東巡

）的知州，實際上等於知縣。辛亥革命後廢除。

張佩綸（1848～1903）　字幼樵。直隸（今河北）豐潤人。同治進士。經常議論朝政，人稱清流派。光緒十年（1884），中法戰爭時，任福建會辦海疆大臣。法軍侵入馬尾港時，不加阻攔，致使福建水師全遭覆滅，遂被革職充軍。獲釋後，爲李鴻章幕僚。有《澗于集》、《澗于日記》。

潘祖蔭（1830～1890）　字伯寅，江蘇吳縣人。咸豐進士。累遷侍讀學士，除大理寺少卿。初左

		撫**文格**收受禮物事，文格等三人降三級。
1879	光緒五年	閏三月初五日，命出使日本大臣何如璋仍留日本。
1879	光緒五年	閏三月十一日，周恆祺爲山東巡撫，薛允升爲山東布政使。
1879	光緒五年	閏三月十七日，命王大臣等會議吳可讀遺疏「明降**懿旨**，預定將來大統之歸」。
1879	光緒五年	閏三月二十日，總署照會日使，抗議日本改琉球爲縣。
1879	光緒五年	閏三月二十二日，令李鴻章認眞整頓北洋海防，丁日昌賞加總督銜專駐南洋會同沈寶楨籌辦海防（丁因病未到任）。
1879	光緒五年	閏三月二十三日，命丁日昌充兼總理各國事務大臣。

宗棠被劾，罪不測，他上疏營救，並密薦其能，獄解，左因獲起用，獨領一軍。他曾先後糾彈欽差大臣保勝，直隸總督文煜等。同治四年（1865），授大理寺卿，補禮部右侍郎。數遷工部尚書。光緒七年（1881），中俄《伊犁條約》簽訂，條陳善後策四事。官至軍機大臣。

文格 清滿洲正黃旗人，字式岩。道光進士。咸豐四年（1854），由衡永郴桂道遷廣西按察使。十一年，升任湖南布政使，兼署巡撫。調任廣東布政使。同治十

1879	光緒五年	四月初三日，恩承等奏，審結四川東鄉濫殺無辜案。
1879	光緒五年	四月初八日，美國前總統格蘭特（Ulysses Simpson Grant, 1822-1885）到天津晤見直隸總督李鴻章。
1879	光緒五年	四月初十日，兩宮太后懿旨：吳可讀所請預定大統之歸，實與本朝家法不合。皇帝將來誕生皇子，其繼大統者即爲**穆宗**嗣子。
1879	光緒五年	四月十二日，**恭親王**會見並宴請格蘭特，請其調處中日兩國琉球爭端。
1879	光緒五年	四月二十九日，調翁同龢爲工部尙書，潘祖蔭爲刑部尙書。
1879	光緒五年	四月三十日，正式允四川鹽務官運商銷。
1879	光緒五年	五月十二日，甘肅階州（今武都縣）、四川西北、東南，陝西漢中、鳳翔等地發生地震（震級達里氏八級），人口傷亡嚴重。

一年（1872），任廣西布政使。光緒元年（1875），改遷四川布政使。次年，擢雲南巡撫，未赴任旋調山東巡撫。五年，被降三級調用。十年，任金州都統。

懿旨　清代皇太后或皇后的詔令。

穆宗　即同治帝。見「**同治帝**」條。

恭親王　即奕訢。見「**奕訢**」條。

王先謙（1842～1918）　字益吾

1879	光緒五年	五月十四日，琉球紫巾官向德宏向李鴻章乞援，請救琉球「傾覆之危」。
1879	光緒五年	六月初二日，福州船政局第三號鐵脅輪船「康濟」建成下水。
1879	光緒五年	六月初七日，賞丁寶楨四品頂戴，署理四川總督。
1879	光緒五年	六月十七日，翰林院侍講**王先謙**奏請「謹防前明朋黨之禍」。
1879	光緒五年	六月二十三日，派令濟嚨呼圖克圖阿旺班墊曲吉堅贊等二人爲達賴喇嘛（十三世）之教經師傅。
1879	光緒五年	七月初十日，總理衙門奏呈俄人所繪伊犁分界地圖。
1879	光緒五年	八月初八日，崇厚赴黑海簽訂返還伊犁條約。

，湖南長沙人。同治進士。歷官編修、國子監祭酒、江蘇學政。甲午中日戰後，主講湖南岳麓書院時，聯合鄉紳葉德輝等，攻擊維新派，阻撓湖南維新運動。後在江蘇設書局，仿阮元《皇清經解》例，刊刻《續經解》一千四百三十卷。又興辦南菁書院。辛亥革命後，改名遁，遷居鄉間。著述頗豐，有《尙書孔傳參正》、《三家詩集義疏》、《漢書補注》、《荀子集解》、《日本源

1879	光緒五年	八月初九日，劉錦棠率軍殲滅入寇之境外阿古柏殘匪兩千餘人。
1879	光緒五年	八月十七日，崇厚與俄國簽署《**里瓦幾亞條約**》。
1879	光緒五年	九月初三日，廣西提督馮子材平定李楊才之亂。
1879	光緒五年	九月初八日，以黎兆棠爲督辦福建船政大臣，**邵友濂**署出使俄國大臣。
1879	光緒五年	九月初八日，琉球耳目官毛精長來京籲請天朝救存。
1879	光緒五年	九月二十三日，派戶部左侍郎麟書、內閣學

流考》、《外國通鑑》、《虛受堂詩文集》等。

里瓦幾亞條約　又稱《交收伊犁條約》。崇厚擅自簽訂。規定中國給俄國五百萬盧布（合白銀二百八十萬兩），作爲「代守」伊犁的「償金」，霍爾果斯河以西地區和伊犁南境的特克斯河流域等原屬中國領土讓與俄國。俄商在蒙古、新疆貿易免稅；增闢俄商來華通商路線，其中包括由嘉峪關經西安或漢中到達漢口一線；俄國交還伊犁城等。清政府拒絕承認該條約，並將崇厚革職治罪。

邵友濂（？～1901）　原名維埏，字小村，浙江餘姚人。同治舉人。光緒四年（1878）冬，以道員充頭等參贊，隨崇厚赴俄；次年，署理駐俄欽差大臣。回國後，仍任職總署。八年，補授江蘇蘇松太道。中法戰爭爆發後，奉

		士崇禮在總理各國事務衙門行走。
1879	光緒五年	九月三十日，翰林院侍讀王先謙以日本滅琉球事，奏請審敵情，振士氣，籌經費，備船械。
1879	光緒五年	十月十五日，命將**阿古柏**子孫四名於甘肅省城牢固監禁。
1879	光緒五年	十月十八日，廣西西林白苗王公起事，自稱苗王。
1879	光緒五年	十一月初一日，命駐藏大臣松溎來京，以色楞額爲辦事大臣，維慶爲駐藏幫辦大臣。

命襄辦臺灣防務，後協助全權大臣曾國荃與法國談判和約。十二年，補授河南按察使；次年，遷臺灣布政使。十五年，晉湖南巡撫。十七年，調任臺灣巡撫。二十一年初，甲午中日戰爭期間，清廷派他和張蔭桓赴日和談，被拒回國。後因病免職。

阿古柏（約1825～1877）　眞字叫穆罕默德·亞庫甫，號稱「浩罕汗國陸軍總司令」。同治三年（1864），新疆爆發各族人民的反清起義，各地相繼出現封建割據政權。四年，中亞回教王國浩罕受喀什噶爾封建主之請，派阿古柏帶兵進入南疆，攻佔喀什。六年，阿古柏自立爲汗，建立「哲德沙爾（七城之意）汗國」。該非法政權得到沙俄和英國在政治、軍事、經濟等方面的支持。清政府派欽差大臣左宗棠於光緒二年（1876）出兵新疆，清軍

1879	光緒五年	十一月初六日，兩江總督兼南洋大臣沈葆楨卒，諡「文肅」。
1879	光緒五年	十一月十五日，調劉坤一爲兩江總督兼南洋大臣。
1879	光緒五年	十一月十五日，冊封醇親王**世襲罔替**。
1879	光緒五年	十一月十八日，李鴻章函總署謂西北軍心不固，外強中乾，主依崇厚約早日了結。
1879	光緒五年	是年，商人衛省軒在廣東佛山創辦**巧明火柴廠**。

在各族人民的配合下收復失地。阿古柏迅速失敗，於三年服毒自盡。

世襲罔替　清制，凡世爵均有承襲次數，並逐次遞降。若奉特旨加「世襲罔替」字樣者，則不計次，世代相繼。計次者，次盡則改給恩騎尉。

巧明火柴廠　商辦企業。清光緒五年（1879），衛省軒創辦於廣東佛山。三十四年，改名巧明光記火柴廠。宣統二年（1910），資本達二萬元，有工人二十名。1930年（民國十九年），改組爲巧明公記火柴廠。

馬大夫醫院　英國倫敦會傳教士馬根濟（一譯瑪申斯，John Kenneth Mackenzie, ?-1888）於光緒五年（1879）在天津建立。馬氏於光緒元年來華，曾和美國美以美會女教士醫生郝維德治癒李鴻章夫人之病，李捐地、籌款幫助馬氏創設馬大夫醫院。並在其對面設立北洋醫學堂（後改爲海軍學堂和海軍醫院），聘馬根濟任教。十四年，馬氏卒後，由

1879	光緒五年	是年，官督商辦企業天平寨銀礦在廣西創立。
1879	光緒五年	是年，英國馬根濟在天津建立**馬大夫醫院**。
1880	光緒五年	十一月二十五日，《穆宗實錄》及《聖訓》成書，光緒帝至保和殿，行受書禮。
1880	光緒五年	十一月二十七日，《**內港江河行船兗碰及救護賠償審斷專章**》簽訂於北京。
1880	光緒五年	十一月二十九日，**榮祿**因病解職，以禮部尚書恩承兼任步軍統領。

英國傳教士路博施接替。義和團運動中被毀。三十三年，重建（今天津人民醫院舊址）。

內港江河行船兗碰及救護賠償審斷專章　列強與清政府訂立的不平等條約。光緒五年十一月二十七日（1880.01.08），簽於北京。包括行船、停船、救護、賠償、審斷五項，其中審斷款項中規定：在中國水域外國船隻相互碰撞，則須由中外官員「會審」。

榮祿（1836～1903）　字仲華，瓜爾佳氏，滿洲正白旗人。蔭生。慈禧親信，后黨核心人物。光緒初，任內務大臣兼步兵統領，旋升任工部尚書。光緒二十一年（1895）後，授兵部尚書、協辦大學士。二十四年，維新變法起，他極力反對阻撓，聲稱「祖宗之法不能變」。同年，授文淵閣大學士、直隸總督、兼充辦理通商事務北洋大臣。遂與慈禧發動政變，軟禁光緒帝，捕殺維新人物。二十六年，策劃廢光緒帝，立端王載漪之子溥儁爲「大阿哥」。及八國聯軍入侵，命爲留京

1880	光緒五年	是年，李鴻章在天津至大沽、北塘炮臺成功設置電報線路。
1880	光緒六年	正月初三日，以曾紀澤爲出使俄國大臣。
1880	光緒六年	正月初三日，令**親王**、**郡王**等會議崇厚罪名。
1880	光緒六年	正月二十一日，命沿海沿邊各督撫嚴密布置防務。
1880	光緒六年	正月二十一日，命東三省各將軍悉力經營練

辦事大臣，後又奉詔詣西安。二十八年，回京後，加太子太保，轉文華殿大學士。

親王　爵位名。清代宗室封爵第一級稱爲和碩親王，簡稱親王。主要用以封皇子。和碩，滿語爲方隅（引申爲部落）之意。封爵時，因人冠以名號，如恭親王，慶親王等。封爵可以世襲，加「世襲罔替」，子孫照原爵襲封，永遠不降，如恭親王奕訢、醇親王奕譞都加世襲罔替。餘則降一級封襲，如親王僅襲郡王，郡王僅襲貝勒之類。後蒙古貴族也有封親王者。

郡王　爵位名。清代宗室封爵次親王者稱爲多羅郡王，簡稱郡王。多羅，是滿語美稱之辭，相當於漢語的「禮」字，多冠於爵位之上。封爵時，因人冠以名號，如順承郡王、端郡王等。

宋慶（1820～1902）　字祝三，山東蓬萊人。出身行伍。早年參與鎮壓捻軍和回民起義，官至總兵、提督。中日甲午戰爭爆發後，先奉李鴻章命赴九連城，代葉志超任前方各軍統率，因諸將皆不聽節制，軍隊散亂無紀，致使

		兵事宜，並諭戶部籌撥東北邊防經費，調**宋慶**一軍赴奉天駐紮。
1880	光緒六年	二月初一日，命曾紀澤力持定見，慎重辦理與俄事務。
1880	光緒六年	二月二十一日，訂立《**中德續修條約**》。
1880	光緒六年	三月十二日，總署電示曾紀澤以改訂伊犁條約要旨。

旅順失陷。後佐劉坤一守營口，又為日軍所敗，喪失遼河以東的大片國土，受革職留任處分。光緒二十四年（1898），移守山海關，所部毅軍三十營改稱武衛左軍。二十六年，八國聯軍由天津進犯北京，他在北倉敗退。後病死。

中德續修條約　咸豐十一年（1861），所訂中德條約內有「滿十年再行續修」之語，故自同治十年（1872）起，駐京德使臣即開始與總署進行修約談判。因德方提出添開大東溝為口岸等要求，為總署拒絕，迄未達成協議。光緒六年（1880）二月，中俄關係緊張，為避免德、俄兩國協以相逼，旨授沈桂芬、景廉為全權大臣，於二月二十一日（1880.03.31），與德國駐華使臣巴蘭德（Maximilian August Scipio von Brandt, 1835-1920）訂立該條約。全文共九款，主要內容為：中國允添江蘇吳淞口一處為通商口岸，四個月內不再重徵；德國允中國派領事官駐紮德國各地准許設領之處，「按最優之禮相待」。

1880	光緒六年	四月十八日，左宗棠率兵赴哈密，以就近布置新疆防務。
1880	光緒六年	四月二十五日，太和殿傳臚。授一甲黃思永、曹詒孫、譚鑫振翰林院修撰、編修，賜進士及第。
1880	光緒六年	五月初一日，左宗棠奏預擬新疆改設行省建置大要。
1880	光緒六年	六月初五日，巴西公使喀拉多（Eduardo Callado）到天津與李鴻章商議定約。
1880	光緒六年	六月初八日，命李鴻章爲全權大臣與巴西使臣議約。
1880	光緒六年	六月二十四日，派曾國荃督辦山海關防務，

鮑超（？～1887）　字春霆，四川奉節人。行伍出身。初隨向榮到廣西鎮壓太平軍。咸豐四年（1854），投湘軍任水師哨長，驍勇、殘忍，受曾國藩、胡林翼賞識，升爲副將。十年，在安徽祁門救曾國藩脫險，旋升提督。所部號「霆軍」，爲湘軍主力之一，紀律極壞，專事殺掠。同治六年（1867），因對捻軍作戰不力，遂革職，所部亦被遣散。光緒六年（1880），復授湖南提督。十年，中法戰爭爆發，調赴雲南。不久回籍。

戈登（Charles George Gordon, 1833-1885）　英國陸軍軍官。早年畢業於英國軍官學校。1860年（咸豐十年），在英國侵華軍隊中任工兵隊指揮官，參與焚掠圓明園。1862年（同治元年），

		葆亨護理山西巡撫。
1880	光緒六年	六月二十四日，派總理各國事務衙門王大臣與日本使臣商辦琉球案。
1880	光緒六年	七月初六日，命湖南提督**鮑超**帶兵於天津、山海關擇要扼紮。
1880	光緒六年	七月初七日，命開釋崇厚。
1880	光緒六年	七月，**戈登**來華與李鴻章及總理衙門談中俄之事。
1880	光緒六年	八月初一日，李鴻章在天津與巴西專使喀拉多訂立《中巴通商條約》。
1880	光緒六年	八月十二日，因俄人調集兵輪，意圖挾制，命前直隸提督**劉銘傳**速來京。

至上海，率英軍工兵隊多次進攻上海附近的太平軍。1863年，任「常勝軍」統領。1864年5月，聯合清軍攻陷常州，清政府升他爲提督，旋賞穿黃馬褂。是年11月，返英。後任蘇丹殖民總督。1885年1月，被蘇丹人民起義軍擊斃於喀土穆。

劉銘傳（1836～1895）　字省三，號大潛山人。安徽合肥人。咸豐四年（1854），舉辦團練，抗拒太平軍。同治元年（1862），所部編入李鴻章淮軍，號銘字營，開赴上海，長期在蘇南、浙江同太平軍作戰。四年，率部赴山東鎮壓捻軍。官至直隸提督，封一等男爵。七年，率部入陝西鎮壓回民起義，後因病歸。光緒六年（1880），上疏提出興修鐵路的主張。中法戰爭期間督辦臺灣

1880	光緒六年	八月十四日，李鴻章請設天津至上海間電報線。
1880	光緒六年	八月二十二日，諭劉錦棠署理欽差大臣督辦新疆軍務。
1880	光緒六年	八月二十八日，中俄彼得堡談判重新開始。
1880	光緒六年	九月初三日，李鴻章創立天津電報學堂。
1880	光緒六年	九月初四日，命吳長慶赴山東駐防，加緊海防。
1880	光緒六年	九月初六日，兩宮太后召見軍機大臣、**醇親王**、惇親王、翁同龢、潘祖蔭論俄事。
1880	光緒六年	九月十七日，曾紀澤斷然拒絕俄方「伊犁永

軍務，曾擊退法軍對臺灣的侵犯，授福建巡撫。十一年，臺灣改爲行省後，任第一任巡撫，主持興修鐵路、電報及軍事設施，並興辦學堂等。十六年，加兵部尚書銜，兼任海軍衙門幫辦。十七年，因病回籍。三十一年，病故。有《劉壯肅公奏議》等。

醇親王（1840～1891）　即奕譞，同治十一年（1872），封醇親王。宗室貴族。愛新覺羅氏。滿族，道光帝第七子，光緒帝生父。迭授都統御前大臣、領侍衛內大臣，管神機營。咸豐十一年（1861），參與發動「辛酉政變」，深得慈禧太后信任。光緒十一年（1885），任總理海軍衙門大臣。

中美續修條約及續補條約　光緒六年十月十五日（1880.11.17），大學士寶鋆、署吏部尚書李鴻藻與美國駐華公使安吉立（

		交俄國管轄」之圖謀。
1880	光緒六年	九月二十五日，總署奏請簽押與日本所議定琉球條約。
1880	光緒六年	十月初四日，命李鴻章妥籌與日本議結琉球案。
1880	光緒六年	十月初九日，李鴻章奏議結琉球案事，認爲「利益均沾」條款不宜輕許。
1880	光緒六年	十月十五日，**《中美續修條約及續補條約》**在京訂立。
1880	光緒六年	十一月初一日，以**許景澄**爲出使日本國欽差大臣。

James Burrill Angell, 1829-1916）、專使帥腓德（John F. Swift, 1829-1891），在京訂立中美《續修條約》及《續補條約》。條約規定，兩國禁止販運洋藥（鴉片）入對方國家；兩國民人之訴訟案件，被告人係何國之人即歸何國之官員審理。《續補條約》則限制華工赴美，赴美華工之人數、年數可由美國定限，但並非禁止，且不得對華工「稍有淩虐」；已在美之華工及其他華人，「美國應盡力設法保護」。

許景澄（1845～1900） 字竹筠，浙江嘉興人。同治進士。光緒九年（1883），越南事起，他建議清政府嚴加防範。十年，任出使法、德、意、荷、奧五國大臣，向德國訂購軍艦並建立海軍。十六年，出使俄、德、奧、荷四國大臣。他精通西北邊疆地理，故在交涉中俄帕米爾邊界時，能

1880	光緒六年	十一月初二日，劉銘傳奏請試辦鐵路。
1880	光緒六年	十一月十一日，曾紀澤赴俄晤俄外務大臣**格爾思**，該臣稱「今本國已答應交還帖（特）克斯川，在中國已屬十分光彩」。
1880	光緒六年	十一月二十九日，李鴻章奏，擬派丁汝昌、**鄧世昌**、林泰曾等赴英驗收並駕駛所訂兩快船「超勇」、「揚威」號來華。
1880	光緒六年	是年，**天津電報總局**設立。

據理力爭。二十四年，任總理衙門行走，時值意大利欲索浙江之三門灣，因他極力反對，其事未遂。二十六年，力主鎮壓義和團運動，反對圍攻使館，被人彈劾處死。著述頗豐，有《許文肅公遺稿》、《奏疏錄存》、《出使函稿》、《帕米爾圖說》、《西北邊界地名考》等。

格爾思（Michail Nikolajevitch de Giers, 1856-1924）　俄國外交官。光緒二十四年（1898），任駐華公使。二十六年三月，他向清政府提出，要趁義和團「還沒有強固和還沒有在集於北京周圍的大隊士兵中取得信徒時，有力地將他們鎮壓下去」。二十七年，代表沙俄簽訂《辛丑條約》。是年回國。

鄧世昌（1849～1894）　字正卿，廣東番禺（今廣州）人。福州船政學堂第一屆畢業生。他精於測量、駕駛，曾任南洋水師艦隻管帶。李鴻章籌劃海軍，欣賞其能，調入北洋艦隊。光緒十三年（1887），隨丁汝昌赴英購鐵甲艦，任總兵兼致遠號巡洋艦管帶。二十年，黃海戰役中他英勇善

1880	光緒六年	是年，中興煤礦公司建立。
1880	光緒六年	是年，王文韶在昆明設經正書院。
1881	光緒六年	十二月初八日，曾紀澤晤駐俄法使商犀（Chanzy），申明越南爲中國藩屬。
1881	光緒六年	十二月十五日，曾紀澤電告總署，與俄改訂條約業已告成。
1881	光緒六年	十二月二十九日，協辦大學士軍機大臣總署大臣沈桂芬卒，謚「文定」。

戰，見旗艦督旗蕩卜，立即自懸督旗，指揮作戰，遭到日艦圍攻，在彈盡艦傷之際，率全艦官兵，決心以死報國，開足馬力，欲猛撞敵艦吉野，與之同盡。不幸被敵魚雷擊中，他與全艦官兵二百五十人壯烈犧牲。

天津電報總局　光緒六年（1880），李鴻章奏請設立南北洋電報局，清政府立即允准。李派人購備各項機器，聘請外國技師培訓有關電報人員。同年，設電報總局於天津，並於紫竹林、大沽口、濟寧、清江、鎮江、蘇州、上海開設分局。七年初，開工架設天津至上海的電線、上海經福州至廣州的線路；十月，全線竣工。創辦電局所費資金約十八萬兩，官款墊付。八年，招集商股，改爲官督商辦。以後繼續擴展，滬線由江西展至武漢，粵線延至廣西，北線由天津伸至東北各省，幾乎遍及全國重要城市。此電局名爲「商辦」，實奉行官事，發報順序「先官後商」，凡洋務、軍務電報均列爲「頭等官報」，所需電費由電報局所欠官款扣除，官款還清亦不收費。

1880	光緒六年	是年，兩廣總督張樹聲創建廣東實學館。
1881	光緒七年	正月初三日，以署吏部尚書李鴻藻爲兵部尚書。
1881	光緒七年	正月十六日，不從劉銘傳試辦鐵路之請。
1881	光緒七年	正月二十五日，准由北洋大臣及駐日使臣與朝鮮函商該國洋務要事，不必經由禮部。
1881	光緒七年	正月二十六日，曾紀澤與俄外務大臣格爾思等簽署《**中俄改訂條約**》、《**中俄改訂陸路通商章程**》。
1881	光緒七年	正月二十九日，命大學士左宗棠管理兵部事務，在軍機大臣上行走並在總理各國事務衙

中俄改訂條約　亦稱《中俄伊犁條約》。清政府拒絕《里瓦幾亞條約》後，沙俄強迫清政府改定的不平等條約。光緒七年正月二十六日（1881.02.24），由清方代表曾紀澤與俄方代表簽於俄國首都聖彼得堡。凡二十一條，另附專條一，並隨簽《中俄改訂陸路通商章程》。主要內容是：（一）中國收回伊犁城和特克斯河流域等領土，但霍爾果斯河以西原屬中國領土劃爲俄國所有；（二）中國給俄國的「償金」增加到九百萬盧布（合白銀五百萬兩）；（三）喀什噶爾和塔爾巴哈臺邊界另訂界約；（四）俄商在蒙古貿易照舊不納稅，在新疆貿易暫不納稅；（五）西路陸路通商，俄商可由新疆到嘉峪關，但不得到西安、漢中等地。

中俄改訂陸路通商章程　沙俄強迫清政府訂立的不平等條

		門行走。
1881	光緒七年	二月初一日，以曾國荃爲陝甘總督，實授衛榮光爲山西巡撫。
1881	光緒七年	二月初二日，李鴻章奏，派馬建忠等代擬朝鮮與各國通商章程底稿。
1881	光緒七年	二月初六日，命**彭玉麟**加意防備長江，以防日本要挾生事。
1881	光緒七年	二月初九日，幫辦吉林邊防吳大澂請開朝鮮薄老滕港爲口岸，以防俄制日。
1881	光緒七年	二月十三日，四川**總兵**剿平雷波里夷亂。

約。光緒七年正月二十六日（1881.02.24），中俄在簽訂《中俄伊犁條約》時簽訂，作爲該條約中有關通商條款的補充。凡十七款。主要內容：（一）重申兩國邊境百里之內免稅貿易；（二）蒙古、新疆邊境地區設卡倫三十五處供俄商出入貿易；（三）俄商貨物路經張家口可酌留若干在該地銷售；（四）俄商由陸路運至天津、肅州之貨，進口稅照稅則所載正稅減三分之一。

彭玉麟（1816～1890）　字雪琴，湖南衡陽（今衡陽市）人。咸豐三年（1853），佐曾國藩創建湘軍水師，後主其事，購買洋炮，製造大船。次年，在湖北武漢、田家鎮連敗太平軍水師。五年初，在江西湖口爲石達開所敗。後又悉力擴軍，逐漸控制長江水面，並參與圍攻九江、安慶。十一年，擢升水師提督。光緒九年

1881	光緒七年	二月十八日，設駐檀香山領事官（陳國棻）。
1881	光緒七年	三月初七日，命出使德國大臣李鳳苞兼充駐意大利、荷蘭、奧斯馬加（奧地利）三國使臣，命**黎庶昌**爲出使日本大臣。
1881	光緒七年	三月初十日，慈安太后崩。
1881	光緒七年	三月二十一日，慈安太后尊諡曰「**孝貞顯皇后**」。
1881	光緒七年	四月初八日，命將山東煙臺防務歸北洋大臣節制。
1881	光緒七年	四月初八日，命吳大澂督辦吉林三姓、寧古

（1883），任兵部尚書，受命赴廣東辦理防務，後以疾病開缺回籍。

總兵　官名。清代在各省設鎮守總兵官，簡稱總兵。綠營兵高級武官，僅次於提督。爲武職正二品。鎮守本鎮所屬地方，管轄本標及所屬各協、營，受本省總督和提督雙重節制。因掌管本鎮軍務，故別稱鎮臺、總鎮。分陸路與水師總兵，分布內地十九省，惟東三省不設。所轄鎮標，一般二或三營，多者五營，個別鎮爲一營。此外，轄有本鎮所屬各地駐營，兵額不等，一般三四千人，少者一二十人。所屬職官有副將、參將、游擊、都司、守備、千總、把總、外委等。

黎庶昌（1837～1897）　字純齋，貴州遵義（今遵義市）人。廩貢生出身。初從學鄭珍。後入曾國藩幕，與張裕釗、吳汝綸、薛

		塔、琿春等邊防事宜。
1881	光緒七年	四月初八日，調**岑毓英**爲福建巡撫，以辦理臺灣防務，勒方琦爲貴州巡撫；喜昌爲庫倫辦事大臣，桂祥爲烏里雅蘇臺參贊大臣。
1881	光緒七年	四月十八日，實授丁寶楨爲四川總督。
1881	光緒七年	四月二十五日，禁止墾種明代皇陵附近土地。
1881	光緒七年	四月二十九日，福建臺北府屬淡水、新竹二縣地震。
1881	光緒七年	五月初九日，准加收梲釐以嚴禁鴉片。

福成稱「曾門四弟子」。推崇桐城派。歷任駐英、德、法、日四國參贊，並出使日本六年。官至川東兵備道。出使日本期間，於東京書肆搜羅宋元舊籍，刻成《古逸叢書》二百卷，二十六種，皆國內稀見之本。作有《拙尊園叢稿》，編有《續古文辭類纂》。

孝貞顯皇后　即慈安太后。參見「**慈安太后**」條。

岑毓英（1829～1889）　字彥卿，廣西西林（今西林東南）人。咸豐六年（1856），組織地方團練武裝赴雲南投効，鎮壓農民起義，被授宜良知縣和路南知州。同治元年（1862），雲南回民起義時，他率軍馳援昆明，署理雲南布政使。七年，由曲靖再援昆明時，授雲南巡撫，鎮壓了回民起義。十二年，署理雲貴總督，後轉任貴州、福建巡撫。1884年

1881	光緒七年	五月十二日，准裁撤「出洋肆業總局」，撤回留美學生。
1881	光緒七年	五月十三日，直隸開平至胥各莊輕便鐵路開通。
1881	光緒七年	五月十四日，調黎培敬為江蘇巡撫，周恆祺為漕運總督，任道鎔為山東巡撫。
1881	光緒七年	五月十六日，命錫綸、**升泰**辦理伊犁接收及分界事宜。
1881	光緒七年	五月二十日，臺灣地震。
1881	光緒七年	五月二十一日，福建地震。
1881	光緒七年	五月二十八日，命**鄭藻如**為出使美國、日國（西班牙）、祕魯三國欽差大臣。

中法戰爭時，任雲貴總督，不戰而退。

升泰（？～1892）　卓特氏，字竹珊，清末蒙古正黃旗人。歷任戶部員外郎、山西汾州知府、浙江按察使、雲南布政使等職。光緒七年（1881），為伊犁參贊大臣。十年，署烏魯木齊都統。十三年，為駐藏幫辦大臣。次年，英軍入侵西藏，他被任命為駐藏大臣，授予全權同英軍議和。十六年，與英印政府代表蘭斯頓（Henry Charles Keith Lansdowne）簽訂《中英會議藏印條約》，使哲孟雄（今錫金）被英國侵佔。著有《印藏邊務錄》。

鄭藻如（1827～1894）　廣東香山（今中山）人，字玉軒。同治四年（1865），由容閎舉薦於李鴻章，被任為上海機器製造局幫

1881	光緒七年	六月初一日，以張之洞爲內閣學士兼禮部侍郎。
1881	光緒七年	六月初五日，越南使臣至北京乞援。
1881	光緒七年	六月十六日，李鴻章請准商人在香港設洋藥（鴉片）公司。
1881	光緒七年	六月二十五日，甘肅階州（今武都）等處地震，死四百餘人。
1881	光緒七年	六月二十九日，以兵部尚書李鴻藻爲協辦大學士。
1881	光緒七年	七月初四日，准於吉林開墾圍場之地，興辦礦務。
1881	光緒七年	七月，李鴻章創建**天津水師學堂**。

辦。光緒四年（1878），任津海關道。七年，賞三品卿銜，任出使美國、西班牙、祕魯大臣，任內保護華工和維護華僑利益。十年，授通政司副使。次年，授光祿寺卿，旋病免。

天津水師學堂　清末設在天津的海軍學校。光緒六年（1880），直隸總督李鴻章奏設。仿英國海軍教習章程制訂條例和計劃，派嚴復爲總教習，聘用英國軍官教練。經費從北洋海防經費內開支。招收十四歲以上十七歲以下青年入學。十四年，有學生一百二十人。分設駕駛、管輪兩科，駕駛科專習管駕輪船，管輪科專習管理輪機。學習英國語言、地輿圖說、算學、幾何、代數、三角、駕駛、測量、推算、重學、化學格致等課程，並習漢文，訓演

1881	光緒七年	七月十一日，以大理寺少卿曾紀澤爲都察院左副都御史。
1881	光緒七年	七月十七日，與英所訂兩隻蚊炮船抵大沽，名日「鎮中」、「鎮邊」。
1881	光緒七年	七月，彗星現於北斗七星之斗柄下，尾長至丈許。
1881	光緒七年	閏七月初九日，派伊犁將軍金順督辦接收伊犁，以錫綸爲特派接收大臣。
1881	光緒七年	八月初三日，魯迅出生於浙江紹興。
1881	光緒七年	八月十一日，李鴻章與巴西公使喀拉多訂立**《中巴和好通商條約》**。
1881	光緒七年	八月二十四日，實授劉錦棠欽差大臣督辦新

外國水師操法。學習期限五年，四年在學堂學習各種課程，一年上練船實習。畢業後分往北洋海軍任職，或選赴外國留學。

中巴和好通商條約　簡稱《中巴通商條約》，亦稱《中巴天津條約》。巴西挾持清政府訂立的條約。光緒七年八月十一日（1881.10.03），由欽差全權大臣李鴻章與巴西政府特使喀拉多簽於天津。凡十七款。主要內容：（一）兩國可互派使臣駐京；（二）兩國可在通商口岸互設領事；（三）兩國人民可遵章在對方各地遊歷和在通商各口貿易，互享最惠待遇；（四）不得販運鴉片到對方；（五）巴西享領事裁判權。此約某些條款表面上對等互惠，但在當時條件下只能惠及巴西。

		疆軍務。
1881	光緒七年	九月初六日，以大學士左宗棠爲兩江總督兼南洋大臣。
1881	光緒七年	九月初九日，光緒帝與慈禧太后送孝貞顯皇后靈柩往東陵。
1881	光緒七年	九月二十六日，購於英國之快艦「超勇」、「揚威」抵大沽口。
1881	光緒七年	十月二十九日，津滬電線通報。
1881	光緒七年	是年，商人黃佐卿在上海創辦**公和永繅絲廠**。
1881	光緒七年	是年，吳大澂創辦**吉林機器局**。

公和永繅絲廠　清末上海最早的民族資本機器繅絲業。光緒七年（1881），黃佐卿爲加工出口蠶絲，開辦此廠。向法國定購絲車一百部及蒸氣機等設備。八年，開工生產。十八年，擴充絲車至四百四十二部，另設絲廠一處，有絲車四百一十六部。由於在原料收購方面遇到外國洋行和外資工廠的激烈競爭，絲廠賠累破產。

吉林機器局　十九世紀末，寧古塔、三姓、琿春防務督辦吳大澂鑑於吉林防務所需，奏請在吉林建機器局，獲准。機器局於光緒九年（1883）十一月底竣工投產。包括機器正廠、軋銅處、機器西廠、電器房、翻砂廠、熟鐵廠、火藥局、木工廠、畫圖房、強水廠等，還設有一個培養技術人

1881	光緒七年	是年，英商創辦上海自來水公司。
1881	光緒七年	是年，大沽船塢始建於天津。
1881	光緒七年	是年，美國監理會傳教士林樂知（Young John Allen, 1836-1907）籌建上海中西書院。
1881	光緒七年	是年，英商創辦上海熟皮公司。
1881	光緒七年	是年，美商創辦上海華章紙廠。
1881	光緒七年	是年，朱其詔在熱河平泉創辦平泉銅礦。
1882	光緒七年	十一月十二日，法外長剛必達（Leon Gambetta）照會曾紀澤謂法對越南有完全自由處置權。
1882	光緒七年	十一月二十九日，法軍赴北圻，為**劉永福**黑旗軍所阻。

才的養正書院和專管運輸原材料的營口轉運局。此局的建立改變了吉林防務所需軍火要由天津機器局供應的狀況，有力地裝備了吉、黑兩省的邊防。二十六年八月三十日（1900.09.23），沙俄侵佔吉林省城；次日，便搗毀機器局。此後更名為製造局，專門從事銀元鑄造。

劉永福（1837～1917）　又名義，字淵亭，廣東欽州（今屬廣西）人。八歲時，隨父流落廣西。咸豐七年（1857），參加廣西農民起義。同治四年（1865），率部參加以吳亞忠為首的天地會起義軍，在廣西、雲南邊境活動。

1882	光緒七年	十二月初八日，命出使英、法兩國大臣曾紀澤留任三年。
1882	光緒七年	十二月初八日，以黑龍江副都統文緒爲署將軍。
1882	光緒七年	十二月，准於吉林省添設賓州廳、五常廳。
1882	光緒八年	正月初四日，命湖廣總督李瀚章興修洞庭湖堤壩。
1882	光緒八年	正月二十四日，調李鴻藻爲吏部尙書，閻敬銘爲戶部尙書，毛昶熙爲兵部尙書，慶裕爲漕運總督，倪文蔚爲廣西巡撫。
1882	光緒八年	正月二十七日，准吉林將軍升吉林廳爲府治，添設雙城廳、伊通州。
1882	光緒八年	二月十二日，兵部尙書毛昶熙卒，予諡「文達」，以**張之萬**爲兵部尙書。

制七星黑旗，爲所部旗幟，故名黑旗軍。後遭清軍圍攻，遂移駐滇越邊境保勝（今越南老街）一帶。法國侵略越南時，他應越南政府邀請，於同治十二年、光緒九年（1883），兩次大敗法軍，擊斃法軍海軍大佐，收復河內。中法戰爭時，清政府以「記名提督」的頭銜收編所部，屢敗法軍。戰後，任廣東南澳鎮總兵。光緒二十年，甲午戰爭爆發後，被調往臺灣駐防。二十一年，清政府割讓臺灣，他領導反割讓鬥爭，多次抗擊侵臺日軍。後因孤軍無援，隻身潛回大陸。二十八年，署廣東碣石鎮總兵。三十三年

1882	光緒八年	二月十六日，命左宗棠酌辦御史陳啓泰所奏上海《**申報**》揑造事端事。
1882	光緒八年	二月二十八日，丁日昌卒，賜祭葬。
1882	光緒八年	三月初一日，李鴻章改電報局爲**官督商辦**。

，因老病棄職回家。辛亥武昌起義後，被推爲廣東民團總司令，不久辭職。

張之萬（1811～1897）　字子青，直隸南皮人。道光進士，授修撰。咸豐二年（1852），出任河南學政。太平天國北伐軍逼近開封時，曾條陳防剿事宜，累遷內閣學士。同治元年（1862），擢升禮部侍郎，兼署工部。偕太常寺卿許彭壽等，匯輯前代帝王及垂簾事蹟可法戒者上之，賜名《治平寶鑑》。捻軍起義時，以河南巡撫督師鎮壓。同治四年，遷河道總督。次年，移督漕運，固守蘇北里下河一帶，防堵捻軍。同治九年後，先後任江蘇巡撫、浙閩總督。光緒八年（1882），任兵部尚書，調刑部。十年，入軍機。

申報　英國商人在中國創辦的中文報紙。同治十一年（1872），由美查（Ernest Major）、伍華德、普萊亞、麥基洛等人合資創辦於上海。後歸美查一人所有。此報編輯和經理工作均聘請中國人分擔，外國人則在幕後指揮。初創時只銷六百份，1919年（民國八年）達到三萬份；1932年，銷量達到十五萬份。光緒三十二年（1906），由美查兄弟公司（Major Brothers & Co.）出售給中國人席裕福（子佩）；1912年（民國元年），又轉售給史量才。史接辦後，業務漸有起色，成爲著名大報。《申報》附屬有「

1882	光緒八年	三月初二日，調兩廣總督張樹聲署理直隸總督兼北洋大臣（李鴻章回鄉探母）。
1882	光緒八年	三月初二日，派陳蘭彬在總理各國事務衙門行走。
1882	光緒八年	三月初九日，**黑旗軍**進駐越南山西。

申昌印書局」和「點石齋印書局」，印刷發行的書籍在數百種以上。

官督商辦　清政府利用私人資本舉辦近代新式企業的組織形式之一。洋務派早期經營的民用企業大都採用此形式，以十九世紀八十年代前後爲盛。一般由商人出資認股，政府委派官員經營管理。起初是爲了「求富」目的，或解決官辦軍用工業對原料、燃料和交通運輸條件的需要，可是清政府財力拮据，不能撥出巨款投資，也不願負擔虧損，遂選派富商、買辦或退職官吏出面募集私人股本，興辦企業。開辦時也往往先由官方墊借部分官款進行籌備，待商股募集後，再陸續歸還。但企業盈虧，「全歸商認，與官無涉」，官款可坐收「官利」。如招商局、開平礦務局等，都是這樣在七十年代開辦起來。這些企業同洋務派李鴻章集團的關係密切，享有減稅、免稅、貸款和專利等特權。有的企業原由商人倡議舉辦，爲了免除地方封建勢力的干擾和取得減免捐稅、專利等特權，才變爲「官督商辦」的，如上海機器織布局等。官督商辦企業，實權例由官府委派的總辦、會辦、幫辦和提調等掌握，入股商民處於只有義務並無權利的尷尬地位。企業中充滿衙門習氣和官場積弊，特別是對清政府的報效，成爲企業的巨大包袱。企業內部官商矛盾日益尖銳，

1882	光緒八年	三月十九日，曾紀澤照會法外部，抗議法軍佔領東京（河內）。
1882	光緒八年	三月二十八日，朝鮮國王照會美國總統，申明朝鮮爲中國屬邦。
1882	光緒八年	四月初六日，《**朝美通商條約**》十四款簽字。
1882	光緒八年	四月初十日，張佩綸、**陳寶琛**奏請派左宗棠或李鴻章前往廣東督師，並愼擇兩廣總督，以解法、越之事。
1882	光緒八年	四月十四日，命前陝甘總督曾國荃爲兩廣總督。

聲譽掃地。後官督商辦企業大都改爲官商合辦或商辦。

黑旗軍　劉永福領導的武裝。同治三年（1864），劉永福率所部二百多人加入吳亞忠天地會隊伍時，曾在廣西安德一處北帝廟前舉行祭旗儀式，所用旗爲七星黑旗。六年，劉永福帶三百人進入越南六安州，正式創立「中和團黑旗軍」。所部經常執黑旗作戰，人稱「黑旗軍」。

朝美通商條約　光緒七年（1881）五月，美國政府派海軍少將薛斐爾至天津會見李鴻章，請代爲介紹與朝鮮立約通商。光緒八年（1882）正月，朝鮮使臣金宏集等來天津會商條約，議定朝美《通商條約》十四款。其主要內容有：美國商民前往朝鮮貿易，進出口貨物均應納稅，稅則大略不過値百抽十；兩國民人之訟案，被告爲何國之人，即由何國官員審理；兩國商人均不得販運洋藥（鴉片）入對方口岸；朝鮮遇有

1882	光緒八年	四月二十九日，准中朝兩國商民自由貿易。
1882	光緒八年	五月初七日，以法越事急，調福建巡撫岑毓英爲雲貴總督，命劉長佑進京陛見。
1882	光緒八年	五月二十五日，上海領事團裁判所成立。
1882	光緒八年	六月十二日，上海公共租界電燈公司成立。
1882	光緒八年	七月初五日，派軍赴韓。
1882	光緒八年	七月十三日，吳長慶等拘執朝鮮大院君來華。
1882	光緒八年	七月二十三日，「**雲南報銷案**」發生。

災荒，得暫禁米糧出口等。復另遞照會於美國總統，聲明「朝鮮素爲中國屬邦」。三月二十日（1882.05.07），道員馬建忠等受李鴻章之命前往朝鮮協助簽約。四月初六日（1882.05.22），朝鮮國王派大臣金宏集等代表該國政府與薛斐爾在條約上簽字畫押，朝鮮自此開始與西方國家交往。

陳寶琛（1852～？）　字伯潛，一字弢庵，福建閩縣（今閩侯）人。同治進士，翰林院庶吉士。歷任內閣學士、禮部侍郎等職。清流派重要成員。光緒十七年（1891），被黜回籍。辛亥革命前夕起用爲溥儀的師傅、弼德院顧問大臣。

雲南報銷案　先是，戶部向例，外省軍費報銷必造具細冊，以防浮冒。而外省一次請銷之軍需用款，每積數年甚至十數年，銀數有多達數百萬兩者，因事隔多年，且當時帳目即有不明之處，致

1882	光緒八年	八月二十日，《**中朝商民水陸貿易章程**》八條在津議訂。
1882	光緒八年	八月二十二日，李鴻章奏添練水師不容遲緩。
1882	光緒八年	九月初一日，明諭獎賞平定朝鮮事件有功人員。
1882	光緒八年	九月十四日，命將河南「胡體安」案交刑部。

使造冊困難。戶部之司員、書吏則再三駁查，延稽時日，甚至吹求索賄。外省赴部報銷之員爲完差覆命，多有行賄囑託之事。光緒八年七月二十三日（1882.09.05），御史陳啓泰奏稱，雲南報銷軍費，由該省糧道崔彝尊、永昌知府潘英章來京匯兌銀兩，軍機章京、太常寺卿周瑞清包攬報銷，向戶部司員賄託關說，請飭確查。旨派麟書（理藩院尚書）、潘祖蔭（刑部尚書）確切查辦。尋據麟書等奏，確有自雲南匯京之款，存於「天順祥」等匯兌莊局，由崔彝尊等持票領取，惟是否周瑞清包攬報銷，應俟崔彝尊、潘英章到案方可究出確情。於是，諭命署雲貴總督岑毓英等速飭崔、潘二人來京，聽候質訊；周瑞清解任，並毋庸在軍機章京上行走，聽候傳質。按：此案，崔彝尊、潘英章承辦雲南報銷，挪用公款請託周瑞清向吏部主事龍繼棟、孫家穆轉交「說明津貼」八萬兩，司員、書吏各得銀數多寡不等，加之其他賄賂等費，共用公款十萬兩之多。

中朝商民水陸貿易章程　光緒八年八月二十日（1882.10.01），

1882	光緒八年	九月十八日，**《中俄伊犁界約》**訂立。
1882	光緒八年	九月十九日，張佩綸奏陳「朝鮮善後六策」。
1882	光緒八年	九月二十三日，命駐藏大臣色楞額前往紮什倫布寺祭奠八世班禪額爾德尼。
1882	光緒八年	十月二十二日，中法**《越事協議》**（即李寶協議）在津訂立。

津海關道周馥、候選道馬建忠與朝鮮使臣趙寧夏、金宏集在津議訂該章程八條，主要內容爲：中國北洋大臣札派商務委員駐紮朝鮮，朝鮮亦派員駐紮天津；中國山東、奉天等省沿海與朝鮮平安、黃海道沿海，聽兩國漁船往來捕魚，但不得走私貿易；兩國商民入對方內地採辦土貨均照納稅釐，訟案依照《會典》舊例辦理；兩國分別於鴨綠江兩岸之柵門、義州及圖們江兩岸之琿春、會寧設卡貿易，聽邊民往來交易。

中俄伊犁界約　係《中俄伊犁條約》的子約之一。光緒八年九月十八日（1882.10.29），由清哈密幫辦大臣長順與沙俄七河省省長弗里德簽於伊犁。凡三條。規定了伊犁地區自那林哈勒噶山口起至喀爾達坂的中俄邊界，其間設界牌三十三處。由此，沙俄不但割佔了霍爾果斯河、廓里札特村東一線與同治三年（1864）舊界之間的中國領土，而且在伊犁西南自廓里札特村東至哈勒噶山口一段，更違背《中俄伊犁條約》規定，侵佔了達喇圖河與蘇木拜河之間的中國領土。

越事協議　李鴻章與法使寶海在天津達成該協議。光緒八年

1882	光緒八年	十月二十七日，《**中俄喀什噶爾界約**》訂立。
1883	光緒八年	十二月初三日，福州船政局自製新式快船「開濟」號下水。
1883	光緒八年	十二月初九日，調浙江巡撫陳士傑爲山東巡撫。
1883	光緒八年	十二月十一日，命將禮部侍郎寶廷革職（主持典試歸途買妾）。
1882	光緒八年	是年，李松雲創辦**上海均昌船廠**（後名發昌機器廠）。
1882	光緒八年	是年，李文耀、朱其詔創辦熱河承德三山銀礦。

（1882）九月初，法國公使寶海（Frédéric-Albert Bourée, 1836-1914）奉命照會總理衙門，問中國駐兵越南北圻用意何在，請速予答覆。總署覆照答以駐兵係爲「剿匪」。寶海旋提議兩國派員設法商辦。總署致函李鴻章，囑與寶海會商，相機因應。至是，李鴻章與寶海達成如下協議：中國撤退駐越南北圻之兵，法國保證不侵佔越南土地；越南北圻以紅河爲界劃爲南北兩區，分由兩國保護；中法陸路通商。對此，總署表示同意，並函囑粵省督撫將關外駐軍酌退若干里，以示和好。旋法國茹費理（Jules Francçois Camille Ferry, 1832-1893）內閣上臺，撤去寶海駐華公使之任，並將此協議廢止。

1882	光緒八年	是年，英商創辦上海玻璃公司、上海電光公司。
1882	光緒八年	是年，上海電報學堂成立。
1882	光緒八年	是年，夏秋間山東境內黃河四處決口，「淹斃人口不可勝計」。
1883	光緒九年	正月十二日，派曾紀澤辦理洋藥稅釐並徵事務。
1883	光緒九年	正月二十四日，調張之萬爲刑部尚書，彭玉麟爲兵部尚書。
1883	光緒九年	二月初八日，李鴻章派道員袁保齡、**漢納根**興建旅順船塢。
1883	光緒九年	二月初十日，設紐約領事官（歐陽明）。

中俄喀什噶爾界約　又稱《喀什噶爾東北境界志》，沙俄強迫清政府訂立的界約。光緒八年十月二十七日（1882.12.07），由清政府派分界大臣沙克都林扎布與沙俄代表簽於喀什噶爾。凡四條。劃定了喀什噶爾東北境自那林哈勒噶至別牒里的中俄邊界。沙俄藉以侵佔了天山正幹之南扎納爾特河源地區的中國領土。

上海均昌船廠　清末商辦造船工廠。光緒八年（1882），由李松雲在上海設立。李自任總理，製造小型汽艇。

漢納根（Constantin von Hanaken, 1855-1925）　德國陸軍大尉。清光緒五年（1879），被中國駐柏林公使館聘請來華，在天津任教官兼充李鴻章副官，並設計建築旅順、大連灣、威海衛炮

1883	光緒九年	二月十五日，派廣西布政使徐延旭出關布置防務，以保北圻。
1883	光緒九年	二月二十三日，《**中英會商上海至香港電報辦法合同**》訂立。
1883	光緒九年	二月二十九日，「胡體安」案審結，河南巡

臺。中日甲午戰爭爆發時，他搭乘運載清軍之英商「高陞號」輪船赴朝鮮，該船在豐島海面被日本軍艦擊沉，他泅水倖免。黃海海戰時，與北洋艦隊提督丁汝昌在旗艦「定遠」號上指揮作戰。戰後，仍任中國軍隊教官。二十五年，與井陘人張鳳起訂立合辦井陘煤礦合同。三十四年，代表德商井陘礦務公司與直隸井陘礦務總局代表李德順等在天津簽訂《井陘煤礦合同》，合辦井陘礦務局。1918年（民國七年）底，被中國政府遣送回德。1921年，再度來華。後死於天津。

中英會商上海至香港電報辦法合同　英國大東電報公司挾制清電報總局訂立的電信事務合同。光緒九年二月二十三日（1883.03.31），由清方代表盛宣懷與英公司總辦滕恩簽於上海。凡十六款。主要內容：（一）安設上海至香港海線，改有關前議，准英方將海線做至洋子角，華局由此設陸線與之相接通至上海，港滬線路報費收入英中雙方分別取其百分之九十五和百分之五；（二）英方不得設水線至寧波、溫州、廈門、福州、汕頭、廣州等其他各海口；（三）華局可將電線自廣東設至香港，與英公司陸線相接。

鹿傳霖（1836～1910）　字滋軒（一作芝軒），直隸定興（今屬河北）人。同治進士。歷任廣西興安知縣、桂林知府、河南、山

		撫李鶴年等革職。
1883	光緒九年	二月二十九日，調慶裕爲河東河道總督，以楊昌爲漕運總督，**鹿傳霖**爲河南巡撫。
1883	光緒九年	三月初一日，法國人在海防扣押**招商局**運米船。

西巡撫。光緒二十一年（1895），擢四川總督。因上疏主張對三瞻實行「改土歸流」，奕訢「惡其多事」，被撤職。二十四年，戊戌政變後，起用爲廣東巡撫。次年，爲江蘇巡撫兼署兩江總督。二十六年，八國聯軍攻陷北京，他募兵三營，護送慈禧太后逃至西安，授兩廣總督，旋又升任軍機大臣。回京後，兼督辦政務大臣。宣統即位後，與攝政醇親王載灃同受遺詔，加太子太保，歷拜體仁閣、東閣大學士。著有《籌瞻疏稿》等。

招商局　全稱爲「輪船招商局」。清末最早設立輪船航運企業。同治十年（1872），李鴻章令朱其昂擬章試辦。次年，重訂章程，招商集股，正式成立。名義上商辦，實際上是官商合辦，大權歸官方掌握。第一期資本一百萬兩，至光緒七年（1881）才湊足。總局設上海，分局設天津、牛莊、煙臺、漢口、福州、廣州、香港以及國外的橫濱、神戶、呂宋、新加坡等處。承運漕糧，兼攬商貨。光緒三年，以高價購進美商旗昌輪船公司一批舊輪和設備，擴大經營；但因管理腐敗，又遭西方列強在華航運勢力的排擠，一直難以維持。十一年，盛宣懷奉命加以「整頓」，由「官商合辦」改爲「官督商辦」，仍連年虧損，甚至「遠不如昔」。宣統元年（1909），又行改組，歸郵傳部管轄。1930年（民國十

1883	光緒九年	三月初四日，法兵沒收海防招商局存米並佔碼頭。
1883	光緒九年	三月二十五日，命李鴻章往廣東督辦越南事宜，廣東、廣西、雲南防軍均歸節制。
1883	光緒九年	三月二十七日，雲南浪穹縣（今洱源縣）發生教案，鄉民焚毀法國教堂、殺死**張若望**。
1883	光緒九年	四月初一日，《中英續訂上海香港電報章程》簽於上海。
1883	光緒九年	四月十三日，中丹（麥）《收售上海吳淞旱線合同》訂立。
1883	光緒九年	四月十三日，「**紙橋大捷**」。
1883	光緒九年	四月二十五日，太和殿傳臚。授一甲陳冕、壽耆、管廷獻爲翰林院修撰、編修，賜進士

九年），國民政府再次整頓，改爲國營。1932年，歸交通部。抗日戰爭期間，總局先遷香港，後移重慶，戰後遷回上海。到1947年11月止，共有船四百六十艘，三十三萬餘噸。

張若望（1848～1883）　法國天主教司鐸。同治十三年（1874）來華，在四川傳教。後至雲南等地，強姦婦女，爲非作歹，無惡不作。光緒九年二月二十一日（1883.03.29），在雲南洱源孟福營和沙風村，白族人民手持鋤頭、木棍，將他及其十多個爪牙打死。

紙橋大捷　劉永福率領黑旗軍援越抗法的著名戰役之一。光緒八年（1882）三月，法國西貢總督

		及第。
1883	光緒九年	五月初二日，命李鴻章仍回北洋大臣署任。
1883	光緒九年	五月初四日，李鴻章在上海與法特使德理固（即脫利古，Arthur Tricou, 1837-?）會談越南事。
1883	光緒九年	六月初十日，命李鴻章署理直隸總督兼北洋大臣。
1883	光緒九年	六月十七日，李鴻章奏，擬將津滬電線由天津暫展至通州。
1883	光緒九年	六月十八日，兩江總督左宗棠奏，添設上海至漢口電線。
1883	光緒九年	六月二十二日，以**唐炯**爲雲南巡撫。

盧眉（Le Myre de Vilers）派遣李維業（Henri Laurent Revière）率法軍再佔越南河內。次年二月，法軍攻陷南定，越南北圻總督邀黑旗軍援助。劉永福率黑旗軍進駐懷德府，向法軍下戰書，並派軍攻打河內。四月十三日（1883.05.19），法軍司令李維業率四百餘人進攻紙橋（位於河內西二公里處）以西黑旗軍陣地。劉永福部署先鋒管帶楊著恩、左營管帶吳鳳典、前營管帶黃守忠等部列陣，自率親兵在府城外指揮戰鬥。法軍在大炮掩護下分兩路衝過紙橋，右翼楊著恩奮勇迎敵，旋佯退至上安決村。待法軍進入該村時，黃守忠、吳鳳典率部突起夾擊，鏖戰三時之久，李

1883	光緒九年	六月二十四日，派河南候補道陳樹棠赴朝，充辦理商務委員。
1883	光緒九年	六月，山東黃河決口。
1883	光緒九年	七月初十日，命滇督岑毓英經營雲南礦務。
1883	光緒九年	七月初十日，《**中俄科塔界約**》議定。
1883	光緒九年	七月初十日，廣州海關英人羅根（Logan）槍殺中國兒童，逃入英領事館。
1883	光緒九年	七月二十三日，法越訂立《順化條約》，法聲明以武力驅逐黑旗軍出境。
1883	光緒九年	七月，永定河決口，順天府、直隸省發生大

維業被擊斃，法軍死傷累累，大敗而去。此役楊著恩亦英勇戰死。

唐炯（約1829～1909）　字鄂生，貴州遵義（今遵義市）人。道光舉人。早年曾組織團練鎮壓貴州苗民起義。咸豐六年（1856）入川，招撫藍朝柱，分化李永和起義軍。同治元年（1862），鎮壓太平軍石達開部，後又參加圍剿捻軍。光緒八年（1882），升雲南布政使。十年，中法戰爭時，駐守越南北部山西地區。法軍來攻時，他輕信議和，不戰自退，被革職。十三年，督辦雲南礦務，經營十五年，成績甚微，乃辭職回籍。有《成山老人自撰年譜》。

中俄科塔界約　又稱《科布多界約》、《科布多界志》或《喀巴河上定約》。係《中俄伊犁條約》的子約之一。光緒九年七月初

		水災。
1883	光緒九年	八月初一日，法軍大舉進攻丹鳳，劉永福退山西城。
1883	光緒九年	八月初三日，都察院奏請續修《大清會典》。
1883	光緒九年	八月初三日，令滇、粵防嚴密扼守，與劉永福互爲聲援。
1883	光緒九年	八月初十日，廣州發生「**沙面事件**」。
1883	光緒九年	八月十七日，命張樹聲阻法國兵船入廣州黃埔。

十日（1883.08.12），由伊犁參贊大臣升泰、科布多幫辦大臣額爾慶額與沙俄代表簽於哈巴阿賽哩烏蘭奇巴爾。凡五條。具體劃定了齋桑湖以東地區自賽哩烏蘭嶺的木斯島山西腳至阿克哈巴河源的中俄邊界，沙俄由此割佔了阿拉別克河以西、以及該河河口以南經邁哈布奇蓋至木斯島山一線以西與舊界間的中國領土。

沙面事件　光緒九年八月初十日（1883.09.10），英輪「漢口」號上的葡萄牙人水手狄亞士（Diaz），無端將中國搬運工人羅亞芬踢傷推入水中淹死。在場群衆要求該船交出兇手。英籍船長拒絕，並將船駛逃江心。廣州市民極爲憤慨，遂衝入沙面租界，舉行大示威，並燒毀英、美、法、德的房屋十四間，傷外人一名。後經外國侵路者多次交涉，清政府被迫賠款了結。

1883	光緒九年	八月十八日，李鴻章在天津與法特使德理固會談。德理固提出另定中法邊界等三事。
1883	光緒九年	九月初三日，中俄**《塔爾巴哈臺西南界約》**訂立。
1883	光緒九年	九月初九日，調倪文蔚爲廣東巡撫，徐延旭爲廣西巡撫。
1883	光緒九年	九月初九日，派何如璋督辦福建船政事宜。
1883	光緒九年	十月十七日，總理衙門照會法駐華署使謝滿祿（Vicomte de Marie Joseph Claude Edouard Robert Semallé）並各國公使，聲明越南爲中國屬邦。

塔爾巴哈臺西南界約　該條約共七款，劃定伊犁東北至塔城西南一帶之中俄邊界，議設牌博二十一處。惟以中國境內巴爾魯克山之俄籍哈薩克遊牧民一時難以外遷，准其自換約之日起，限於十年內陸續遷至俄境，屆時中國即完全收回巴爾魯克山。此約於光緒九年九月初三日（1883.10.03），由伊犁參贊大臣升泰與俄官在塔城簽押換文。

匯豐銀行（Hongkong & Shanghai Banking Corporation）　又名香港上海銀行。同治三年（1864），由英國資本聯合部分德、美資本共同創立。總行設於香港。四年，開始營業；同年，設分行於上海，後又在天津、北京、漢口、重慶等地以及倫敦、里昂、漢堡、紐約和東南亞各地設分支機構。在舊中國發行紙幣，壟斷外匯市場。宣統三年（1911）後，取得中國關稅和鹽稅的存款權，又領導對華貸款的外國銀行團

1883	光緒九年	十一月初四日，命張佩綸在總理各國事務衙門行走。
1883	光緒九年	十一月十五日，越南山西失守。
1883	光緒九年	十一月十九日，命左宗棠派員增防臺灣。
1883	光緒九年	十一月二十一日，粵省向**匯豐銀行**訂立借款合同（一百萬兩）。
1883	光緒九年	十一月二十三日，命各省嚴禁邪教（**白蓮教**）。
1883	光緒九年	十一月二十八日，以張凱嵩爲貴州巡撫。

提供政治貸款和路礦貸款。建國後，在中國各地的分支機構除上海分行由中國政府指定經營外匯業務外，其餘先後關閉。

白蓮教　初稱白蓮社或白蓮會，混合明教、彌勒教等內容的祕密宗教組織。產生於宋代，元代逐漸流行。教義崇尚光明，拜日月之光，認爲黑暗只是暫時的，光明就要到來，而光明定能戰勝黑暗。又認爲「紅陽劫盡，白陽當頭」，紅陽指現在，白陽指未來，未來是光明的理想世界。白蓮教信奉「同教人都生於天宮」，都是「無生老母」（被信奉的一種神）的兒女，不分男女老幼，都應一律平等，同生死，共患難，「不持一錢可以周行天下」，主張入教後，所獲資財，悉以均分。教徒遍布華中和華北及西南各省區，成爲農民組織鬥爭的有力工具。白蓮教從宋代創立，到近代敗滅，活動近十個世紀之久。

1883	光緒九年	十一月二十八日，以阜康商號倒閉，虧空公款，將胡光墉革職。
1883	光緒九年	是年，商辦企業西山煤礦創立。
1884	光緒九年	十二月初四日，令彭玉麟專駐瓊州（今瓊山），以防法犯。
1884	光緒九年	十二月二十一日，曾紀澤告英外相，如中法發生戰爭，望英中立。
1884	光緒十年	正月初四日，以曾國荃署禮部尚書。

裕祿（1844～1900）　喜塔臘氏，字壽山，滿洲正白旗人。同治十三年（1874），任安徽巡撫，光緒十一年（1885），署湖廣總督；十五年，改任盛京將軍。十七年，曾鎮壓熱河金丹道起義。二十四年，授軍機大臣、禮部尚書兼總理各國事務衙門大臣。戊戌政變後，任直隸總督，掌握軍權。二十六年，義和團初起時，力主鎮壓，多被擊敗。後遵照清廷改剿爲撫的政策，迎張德成、曹福田等義和團衆入天津城，利用義和團防守城門，嚴查出入。八國聯軍攻佔天津時，率部逃往北倉。北倉淪陷後，在楊村（今武清）畏罪自殺。

王德榜（1837～1893）　字朗青，湖南江華（今江華西北）人。早年參加湘軍，隨左宗棠圍剿太平軍，後入閩廣鎮壓太平軍餘部，殺汪海洋。同治十年（1871），又被左宗棠調至甘肅鎮壓河州回民起義。光緒六年（1880），奉命取道蒙古草地赴張家口拒俄。十年，中法戰爭時調赴廣西，募勇組建定邊軍。先駐越南觀音橋以遏法軍，受潘鼎新排擠。後

1884	光緒十年	正月十一日，以**裕祿**署兩江總督兼南洋大臣。
1884	光緒十年	正月二十日，以曾國荃署兩江總督兼南洋大臣。
1884	光緒十年	正月二十七日，左宗棠到吳淞口布防。
1884	光緒十年	二月初八日，前福建布政使**王德榜**率新募**湘軍**八營（號定邊軍）、提督方友升率粵省防軍五營（號威遠軍）抵達廣西龍州。

配合馮子材、陳嘉在廣西邊境打敗法軍，收復諒山。

湘軍　以曾國藩爲首的地方團練武裝。咸豐三年（1853），幫辦湖南團練的在籍侍郎曾國藩爲對抗太平軍，在練勇基礎上擴充並重加編練而成。是年正月，曾國藩在長沙開始編練陸師。九月，移駐衡州（今衡陽），又創立水師，隨即建衡州船廠，復設湘潭分廠，製造炮船，並配以購自外國的洋炮。兵員募自湖南「團丁」（即「練勇」）糧餉由清政府撥給，屬於「官勇」，稱爲「湘勇」（後一般謂之「湘軍」）。實行勇兵由將官親自招募的制度，凡欲立軍，由統領挑選營官，營官挑選哨長，哨長挑選什長，什長挑選勇丁。所募兵勇，需取具結保，又灌輸以封建倫理綱常，加強思想控制。全軍統轄於曾國藩。從此「兵爲將有」，成爲清朝兵制的一大變革。湘軍以營爲單位。陸師每營五百人（另有營官一、哨官四，共五人），營轄前、後、左、右四哨（哨設哨長），哨轄一至八隊（隊設什長）；水師每營官兵四百四十七人

1884	光緒十年	二月十五日，北寧失守。
1884	光緒十年	二月二十二日，太原失守，廣西關外軍退守諒山一帶。
1884	光緒十年	二月二十九日，調湖南巡撫潘鼎新署廣西巡撫，廣西巡撫**徐延旭**、雲南巡撫唐炯革職。
1884	光緒十年	二月二十九日，命馮子材赴鎮南關外接統黃

，有快蟹、長龍、舢板等船二十一艘（後爲五百餘人，船三十艘）。咸豐四年二月建成，計有陸師十三營六千五百人，水師十營五千人，還有夫役、工匠等，共一萬七千餘人（後編制逐步擴大），會集湘潭，發布《討粵匪檄》，開始對太平軍作戰。初曾敗於靖港，繼佔湘潭、岳州（今岳陽）。十月，陷湖北武漢，旋東下，破田家鎮。次年春，攻江西九江、湖口，水師敗績，武漢又爲太平軍攻佔。六年春，曾國藩受困於南昌。後趁太平天國內部發生「楊韋事變」，進行反擊。十二月，再陷武漢。八年五月，破九江。十一月，李續賓所部六千餘人在安徽三河之役中被殲。十一年九月，佔據安慶。後左宗棠所部與列強聯合，進攻浙江，陷杭州；另一部則同淮軍聯合外國侵略者進犯蘇南，佔蘇州。同治三年（1864）六月，攻下天京（今南京），太平天國運動失敗。七月，曾國藩裁撤兵勇二萬五千人，留一萬人守南京，一萬五千人爲皖南、北游擊之師。後繼續在皖、鄂、豫、魯、蘇等地鎮壓捻軍，又分兵鎮壓陝、甘回民軍和貴州苗民軍。餘部編爲防軍的一部分。其主要將領左宗棠、劉長佑、曾國荃、劉坤一等均先後任總督，成爲清末統治集團中的一批重要勢力。

		桂蘭部。
1884	光緒十年	三月初九日，法水師提督**利士比**率兵船由香港北上，往上海而來。
1884	光緒十年	三月十二日，王德榜暫署廣西提督。
1884	光緒十年	三月十三日，恭親王**奕訢**退出軍機處，免去一切差使。

徐延旭（？～約1885） 字曉山，山東臨清人。咸豐進士。曾在廣西任知縣、知府等職。光緒八年（1882），升廣西布政使。十年，中法戰爭時，駐守越南北寧地區。曾六上戰書請戰，但法軍來攻時，卻不戰先逃，所部一觸即潰。後被革職，充軍新疆。未出都，病卒。有《越南輯略》。

利士比（Sébastien Nicolas Joachim Lespés, 1828-1897） 法國海軍將領。出生於法國西南的巴榮訥（Bayonne）。1841年（道光二十一年），入海軍學校。後參加克里米亞戰爭，圍困塞瓦斯托波爾。不久，又隨侵華的英法聯軍攻打大沽口。1883年（光緒九年），升爲海軍准將，並爲法國遠東艦隊副司令。1884年春，法軍在越南攻佔北寧、太原後，他與艦長福祿諾（Captain François Ernest Fournier, 1842-1934）通過德籍稅務司德璀琳（Gustav von Detring, 1842-1913），告知清政府法國政府願意談判。清政府於是派李鴻章與法國代表福祿諾在天津談判，訂立《中法會議簡明條約》。6月，法軍在越南製造觀音橋事件。他於8月5日（光緒十年六月十五日），率法艦三艘轟擊臺灣基隆港，被擊退。10月，又率艦隻攻打滬尾（今淡水），再次被守軍擊敗，此艦隻在滬尾港口

1884	光緒十年	三月十三日，令禮親王世鐸、戶部尙書額勒和布、閻敬銘、刑部尙書張之萬在軍機大臣上行走。
1884	光緒十年	三月十五日，以徐桐爲吏部尙書。
1884	光緒十年	三月十六日，黃桂蘭因北寧兵敗自殺於諒山。
1884	光緒十年	三月十七日，以郡王銜**貝勒**奕劻管理總理各國事務衙門。

外封鎖，未敢再犯。1888年，爲法國瑟堡（Cherbourg）軍區司令。

奕訢（1833～1898）　愛新覺羅氏，道光帝第六子，咸豐帝異母弟，封恭親王。咸豐十年（1860），英法聯軍攻陷北京時，咸豐帝出逃，被任命爲全權大臣，留住北京接洽投降，分別與英、法、俄簽訂《北京條約》。旋奏請設立並主持總理各國事務衙門工作。咸豐帝死後，在英國的支持下，與慈禧太后合謀，發動「祺祥政變」，奪取政權後，任議政王、首席軍機大臣、兼管總理各國事務衙門，總攬軍政、外交大權。力主「借洋兵助剿」，鎮壓太平天國和捻軍、回民、苗民、彝族人民起義。支持曾國藩、左宗棠、李鴻章等地方實力派開辦近代軍事工業和民用性企業；對外執行妥協政策，與侵略者簽訂一系列不平等條約。是清朝中央政府主持洋務的首腦。同治四年（1865），遭慈禧太后猜忌，被罷議政王等一切職務。不久，復任軍機大臣和總理各國事務衙門大臣。光緒十年（1884），又被

1884	光緒十年	三月十七日，實授潘鼎新廣西巡撫。
1884	光緒十年	三月十七日，法軍佔興化。
1884	光緒十年	三月十八日，以雲南邊防緊要，命戶部解銀一百萬兩送滇省。
1884	光緒十年	三月二十二日，命湖南提督**蘇元春**赴廣西前敵。
1884	光緒十年	三月二十五日，准李鴻章與法談和。

慈禧以「委靡因循」解職。甲午中日戰爭時，復被起用爲軍機大臣，主持總理各國事務衙門，並督辦軍務，積極向日本求和。戊戌變法期間，阻撓光緒帝接近康有爲等維新派，百日維新前死去。

貝勒　爵位名。滿語王或諸侯的意思（複數爲貝子，後來貝勒和貝子成爲清代封爵中兩個不同等級的稱號）。努爾哈齊曾用以稱其子侄。清代頒定宗室爵號，有多羅貝勒，簡稱貝勒，其位僅次於親王、郡王，並用以封蒙古貴族。

蘇元春（約1845～1908）　字子熙，廣西永安（今蒙山）人。初入湘軍，後隨統領席寶田鎮壓貴州苗民起義。同治八年（1869），任總兵。光緒十年（1884），中法戰爭時爲潘鼎新幫辦軍務，與法軍交戰，失敗後退入鎮南關。後在馮子材指揮下，大敗法軍。十一年，授廣西提督。曾在龍州築炮臺、闢市場、建鐵路，使其成爲西南重鎮。三十年，因剋扣軍餉縱容匪寇被劾，充軍新疆。

1884	光緒十年	四月初四日，派許景澄為出使法、德、意、荷、奧國大臣。
1884	光緒十年	四月十二日，法代表**福祿諾**到津面交李鴻章《簡明條約》草案。
1884	光緒十年	四月十四日，命吳大澂、陳寶琛、張佩綸分別**會辦**北洋、南洋、福建海疆，人稱「海疆三會辦」事宜。
1884	光緒十年	四月十四日，《**點石齋畫報**》在上海創刊。
1884	光緒十年	四月十六日，命李鴻章為全權大臣與法福祿諾辦理條約事務。

福祿諾（Captain François Ernest Fournier, 1842-1934） 法國海軍艦長。中法戰爭初期，法國利用在越南北部戰場取得軍事勝利，對清政府展開誘和試探。1884年（光緒十年）3月，福祿諾寫信給李鴻章，極力炫耀法國武力，勸說清政府與法國交好。清政府授權李鴻章與福祿諾在天津議和。5月6日（四月十二日），福、李開始和談，11日（四月十七日），簽訂了《中法簡明條約》。

會辦 清末新設的官署或辦事機構，常設會辦、襄辦、幫辦等職，一般是總辦的副職。會辦即會同辦事之意。

點石齋畫報 我國最早的時事畫報之一。光緒十年四月十四日（1884.05.08），在上海創刊。旬刊，石印。由英商點石齋石印局發行，隨《申報》附送，也單獨發售。吳友如負責編繪。配合《申報》國內外時事新聞，發表有

1884	光緒十年	四月十七日，《**中法會議簡明條款**》（又稱《李福協定》）在天津簽訂。
1884	光緒十年	四月二十三日，福祿諾交法文節略一件（包括法保護越南等三條件）於李鴻章。
1884	光緒十年	四月二十七日，李鴻章奏添設大沽、北塘至山海關電線以速軍報。
1884	光緒十年	四月二十八日，以張之洞署理兩廣總督，張樹聲開缺專辦廣東防務。
1884	光緒十年	五月初十日，中俄訂立《**續勘喀什噶爾界約**》。

關政治、時事、社會生活的圖畫。可作爲社會史料參考。二十年，停刊。

中法會議簡明條款　又稱《李福協定》。中法戰爭中法國誘迫清政府簽訂的不平等條約。共五款。主要內容是：（一）清政府承認法國對越南的「保護權」；（二）中國撤回駐越軍隊；（三）中越邊界開放通商，日後議定有關商約稅則時應有益於法國商務；（四）三個月內，雙方派代表商定詳約。簽約之後，法國又提出提前撤兵的條約，遭清政府拒絕後，蓄意擴大戰爭。

續勘喀什噶爾界約　光緒十年（1884），中俄簽訂的關於帕米爾地區的邊界條約。通過此約，俄國侵佔帕米爾北部地區，並規定自烏孜別里山口起，俄國界線轉往西南，中國界線一直往南。十八年，俄國違背這個條約的規定，出兵強佔薩雷闊勒嶺以西二萬多平方公里的中國領土。二十年

1884	光緒十年	五月十三日，訂立《**法越和平條約**》，越方在簽約儀式上「銷毀清國封冊玉璽」。
1884	光緒十年	五月十四日，以額勒和布、閻敬銘為協辦大學士。
1884	光緒十年	五月十五日，命徽寧池太廣道**張蔭桓**在總理各國事務衙門行走。
1884	光緒十年	五月十七日，命中外大臣保舉人才。
1884	光緒十年	五月二十五日，命左宗棠仍在軍機大臣上行

，中俄雙方換文，清政府聲明：不承認俄國的非法佔領，保留對被佔領土的權利。中、俄兩國間始存在帕米爾未定界問題，直至今日。

法越和平條約　又稱第二次《順化條約》。光緒九年（1883）七月，法軍圍攻越都順化，越南阮氏王朝在炮口下被迫與法國訂立《順化條約》，宣布越南歸法國保護，法國管理越南一切對外事務。《順化條約》具有臨時草約性質，尚須由正式條約予以確認。法國政府因派巴德諾（Jules Patenôtre, 1845-1925）為全權特使前往順化。光緒十年五月十三日（1884.06.06），與越南朝廷簽署該約，最終確立法國對越南的殖民統治權。

張蔭桓（1837～1900）　字樵野，又字皓巒，廣東南海（今廣州）人。捐納知縣。光緒八年（1882），任按察使、總理各國事務衙門大臣。十四年，出使美、西、祕三國，並奏設古巴學堂和籌建金山學堂、醫院。十五年，召回，仍入總署，旋升戶部左侍郎。二十四年，戊戌變法時，調

		走並管理**神機營**。
1884	光緒十年	閏五月初一日，**觀音橋事件**（北黎事件）發生。
1884	光緒十年	閏五月初一日，以記名提督蘇元春署理廣西提督。
1884	光緒十年	閏五月初四日，派劉銘傳督辦臺灣事務。
1884	光緒十年	閏五月初十日，命廣西防營全部撤至諒山老營。

任管理京師礦務鐵路總局，支持康有爲的《請勵工藝獎募創新摺》。戊戌政變後，因英、日公使干涉未被殺，改爲流放新疆。

神機營　清代禁衛軍之一。設於咸豐十一年（1861）。由署步軍統領文祥創立。選八旗滿洲、蒙古、漢軍及前鋒、護軍、步軍、火器、健銳諸營的精銳爲營兵，使用新式洋槍，守衛紫禁城及三海，並扈從皇帝巡行。其後逐漸腐敗。清末廢。明代也有神機營，爲皇帝的守衛扈從，皇帝親征時得隨軍出征。

觀音橋事件　亦稱「北黎衝突」。光緒十年（1884）四月，訂立的《中法會議簡明條款》中，並未具體規定清軍的撤兵日期。法將杜森尼（Dugenne）卻於五月二十九日（1884.06.22）率軍七百人推進至越南北黎的觀音橋，逼迫清軍投降或撤軍。次日，清軍派聯絡官三人到法營交涉，法軍揚言將接收越南諒山、高平兩省，並無故槍殺清軍聯絡官，向清軍營地攻擊。清軍奮起反擊，自晨鏖戰至深夜，法軍潰敗。後法軍以此爲藉口，進一步侵犯中

1884	光緒十年	閏五月十七日，命閩省督撫撥銀四十萬兩交劉銘傳辦理臺灣防務。
1884	光緒十年	閏五月二十三日，法使謝滿祿照會總署請中國立即刊登京報速從北圻退兵，並向中國索賠至少二億五千萬法郎。
1884	光緒十年	閏五月二十三日，法國兵艦二艘駛入閩江口。
1884	光緒十年	閏五月二十七日，派曾國荃與**巴德諾**談判。
1884	光緒十年	閏五月二十七日，謝滿祿照會總署，賠款數目分毫不能改。
1884	光緒十年	閏五月二十八日，法國兵艦又有二艘駛入閩江口。

國本土。

巴德諾（Jules Patenôtre, 1845-1925）　法國外交官。一譯巴特納。1878年（光緒四年），任法國駐華使館頭等參贊。1879至1880年，任代辦。後任駐瑞典公使。1884年，再度來華，任公使。曾與清政府代表曾國荃（清兩江總督）舉行談判，未果。1885年6月9日（光緒十一年四月二十七日），與清北洋大臣李鴻章在天津正式簽訂《中法新約》。1891年以後，先後任駐美公使，駐西班牙使節。著有《一個外交官的回憶錄》。

基隆大捷　先是法艦隊副司令利士比率艦五艘來犯臺灣，光緒十年六月十四日（1884.08.04），行抵基隆海面，派人上岸遞交戰書，要求守軍交出炮臺、陣地。

1884	光緒十年	六月初五日，因廣東水師提督吳長慶卒，予謚「武壯」，宣付國史館立傳，准建專祠。
1884	光緒十年	六月初六日，李鴻章令將招商局輪船（恐被法劫掠）暫售美旗昌洋行。
1884	光緒十年	六月十六日，**基隆大捷**。
1884	光緒十年	七月初二日，實授張之洞兩廣總督。
1884	光緒十年	七月初三日，馬尾之戰。
1884	光緒十年	七月初六日，清政府對法宣戰。
1884	光緒十年	七月初七日，福州將軍**穆圖善**在長門轟沉法艦兩艘。

遭劉銘傳拒絕。六月十五日（1884.08.05）午前八時，法艦開炮轟擊基隆炮臺，後者還炮接仗，戰至十二時許，岸上炮臺全被打毀。劉銘傳決定誘敵陸戰，因下令各軍撤出海灘，退守山後。六月十六日（1884.08.06），法陸軍四百餘人登岸，攜行炮四尊來撲營地，劉銘傳派總兵曹志忠率部從正面迎擊，另派提督章高元等帶隊旁抄來敵後路。法軍大驚，慌忙後退，各營趁勢猛攻。法軍潰不成軍，爭相逃往海上兵艦。此役傷斃法軍百餘人。史稱基隆大捷。

穆圖善（？～1886）　滿洲鑲黃旗人。那拉塔氏，字春岩。初以驍騎遷參領。同治元年（1862），隨多隆阿阻擊太平軍陳得才部西進陝甘。任西安左翼副都統。

1884	光緒十年	七月十一日，自德訂購「南琛」、「南瑞」兩快船來華。
1884	光緒十年	七月十八日，以左宗棠爲欽差大臣督辦福建軍務，張佩綸以會辦大臣兼署船政大臣。
1884	光緒十年	八月初二日，命刑部右侍郎許庚身在軍機大臣上行走，鴻臚寺卿鄧承修在總理衙門行走。
1884	光緒十年	八月初五日，實授李鴻章直隸總督兼北洋大臣及文華殿大學士。
1884	光緒十年	八月初九日，法國請美國政府轉告清廷，賠

三年，繼多隆阿署欽差大臣。同年夏，任荊州將軍，與劉蓉會辦陝甘軍事。次年，調任寧夏將軍，主持甘肅軍事。六年，署陝甘總督。旋因屢敗於回民起義軍，所部甘軍由左宗棠調度。光緒元年（1875），署正白旗漢軍都統。三年，任青州副都統、察哈爾都統。五年，擢福建將軍。中法戰爭時駐守長門（今福建連江南），擊沉法艦一艘。十一年，任欽差大臣，會辦東三省練兵事宜。次年，病死軍中。

滬尾大捷（1825～1893） 光緒十年八月十六日（1884.10.04）起，臺灣滬尾口外七艘法艦連日以艦炮向岸上轟擊。因清軍海岸炮臺火力甚弱，不足與法艦炮抗衡，劉銘傳先派人用木船載石沉於口門外，將港灣堵塞，以阻法艦靠岸，繼令孫開華等軍及甫自基隆趕到之章高元一軍設伏於岸上，俟其以小艇載陸軍侵犯時再行反擊。孫開華等判斷，法陸兵

		款八千萬法郎否則將北上攻打。
1884	光緒十年	八月十七日，派道員徐承祖爲出使日本國大臣。
1884	光緒十年	八月二十日，**滬尾大捷**。
1884	光緒十年	八月二十六日，命總理衙門採擇譯刻西洋各類書籍。
1884	光緒十年	八月二十九日，《中英福州電線合同》訂立。
1884	光緒十年	九月初二日，法國遠東艦隊司令**孤拔**封鎖臺灣各海口，要求所有船隻三日內離開。

上岸處必在口門以北海灘，遂率隊晝夜伏於該處樹林內。八月二十日（1884.10.08）晨，法艦先以排炮向岸上猛轟，然後以若干小艇載兵約千人，分三路登岸。孫開華見法兵逼近，下令出擊，林中伏兵一躍而起，衝向法軍。章高元等亦同時出擊。是役，清軍陣亡哨官三員，死傷兵勇百餘人；法軍被斬首二十五級（內將校二員），槍殺三百餘名，又俘獲法兵十四名。史稱「滬尾大捷」。

孤拔（Amédée Anatole Prosper Courbet, 1827-1885）　法國二等水師提督。亦譯稱古爾貝。原任法國北越艦隊司令，繼任法軍北越統帥。1883年（光緒九年），中法戰爭爆發後，法國將其在中國和北越的艦隊合併組成遠東艦隊，任命孤拔爲艦隊司令。1884年7月，他奉法國海軍當局的命令，分別將軍艦駛入福建馬尾海港和基隆地區，蓄意擴大侵

1884	光緒十年	九月初四日，命賞劉永福軍餉銀五萬兩。
1884	光緒十年	九月初六日，前兩廣總督張樹聲卒，謚「靖達」。
1884	光緒十年	九月初八日，命南北洋大臣撥兵船運送兵、械援臺。
1884	光緒十年	九月十一日，劉銘傳補授福建巡撫，仍駐臺灣督辦軍務。

略戰爭。1885年3月，侵犯鎮海時被擊傷；6月，死於澎湖。

怡和洋行（Jardine, Matheson & Co., Ltd.）　亦名渣甸洋行。乾隆四十七年（1782），英商於廣州始設。經營中、印、英間零星貿易。道光十二年（1832），改組擴大，爲最大的鴉片走私集團。二十三年，在上海設行，並陸續在汕頭、福州、天津、廣州、青島、漢口、重慶等地設分支機構。除繼續販賣鴉片外，還操縱沿海航運和對外貿易。後在上海、香港等地經營航運、造船、碼頭、倉庫、鐵路、公用、地產、空運等業務。1949年後，該行在中國大陸的機構被關閉。

楊岳斌（1822～1890）　原名載福，字厚庵，湖南善化（今長沙）人。軍籍出身。自幼悉於騎射。咸豐三年（1853），曾國藩籌建湘軍水師，提爲營官。四年，湘潭戰役打敗太平軍，擢游擊，但湖南城陵磯戰役中，爲太平軍水師擊敗。後因在湖北田家鎮焚毀太平軍水師戰船，升爲總兵。五年，攻陷武昌後沿江東下，至蕪湖澛港，與江南大營水師會合，控制長江水面。八年，配合李續賓部攻陷九江。次年，收降韋俊，佔安徽樅陽。十一年，攻陷安慶，進圍天京。及天京陷落，

1884	光緒十年	九月十三日，李鴻章電奏，由長蘆運庫提銀十萬兩，設法託**怡和洋行**英商匯臺灣。
1884	光緒十年	九月十四日，命南北洋大臣派兵輪載**楊岳斌**一軍設法渡臺。
1884	光緒十年	九月十七日，以德馨爲江西巡撫。
1884	光緒十年	九月十八日，免**盛宣懷**津海關道一職，留直隸另行任用。

授陝甘總督，復鎮壓回民起義，因失敗遭革職。光緒十年（1884），中法戰爭爆發，受命會辦福建軍務。十一年，赴援臺灣抗法。十六年，病死。

盛宣懷（1844～1916）　字杏蓀，號次沂，別號愚齋，江蘇武進（今常州）人。秀才出身。同治九年（1870），入李鴻章幕。十二年，任輪船招商局會辦，後任電報局總辦。光緒八年（1882），創辦上海織布局。十九年，調天津海關道。同年，上海機器織布局失火被焚，又受李鴻章委派籌辦華盛頓機器紡織總廠。二十二年，接辦張之洞漢陽鐵廠，兼籌蘆漢鐵路。二十四年，開辦萍鄉煤礦，後連同大冶鐵礦合併成漢冶萍鐵廠礦公司，名爲商辦，實權獨攬；還控制通商銀行。他利用籌辦洋務，營私舞弊，遂成巨富。二十六年，義和團運動高漲，他主張鎮壓，並積極參與西方列強策劃的「東南互保」。二十八年，任工部左侍郎。宣統二年（1910），中國紅十字會成立，任會長；同年，任郵傳部尙書。次年，在皇族內閣任郵傳部大臣。因宣布「鐵路國有」，將商辦的粵漢、川漢路權作抵押，大借外債，從而引起「保路風潮」，導致武昌起義，後被革職。有

1884	光緒十年	九月二十六日，雲南普洱府地震，傷亡約百人。
1884	光緒十年	九月三十日，詔命設立甘肅新疆行省，裁撤原天山南北兩路參贊、辦事大臣。
1884	光緒十年	九月，鮑超在四川募勇成軍二十六營。
1884	光緒十年	十月初二日，以劉錦棠爲首任甘肅新疆巡撫。

《愚齋存稿》、《盛宣懷未刊信稿》。

淡水海關 近代臺灣的主要海關。咸豐八年（1858），根據《天津條約》，臺灣群島爲對外開放口岸。同治九年（1862），成立淡水海關，關址設在滬尾。後基隆、安平、打狗（今高雄），亦各設海關，但均爲分關。以淡水爲本關，總理全臺灣海關事務。

朝鮮甲申事變 先是，朝鮮開化黨交結日人，蓄謀奪取該國政權。1884年12月4日（光緒十年十月十七日），開化黨首領金玉均暗約日本駐朝公使竹添進一郎，借漢城郵政局落成名義舉行宴會，席間以縱火爲號，先將大臣閔泳翊刺殺（重傷未死），繼則闖入王宮，與竹添及其所帶日軍一起，劫持國王李熙，殺害韓圭稷、李祖淵、趙寧夏等七名「事大黨」（親華派）大臣。翌日，宣布成立新政府，廢止朝鮮與中國之傳統宗藩關係。消息傳出，漢城人心洶洶，「軍民結聚數十萬，將入宮盡殺倭奴」。12月6日（十月十九日）清晨，韓臣金允植、南廷哲等皆來清軍駐漢城兵營痛訴求援，慶軍營務處袁世凱見事機危急，與提督吳兆有等商定帶兵入宮，以維護朝鮮政局。於午前巳刻致書日使竹添，告以

1884	光緒十年	十月初九日，李鴻章電告總署，法國欲佔基隆煤礦、**淡水海關**若干年。
1884	光緒十年	十月十七日，**朝鮮甲申事變**。
1884	光緒十年	十月二十三日，朝鮮國王回宮，**袁世凱**帶隊護衛。
1884	光緒十年	十月二十三日，我軍與日軍接仗。

我軍擬進宮保護國王，別無他意。待至午後申刻仍未得竹添回音，遂率隊入宮，日軍開槍阻止，雙方交戰。既而日軍潰奔，竹添、金玉均等皆逃入日本使館。國王李熙宣布金玉均、朴泳孝等勾結日人作亂罪狀，下令通緝。漢城兵民憤而聚集日本使館外吶喊圍攻。竹添自知衆怒難犯，乃自焚使館，率衆突圍逃奔仁川，復遭沿途民衆爭以石塊拋擲。是爲朝鮮「甲申事變」。

袁世凱（1859～1916）　字慰亭，號容庵，河南項城人。早年投靠淮軍統領吳長慶，任營務處幫辦，從張謇學習文學。後因保舉同知銜，改任駐朝鮮通商大臣。光緒二十一年（1895），以道員銜在天津小站訓練「新建陸軍」。二十四年，「戊戌變法」期間，因僞裝進步，贊同變法，取得光緒帝信任，被授以侍郎銜而專辦練兵事宜。曾向榮祿告密，出賣維新派，取得慈禧太后寵信。二十五年，任山東巡撫，勾結德軍鎮壓義和團起義。二十六年，參與了「東南互保」（參見「**東南互保**」條）。二十七年，因李鴻章臨時推薦，任直隸總督兼北洋大臣。二十九年，清廷成立練兵處，他任會辦大臣，主持訓練新兵，將「北洋常備軍」擴編爲

1884	光緒十年	十一月初九日，以天津水師學堂辦有成效，命獎敘有差教習**嚴宗光**（嚴復）、**游擊**卞長勝等。
1884	光緒十年	十一月十三日，江南防營六百人乘英國商輪「威利」號於臺灣卑南（今臺東）登岸。

六鎮，成為北洋軍閥的最高首領。三十三年，調任軍機大臣、外務部尚書。三十四年，被攝政王載灃罷職。宣統三年（1911），辛亥革命時，受命為內閣總理大臣，施展兩面手法，既誘使革命派妥協議和，又挾制清帝退位，遂竊取中華民國臨時大總統職位，在北京建立北洋軍閥政府。

嚴宗光（1853～1921）　即嚴復，近代啟蒙思想家。字又陵，又字幾道，福建侯官（今福州）人。福州船政學堂首屆畢業生。光緒二年（1876），留學英國海軍學校。歸國後，任天津北洋水師學堂總教習、總辦。甲午戰後，接連發表《論世變之亟》、《原強》、《救亡決論》、《闢韓》等論文；又上萬言書，反對頑固保守，力主變法。他學習西方，提倡新學，譯《天演論》，以「物競天擇，適者生存」等進化論觀點，激發國人救亡圖存，對近代思想界影響極大。曾主辦《國聞報》。戊戌變法後，翻譯《原富》、《法意》、《社會通詮》、《名學淺說》、《穆勒名學》等書，傳播西方文化。譯文簡練，態度嚴謹，首倡「信、達、雅」的翻譯標準。1915年（民國四年），參加籌安會，擁護袁世凱稱帝，備受輿論抨擊。晚年提倡尊孔，反對「五四」運動。

游擊　官名。清代綠營兵軍官，職位僅次於參將，分領營兵。光緒年間，創設北洋海軍，亦設游

1884	光緒十年	是年，雲貴總督岑毓英創設雲南機器局。
1884	光緒十年	是年，**李善蘭**卒。
1885	光緒十年	十二月初七日，李鴻章派記名提督**聶士成**率直隸防軍八百七十人乘英國商輪「威利」號赴臺灣。

擊等官。

李善蘭（1811～1884）　清浙江海寧人，字壬叔，號秋紉。少從陳奐治經學，於數學用力尤深，自謂精到處不讓西人。咸豐二年（1852），在上海識正在墨海書館譯書的英人偉烈亞力（Alexander Wylie, 1815-1887）、艾約瑟（Joseph Edkins, 1823-1905）等，並與之合作翻譯西方科技著作。十年間合譯《幾何原本》後九卷；美國羅密士《代微積拾級》十八卷；《重學》二十卷；《談天》十八卷；《植物學》八卷。同治七年（1868），任同文館算學總教習，後歷任總理衙門章京、戶部郎中。他對尖錐求積術、三角函數與對數的冪級數展開式、高階等差級數求和等，皆有研究，其尖錐求積術已有初步的積分思想。著有《則古昔齋算學》十三種二十四卷。所譯《談天》，正確介紹了哥白尼的學說。

聶士成（？～1900）　字功亭，安徽合肥人。武童出身。參與鎮壓太平軍和捻軍。同治七年（1868），擢爲提督。光緒十年（1884），中法戰爭期間，率軍渡海守臺灣基隆，屢挫法軍。十七年，派兵鎮壓熱河朝陽金丹教起義；次年，授太原鎮總兵。二十年，中日甲午戰爭起，督師抗日，扼守遼東大高嶺，收復連山關，擊斃日將富剛三造，以功授直隸提督。二十四年，所部改稱

1885	光緒十年	十二月初八日，准暫時開捐實官。
1885	光緒十年	十二月，法國大舉增兵北圻。
1885	光緒十年	十二月，赫德託金登幹與**茹費理**議和。
1885	光緒十年	十二月二十八日，諒山失守。
1885	光緒十年	十二月二十八日，在浙江臺州洋面南洋援閩二輪「澄慶」、「馭遠」被法艦擊沉。
1885	光緒十一年	正月初三日，令廣西關外各軍歸潘鼎新調遣

武衛前軍。二十六年春，曾鎮壓義和團。六月，率軍在天津抗擊八國聯軍，六月十三日（1900.07.09）在八里臺戰鬥中陣亡。著有《東征日記》等。

茹費理（Jules Francçois Camille Ferry, 1832～1893）　一譯費理。出生於聖迪埃。1855年（咸豐五年），獲得律師資格。後從事新聞業，在《時代報》發表文章，猛烈抨擊第二帝國。1869年（同治八年），當選爲立法議會議員。次年，在臨時國防政府中任職。曾直接參與對巴黎公社的鎮壓。1872至1873年，爲法國駐希臘公使。1879（光緒五年）至1880年，任法國公共教育部部長。1880至1881年11月，任法國總理，強行建立法國對突尼斯的保護權。1883年，再任總理，積極推行對越南和中國的擴展，獲得「東京佬」的綽號。他撤換法駐華公使寶海，中斷和清政府談判，堅決主張武力侵略。同年10月，任命孤拔爲遠征軍總司令，並於12月攻佔越南山西（在河內西北），中法戰爭正式開始。次年2月，繼派米樂率法軍攻陷越南的北寧和太原，迫使清政府接受《中法會議簡明條款》。不久，

		，馮子材幫辦軍務。
1885	光緒十一年	正月初五日，命劉銘傳等克日收復基隆。
1885	光緒十一年	正月初九日，鎮南關失守。
1885	光緒十一年	正月，李鴻章設**天津武備學堂**，以德國人爲教官。
1885	光緒十一年	正月二十五日，派李鴻章爲全權大臣與日本使臣**伊藤博文**商議中日兩軍衝突事。

法國又製造觀音橋事件，進攻中國的臺灣、馬尾等地。1885年3月，法軍在鎮南關大敗，茹費理內閣隨之倒臺。1891年，當選爲法國參議員。

天津武備學堂　清末設在天津的陸軍學校。光緒十一年（1885），直隸總督李鴻章奏設。規制略仿西洋陸軍學堂，聘用德國軍官教練。經費從北洋海防經費內開支。最初挑選各營中弁目入堂肄業，文員願習武事者一併錄取，學生一百餘人。學習天文、輿地、格致、測繪、算化諸學，炮臺、營壘諸法，操習馬隊、步隊、炮隊及行軍、佈陣、分合、攻守諸式，並兼習經史。初僅肄業一年，考試及格，發回各營。其後逐漸延長年限，選募年輕學生肄業。光緒二十二年，有學生二百八十人，分設馬隊、步隊、炮隊各科。北洋系將領多出於此。八國聯軍侵佔天津時被焚毀。

伊藤博文（1841～1909）　日本長州（今山口縣西北部）人。德川幕府時期長州藩士出身。1863年（同治二年），赴英國學習海軍。回國後積極參加倒幕運動。1868年（同治七年）明治維新後，歷任外國事務局判事、大藏少

1885	光緒十一年	二月初五日，允與法軍議和。
1885	光緒十一年	二月初七日，法軍大舉進攻鎮南關內。
1885	光緒十一年	二月初八日，**鎮南關大捷**。
1885	光緒十一年	二月初八日，岑毓英督率覃修綱、湯聘珍等大敗法軍於臨洮（臨洮大捷）。
1885	光緒十一年	二月初八日，命將潘鼎新革職，以**李秉衡**爲

輔、民政部少輔、工部大輔、工部卿、內務卿等職。1885年（光緒十一年），來中國與李鴻章談判朝鮮問題，簽訂《天津會議專條》（又稱《天津條約》或《朝鮮撤兵條約》）。是年起，連任四屆內閣總理。1888年起，三任樞密院議長。1889年，國會成立，任貴族院議長。是發動中日戰爭的主要策劃者，戰後任日方和談全權代表，迫使清政府簽訂《馬關條約》。曾任臺灣事務總裁。1898年9月來中國，對康有爲等維新派表示「贊助」，企圖操縱中國政治。戊戌政變後回國。1906年，任特派大使。與朝鮮簽訂《日韓協定》，首任韓國統監。1909年10月26日（宣統元年九月十三日），在中國哈爾濱車站被朝鮮愛國者安重根刺死。

鎮南關大捷　中法戰爭中，清軍在中越邊境戰勝法軍的著名戰役。光緒十一年正月初九日（1885.02.23），法軍佔領中國邊境重鎮鎮南關（今友誼關），廣西震動。二月，年近七旬的愛國將領馮子材趕赴前線任各軍主帥，聯合蘇元春、王孝祺所部清軍，認眞備戰，組織反攻。他在關前隘兩側山嶺上趕修炮臺，搶修橫跨東、西兩嶺的三里長牆，親自率部扼守。二月初六日至初八

		廣西巡撫。
1885	光緒十一年	二月初十日，馮子材克復文淵。
1885	光緒十一年	二月十三日，**諒山大捷**。
1885	光緒十一年	二月十三日，孤拔率艦隊攻陷澎湖港。
1885	光緒十一年	二月十五日，曾紀澤電總署主張乘勝議和。

日（1885.03.22-1885.03.24），法將尼格里率主力分三路直撲隘口，攻佔東嶺三座炮臺，猛攻長牆，形勢危急。馮子材持刀大呼，躍出長牆，殺入敵陣，全軍振奮，一齊湧出，與敵肉搏。蘇、王所部和中越邊民前來助戰，法軍大敗。初九日（1885.03.25），馮子材率各軍反擊，於十三日（1885.03.29），攻克諒山，尼格里受重傷，法軍死傷一千餘人。鎮南關大捷扭轉了不利戰局，並導致法國茹費理內閣宣告倒臺。

李秉衡（1830～1900）　字鑑堂，奉天海城（今遼寧海城）人。捐資縣丞出身。初任地方官，以廉潔出名，稱「北直廉吏第一」。光緒十年（1884），升廣西按察使。中法戰爭時，他籌辦糧餉，支援馮子材，取得諒山戰役勝利。二十年，調任山東巡撫。二十三年，因鉅野教案被免職，在安陽閒居。二十六年，起用為巡閱長江水師大臣。及義和團興起，曾與劉坤一等倡議東南互保。五月，八國聯軍進攻大沽後，他從江蘇率軍北上，保衛北京，主張抵抗，乃屯守楊村（今武清）河西塢抗擊侵略聯軍。因諸軍潰逃，戰敗，退至通州（今通縣），吞金自殺。

1885	光緒十一年	二月十九日，金登幹與法國代表畢樂（Billot）在巴黎簽訂《**中法議和草約**》。
1885	光緒十一年	二月二十一日，宣示中法言和，停戰撤兵。
1885	光緒十一年	二月二十五日，命卞寶第爲湖南巡撫，以裕祿署湖廣總督，菘駿爲漕運總督，調吳元炳爲安徽巡撫，鹿傳霖爲陝西巡撫，邊寶泉爲河南巡撫。
1885	光緒十一年	三月初四日，李鴻章與伊藤博文簽署《**中日天津會議專條**》。
1885	光緒十一年	三月初六日，派李鴻章爲全權大臣與法國使臣商定條約事宜。
1885	光緒十一年	三月十一日，准劉永福軍駐紮廣東思州、欽州一帶。
1885	光緒十一年	三月十四日，派吳大澂、依克唐阿爲勘界大臣，與俄國會勘吉林東段邊界。

諒山大捷　參見「**鎮南關大捷**」條。

中法議和草約　光緒十一年二月十九日（1885.04.04），金登幹與法國代表簽此約於巴黎。該草約內容有三項：（一）兩國承認並批准上年四月十七日（1884.05.11）《天津條約》；（二）雙方停戰，法國解除對臺灣的封鎖；（三）兩國派員在天津或北京商定《天津條約》之詳細條款。

中日天津會議專條　該專條主要內容爲：（一）中日兩國各自撤

1885	光緒十一年	三月，日本人提出「**脫亞論**」。
1885	光緒十一年	三月二十日，李鴻章致書朝鮮國王勸練新兵、勿許英佔朝鮮巨文島。
1885	光緒十一年	三月二十三日，曾紀澤照會英外部，勸英勿佔巨文島。
1885	光緒十一年	三月二十四日，命馮子材督辦廣東欽廉一帶防務，蘇元春督辦廣西邊防。
1885	光緒十一年	四月初三日，丁汝昌帶「超勇」、「揚威」二艦抵朝鮮巨文島查看情形，並赴日晤英遠東艦隊司令官。
1885	光緒十一年	四月二十三日，日本外務卿約見徐承祖，欲阻止俄國對朝鮮之保護。
1885	光緒十一年	四月二十七日，李鴻章與法使巴德諾在天津訂立《**中法新約**》（又稱《越南條款》）。

回駐朝鮮之兵，自畫押之日起四個月內撤竣；（二）朝鮮練兵，由朝鮮選雇他國武弁一人或數人教練，中日兩國均勿派員；（三）將來朝鮮遇有變亂重大事件，中日兩國或一國要派兵，應互相行文知照，及至事定，仍即撤回，不再留防。

脫亞論　1885年（光緒十一年）4月，日人福澤諭吉發表「脫亞論」，主張日本應加入西方「文明國」之列，以歐洲殖民者對待亞洲國家之辦法，對待亞洲鄰國中國與朝鮮。

1885	光緒十一年	五月初九日，法軍撤出基隆。
1885	光緒十一年	五月初九日，詔示大治水師。
1885	光緒十一年	五月十五日，賞蘇元春三等輕車督尉並「額爾德蒙額巴圖魯」名號，賞馮子材太子少保、三等輕車督尉。
1885	光緒十一年	五月十六日，浙江臺州仙居哥老會黨二千餘人攻城（被擊散）。
1885	光緒十一年	五月二十日，日本提出「**井上八條**」。
1885	光緒十一年	六月初五日，李鴻章覆函朝鮮國王，望不可

中法新約　即《中法會訂越南條約十款》。法國威脅清政府簽訂的不平等條約。共十款。主要內容有：（一）清政府承認法國對越南的殖民統治；（二）清政府在中越邊界指定兩處爲通商口岸，法國可以在上述兩處地方居住、通商和設立領事館；（三）降低中國雲南、廣西同越南邊界的進出口稅率，進出口貨物「應納各稅照現在通商稅則減輕」；（四）中國若修築鐵路，應當與法國商辦，中國南部建築鐵路時，應允許法國商人投資，聘用法國技師人員，購買法國材料；（五）法軍退出臺灣、澎湖。

井上八條　日本外務卿井上馨提出中日共同防止俄國勢力進入朝鮮之八條意見。光緒十一年五月二十日（1885.07.02），日本駐華公使木夏本武揚至天津晤李鴻章，轉交「井上八條」，其主要內容有：應由井上馨與李鴻章密議朝鮮外交事務，確定辦法後，再由中國飭令朝鮮照辦；應以美國人取代德國人穆麟德任朝鮮稅

		曲意洵從俄國。
1885	光緒十一年	六月初七日，中英訂立《**煙臺條約續增專條**》。
1885	光緒十一年	六月初十日，全部收回暫售美商之招商局船產。
1885	光緒十一年	六月十三日，命將臺灣道劉璈革職、查抄家產。
1885	光緒十一年	六月十六日，以**劉瑞芬**爲出使英、俄大臣（曾紀澤回京），張蔭桓爲出使美、日（西班牙）、祕三國大臣。

司等職；中國派赴漢城之大員宜遴派有才幹者，以取代現任駐朝商務委員陳樹棠；中國派赴漢城之大員及推薦之美國人均可至日本會見井上馨；中國駐朝大員須與日本駐朝公使情誼敦篤，遇有要事，互相商酌。李鴻章據以函告總署，並謂：「顧其立意，似意護持朝鮮勿被俄人吞併，洵與中日兩國大局有俾，鴻章暫未峻拒。」

煙臺條約續增專條　又稱《洋藥稅釐並徵條款》。先是光緒九年（1883）正月，詔命曾紀澤與英外交部商議洋藥稅釐並徵事宜，紀澤即與英方就此進行談判。幾經爭論，英國始允每百斤合徵稅釐一百零五兩之數，曾紀澤復據理力爭至一百一十兩。至是，雙方議訂專條十款，規定：洋藥之入運中國者，應由海關驗明，封存海關，按照每百斤完納正稅三十兩並納釐金不過八十兩之後，方准搬出；此次所定續增專條與《煙臺條約》具有同一效力；中國即派員查禁香港之鴉片走私。

1885	光緒十一年	六月十六日，命**孫毓汶**、沈秉成、續昌在總理各國事務衙門行走。
1885	光緒十一年	六月十八日，劉銘傳奏陳臺灣善後事宜。
1885	光緒十一年	六月十九日，准撥銀十萬兩修建廣西邊防炮臺。
1885	光緒十一年	六月二十三日，以閩浙總督楊昌濬兼署福建巡撫，劉銘傳專辦臺灣善後事宜。
1885	光緒十一年	七月初八日，宣付國史館爲病故湖南提督周

劉瑞芬（1827～1892） 字芝田，安徽貴池人。同治元年（1862），隨李鴻章從安徽到上海，爲淮軍辦理水陸機械轉運，並負責檢驗「西式槍炮」。累保道員，督辦淞滬釐捐。光緒二年（1876），權代兩淮鹽運使；次年，授蘇松太道。八年，升任江西按察使；次年，升布政使。十年，護理江西巡撫；次年，被任爲駐英、俄兩國公使，辦理購買軍火事宜。十二年，因沙俄陰謀開採我國漠河金礦，即致函總理衙門，「創議先自開辦」。十三年，改任英、法、意、比公使。十五年，英國發動侵略我國西藏的戰爭時，曾與英國交涉從西藏退兵問題；同年，奉召回國。授廣東巡撫。死於任內。有《養雲山莊全集》。

孫毓汶（？～1899） 字萊山，山東濟寧人。咸豐進士，翰林院編修。曾因在籍辦團練抗捐被劾，革職充軍。同治元年（1862），以輸餉復原官，任侍講學士、內閣學士、工部侍郎。由於得到醇親王奕譞信任，遂入直軍機兼總理各國事務大臣。後擢刑部、

		盛傳立傳，設立專祠，謚「武壯」。
1885	光緒十一年	七月二十日，派周德潤、鄧承修分往雲南、廣西與法辦理中越邊界事。
1885	光緒十一年	七月二十四日，在美國洛士丙冷（Rock Springs）發生**排華慘案**。
1885	光緒十一年	七月二十七日，左宗棠逝世，謚「文襄」，宣付國史館立傳。

兵部尚書。光緒二十年（1894），中日甲午戰爭時，因贊同李鴻章妥協退讓政策，力主批准《馬關條約》，遭翁同龢、李鴻藻反對。後因病免職。

排華慘案　光緒十一年九月二十二日（1885.10.29），駐美使臣鄭藻如電報該慘案詳情。據稱此案因輪車公司（鐵路公司）在洛士丙冷地方挖煤，工價華賤土昂，公司辭去土人工頭數名。七月二十四日（1885.09.02），土人聞信突到華人公寓所焚殺，殺斃多命。使館當即委員往查，驗得華人全屍五具，餘或頭腰、或手足、或數骨、或焚焦零碎，細驗約二十具。現趕查損失財物，力催該國辦兇追贓。本年十月二十六日（1885.12.02），鄭藻如再電總署談此案情形，其說法有所不同，云：「洛士丙冷案，查因洋工停工挾價，屢恨華工不從，七月二十四日早，攻佔華工所挖煤穴，毆傷華工三；未刻又攻華人住處，共傷十五，焚掠七百餘華人之財物、房屋，值十四萬七千七百餘元。已與狀師訂約，今日請外部辦兇、賠償、撫恤。」

1885	光緒十一年	八月十一日，派李鴻章爲全權大臣，與法商議中越邊界通商章程。
1885	光緒十一年	八月十一日，黃河決口，山東歷城、章邱等被災。
1885	光緒十一年	八月十二日，開釋、派人護送朝鮮大院君回國。
1885	光緒十一年	九月初五日，設**總理海軍事務衙門**，命醇親王奕譞總理海軍事務。

總理海軍事務衙門　簡稱海軍衙門。中法戰爭後，清政府爲了統一全國海軍的管理和加強海軍建設而設立。醇親王奕譞爲總理，慶郡王奕劻、北洋大臣李鴻章爲會辦，曾紀澤和善慶爲幫辦；實權操在李鴻章手中。決定首先擴充李鴻章直接控制的北洋海軍。光緒十四年（1888），北洋艦隊建成。中日甲午戰爭中，北洋艦隊在威海衛覆沒；二十一年二月，海軍衙門被裁撤。

定遠　即定遠號鐵甲艦。清末北洋海軍兩大主力艦之一。艦長九十九公尺，最寬處二十公尺。排水量七千三百三十五噸。馬力六千匹。吃水六公尺半，水線以下爲鋼面鐵甲包裹。艦首左右及艦尾設魚雷發射器三具。艦上配有大小口徑鋼炮共二十門，後膛連珠槍五百二十五支。航速每小時十四海里半。係當時遠東最大鐵甲巡洋艦。光緒六年（1880），李鴻章委由駐德公使李鳳苞，向德國伏爾鏗船廠定購製造。十一年，與「鎮遠」號同時由德員會同北洋水師游擊劉步蟾等駛抵中國。十四年，北洋海軍練成，被指爲艦隊旗艦，右翼總兵劉步蟾爲管帶。定遠三百三十人。二十

1885	光緒十一年	九月初五日，命將福建巡撫改為臺灣巡撫常川駐紮，以劉銘傳為首任臺灣巡撫，是為臺灣建省之始。
1885	光緒十一年	九月十八日，命曾紀澤預籌布置英緬之事。
1885	光緒十一年	九月二十三日，派袁世凱為駐朝鮮通商委員。
1885	光緒十一年	九月，**「定遠」**、**「鎮遠」**、「濟遠」三艦抵大沽口。

年八月十八日（1894.09.17），參加黃海海戰，雖中炮受傷，但在愛國官兵奮力操作下，仍發揮甲厚炮猛之長，重創日旗艦松島號。海戰後，因李鴻章避戰保艦，與其他船隻困守威海衛軍港。次年正月，日軍魚雷艦隊進港偷襲，被擊重創。管帶劉步蟾下令將艦開至鐵碼頭以東海面充作炮臺。十六日（1895.02.10），炮彈打完。丁汝昌、劉步蟾下令毀艦，遂以魚雷炸沉。

鎮遠　即鎮遠號鐵甲艦。清末北洋艦隊兩大主力艦之一。制式一如另一主力艦「定遠」號，惟水線以下不用鋼面鐵甲，僅參用鐵甲包裹。為當時遠東最大鐵甲巡洋艦之一。光緒六年（1880），李鴻章委由駐德公使李鳳苞，向德國伏爾鏗船廠訂購製造。十一年，與「定遠」號同時由德員會同北洋水師游擊劉步蟾等駛抵中國。十四年，北洋海軍練成，編入艦隊，列為主力。由左翼總兵林泰曾任管帶。定員三百三十人。光緒二十年八月十八日（1894.09.17），參加黃海海戰，配合旗艦「定遠」號奮力擊敵。海戰後退駛威海衛軍港，觸礁受傷。管帶林泰曾憂憤自殺，改由

1885	光緒十一年	十月初一日，朝鮮請中國派兵鎮撫內患。
1885	光緒十一年	十月初十日，李鴻章奏請續派第三批（福州船廠）學生出洋。
1885	光緒十一年	十月十一日，命將庫倫辦事大臣桂祥革職。
1885	光緒十一年	十月二十二日，派福州將軍穆圖善爲欽差大臣，會同辦理東三省練兵事宜。
1885	光緒十一年	十月二十四日，以譚鈞培爲湖北巡撫。
1885	光緒十一年	十一月初九日，准接展奉天至吉林琿春電線。
1885	光緒十一年	十一月二十一日，命張曜籌劃治理山東黃河。
1885	光緒十一年	十一月二十一日，派文碩爲駐藏辦事大臣，調色楞額爲庫倫辦事大臣。
1885	光緒十一年	是年，劉銘傳創設**臺灣機器局**。
1885	光緒十一年	是年，張之洞建立廣東機器局。

楊永霖任管帶。次年正月十七日（1895.02.11），楊拒降自殺。二十日（1895.02.14），洋員勾串牛昶等簽訂《威海降約》，該艦遂爲日軍所得。

臺灣機器局　官辦軍用企業。光緒十一年（1885），由臺灣巡撫劉銘傳設於臺北，丁達意爲總辦。工程費用銀二萬餘兩，購機費八萬四千餘兩。初期專造槍彈，

1885	光緒十一年	是年，李宗岱等在山東集資創辦平度金礦。
1886	光緒十一年	十一月二十八日，日人朝比奈密報日廷籌議對華戰爭。
1886	光緒十一年	十一月二十九日，命岑毓英、張凱嵩商榷雲南邊防防英國事。
1886	光緒十一年	十一月二十九日，以**閻敬銘**爲大學士，翁同龢爲戶部尙書，張之萬爲協辦大學士，潘祖蔭爲工部尙書。
1886	光緒十一年	以刑部右侍郎許庚身署兵部尙書。
1886	光緒十一年	十二月初二日，命接續自吉林琿春至三姓（今黑龍江依蘭縣）、黑龍江（即璦琿）等處線路。
1886	光緒十一年	十二月十二日，命粵海關爲三海工程籌款一百萬兩。
1885	光緒十一年	是年，第三批學習海軍之留學人員赴歐洲。

後增建火藥廠。《馬關條約》簽定後，隨臺灣落入日本人之手。

閻敬銘（1817～1892）　字丹初。陝西朝邑（今大荔）人。道光進士。咸豐九年（1859），赴湖北，總管糧臺營務。後任湖北按察使。同治元年（1862），署布政使。參與鎮壓太平軍。後署山東巡撫，鎮壓宋景詩起義軍和捻軍。光緒八年（1882），升戶部

1886	光緒十二年	正月初三日，法使戈可當（Georges Cogordan, 1849-1904）爲勘界事於天津晤李鴻章。
1886	光緒十二年	正月二十日，兩廣總督張之洞奏美國華人受攻擊事。
1886	光緒十二年	正月二十六日，諭令**鄧承修**與法勘界仍照約結束。
1886	光緒十二年	二月初六日，命將鄧承修、李秉衡（因堅持索還諒山等處）嚴加議處。
1886	光緒十二年	二月十三日，再諭曾紀澤與英辯論，保存緬

尙書；次年，充任軍機大臣。十一年，因反對修圓明園，被革職留任。以善理財著稱。

鄧承修（？～1891）　廣東歸善（今惠州）人，字鐵香。舉人出身，同治初，納貲爲刑部侍郎中，後任浙江、江南道監察御史。曾多次上疏論闈姓賭局和吏治、考場積弊，爲「清流派」健將之一。中法戰爭期間，主張力籌戰守，授內閣侍讀學士、鴻臚寺卿，充總理衙門大臣。曾因上疏袒護樊恭熙被革職留任。曾參與李鴻章簽定中法和約、會勘中越邊界事宜。後因病歸，主講於豐湖書院。

黃宗羲（1610～1695）　明清之際浙江餘姚人，字太沖，號南雷，又號黎洲。與顧炎武、王夫之同稱爲明末清初三大思想家。其父尊素，爲東林名士，因彈劾魏忠賢被害死於獄中。十九歲，入京爲父訟冤。後堅持抗清。著有《明儒學案》敘述明代各儒派分

		祀。
1886	光緒十二年	二月十五日，諭令不得將**黃宗羲**、**顧炎武**從祀文廟。
1886	光緒十二年	二月，閩浙總督楊昌濬巡視臺灣防務。
1886	光緒十二年	三月初九日，命陳士傑截留本年漕米六萬石以賑災（山東黃河決口）。
1886	光緒十二年	三月十五日，曾紀澤電告總署，英外部覆照言允中國在伊江航行通海，不允八驀（新街）歸中國。
1886	光緒十二年	三月二十一日，命曾紀澤回國。

合、評論得失，《明夷待訪錄》深刻抨擊君主專制流毒。其他主要著作有《易學象數論》、《授書隨筆》、《律呂新義》、《孟子師說》、《四明山志》、《今水經》、《歷代甲子考》、《大統法辯》、《明文海》、《明史案》、《回回法假如》、《宋元學案》、《南雷文案》等。

顧炎武（1613～1682）　明清之際蘇州昆山（今屬江蘇）人，初名絳，字寧人，號亭林，因避人陷害，曾化名蔣山傭。少時加入復社。後參加抗清活動。論學主張「博學於文」、「行己有恥」。反對明末空談心性的空疏學風。提出「天下興亡，匹夫有責」的名言。治學方法主張博瞻貫通。「每一事必詳其始末，參以佐證」。研究經學文字音韻學、歷史地理學，爲清代乾嘉漢學開啓先河。著書反對因襲、貴獨創。著有《日知錄》、《音學五書》、《天下郡國利病書》、《亭林

1886	光緒十二年	三月二十二日，**《中法越南邊界通商章程》**在津訂立。
1886	光緒十二年	三月二十四日，再命**粵海關**速解三海工程款一百萬兩。
1886	光緒十二年	四月初一日，諭派李鴻章辦理西安門內蠶池口教堂遷移事（三海工程需要）。
1886	光緒十二年	四月十一日，醇親王奕譞巡閱北洋海防。
1886	光緒十二年	四月二十一日，四川總督丁寶楨卒，謚「文誠」，入祀賢良祠，贈**太子太保**銜。
1886	光緒十二年	四月二十五日，太和殿傳臚。授一甲趙以炯、鄒福保、馮煦爲修撰、編修，賜進士及第

詩文集》等。

中法越南邊界通商章程　又稱《滇粵陸路通商章程》或《中法天津協定》。光緒十二年（1886），李鴻章爲全權大臣與法國駐華公使戈可當簽於天津。主要內容：擬定在廣西、雲南邊境某兩處設關通商，法國可在此設立領事；法越商民所販貨物經此邊關，進、出口稅分別按海關稅則減收五分之一和三分之一；不准販運洋藥、土藥、軍火、食鹽及各項「有壞人心風俗之物」，糧食不准販出中國邊關，如係進口准其免稅；華人與法人的訴訟案件，由中、法官員會審，雙方不得庇匿罪犯。

粵海關　康熙二十四年（1685），設於廣州，是清初四關之一。乾隆二十二年（1757）至鴉片戰爭，廣州是唯一允許外國商船來華貿易的口岸，粵海關因此成爲

		；二甲彭述、徐世昌等一百三十人，賜進士出身；三甲王文毓等一百八十六人，賜同進士出身。
1886	光緒十二年	五月初一日，調湖北巡撫譚鈞培爲廣東巡撫，以奎斌爲湖北巡撫。
1886	光緒十二年	五月初八日，調**衛榮光**爲浙江巡撫、崧駿爲江蘇巡撫，以盧世傑爲漕運總督。
1886	光緒十二年	五月十四日，以恭鏜署理**黑龍江將軍**。
1886	光緒十二年	五月二十日，吳大澂、**依克唐阿**與俄國大臣立中俄圖們江土字石界碑，在長嶺子中俄交界處添立銅柱，勒銘其上曰：「疆域有表，國有維，此柱可立，不可移」。

當時管理外商和徵收洋貨關稅的唯一海關。咸豐九年（1859）之後，粵海關確立了外籍稅務司制度，成爲繼江海關之後第二個半殖民地性質的海關。後孫中山曾派廖仲凱擔任廣州關務總理，監督粵海關。

太子太保　官名。清代大臣的榮譽加銜。

衛榮光　字靜瀾，清河南新鄉人。咸豐進士，曾鎮壓太平軍，與捻軍對抗。光緒元年（1875），調安徽按察使，後累遷山西巡撫；八年，調江蘇巡撫。

黑龍江將軍　官名，清代黑龍江地區最高軍政長官。統掌黑龍江駐防旗營及地方軍政事務，鎮守邊防。將軍衙門設主事三人、筆帖式二人辦理庶務，並置銀庫等機構。所轄有副都統七人、副都統銜總管一人、總管九人，以及協領、佐領、防禦、驍騎校等職

1886	光緒十二年	五月二十六日，劉銘傳奏臺灣餉銀每年由福建**釐金**項下每年協濟銀二十四萬兩，閩海關仍每年協銀二十萬兩。
1886	光緒十二年	五月，日本爲擊沉「定遠」、「鎭遠」艦決定建造「三景艦」等兵船。
1886	光緒十二年	六月十四日，定於次年正月十五日行光緒帝親政典禮。
1886	光緒十二年	六月二十三日，中英《緬甸條款》簽署。
1886	光緒十二年	六月，發生**重慶教案**。
1886	光緒十二年	七月初五日，醇親王接見各國駐京公使。

，分掌駐防旗營及打牲、遊牧事務。康熙二十二年（1683）設置，駐瑷琿。二十九年，移駐墨爾根。三十八年，移駐齊齊哈爾。光緒三十三年（1907）裁，改設巡撫。

依克唐阿（？～1901）　清末滿洲鑲黃旗人，扎拉里氏，字堯山。因參與鎭壓捻軍有「功」而官至佐領。沙俄窺伺東北時，回防吉林。同治八年（1869），任墨爾根副都統；十三年，調任護理黑龍江將軍。光緒二年（1876），任黑龍江副都統；五年，調任呼蘭副都統，旋調琿春；十五年，任黑龍江將軍。中日甲午戰爭爆發後，自請率軍赴朝作戰，後駐守九連城、寬甸等地，因兵敗被革職。二十一年初，赴遼陽、海城抗敵。戰後，曾條陳練兵隊、築炮臺、造鐵路、製槍械、開礦產、治團練六事。後出任盛京將軍。

釐金　即釐捐。清咸豐三年（

1886	光緒十二年	七月初七日，詔贈伊犁將軍金順太子太保銜，諡「忠介」。
1886	光緒十二年	七月十六日，「長崎事件」發生。
1886	光緒十二年	八月初二日，以庫倫辦事大臣色楞額爲伊犁將軍。
1886	光緒十二年	八月初六日，命續修《大清會典》。
1886	光緒十二年	九月初二日，俄國駐華署使晤李鴻章，謂俄願與中國立約，永不取朝鮮土地。
1886	光緒十二年	九月初五日，命李鴻章即勸令英人速將巨文島退還朝鮮。

1853），江北大營幫辦大臣之幕客建議在揚州舉辦釐捐，分爲兩種：一稱行釐（又稱活釐），即通過稅，抽之於行商，一稱坐釐（又稱板釐），是交易稅，抽之於坐商。原定稅率値爲百抽一，百分之一爲一釐，所以稱釐金。後推行全國，稅率不一。雖然緩解了清政府的財政困難，但嚴重阻礙了中國經濟的發展。

重慶教案　光緒十二年（1886），英美教會在重慶城外強行修建教堂，當地居民反對，聯名向巴縣官吏控告而未得結果，遂民憤沸騰，約期反教。六月間，商人罷市，武生罷考，群衆焚燒美國教堂和英法洋房。教徒羅元義組織武裝殺傷民衆三十餘人，激化矛盾，事態擴大，市民三千人焚毀城內外所有教堂並搗毀英國領事館。英、法、美三國採取武力威脅，清政府派四川總督劉秉章查辦，以民衆首領石匯和兇手羅元義同被處死、賠銀二十三萬五

1886	光緒十二年	十一月初十日，調廣東巡撫**譚鈞培**爲雲南巡撫，以都察院左副都御史吳大澂爲廣東巡撫。
1886	光緒十二年	十一月十八日，派兵部左侍郎曾紀澤在總理各國事務衙門行走。
1886	光緒十二年	十一月，英國允將巨文島退還朝鮮，英兵陸續撤出該島。
1886	光緒十二年	是年，張之洞設立廣東黃埔魚雷學堂。

千兩結案。

譚鈞培（1834～1894）　清貴州鎮遠人，字寅賓，別字序初。同治進士。同治五年（1866），升山東布政使，遷江蘇布政使，旋署江蘇巡撫。後又曾二攝江蘇巡撫，兩權漕運總督，還一度兼管蘇州織造，爲清財賦之區地方官十二年。光緒十一年（1885），任湖北巡撫，未幾調廣東、雲南巡撫。二十年，兼攝雲貴總督，尋卒。

周馥（1837～1921）　安徽建德（今東至）人，字玉山。初入李鴻章幕，累保道員。光緒七年（1881），任津海關道，辦洋務三十餘年，先後參與組建北洋海軍，設立電報局、開平煤礦及唐胥鐵路等。十四年，遷直隸按察使。甲午戰爭時，任職前敵營務處。二十五年，任四川布政使；次年，調直隸，協助李鴻章議和及處理教案。李死後一度署直隸總督，兼北洋通商大臣。二十八年，任山東巡撫，留京與外國侵略者交涉撤消都統衙門等事宜。後任兩江、兩廣總督。1917年（民國六年），張勳復辟時，授協辦

1887	光緒十二年	十二月二十二日，李鴻章飭津海關道**周馥**等代海署與德商簽訂五百萬馬克借款合同。
1887	光緒十二年	十二月二十七日，「萬年青」號輪船在吳淞口外被英國商船撞沉。
1887	光緒十二年	十二月二十八日，命李鴻章派員勘辦黑龍江**漠河金礦**。
1886	光緒十二年	是年，唐山至胥各莊鐵路展修至閻莊。
1886	光緒十二年	是年，**開平鐵路公司**建立。

大學士。後隱居青島。著有《周愨慎公全集》。

漠河金礦　清末官督商辦的著名金礦。光緒十三年（1887），由北洋大臣李鴻章和黑龍江將軍恭鏜籌設。礦區在黑龍江省呼瑪縣漠河、奇乾河一帶，蘊藏豐富，有「金穴」之稱。十四年，成立漠河礦務局，由道員李金鏞任總辦。開辦資本爲二十萬兩，於漠河、奇乾河兩處設立金廠，雇工達一千五百人。十五年，投產，當年產金一萬八千兩。十九年，增設觀音山分廠；次年，產金二萬八千餘兩。中日甲午戰爭前夕，是當時規模較大，比較成功的金屬礦。二十六年，被沙俄派兵佔領；三十二年，收回。宣統三年（1911），歸黑龍江省辦。北洋軍閥時期設官辦廣信公司，因用壟斷礦工糧食供應、壓價收購砂金等辦法對待礦工，礦區日趨衰落。

開平鐵路公司　商辦企業。初名開平運煤鐵路公司。光緒十二年（1886），由開平礦務局商董集資成立，承辦開平鐵路。伍廷芳爲總辦，所集本銀二十五萬兩。

1886	光緒十二年	是年，曾紀澤以英文在倫敦發表《中國先睡後醒論》。
1886	光緒十二年	是年，臺灣巡撫劉銘傳在新加坡設招商局。
1886	光緒十二年	是年，臺灣巡撫劉銘傳在臺北大稻埕開設商埠，與林維源等合建「千秋」、「建昌」兩街經營茶葉、樟腦、食糖等。
1887	光緒十三年	正月十二日，張之洞請依照就地正法章程，從重辦理掠賣人口出洋。
1887	光緒十三年	正月十五日，光緒帝**親政**禮成。
1887	光緒十三年	正月二十七日，命撥銀五十萬兩交雲南籌辦銅礦。
1887	光緒十三年	二月初四日，張蔭桓電總署，洛士丙冷一案美國願賠十四萬七千七百四十元。

十三年，改名爲中國鐵路公司。

親政　封建王朝時代，皇帝成年後親自處理裁決政務。皇帝幼年即位，由皇太后垂簾聽政或由親王攝政，待皇帝成年，可以自己行使統治權力時，便由皇帝親自處理裁決政務。清代制度，皇帝開始親政時要舉行大典，表示聽政或攝政的結束，親政的開始。

琅威理（Captain William M. Lang, ?-1906）　英國海軍軍官。清光緒三年（1877），與靜樂林（Lawrence Ching）駕駛清政府向英國訂購的「龍驤」、「虎威」二炮艦首次來華。五年，又爲清政府從英國帶領四艘炮艦來天津。八年，再度來華並被聘爲北洋艦隊顧問兼副提督。中法戰

1887	光緒十三年	二月初七日，穆圖善奏，東三省每省各有四千五百人點驗成軍，設立支應、軍械、轉運諸局。
1887	光緒十三年	二月初七日，四川瀘州至雲南蒙自電報線路竣工。
1887	光緒十三年	二月初八日，派英員**琅威理**、鄧世昌等往英、德驗收「致遠」、「靖遠」、「經遠」、「來遠」四船。
1887	光緒十三年	二月十八日，命各省整頓保甲。
1887	光緒十三年	二月二十二日，准開平礦務局鐵路展至天津、山海關。
1887	光緒十三年	二月二十三日，命唐炯督辦雲南礦務。
1887	光緒十三年	三月初二日，中葡《**里斯本議定書**》簽訂。

爭時，藉口英國中立而辭職，戰後復職。十三年，與參將鄧世昌等赴英、德驗收接帶「致遠」、「靖遠」、「經遠」、「來遠」四艘巡洋艦，於同年冬駛抵廈門。十六年，提督丁汝昌暫時離職，他堅持北洋艦隊由他以副提督資格負責，未獲李鴻章允准，遂憤而辭職。後曾任英國海軍後備艦隊指揮官。

里斯本議定書　光緒十三年三月初二日（1887.03.26），中國海關駐倫敦辦事處代表金登幹與葡萄牙政府在里斯本簽署議定書。主要內容有：（一）葡國派使來華訂立中葡通商條約（享受一體均沾）；（二）葡國「永駐」並管理澳門；（三）葡國允不將澳

1887	光緒十三年	三月，以河南布政使邵友濂爲福建臺灣布政使。
1887	光緒十三年	三月，「開平鐵路公司」改名「中國鐵路公司」（又稱天津鐵路公司）。
1887	光緒十三年	三月，張之洞創辦**「廣東水陸師學堂」**。
1887	光緒十三年	三月初九日，粵海關之九龍、拱北分關開始辦公。
1887	光緒十三年	四月初十日，劉銘傳請准臺灣招集商股興辦鐵路。
1887	光緒十三年	四月二十六日，總理衙門奏准《出洋遊歷人員章程》。

門讓於他國；（四）香港所允辦法（設關徵收稅釐與緝查走私），澳門亦相應允辦。

廣東水陸師學堂 光緒三年（1877），兩廣總督劉坤一捐款十五萬兩，發商生息，擬作爲廣州辦西學堂經費。後粵督張樹聲用此經款在廣州城郊的長洲建造學堂，即「實學館」（又改名「博學館」），所開課程有西文、算學。兩廣總督張之洞在該學堂基礎上添築堂舍，擴大招生，增開駕駛、管輪等軍旅課程，名爲「廣東水陸師學堂」。其辦學方針爲「規制、課程略仿津（天津水師學堂）、閩（福州船政學堂）成法，復斟酌粵省情形，稍有變通。大抵兼採各國之所長，而不染習氣；講求武備之實用，而不尙虛文。」

李興銳（1827～1904） 清湖南瀏陽人，字勉林。早年以諸生辦

1887	光緒十三年	四月二十八日，准將明習算學人員歸入正途考試，量予科甲出身。
1887	光緒十三年	閏四月十六日，表彰劉銘傳開發臺灣前後山業績。
1887	光緒十三年	五月初二日，以倪文蔚爲河南巡撫。
1887	光緒十三年	五月初三日，派內閣學士洪鈞爲出使俄、德、奧、荷國大臣，劉瑞芬爲出使英、法、意、比國大臣，**李興銳**爲出使日本國大臣（因病黎庶昌代之）。
1887	光緒十三年	五月初六日，**《中法續議界務專條》**、**《中法續議商務專條》**簽訂。

鄉團，鎮壓太平軍，後隨曾國藩辦理湘軍軍需。同治九年（1870），任直隸大名府知府。旋調江蘇，與彭玉麟規劃長江水師。光緒元年（1875），督辦上海機器製造局。十一年，偕鴻臚寺卿鄧承修往勘中越邊界。十五年，補天津海關道，旋調山東東海關道。累遷至廣西布政使。二十六年，擢江西巡撫。整肅吏治，整頓釐捐，創設礦務公司、工藝院等，浚鄱陽湖，導水入江。二十八年，建議開特科、整學校、課官吏、設銀行、修農政、講武備等。調署廣東巡撫。次年，署閩浙總督，整頓稅釐機構，釐定常備軍制，汰虛冗，節浮費。三十年，調署兩江總督，旋病卒。

中法續議界務專條　法國強迫清政府訂立的中越界約。光緒十三年五月初六日（1887.06.26），由清政府代表奕劻、孫毓汶與法

1887	光緒十三年	五月十八日，以馮子材爲雲南提督（因病未赴任）。
1887	光緒十三年	五月二十日，命戶部爲光緒帝大婚典禮先行撥銀二百萬兩。
1887	光緒十三年	六月初六日，張之洞奏在廣州創建槍彈製造廠並開設電報學堂。
1887	光緒十三年	六月初八日，朝鮮國王**咨**謝代爲索還巨文島。
1887	光緒十三年	七月初九日，命以吳宏洛補授新設福建澎湖鎮總兵。

國駐華公使簽於北京。凡五款。據《中法會訂越南條約》有關規定，具體劃定了粵越邊界和滇越部分界段，即大致爲龍膊以東的中越邊界。

中法續議商務專條 爲《中法越南邊界通商章程》之修改和續增。光緒十三年五月初六日（1887.06.26），由清政府代表奕劻、孫毓汶與法國駐華公使簽於北京。凡十條。主要內容：（一）中國除開廣西龍州、雲南蒙自爲商埠外，增開雲南蠻耗；（二）再次降低邊關進出口稅率，按海關稅則減十分之四收取正稅；（三）法、越船隻可在松吉江、高平河免稅販貨；（四）中國在南部邊境地區給予他國一切權益法國無條件均沾；（五）放寬對違禁貨物的規定。通過此約，法國進一步取得在中國西南邊境的貿易優勢和特權地位。

咨 文書名稱。清代官方的平行文書。高級衙門之間相互行文時使用。在京部院衙門之間，各部院與各省總督、巡撫、將軍、都

1887	光緒十三年	七月，永定河決口四十餘丈，潮白河在通州決口數十丈，黃河在直隸開州大辛莊漫溢，災區甚廣。
1887	光緒十三年	七月十九日，調裕祿署兩江總督。
1887	光緒十三年	七月二十八日，以**沈秉成**爲廣西巡撫。
1887	光緒十三年	八月十三日，劉長佑卒，謚「武愼」。
1887	光緒十三年	八月十四日，黃河在鄭州下汛南岸決口七八百丈，造成自咸豐五年以來最大的水災。
1887	光緒十三年	八月，**臺灣鐵路**臺北至基隆段開工興建。

統之間，總督與巡撫之間，司道之間等相互行文時均使用咨文。文武衙門之間，如督撫與提督，巡撫、司道與總兵，游擊之間相互行文亦使用之。

沈秉成（1823～1895）　清浙江歸安（今湖州）人，原名秉輝，字仲復。咸豐進士。同治元年（1862）起，歷任侍講學士，日講起居注官、武英殿總纂；出任雲南池東道、江蘇常鎮通海道及蘇松太道。十三年，擢河南按察使，後調任四川按察使，旋因病辭官。光緒十年（1884），任順天府尹，兼充總理各國事務衙門大臣，曾與英公使議約。十二年，任內閣學士兼禮部侍郎。次年，署刑部左侍郎，旋任廣西巡撫，在南寧等地推廣種桑養蠶。次年，調安徽巡撫，曾充安徽閱兵大臣。十七年，署兩江總督。

臺灣鐵路　光緒二年（1876），福建巡撫丁日昌爲開發臺灣，加強海防，曾奏請修築臺灣鐵路，後因丁離任作罷。十三年，首任臺灣巡撫劉銘傳經奏准，招商集

1887	光緒十三年	八月二十二日，命將河東河道總督成孚革職。
1887	光緒十三年	八月，福州至滬尾海底電線竣工。
1887	光緒十三年	九月初三日，朝鮮請派使西國。
1887	光緒十三年	九月初三日，以李鴻藻爲禮部尙書。
1887	光緒十三年	九月十一日，命提銀二百萬兩解往「**鄭州河工**」（鄭州決口堵築工程）。
1887	光緒十三年	九月十五日，蔣介石生於浙江奉化溪口鎭。
1887	光緒十三年	九月十六日，上海「**同文書會**」成立。

股興築基隆至臺南鐵路。次年，改爲官辦。光緒十七年，築成基隆至臺北段。十九年十一月，臺北至新竹段通車，後因資金短缺而停建。基隆至新竹，全長一百零七點七公里。

鄭州河工　即鄭州決口堵築工程，簡稱「鄭州河工」或「鄭工」、「大工」。光緒十三年八月十四日（1887.09.30），黃河在鄭州下汛南岸決口，沖刷口門數十丈，數日後達七八百丈。直隸、山東境內黃河因此斷流，大河南趨，奪淮入海，造成自咸豐五年（1855）銅瓦廂決口以來最大的水災。爲此河東河道總督成孚被革職，令成孚及倪文蔚趕緊搶堵決口並賑濟災民，繼成孚之後，李鶴年（河東河道總督）、李鴻藻（督辦「鄭工」）、倪文蔚（河南巡撫）先後被革職。至光緒十四年十二月十九日（1889.01.20）決口合龍，鄭州河工宣告竣工。

1887	光緒十三年	九月二十九日，以李鶴年爲河東河道總督。
1887	光緒十三年	十月十六日，穆圖善卒，予謚「果勇」，准國史館立傳，詔賞騎都尉世職，建立專祠。
1887	光緒十三年	十月十七日，中葡《和好通商條約》訂立。
1887	光緒十三年	十一月初二日，以定安爲欽差大臣辦理東三省練兵事宜。
1887	光緒十三年	十一月初九日，命文碩撤回隆吐山卡兵（以免與英人生釁）。
1887	光緒十三年	是年，劉銘傳在臺北設**臺灣西學館**。
1887	光緒十三年	是年，**滬尾—川石山海底電線工程**開工。

同文書會　英國傳教士韋廉臣（Alexander Williamson, 1829-1890）等人於光緒十三年（1887）九月，在上海成立。中國海關總稅司赫德爲首任董事長，韋廉臣、李提摩太（Timothy Richard, 1845-1919）先後任總幹事。以漢文出版宗教、政治等方面書籍，發行《萬國公報》。是外國人於晚清時期在中國經辦最大的出版機構。後改名廣學會。

臺灣西學館　即「臺灣西學堂」。光緒十三年（1887），臺灣巡撫劉銘傳在臺北設立。仿照京師同文館、上海廣方言館章程，聘英國人爲教習，派漢教習二人；招收年輕質美之士二十餘人。課程有英國語言文字、漢文、經史、圖算、測量、製造之學，旨在爲臺灣培養翻譯及洋務人才。

滬尾－川石山海底電線工程　臺北至福州川石山的海底通訊工程。光緒十三年（1887）十一月，由臺灣巡撫劉銘傳主持，委託英

1887	光緒十三年	是年，顧松泉在上海創辦中西大藥房股份有限公司。
1887	光緒十三年	是年，英商在上海創辦亞古船廠，專事修理船舶。
1887	光緒十三年	是年，道員楊宗濂創辦「天津自來火公司」（我國第一家火柴廠）。
1887	光緒十三年	是年，**黃遵憲**著書《日本國志》。
1887	光緒十三年	是年，蜚英館石印局在上海創辦。

商怡和洋行承包鋪設，全長二百十七公里。

黃遵憲（1848～1905）　清廣東嘉應（今梅縣）人，字公度，別號人境廬主人。舉人出身。光緒三年（1877），任駐日本使館參贊。八年，任駐美國舊金山總領事，保護華僑和華工的正當權益。十五年，任駐英使館二等參贊。十七年，任新加坡總領事，倡立圖南社，反對清政府歧視歸僑政策，經他力爭，清政府頒布了幾條保護歸僑的規定。二十年，任江寧洋務局總辦。《馬關條約》簽定後，關心反抗日本侵略的臺灣同胞，並在上海參加強學會。二十二年，出資參與上海創辦《時務報》。二十三年，任湖南長寶鹽法道、署理湖南按察使，協助巡撫陳寶箴推行新政，嘗禁女子纏足；仿西方巡警制設保衛局；延梁啓超主持時務學堂，積極參加南學會活動；倡議設學校，籌水利，興商業，勸工業。次年，被任命爲出使日本大臣（因病未到任）。戊戌政變時，被扣留於上海洋務局，後釋放回鄉。詩作豐富，多反映近代中國的重

1887	光緒十三年	是年，張之洞在廣東試鑄**銀元**。
1887	光緒十三年	是年，**新疆俄文館**建立。
1888	光緒十三年	十二月初五日，命禮部尚書李鴻藻督辦鄭州河工事宜。
1888	光緒十三年	十二月十一日，兩廣總督張之洞奏報查看新加坡等處華民情形並請飭總署與日國（西班牙）駐京使臣商議設領事。

大歷史事件，被稱爲「詩史」。著作有《日本國志》、《人境廬詩草》、《日本雜事詩》。其中《日本國志》爲近代中國人研究日本的重要著作，對戊戌變法影響很大。

銀元　清代貨幣之一，約始於康熙元年（1662），在西藏鑄造，名「康熙寶藏」。乾隆年間，鑄有「乾隆寶藏」。沿海與內地鑄造銀元多爲民間私鑄，或由民間銀錢商號經地方政府允許自鑄。至道光年間，已有廣板、福板、蘇板、錫板、土板等名目，還有福建當局在臺灣和漳州分別鑄造的「壽星銀元」、「軍餉銀元」，浙江鑄造的一兩銀元。光緒十三年（1887），兩廣總督張之洞在廣東試鑄銀元，中國始用機器。十六年，流通於市場，稱龍洋。隨後，湖北、四川等地亦設廠。

新疆俄文館　學校名，又稱中俄專門學堂。新疆巡撫陶模於清光緒十三年（1887）設立。仿照同文館章程挑選生徒入館肄業，由翻譯桂榮兼充教習，另設漢教習一人，分課肄業。三十一年，裁

1888	光緒十三年	十二月十七日，命優恤記名提督**吳兆有**。
1888	光緒十三年	十二月十八日，雲南石屏、建水一帶地震，死傷四千餘人。
1888	光緒十三年	十二月，**北京昆明湖水師學堂**設立。
1887	光緒十三年	是年，改臺灣府為臺南府（今臺南市），臺灣縣改為安平縣，裁鹿港廳，另設臺灣府。
1888	光緒十四年	正月初八日，英軍攻毀我藏邊隆吐山營房。
1888	光緒十四年	正月初九日，岑毓英奏請電報線自蒙自接至廣西南寧，並由昆明接至騰越（今騰衝）。
1888	光緒十四年	正月初十日，張之洞奏，添設電線廣西梧州至桂林六百四十五里、瓊州至黎崗各處一千九百零一里、岸步至高州二百四十里、南寧

撤；三十四年，復設。

吳兆有（？～1888）　字孝亭，安徽合肥人，淮軍慶字營分統，記名提督。光緒八年（1882），朝鮮發生壬午事變，隨慶軍總統吳長慶赴漢城，事定後暫時留防。光緒十年十月「甲申事變」時，吳兆有為留防三營部隊之最高將領，與辦理營務處袁世凱一起，率兵入宮，保護國王，擊潰日軍，挫敗日使竹添與朝鮮親日派欲乘中法多事之機在朝鮮建立親日政權之圖謀，中日訂立《天津專條》後，撤軍回國，駐防旅順要塞。十三年，因積勞成疾，卒於軍營。

北京昆明湖水師學堂　光緒十三年（1888），海軍衙門總理大臣奕譞在頤和園設立。旨在培養八旗海軍人才，防範漢人把持海軍

		至雲南剝隘八百多里。
1888	光緒十四年	正月十五日，駐藏大臣文碩在布達拉宮以**金瓶掣簽**選定八世班禪之轉世靈童，是爲九世班禪，法名曲結瑪尼。
1888	光緒十四年	正月十七日，慈禧太后令戶部添撥一百萬兩皇帝大婚用款。
1888	光緒十四年	正月二十一日，總署奏請將文碩免職（因文碩不欲撤退藏兵）。
1888	光緒十四年	正月二十六日，清廷命駐藏幫辦大臣升泰先撤兵，再議邊界。
1888	光緒十四年	二月初一日，明諭改**清漪園**爲「頤和園」。

大權。後因無款停辦。

金瓶掣簽　清代爲確認黃教大活佛轉世（呼畢勒罕）所特定的抽簽辦法。乾隆五十七年（1792），清廷頒發兩金瓶，拉薩大昭寺和北京雍和宮各一，規定達賴、班禪、哲布尊丹巴、章嘉呼圖克圖及其他黃教大活佛轉世時，須將所覓若干「靈童」名字用滿、漢、藏三體文字繕寫在象牙簽上，置於金瓶中，由駐藏大臣在大昭寺、理藩院尚書在雍和宮監督掣定，以防蒙藏貴族操縱，此後成定制。經特別奏准者可免於掣簽，如達賴十三世。

清漪園　清皇家園林之一。金海陵王天德五年（宋紹興二十三年，1153），完顏亮曾在此建行宮，時有「西山八院」之稱。明代改建爲好山園。乾隆十五年（

1888	光緒十四年	二月初八日，**隆吐山之戰**。
1888	光緒十四年	二月十七日，江西地震。
1888	光緒十四年	二月，中美《華僑事宜草約》訂立。
1888	光緒十四年	二月二十五日，調楊昌濬爲陝甘總督，以**卞寶第**爲閩浙總督，王文韶爲湖南巡撫。
1888	光緒十四年	三月初五日，東南夜空見彗星。
1888	光緒十四年	三月十二日，江蘇地震。
1888	光緒十四年	三月二十九日，以陶模爲陝西布政使，周馥爲直隸按察使，王之春爲浙江按察使。

1750），高宗爲母親祝壽，建大報恩寺，改甕山爲萬壽山，改金水爲昆明湖，增建多處亭臺樓閣，定名清漪園。咸豐十年（1860），爲英法聯軍焚毀。光緒十四年（1888），慈禧太后重建、擴建，改名頤和園。園內有佛香閣、排雲殿、仁壽殿、樂壽堂、十七孔橋等勝景，歷經修建，總面積約五千畝，水面佔五分之四，園內各式建築三千餘間。

隆吐山之戰　西藏軍民抗禦英國侵略的戰役。清西藏地方軍隊在隆吐山設卡駐防，英國誣爲「越界戍守」。光緒十四年二月初八日（1888.03.20），克拉哈瑪（Graham）率二千英軍來襲，藏軍奮起反抗，殲敵百餘人後被迫退入春丕谷。英軍越隆吐山侵入納蕩一帶，四月初九、初十日（1888.5.19-5.20）復尋釁，藏軍出擊並幾生擒孟加拉代理省督，但衆寡懸殊，反攻未果。西藏軍民誓「不與英人共天地」，援兵

1888	光緒十四年	四月二十八日，因幫辦海軍事務、福州將軍善慶卒，命賜恤，諡「勤敏」。
1888	光緒十四年	四月二十八日，調吉林將軍希元爲福州將軍，以長順爲吉林將軍。
1888	光緒十四年	四月三十日，慈禧太后懿旨，山東巡撫張曜幫辦海軍事務。
1888	光緒十四年	五月初四日，京師、奉天、山東等處地震。
1888	光緒十四年	五月十五日，令表彰**陸心源**捐獻家藏舊書於國子監。
1888	光緒十四年	五月，奧國賞使臣許景澄頭等寶星。

集結至一萬數千人，赴捻、都兩山築起十里長牆禦敵。八月二十日（1888.09.25），英軍再犯，一度陷咱利、亞東、郎熱、春丕等地，遭西藏軍民抗擊而退。

卞寶第（？～1892）　清江蘇儀徵人，字頌臣。咸豐舉人。歷官浙江道監察御史、順天府尹。同治五年（1866），出任河南布政使。次年，擢福建巡撫。光緒八年（1882），授湖南巡撫，捕殺哥老會首領雲雪墩等人。次年，署湖廣總督。十一年，還任湖南巡撫。奏准裁汰綠營兵額以節餉需。十四年，擢閩浙總督兼管福建船政。十八年，因病解職。

陸心源（1834～1894）　字剛父（又作剛甫），號存齋，浙江歸安（今屬湖州）人，咸豐年間中舉，嗣任廣東南韶兵備道，又調高廉道，後開缺歸里，潛心精研古書源流、金石考證之學。是我國晚清著名藏書家，曾收集宋版書一百餘種、元版書四百餘種，

1888	光緒十四年	六月二十四日，命升泰與英妥議隆吐山界務。
1888	光緒十四年	七月初二日，張蔭桓奏，擬在舊金山籌建中華醫院，並設立中西學堂。
1888	光緒十四年	七月初二日，以吏部右侍郎**許庚身**爲兵部尚書。
1888	光緒十四年	七月初十日，派吳大澂爲河東河道總督（李鶴年革職）。
1888	光緒十四年	八月初一日，江蘇學政王先謙奏《皇清經解續編》竣事。
1888	光緒十四年	八月十九日，英軍侵入藏南（後退出）。

建藏書樓名曰「皕宋樓」，作《皕宋樓藏書志》一百二十卷；又有藏書樓名曰「十萬卷樓」，專藏明以來善本書。光緒二十年（1894），陸心源卒，其藏書歸其長子陸樹藩所有，陸樹藩曾於光緒三十三年，將藏書四萬卷售給日本人岩崎彌之助。

許庚身（1825～1893）　浙江仁和（今杭州）人，字星叔，又字吉珊。同治進士。咸豐初由舉人考取內閣中書，後充軍機章京，累遷鴻臚寺少卿。同治十一年（1872），纂輯《剿平粵匪方略》。光緒四年（1878），授太常寺卿，後擢禮部侍郎，調戶部，轉刑部。中法戰爭起，任軍機大臣兼總理各國事務大臣。十二年，署兵部尚書，歷兩年實授。時人有通達諳練之稱。

張煦（？～1895）　清甘肅靈州（今靈武）人，字南坡。咸豐進

1888	光緒十四年	八月二十六日，奕譞奏呈《北洋海軍章程》。
1888	光緒十四年	九月初一日，伊犁將軍色楞額奏，寧遠城（今伊寧市）俄人毆斃兵民三人，傷一人。
1888	光緒十四年	九月初六日，以**張煦**爲陝西巡撫。
1888	光緒十四年	九月初六日，以薛福成爲湖南按察使。
1888	光緒十四年	九月初九日，李鴻章函致海軍衙門請續造天津至通州鐵路。
1888	光緒十四年	九月二十六日，以李翰章爲漕運總督。
1888	光緒十四年	九月，**康有為**在京上萬言書請變法（未達於朝廷）。

士，以主事簽分刑部，累遷至貴州鎮遠知府。同治年間，曾在直隸（今河北）參與鎮壓太平軍，後率部攻佔貴州鎮遠，補貴陽府知府。光緒八年（1882），補陝西按察使，旋遷廣東、山西布政使。十四年，擢陝西巡撫，裁革一切冗費，剔除科場積弊。次年，調撫湖南。十八年，改撫山西，曾賑濟久旱無炊之民。後病逝。

康有為（1858～1927）　廣東南海人。原名祖詒，字廣廈，號長素，又號更生。清光緒進士。光緒十四年（1888），上書光緒帝，要求變法。曾講學於廣州萬木草堂，撰《新學僞經考》、《孔子改制考》等變法理論著述。二十一年，「公車上書」要求拒簽《馬關條約》、變法、練兵等。與梁啓超辦《萬國公報》（後改名爲《中外紀聞》），參與組織

1888	光緒十四年	九月，津沽鐵路通車。
1888	光緒十四年	十月初二日，升泰奏印、英兵在隆吐山日漸增多。
1888	光緒十四年	十月初五日，慈禧太后懿旨，立桂祥之女葉赫那拉氏爲皇后。諭令長敘之兩女封爲瑾**嬪**、珍嬪。
1888	光緒十四年	十月十四日，頒總理海軍事務衙門**關防**。
1888	光緒十四年	十月十四日，（因報效海軍經費）賞前長蘆鹽運同知沈永泉等。
1888	光緒十四年	十月十六日，湖南提督**周盛波**卒，謚「剛敏

北京強學會、出版《強學報》。二十三年，又兩次上書；二十四年，立報國會，後受光緒帝召見命在總理衙門行走，特許專摺言事。促成「百日維新」。戊戌政變後，亡命海外，在加拿大組織保皇會。1917年（民國六年），與張勳策劃清帝復辟失敗。1927年，逝於青島。著有《戊戌奏稿》、《大同書》、《康南海文集》、《康南海先生詩集》等。

嬪　清代皇帝妾侍之稱號。康熙時定後宮名位，皇貴妃、貴妃、妃、嬪、貴人、常在、答應。嬪出入用彩仗，使用宮女六人。

關防　清代印信之一種。一般爲臨時性機構及辦理財經、工程事務的機關使用。如各省總督、巡撫，各倉場、河道、漕運總督、欽差出使各國大臣、萬年吉工程處、鎮守總兵官、總理各國事務衙門、內閣典籍廳、禮部鑄印局、各省織造等，根據各機構及官員的地位、品級不同，所用質料

		」，詔交國史館立傳。
1888	光緒十四年	十月二十三日，升泰奏江孜守備蕭佔先緊紮帕隘（今帕里）不退，英軍撤回。
1888	光緒十四年	十一月初六日，李鴻章進呈小火車供西苑內紫光閣鐵路之用。
1888	光緒十四年	十一月初十日，洪鈞奏請選新科**庶吉士**出洋，以擇優述職。
1888	光緒十四年	十一月十五日，以丁汝昌爲**北洋海軍提督**，**林泰曾**爲北洋海軍左翼總兵，劉步蟾爲北洋海軍右翼總兵。是爲前朝《會典》規定之外新設海軍官缺。

、文體和尺寸大小也各異。

周盛波（？～1885）　字海舲，安徽合肥人，團首出身。同治初年，與弟周盛傳一起，率淮軍盛字營（盛軍）隨李鴻章自皖省赴滬與太平軍作戰。回籍養親後，所部盛軍由盛傳統帶，長期駐防津南小站一帶，成爲淮系各軍中規模最大、武器最近代化的一軍。光緒十一年（1885），盛傳卒，盛波接統該軍，授湖南提督。光緒十四年十月十六日（1888.11.19），病故於軍營。

庶吉士　又稱「庶常」。新進士選入庶常館學習者，稱庶吉士。清初隸內弘書院，後改如翰林院，無定員。學習三年期滿，由皇帝御試，分別等第，授編修、檢討，或以主事、知縣等官用。館選庶吉士，初於殿試後舉行，雍正元年（1723），改爲朝考後進行。光緒末，停科舉，以留學及本國大學畢業者廷試後選取，食七品俸，或徑授編、檢，與舊制

1888	光緒十四年	十一月二十五日，張曜奏，調嵩武軍馬步十一營駐紮煙臺以固海防。
1888	光緒十四年	十一月二十九日，河東河道總督吳大澂奏，試用西洋塞門德土（水泥）修築壩垛。
1888	光緒十四年	是年，美國長老會傳教士哈巴（Andrew Patton Happer, 1818-1894）創設廣州格致書院。
1888	光緒十四年	是年，張之洞在廣州創辦**廣雅書院**。

不同。

北洋海軍提督　簡稱海軍提督。清末武官名。光緒十四年（1888）設立。統領全軍操防事宜，歸北洋大臣節制調遣，在威海衛建衙署辦公，另於威海衛、旅順口各建全軍辦公所一處。准軍記名提督丁汝昌充任此職。

林泰曾（1852～1894）　清福建侯官（今福州）人，字凱仕。林則徐侄孫。同治五年（1866），入福州船政學堂學習，後曾赴臺灣後山測量。光緒三年（1877），作爲首屆留歐學生赴英國學習駕駛。回國後，任北洋海軍左翼總兵。中日戰爭時，爲鎭遠艦管帶，在黃海戰役中，發炮重創日本旗艦松島號，日軍死傷百餘人，鎭遠艦駛還威海途中爲避魚雷觸礁受傷，自認失職，自盡身亡。

廣雅書院　光緒十四年（1888），湖廣總督張之洞在廣州創辦。以造就博古通今、明習時務、體用兼備之才爲宗旨。課程分經學、史學、理學、經濟四門，後改經濟爲文學。二十八年，改爲廣東大學堂。

湖北槍炮廠　光緒十四年（1888），兩廣總督張之洞在廣州籌設

1888	光緒十四年	是年，張之洞籌設**湖北槍炮廠**。
1888	光緒十四年	是年，**華新紡織新局**在上海成立。
1888	光緒十四年	是年，張之洞向英國訂購機器擬設棉紡織廠。
1888	光緒十四年	是年，九龍商民籌劃**廣九鐵路**。
1888	光緒十四年	是年，**武訓**在山東創辦「崇貫義塾」。

槍炮廠；次年，張之洞調任湖廣總督，移設廠於湖北漢陽，稱湖北槍炮廠。二十年，建成；二十一年，開工。創辦經費銀達七十多萬兩，規模較大，製造步槍、機關槍、迫擊炮、山炮及各種彈藥，後可煉鋼。是清政府設立的大型近代兵工廠之一。三十四年，改稱漢陽兵工廠。十九世紀三十年代，共有職工四千二百多名，抗日戰爭期間遷至重慶。

華新紡織新局　光緒十四年（1888），在李鴻章支持下，由上海道龔照瑗及嚴信厚等在上海籌辦。十七年，開工；宣統元年（1909），成爲聶家獨資經營的私產，改名爲恆豐紡織新局。是清末官商合辦的機器紡織廠之一。

廣九鐵路　光緒十四年（1888），九龍商民籌劃修築廣州至九龍鐵路，得到李翰章、張之洞贊成；十六年，勘測了路線；二十四年，英國插手索要此路承建權。經交涉，九龍界內由港英當局承辦，廣州至深圳墟段由中國借英款一百五十萬鎊自辦。兩段都在三十三年開工，宣統三年（1911）完成，全長一百八十二公里。

武訓（1838～1896）　原名武七，山東堂邑（今屬聊城）人。少

1889	光緒十四年	十二月初八日，以禮親王世鐸等爲平定陝甘及天山南北方略館總裁官。
1889	光緒十四年	十二月十五日，海軍衙門請將所籌款項以海軍經費名目正式立案、存天津。是爲「海軍鉅款」。
1889	光緒十四年	十二月十九日，黃河南岸決口合龍，「鄭州河工」竣工。
1889	光緒十五年	正月初四日，以劉瑞芬爲廣東巡撫。
1889	光緒十五年	正月初六日，因印度巡捕打死華人引起群忿，江蘇鎮江英租界燒毀洋行及英、美領事署。

孤貧，從母行乞，成人後仍以行乞兼做傭工爲生。自恨不識字，立志「修個義學爲貧寒」。光緒十四年（1888），用乞討所得於山東堂邑縣柳林村創辦「崇貫義塾」，此義學分二級，稱蒙學、經學，聘舉人、拔貢出身者爲教師。此後又在館陶、臨清各辦義塾一處。一生不立家室，乞討所得專辦義學。山東巡撫張曜等先後以行乞興學疏請朝廷表彰，詔授「義學正」名號，賞穿黃馬褂（辭而未受），賜名訓，並賜「樂善好施」匾額及「創建義學武善士」之稱。光緒二十二年，卒於臨清義學之內，旨令宣付國史館立傳，建專祠祭。

會典館　清代修書館名。康熙二十三年（1684）始開館，纂成《大清會典》二百五十卷。後於雍正二年（1724）、乾隆十三年（1748）、嘉慶六年（1801）、光緒十二年（1886）四次開館續修。設總裁、副總裁，於大學士、

1889	光緒十五年	正月十四日，以張之萬爲大學士管戶部事，徐桐爲協辦大學士，孫毓汶爲刑部尙書。
1889	光緒十五年	正月十五日，以徐桐兼任**會典館**總裁官。
1889	光緒十五年	正月十七日，調恭鏜爲杭州將軍，以依克唐阿爲黑龍江將軍。
1889	光緒十五年	正月十九日，親王奕誴卒，諡「勤」。
1889	光緒十五年	正月二十一日，御史**屠仁守**革職，永不敘用。
1889	光緒十五年	正月二十二日，賞**總稅務司署**之赫德「三代一品封典」。

尙書、侍郎、翰林院掌院學士等官內簡派。提調、纂修各職除用內閣及翰、詹人員外，亦兼用部屬。

屠仁守（？～1900）　清湖北孝感人，字梅君，同治進士。選庶吉士，授編修，轉都察院御史。光緒十四年（1888），支持康有爲上書光緒帝，請求變法，並疏請仿行乾隆帝訓政往事，請太后居慈寧宮，節遊觀。詔嚴責，革職永不敘用。既歸，主講山西令德堂。二十六年，起復五品京堂，授光祿寺少卿。有《屠光祿疏稿》。

總稅務司署　官署名，清末總理衙門所轄機構。咸豐九年（1859），設於上海（一說同治四年設於北京）。同治二年（1863），遷北京。設總稅務司一人，綜理全國關稅行政與關員任免事務。分設五科三處：總務科、機要科、統計科、漢文科、銓敘科、造冊處（設於上海）、駐外辦事處

1889	光緒十五年	正月二十二日，宣示海軍鉅款由來及用途。
1889	光緒十五年	正月二十六日，冊封**葉赫那拉氏・隆裕**爲皇后。
1889	光緒十五年	正月二十七日，光緒帝大婚典禮。
1889	光緒十五年	二月初三日，慈禧太后歸政、光緒帝親政禮成。
1889	光緒十五年	二月十八日，冊封瑾嬪、珍嬪。
1889	光緒十五年	二月十八日，朝鮮派使臣來賀歸政、親政。
1889	光緒十五年	二月二十二日，護理江蘇巡撫黃彭年奏請修東北、西北鐵路。

（設於倫敦）和內債基金處（設於北京）。各海關設稅務司一人，管理全國海關行政。分設六課：總務、祕書、會計、統計、監查、驗查。從成立起就由總理衙門管轄，後隸外務部，實爲獨立機構。光緒三十二年（1906），清政府設稅務處，總稅務司以次各官名義上受其節制，高級職務半數屬英籍，其他位置洋員均佔，華員僅任中下級職務。

葉赫那拉氏・隆裕（1868～1913）　清滿洲鑲黃旗人，慈禧太后侄女。光緒十五年（1889），立爲皇后。三十四年，光緒帝與慈禧太后死後，立載灃的三歲幼兒溥儀爲帝，改年號爲宣統，尊爲皇太后。垂簾聽政，以載灃爲攝政王。宣統三年十二月二十五日（1912.02.12），宣布清帝退位。

同文館　中國設立的第一個學習

1889	光緒十五年	二月二十九日，命戶部右侍郎曾紀澤管理**同文館**事務。
1889	光緒十五年	三月初一日，命翰林院**侍講**崔國因爲出使美、日（西）、祕國大臣，以陳欽銘爲出使英、法、意、比國大臣（後改爲薛福成）。
1889	光緒十五年	三月初二日，張之洞奏請興建蘆漢鐵路。
1889	光緒十五年	三月初五日，劉銘傳奏，全臺「生蕃」一律歸化。
1889	光緒十五年	三月二十二日，升泰奏，第穆**呼圖克圖**已撤退藏哲邊界藏兵。

外國語言文字的學校。咸豐十一年（1861），總理各國事務衙門成立後，恭親王奕訢爲培養通曉外語的洋務人才，奏准設立同文館，又稱「京師同文館」。招生條件爲十三、四歲以下八旗子弟。同治元年（1862）五月開課。初只有外籍教師一人，年薪一千兩，漢文教師一人，年薪九十六兩，共有學生十名。後逐漸擴大，除學漢文、外文外，亦學天文、數理、史地等課程。此校被外國人操縱，美國傳教士丁韙良（William Alexander Parsons Martin, 1827-1916）任總教習（即校長）長達二十餘年。光緒二十七年十二月（1902・01），同文館併入京師大學堂。

侍講　官名，清翰林院職官。掌撰述編輯，儤直經幄。初僅漢員，康熙時增置滿員。乾隆五十年（1785）後定制，滿二人、漢三

1889	光緒十五年	三月二十八日，命添鑄新設北洋海軍提督、總兵等缺印信關防十八顆。
1889	光緒十五年	四月十六日，命薛福成爲出使英、法、意、比國欽差大臣。
1889	光緒十五年	四月二十日，派**恩承**、徐桐、李鴻藻、許庚身、潘祖蔭等爲殿試讀卷官。
1889	光緒十五年	四月二十五日，太和殿傳臚，授一甲張建勳、李盛鐸、劉世安分別爲翰林院修撰、編修，賜進士及第。
1889	光緒十五年	五月初八日，岑毓英卒，諡「襄勤」，贈太

人；清末各增一人。初制正六品，雍正三年（1725），升從五品，清末改從四品。

呼圖克圖　亦作胡圖克圖、呼土克圖。蒙古語音譯，意爲「聖人」和「有福者」。漢稱活佛。清朝中央政府對西藏和蒙古地區轉世的上層喇嘛的一種行政職銜的冊封。凡呼圖克圖必爲呼畢勒罕（轉世），而呼畢勒罕則未必盡受冊封爲呼圖克圖。凡受封號者均載入理藩院冊籍。乾隆以後，呼圖克圖「轉世」須經清政府主持的金瓶掣簽儀式確認，報經朝廷封授，地位僅次於達賴、班禪，高於一般活佛。

恩承（？～1892）　清滿洲正白旗人，葉赫那拉氏，字露圃。咸豐年間，以主事隨僧格林沁抵拒太平軍、捻軍。累擢內閣侍讀學士。同治年間，歷任工部右侍郎、吏部左侍郎等職。光緒元年（1875），授總管內務府大臣，辦理惠陵工程。四年，遷禮部尚書，整頓吏治，剔除時弊。十年，調刑部尚書、吏部尚書。次年，

		子太傅，入祀賢良祠，宣付國史館立傳。
1889	光緒十五年	六月初三日，以王文韶爲雲貴總督，以邵友濂爲湖南巡撫，調湖北布政使蒯德標爲福建臺灣布政使。
1889	光緒十五年	六月十一日，海軍衙門**奕劻**等奏，自本年始可每年撥銀三十萬兩用於建頤和園。
1889	光緒十五年	六月十八日，編修王懿榮呈請續修《四庫全書》。
1889	光緒十五年	七月初十日，調裕祿爲**盛京將軍**。

授體仁閣大學士。十五年，拜東閣大學士。

奕劻（1836～1918）　滿族，愛新覺羅氏。乾隆帝第十七子永璘孫。同治十一年（1872），授御前大臣。光緒十年（1884），任總理衙門大臣，封慶郡王。十一年，合同醇親王奕譞辦理海軍事務。二十年，封慶親王。二十六年，八國聯軍侵入北京前夕，與李鴻章同任全權大臣，與各國議和。二十七年，簽訂《辛丑條約》。同年，清政府改總理衙門爲外務部，任外務部總理大臣。二十九年，任軍機大臣，兼管外務、陸軍。三十一年，任與日、俄修訂東三省條約全權大臣，與日本簽訂《會議東三省事宜正約》。三十三年，兼管陸軍部。宣統三年（1911），清政府罷軍機處，改任內閣總理大臣。在任期間，賣官納賄，結私攬權。武昌起義後，主張起用袁世凱。袁世凱進京任內閣總理大臣後，他改任弼德院總裁。清帝退位後，避居天津。

1889	光緒十五年	七月十二日，調張之洞爲湖廣總督，李瀚章爲兩廣總督。
1889	光緒十五年	八月初二日，海軍衙門奏興建**蘆漢鐵路**辦法。
1889	光緒十五年	八月初六日，以馬丕瑤爲廣西巡撫。
1889	光緒十五年	八月初七日，不准劉銘傳將臺灣基隆煤礦交由英商承辦。
1889	光緒十五年	八月二十四日，天壇**祈年殿**因雷擊失火。
1889	光緒十五年	九月初一日，令總理衙門修書致謝英國君主捐銀賑濟江南災民。

盛京將軍　官名，清代盛京駐防八旗的最高長官。統掌駐防旗營的軍政事務，鎭守封疆。將軍衙門設主事、筆帖式等員，辦理所屬事務。所轄有副都統四人、副都統銜總管一人，城守尉八人，以及協領、防守尉、佐領、防禦、驍騎校等職，分掌駐防旗營各項事務。順治元年（1644），置留守大臣一人；三年，改爲昂邦章京。康熙元年（1662），更名「鎭守遼東等處將軍」；四年，改稱「鎭守奉天等處將軍」。乾隆十二年（1747），定名爲「鎭守盛京等處將軍」。光緒二年（1876），兼管盛京兵、刑二部及奉天府尹事務，以兵部尙書、都察院右都御史銜行總督事。三十三年裁，改設東三省總督。

蘆漢鐵路　蘆（盧）溝橋至漢口鐵路，後向北展至北京，改稱京漢鐵路。

祈年殿　殿名。在北京天壇內圜丘壇之北。建於明永樂十八年（

1889	光緒十五年	九月初六日，楊昌濬奏，擬開辦西安至嘉峪關電報線。
1889	光緒十五年	九月初七日，以**游智開**署理廣東巡撫。
1889	光緒十五年	九月二十五日，海軍衙門請創開印花稅，以備海軍經費。
1889	光緒十五年	十月十五日，命撥「宮中節省內帑銀」十萬兩賑濟江蘇、浙江。
1889	光緒十五年	十月十七日，以豫山爲山西巡撫。
1889	光緒十五年	十一月初四日，李鴻章奏，擬將關隴電線接至保定作爲商線。

1420）。初名大祀殿，後改大享殿。清乾隆十六年（1751），改建後稱祈年殿。建於三層漢白玉圓壇上，爲鎏金寶頂三層檐攢尖式圓形殿。三層檐初爲藍、黃、綠三色琉璃瓦，後均易以藍瓦。殿內分三層，內層立龍井柱四，外二層各立柱十二，分別代表四季、十二個月和十二個時辰。內層正中設皇天上帝位，左右以清列帝配享。每年正月上辛日，皇帝祀上帝祈穀於此。

游智開（？～1900）　清湖南新化人，字子代。咸豐舉人。同治十一年（1872），擢永平府知府，懲處酷吏，並疏請允民販鹽以資衣食。光緒十一年（1885），擢四川按察使；次年，護理總督。重慶教案發生後，疏請贖回教會侵佔的土地，按中國法律制裁依教欺人之中國教徒。賠償外國教會損失。十四年，遷廣東布政使，署理巡撫。後以老乞休。二十一年，起用爲廣西布政使。

1889	光緒十五年	十一月二十日，以左寶貴爲廣東高要鎮總兵。
1889	光緒十五年	十一月二十五日，以**葉志超**爲直隸提督。
1889	光緒十五年	十二月初一日，調奎斌爲察哈爾都統，以**譚繼洵**爲湖北巡撫。
1889	光緒十五年	是年，《日報特選》雜誌在香港創刊。
1889	光緒十五年	是年，《平回志》刊行。

葉志超（？～1901）　清末淮軍將領。字曙青。安徽廬州（今合肥）人。行伍出身。初爲劉銘傳部下，鎮壓太平軍、捻軍。光緒十五年（1889），任直隸提督。二十年五月初，他率軍赴朝，駐軍牙山。日軍發動進攻後，不戰而逃，退到平壤。平壤戰役中，他身爲清軍統領，毫無鬥志，不做戰守準備。日軍發起進攻時，他貪生怕死，棄城逃走，狂奔五百餘里，渡鴨綠江退入中國境內，被革職監禁。二十六年，獲釋。

譚繼洵（？～約1898）　清湖南瀏陽人，字敬甫。咸豐進士。授光祿大夫。光緒九年（1883），遷陝西按察使。次年，遷甘肅布政使。十五年，授湖北巡撫。二十年，兼署湖廣總督。曾多次謝絕與湖廣總督張之洞聯銜陳奏新政。慈禧太后發動政變後，子嗣同遇害，並受株連，後憂鬱而死。

許振禕（？～1899）　字仙屏，清江西奉新人。同治進士。咸豐初年，以拔貢生爲曾國藩幕僚，招募鄉兵同太平軍作戰。中進士後授編修，出任陝甘學政。在陝西涇陽設立書院，奏准陝、甘分

1890	光緒十五年	十二月十四日，調張煦爲湖南巡撫，以鹿傳霖爲陝西巡撫。
1890	光緒十五年	十二月二十八日，命旗人不准出售田產。
1890	光緒十六年	正月二十六日，光緒帝因本年二旬整壽命賞王公大臣。
1890	光緒十六年	二月初九日，以**許振褘**爲河東**河道總督**。

設學政。光緒八年（1882），授河南彰衛懷道，歷江寧布政使。十六年，擢東河河道總督。二十一年，改廣東巡撫，禁止闈姓賭局。建言停釐捐，節用民力。二十四年，奉調入京，後回籍。

河道總督　官名，簡稱河督，亦稱總河，俗稱河臺。明始置，非常設。清始改爲專管河道疏浚及堤防事務之最高長官，秩正二品，例兼都察院右副都御史及兵部侍郎銜。清初設一人，綜理黃、運兩河事務，時稱「總河」。雍正二年（1724），因河南堤工緊急，設副總河一人，駐濟寧州，專管河南防務。七年，改總河爲總督江南河道，稱南河河道總督，駐清江浦；副總督爲總督河南、山東河道，稱東河河道總督。次年，又增置直隸河道水利總督一人，稱北河河道總督。乾隆以後，將北河河道總督改由直隸總督兼任，南河河道總督改由漕運總督兼任，東河河道總督只轄河南境內黃河事務，山東境內運河之事改由山東巡撫兼管。河道總督下設有管河道、管河同知、通判、管河州同、州判、縣丞等職官，並統轄「河標」七營。光緒二十八年（1902），裁河道總督

1890	光緒十六年	二月初十日，以崑岡爲禮部尙書，熙敬爲工部尙書。
1890	光緒十六年	二月十七日，北洋海軍總教習琅威理因升旗事件辭職。
1890	光緒十六年	二月二十四日，派奕劻、孫毓汶爲全權大臣與英訂立《**煙臺條約續增專條**》。
1890	光緒十六年	二月二十七日，《**中英會議藏印條約**》訂立。
1890	光緒十六年	閏二月初九日，以劉瑞祺爲山西巡撫。
1890	光緒十六年	閏二月十五日，光緒帝赴東陵謁陵。
1890	光緒十六年	閏二月二十五日，曾紀澤卒，命賞加太子少保銜，諡「惠敏」，宣付國史館立傳。

，堤岸之事改由巡撫兼理。

煙臺條約續增專條　原稱《續增煙臺條約》，又稱《修改煙臺條約》。英文本稱《重慶協定》。光緒十六年閏二月十一日（1890.03.31），英國援自《中英煙臺條約》有關條款，強迫清政府訂立於北京的不平等條約。共六款，主要內容包括：（一）英國在重慶所享權益與其他口岸同；（二）英國自宜昌至重慶往來運貨，或自備船或雇華船自便，稅務依照條約稅則，船務等事宜由英方官員參加會商，英「俾得獲保護利便之益」；（三）一俟有華船運貨來重慶，英船則一體駛往。

中英會議藏印條約　又稱《藏印

1890	光緒十六年	閏二月二十六日，劉銘傳奏臺灣田畝清丈完竣，請將六十七萬兩作爲定額徵銀。
1890	光緒十六年	閏二月二十九日，命劉銘傳幫辦海軍事務。
1890	光緒十六年	閏二月二十九日，以卞寶第兼管船政事務。
1890	光緒十六年	三月十六日，彭玉麟卒，謚「剛直」，賞加太子少保銜，宣付國史館立傳。
1890	光緒十六年	三月二十二日，光緒帝頒「二旬萬壽恩詔」，在太和殿受百官朝賀。
1890	光緒十六年	三月二十三日，李鴻章（爲修關東鐵路）向奧國銀行借定**庫平**銀三千萬兩。
1890	光緒十六年	四月初七日，以李鴻章兼署廣東巡撫。

條約》。光緒十六年二月二十七日（1890.03.17），清政府駐藏幫辦大臣升泰與英國印度總督蘭斯頓簽於印度加爾各答。凡八款。主要內容：劃定中國西藏與哲孟雄的邊界；哲孟雄歸英國保護督理等。通過該約，英國佔領哲孟雄和中國西藏隆吐山等地。

庫平　清政府部庫所用之衡量標準，康熙時制訂，爲全國徵收各項租稅時的標準秤。政府預算及對外賠款均以庫平計算。但中央與地方、甲地與乙地不盡相同，同一省內還有藩庫平、道庫平、鹽庫平等差異。中日《馬關條約》規定清中央政府庫平一兩爲五百七十五點八二英釐，即三十七點三一二五六公分。光緒三十四

1890	光緒十六年	四月，開始興建**漢陽鐵廠**。
1890	光緒十六年	四月二十日，以董福祥爲喀什噶爾提督。
1890	光緒十六年	四月二十一日，派徐桐、福錕、麟書、翁同龢、汪鳴鑾爲殿試閱卷大臣。
1890	光緒十六年	四月二十五日，太和殿傳臚，授一甲吳魯、**文廷式**、吳蔭培爲翰林院修撰、編修、賜進士及第。
1890	光緒十六年	五月初六日，倪文蔚奏，豫省黃河全圖測繪三月完工。

年（1908），農工商部與度支部擬訂劃一度量衡制度，規定庫平一兩等於三十七點三零一公分。

漢陽鐵廠　清末最大的官辦近代鋼鐵廠。由湖廣總督張之洞奏准於光緒十六年（1890）三月開始興建；十九年七月，建成；二十年四月，正式投產。當時全廠規模計擁有煉生鐵廠（百噸煉爐兩座）、煉熟鐵廠、煉貝色麻鋼廠（四噸貝色麻鋼爐四座）、煉西門士馬丁鋼廠、造鋼軌廠、造鐵貨廠等六大廠和機器廠（實爲修配廠）、鑄鐵廠、打鐵廠、魚片鉤釘廠等四小廠。擁有各種工人三千多名。二十二年，張之洞奏准改爲官督商辦，三十四年正月，與萍鄉煤礦合併爲完全商辦的漢冶萍公司。

文廷式（1856～1904）　字道希，號雲閣，又號薌德、羅霄山人，晚號純常子。清江西萍鄉人。以舉人入京會試，與王懿榮、張謇、曾之撰稱「四大公車」。光緒進士，後擢至翰林院侍讀學士兼日講起居注官。中日戰起，他

1890	光緒十六年	五月初七日，以升泰爲駐藏大臣，長庚爲伊犁將軍。
1890	光緒十六年	五月二十三日，張曜請修《**大清會典**》，重修《山東通志》。
1890	光緒十六年	五月二十九日，永定河及南北運河、大清河多處決口。
1890	光緒十六年	六月初九日，命李鴻章派員勘察吉林**三姓金礦**。

支持光緒帝，諫慈禧太后勿預朝政，劾李鴻章挾夷自負。反對簽訂《馬關條約》。遂爲后黨嫉妒，乞假南歸。光緒二十一年（1895），與康有爲在北京創強學會。常於松筠庵集維新志士，議論時政。強學會被封禁後，總理官書局。旋遭楊崇伊彈劾，革職永不敘用。戊戌政變後，曾東渡日本。二十六年，返上海，參與唐才常自立會。所學長史部，工詩詞。著有《純常子枝語》、《雲起軒詞鈔》、《文道希先生遺詩》、《聞塵偶記》。

大清會典　書名，清官修政書，簡稱《清會典》。該書採取「以官統事，以事隸官」的寫法，以政府機構爲綱，繫以各種政事。各朝所修《會典》敘事時間相接，匯編清代各官衙的執掌、政令、事例及職官、禮儀等制度，是研究清代典制的重要資料。康熙時初修，成書一百六十二卷（1690），雍正、乾隆、嘉慶、光緒各朝迭加續纂，各成書二百五十卷（1733）、一百卷（1763）、八十卷（1818）、一百卷（1899）。

1890	光緒十六年	六月十九日，四川**大足教案**。
1890	光緒十六年	六月二十三日，以裕寬爲河南巡撫。
1890	光緒十六年	七月初六日，命直隸及**順天府**各處燒鍋停一年（以平糧價）。
1890	光緒十六年	七月二十六日，派許景澄爲駐俄、德、奧、和（荷蘭）國大臣，李經方爲出使日本國大臣。
1890	光緒十六年	八月十五日，令劉銘傳革職留任（因將臺灣基隆煤礦招商承辦）。
1890	光緒十六年	八月十五日，戶部奏請提前報解來年「甘肅

三姓金礦　光緒二十年（1894），宋春鰲集股創辦於吉林三姓（今黑龍江依蘭）。爲商辦企業，開辦費達十萬兩銀，是較早使用機器採掘的私營金礦。

大足教案　光緒十二年（1886）四月，四川大足民衆不堪忍受天主教傳教士的行爲，在余棟臣的帶領下搗毀龍水鎮教堂。以賠償銀一千八百兩結案。十三年，法國傳教士重建教堂，民衆趁迎神賽會又毀之。十六年，法國傳教士繼續修建龍水鎮教堂，並強迫大足知縣禁止靈官廟會；教徒王某燒毀民房，激起衆怒。余棟臣率衆第三次搗毀教堂。四川總督劉秉璋採取分化和鎮壓政策，以賠償銀五萬兩並緝捕「兇手」結案。次年，余棟臣起義軍在大足、銅梁、永川三縣交界處被清軍打敗。二十四年，蔣贊臣率衆在龍水鎮起義，抗官滅教，捕法國傳教士華芳濟，被清軍鎮壓。清政府賠償銀一百一十八萬兩。

		新餉」四百八十萬兩。
1890	光緒十六年	八月二十八日，贈楊岳斌太子太保銜，宣付國史館立傳。
1890	光緒十六年	九月初二日，派**續昌**、崇禮往朝鮮弔祭王太妃。
1890	光緒十六年	九月，日本人荒尾精在上海開辦「日清貿易研究所」，實爲日本在華間諜培訓學校。
1890	光緒十六年	十月初二日，兩江總督曾國荃卒。命贈太傅，入祀京師昭忠祠、賢良祠，建立專祠，宣付國史館立傳，諡「忠襄」。

順天府　清王朝於順治元年（1644）奠都北京，沿用明制，設順天府管理京師附近州縣。順天府直隸清王朝中央，設府尹主持其事。雍正以後，順天府尹由部院大臣中特簡一人兼管，其下有府丞、治中、通判、經歷、照磨、司獄等屬官，設堂房、本房、承發房和吏、戶、禮、兵、刑、工六房，府學等機構。所屬地區，包括京縣及近京州縣二十四個。並置西路、東路、南路、北路四廳，分領各州縣。各設同知一人及典吏若干，分管所領各州縣的錢糧捕盜刑罰水利等事務。除大興、宛平二京縣外，其餘各州縣地方事務要分別報順天府及直隸總督查核。

續昌（？～1892）　清蒙古正白旗人，那拉氏。同治年間，歷任軍機章京、員外郎、總理各國事務衙門章京職。光緒初年，授直隸霸昌道。後調奉、錦、山海道兼按察使銜，整頓稅收，籌辦釐

1890	光緒十六年	十月十四日，雲南省城至騰越廳電線工程竣工。
1890	光緒十六年	十月十四日，以劉坤一爲兩江總督兼南洋大臣。
1890	光緒十六年	十月十九日，命**塔爾巴哈臺參贊大臣**所轄軍政事務移交甘肅新疆巡撫管理。
1890	光緒十六年	十月三十日，工部尚書潘祖蔭卒，謚「文勤」。

捐。光緒十年（1884），升兩淮鹽運使，旋偕吳大澂赴朝查辦「甲申事變」。次年，授湖南按察使，遷內閣學士兼禮部侍郎銜。十五年，累擢戶部左侍郎。十八年，因病開缺。

塔爾巴哈臺參贊大臣　官名。乾隆三十年（1765）設，歸伊犁將軍節制。駐雅爾（今哈薩克斯坦烏爾扎爾）。後東遷至楚呼楚（今塔城）。管轄當地駐防、屯田、巡邏事務。

江南水師學堂　又稱南京水師學堂。光緒十六年（1890），兩江總督兼南洋大臣曾國荃在南京創設。桂嵩慶爲總辦，沈仲禮爲提調，分駕駛、管輪兩科，聘請英國海軍軍官二人爲教習，另設英文和漢文教習四名；招考年在十三至二十歲讀過經書、文理通順，曾習英文三四年者入堂肄業。投考者必先考試英文、翻譯、地理、算學四門，考取後以抓鬮的辦法分派駕駛、管輪兩門，各以六十人爲額，二十人爲一班。駕駛科課程有英文、漢文、幾何、代數、三角、中西海道、星辰部位、升桅帆纜、划船泅水、槍炮

1890	光緒十六年	十一月初五日，詔命優恤李金鏞並建立專祠。
1890	光緒十六年	是年，**江南水師學堂**建立。
1890	光緒十六年	是年，廣州電燈公司建立。
1890	光緒十六年	是年，**兩湖書院**設立。
1890	光緒十六年	是年，英商創辦天津煤氣公司。
1890	光緒十六年	是年，美國傳教士**林樂知**等人籌辦**上海中西學塾**。

步伐、水電魚雷、重學、積分、駕駛、測量、繪圖、輪機理要、格致等。管輪科主要課程有英文、漢文、算學、氣學、力學、水學、火學、輪機理法、繪圖，並須赴校機器廠實習，學習修理輪機各項技藝。學制五年，畢業後擇優撥入練船訓練，考驗中試者，分別等次，量材錄用。

兩湖書院　光緒十六年（1890），湖廣總督張之洞在武昌設立。專收湖南、湖北士子入學。南齋爲書房，北齋爲寢室，西面爲商籍齋。另有書庫收藏圖書。設有經學、史學、理學、文學、算學、經濟學等六門課程。後以「中學爲體，西學爲用」爲宗旨，設東西監督二人，負責教學與行政。改革教學，設兵法學、經學、史學、算學等科目。課餘須學體操、兵法。學制五年。二十八年，改爲兩湖大學堂。

林樂知（Young John Allen, 1836-1907）　美國傳教士。咸豐九年（1859），由美國監理會派遣來華；次年，抵上海。先在上海、杭州一帶傳教並到南京刺探太平天國情報。同治二年（1863），

1890	光緒十六年	是年，華商在臺北創辦臺灣製糖廠。
1890	光緒十六年	是年，**上海機器織布局**正式建成投產。
1891	光緒十六年	十一月二十一日，醇親王奕譞卒，諡「賢」。
1891	光緒十六年	十二月十六日，慈禧太后與光緒帝赴醇王府行大祭禮。
1891	光緒十六年	十二月十九日，楊昌濬奏陝甘電線竣工。
1891	光緒十七年	正月二十五日，各國駐京公使、參贊等遞交國書，光緒帝親政後首次接見外國使臣。

任上海廣方言館教習，後又任上海公共租界工部局譯員。同治七年至九年，任上海《字林西報》中文版《上海新報》編輯。同治七年，在上海辦《教會新報》（周刊）；十三年，改稱《萬國公報》。他還根據美國監理會指示先後在上海開設中西書院、在蘇州開設博習書院、中西書院，並在光緒二十七年（1901），將以上三校合併改組爲東吳大學。在華除利用出版和教育手段傳教外，還散布奴化思想，鼓吹「印度隸英十二益說」，認爲中國「惟有拔趙幟暫易漢幟之一法」，「本昔之治印者，一一移而治華」，還首次系統提出將基督教義與儒家舊禮教舊思想相結合的「理論」，以迎合上層人士的心理。譯著有《中東戰紀本末》、《文學興國策》、《中西關係略論》等。

上海中西學塾　學校名。清光緒十六年（1890），美國監理會傳教士林樂知、海淑德（Laura Askew Haygood, 1845-1900）籌

1891	光緒十七年	二月十一日，不准恢復「**日講**」。
1891	光緒十七年	二月十三日，准大阪、筑地添設副領事各一員。
1891	光緒十七年	二月十五日，吉林將軍長順奏，三年內正法一千三百多名「馬賊」。
1891	光緒十七年	二月十六日，奕劻奏，請由海防捐輸項挪墊頤和園工程用款。
1891	光緒十七年	二月十七日，准爲乾隆朝名臣**陳宏謀**建立專祠。

設；次年，校舍落成；十八年二月，正式開學。首屆學生七人，教以中西文字與有關實用之學。後訂有中西女塾章程，爲中西女子中學的前身。

上海機器織布局　官督商辦企業。俗稱「老洋布局」，李鴻章於光緒八年（1882）設立，委派龔壽圖專管官務，鄭觀應主持商務，並明確規定「十年之內只准華商附股搭辦，不准另行設局」。十六年，正式建成投產；十九年，紗錠三萬五千枚，銷路很好，後被大火焚毀，李鴻章委派盛宣懷負責在原地重建之，更名爲華盛紡織總廠。

日講　清承明制，以侍讀、侍講學士爲翰林院職官，而另設「經筵講官」，由翰林出身之大臣兼充，輪流入宮爲皇帝講解經史，是爲「進講」或「日講」。日講之制在乾隆年間已流於空文，旨令停止，迄未再行。又另設所謂「日講起居注官」，但僅爲虛銜，並非實職。

陳宏謀（1696～1771）　清朝大

1891	光緒十七年	二月二十三日，劉錦堂丁憂開缺，以陶模爲甘肅新疆巡撫。
1891	光緒十七年	二月二十三日，俄國皇太子尼古拉到達廣州來華遊歷。
1891	光緒十七年	二月二十八日，准在廣西開局刊書。
1891	光緒十七年	三月初九日，山西汾陽、平遙、孝義等地地震。
1891	光緒十七年	三月十三日，派李鴻章、裕祿辦理關東鐵路事宜，由戶部每年撥二百萬兩款。
1891	光緒十七年	三月，**開平煤礦罷工**。
1891	光緒十七年	三月二十七日，准福建臺灣巡撫劉銘傳開缺，並開去幫辦海軍事務差使。

臣。字汝咨，號榕門，臨桂（今廣西桂林）人。雍正進士，初任翰林。歷任揚州知府、雲南布政使、甘肅巡撫。旋調江西，奏請以工代賑、督修水利，頗有成效。任陝西巡撫期間，推廣鑿井灌田，抗禦旱災。後調河南、湖南、江蘇巡撫，所任皆興利除弊，重視水利，發展生產。升吏部尚書，對吏治、兵事、河工皆有疏議。乾隆三十二年（1767），授大學士，加太子太傅銜。三十六年卒，謚「文恭」。

開平煤礦罷工　光緒十七年（1891）三月，開平煤礦工人由於遭受外國技師的欺壓，展開了大規模的反壓迫鬥爭。罷工工人打傷外國工頭伯恩，並迫使所有外國技師離開廠礦。這次罷工遭到李鴻章的武力鎮壓，礦務局逮捕

1891	光緒十七年	四月初二日，以邵友濂爲福建臺灣巡撫。
1891	光緒十七年	四月初六日，安徽發生**蕪湖教案**。
1891	光緒十七年	四月十六日，李鴻章、張曜校閱北洋海軍並巡視防務。
1891	光緒十七年	四月二十五日，俄國西伯利亞大鐵路開工典禮在海參崴舉行。
1891	光緒十七年	四月二十六日，准暫借出使經費以資頤和園工程。
1891	光緒十七年	四月二十九日，湖北發生**武穴教案**。
1891	光緒十七年	四月三十日，准**黃體芳**因病乞休。

五名工人，最後罷工失敗。

蕪湖教案　光緒十四年四月初六日（1891.05.13），安徽蕪湖市民因教會拐迷幼童，群起焚燒教堂，並包圍英領事館。既而，江蘇丹陽、無錫、江陰及江蘇南昌等處亦相繼發生燒毀外國教堂之事。

武穴教案　光緒十七年四月二十九日（1891.06.05），廣濟縣武穴鎮郭六壽等以教堂販賣嬰兒，聚衆焚毀教堂，殺英教士一人及英籍海關職員一人。湖廣總督張之洞捕捉二人抵命，賠撫恤費四萬元，教堂費二萬五千元。

黃體芳（1832～1899）　字漱蘭，浙江瑞安人，同治進士。累遷至翰林院侍讀學士。光緒五年（1879）前，以「翰林四諫」之一（另三人爲張佩綸、張之洞、寶

1891	光緒十七年	五月十九日，賞山東登青道盛宣懷頭品頂戴。
1891	光緒十七年	五月二十二日，丁汝昌應邀率定遠等六艦抵馬關訪日。
1891	光緒十七年	五月二十五日，馬丕謠奏，請撥銀十八萬兩修廣西中越邊防炮臺。
1891	光緒十七年	六月十三日，郭嵩燾卒。
1891	光緒十七年	六月二十日，命將烏里雅蘇臺將軍托克湍革職。
1891	光緒十七年	六月二十四日，派**汪鳳藻**暫任出使日本使臣。

廷）聞名。六年，外放江蘇學政，旋授兵部左侍郎。十一年，上疏請開去李鴻章會辦海軍差使，慈禧太后以其跡近亂政，命交部議處，部議降二級調用。至是休致，嗣卒於光緒二十五年。

汪鳳藻　江蘇元和（今吳縣）人，字雲章，號芝房。光緒進士，授翰林院庶吉士。光緒十七年（1891），以編修賞二品頂戴署理駐日大臣；次年，以記名知府實授。二十年，朝鮮東學黨起義，他負責與日本交涉朝鮮事宜，屢向清廷提出建議，盡力維護中國權益。中日戰爭爆發後，應召返回國內，遂拒返仕途，自此家居不出。

宜昌教案　光緒十七年七月二十九日（1891.09.02），湖北宜昌群衆焚毀法國及英、美教堂。先

1891	光緒十七年	七月初七日，以張蔭桓爲都察院左副都御史（後改禮部右侍郎）。
1891	光緒十七年	七月二十三日，山東巡撫張曜卒，謚「勤果」，贈太子太保，入祀賢良祠，宣付國史館立傳。
1891	光緒十七年	七月二十四日，以福潤爲山東巡撫。
1891	光緒十七年	七月二十九日，湖北發生**宜昌教案**。
1891	光緒十七年	八月初二日，命奕劻總理海軍事務，正白旗漢軍都統定安（東北練兵大臣）、兩江總督劉坤一幫辦海軍事務。
1891	光緒十七年	八月初八日，**寶鋆**卒，謚「文靖」。

是二十八日（1891.09.01），宜昌法國天主堂收買一被拐兒童，該童親屬前來教堂索還，而近旁美國教堂教士竟向聚集圍觀之民衆開槍，傷一人，激起公憤，遂一哄將美、法教堂焚毀，又毀損正在施工中之英國領署及商人、教士寓所數處，打傷法國等歐洲傳教士四名。既而，英、法、美等國駐京公使聯合向總署提出交涉，英、法兵艦且上駛宜昌，英、德、俄、意四國兵艦並在漢口舉行軍事演習，以示威脅。湖廣總督張之洞主張「務辦數十人」，「懸賞緝兇」，後將十餘人充軍或笞杖，賠款十七萬五千餘兩結案。

寶鋆（1807～1891）　清末大臣。字佩蘅，滿洲鑲白旗人，索綽絡氏，道光進士。咸豐初，授禮

1891	光緒十七年	八月，康有爲**《新學偽經考》**刊刻發行。
1891	光緒十七年	九月十六日，准各國使臣覲見場所改爲承光殿。
1891	光緒十七年	九月十九日，**《吉林通志》**創修。
1891	光緒十七年	九月二十一日，賜恤馬如龍。
1891	光緒十七年	九月，英籍稅司梅生（Charles Welsh Mason,

部侍郎；咸豐十一年（1861），奉旨在軍機大臣上及總理衙門行走；次年，擢戶部尚書。同治十三年（1874），授體仁閣大學士，管吏部事務。光緒三年（1877），改武英殿大學士。十七年，病故，詔贈太保，照大學士例賜恤，諡「文靖」。

新學偽經考　書名。康有爲關於維新變法的第一部理論著作。共十四卷，初刊於光緒十七年（1891）。康氏認爲，東漢以來歷代封建統治者奉爲經典的儒家五經中的四經——《毛詩》、《古文尚書》、《周禮》、《左氏春秋》均是西漢末年劉歆爲助王莽篡漢所僞造，湮沒了孔子「托古改制」的「微言大義」，因而是「僞經」；古文經學不是孔子之學，而是新朝之學，當稱「新學」。只有西漢初年流傳的今文經才闡發了孔子眞義，是眞經。康把古文經概稱僞造在於打擊「恪守祖訓」的封建頑固思想，爲變法制選輿論，對封建統治思想公開挑戰。此書一經刊行，立即在學術思想界引起極大震盪，梁啓超讚嘆此書出版是當時「思想界之一大颶風」。但康此著雖否定了古文經在學術思想界的統治地位，卻企圖重新樹立今文經的統治地位，表明他仍舊從封建傳統

		1866-?）偷運軍火案審結。
1891	光緒十七年	十月初三日，以奎俊爲山西巡撫。
1891	光緒十七年	十月初十日，熱河**金丹教起義**，推李國珍爲「掃北武聖人」，攻佔朝陽縣城。
1891	光緒十七年	十月十一日，命賞班禪額爾德尼外祖父期美德布以本身輔國公銜。

文化中攝取反對封建頑固派的思想武器，反映了改良派理論基礎的薄弱。

吉林通志　書名。清長順監修，李桂林等纂集，一百二十二卷、圖一卷。光緒年間成書。據《盛京通志》酌加損益，分聖訓、天章、大事、沿革、輿地、食貨、經制、學校、武備、職官等十三門，每一門中又各分子目，甚詳備。有光緒十七年（1891）刊本。

金丹教起義　清光緒年間，熱河朝陽等地祕密宗教組織——金丹道教發動的農民起義。外國傳教士在熱河地區勾結蒙古王公和清朝官吏欺壓人民，教堂拐騙、慘殺兒童事件屢屢發生。光緒十七年（1891）三月，天主教會在熱河建昌（今遼寧凌源）以「借糧」爲名，搜括群衆。林玉山、徐榮到教堂說理，徐當場被槍殺。教堂又組織武裝，迫害群衆。被迫害的農民、礦工相率參加金丹道教。十月初十日（1891.11.11），金丹道教首領楊悅春、李國珍等以「仇殺天主教、仇殺蒙古、仇殺貪官」爲號召，發動起義。在理教郭萬淳（一作郭萬昌）率衆響應。十三日（1891.11.14），攻克朝陽。赤峰、建昌、平泉一帶人民紛起響應，起義軍擴

1891	光緒十七年	十月十二日，令張之洞緝拿李洪（李世忠之子，**哥老會**成員）。
1891	光緒十七年	十月二十日，命裕祿、李鴻章派兵剿滅金丹教。
1891	光緒十七年	十一月初三日，科爾沁親王伯彥納謨祜卒。
1891	光緒十七年	十一月十五日，派崇禮、**洪鈞**在總理各國事務衙門行走。
1891	光緒十七年	十一月十五日，金丹教李國珍被擒斬。
1891	光緒十七年	十一月二十八日，以榮祿爲西安將軍。

大至數萬人。摧毀教堂的武裝，懲辦作惡的教士。在熱河起義影響下，錦州和直隸（今河北）部分地區的人民紛起驅逐外國傳教士。清政府調集直、熱、奉三省軍隊進行圍剿，起義軍英勇抵抗，堅持兩個多月，大小數十戰，最後失敗。李國珍、楊悅春被捕犧牲，郭萬淳戰死，起義群衆二萬多人慘遭屠殺。

哥老會　又稱「哥弟會」，天地會支派，清代民間祕密結社。首領稱大哥或大爺，互稱「袍哥」。成員主要是破產農民、手工業者、城市遊民、遣散軍人等。也有地主分子加入。初以「反清復明」爲宗旨，太平天國失敗後，會員相繼投入農民起義和反教會鬥爭。辛亥革命期間，部分成員接受同盟會領導，參加反清武裝起義。民國後，漸被反動勢力操縱利用，日趨沒落。

洪鈞（1839～1893）　清末外交官。字陶士，號文卿，江蘇吳縣（今蘇州）人。同治進士，任翰林院修撰。光緒年間，先後任山

1891	光緒十七年	是年，北洋官鐵路局設於山海關。
1891	光緒十七年	是年，曹善謙、鄭觀應在上海創辦倫章造紙廠。
1891	光緒十七年	是年，鄒代鈞所著《西征紀程》刊印。
1891	光緒十七年	是年，英國基督教倫敦會在上海創辦華英書院。
1891	光緒十七年	是年，華新紡織新局在上海正式開工。
1891	光緒十七年	是年，康有爲創辦**萬木草堂**。

東鄉試正考官、提督江西學政、翰林院侍讀學士。其後，出使俄、德、荷、奧諸國，官至兵部左侍郎。他力主鞏固邊防，預爲戒備。出使俄國期間，正値波斯拉施德丁《史集》俄譯本和霍渥爾斯《蒙古史》英文本出版，他請人譯出，著《元史譯文證補》，使中國人研究元史擴大了視野。

萬木草堂　康有爲宣傳變法維新思想的講學之所。光緒十七年（1891），創設於廣州長興里；次年，遷至衛邊街；十九年底，再遷至府學宮。初設時，未正式定名；遷至府學宮後，始定名爲「萬木草堂」。康有爲自任總教授、總監督，著《長興學記》，以爲學規。講學內容涉及中外歷史、孔學、佛學、周秦諸子之學、宋明理學，但以康著《新學僞經考》和《孔子改制考》爲主，鼓吹托古改制，按照改良主義的政治理想改造儒學，重新塑造孔子形象，把孔子打扮成托古改制的鼻祖，爲其變法活動作輿論準備。此外，還講授西洋哲學、群學

1891	光緒十七年	是年，商辦企業上海棉利公司成立。
1891	光緒十七年	是年，英商創辦上海洋灰公司。
1892	光緒十七年	十二月初三日，賞衛汝貴、**胡燏棻**等頭品頂戴。
1892	光緒十七年	十二月初五日，定亞東互市爲藏印邊界通商地。
1892	光緒十七年	十二月初九日，准將「新海防捐」再延期一年。
1892	光緒十七年	十二月十一日，賞直隸提督葉志超穿黃馬褂並雲騎尉世職。
1892	光緒十七年	十二月二十九日，頒賜西藏萬壽寺「祇樹長春」、大招寺「福資萬有」、吉緇寺「慈雲普佑」匾額。

（即社會學）、政治原理學，借以傳播西方社會、政治、文化知識，探討效法西方、強盛中國之法，鼓吹變法的必要性。學生開始不滿二十人，後增至百餘人，其中梁啓超、麥孟華、徐勤等人都在戊戌變法運動中起過重要作用。二十年，被清政府解散。二十二年後，又有講學活動。

胡燏棻（？～1906）　字芸楣、雲楣。安徽泗州（今泗縣）人，祖籍浙江蕭山。同治進士。曾授知縣，未就，納資爲道員，銓直隸，後補爲天津道。光緒十七年（1891），遷廣西按察使。二十年，中日甲午戰爭時，奉命籌糧餉；是年冬，又受命主練兵事。他以天津小站爲練兵場，聘德國

1892	光緒十八年	正月初三日，九世班禪**坐床**典禮於後藏扎什倫布寺舉行。
1892	光緒十八年	正月初八日，會典館開館，開始續修《大清會典》。
1892	光緒十八年	正月十二日，喀什噶爾設通商局。
1892	光緒十八年	正月十九日，龍文彬進呈《明會要》。
1892	光緒十八年	正月二十九日，以張聯桂爲廣西巡撫。
1892	光緒十八年	二月初五日，命桂祥、文秀管理神機營事務。
1892	光緒十八年	二月初九日，前戶部尙書、大學士閻敬銘卒。
1892	光緒十八年	二月，黑龍江省創設電線。

人漢納根爲教官，募兵十營，以西法操練，號爲「定武軍」。二十一年，上「變法自強」疏，提出籌餉、練兵、重工商、興學校等建議。九月，奉命督辦津蘆鐵路，旋授順天府尹。二十四年，「百日維新」期間，曾奏請精練陸軍，改用新法操練等，遷總理衙門大臣。二十六年後，歷任刑部、禮部、郵傳部侍郎。

坐床　西藏佛教新轉世活佛接替前世活佛法位時升座儀式。經此儀式後，靈童始正式成爲活佛。清例，達賴的轉世靈童舉行坐床，須由清朝指派大員（或駐藏大臣）主持儀式，新達賴要先至大昭寺朝佛，然後在布達拉宮日光殿內坐床。僧俗人民集合歌舞，

1892	光緒十八年	二月，**輔仁文社**在香港創立。
1892	光緒十八年	三月十八日，續修《**兩淮鹽法志**》。
1892	光緒十八年	三月二十一日，令李鴻章與俄使商議中俄邊界電報線。
1892	光緒十八年	四月十一日，調剛毅爲廣東巡撫，奎俊爲江蘇巡撫，阿克達春爲山西巡撫。
1892	光緒十八年	四月二十日，醇賢親王安葬於妙高峰陵園。
1892	光緒十八年	四月二十四日，陝甘總督請撥銀兩修肅州（酒泉）至烏魯木齊電線。

燃燒松柏樹枝以示慶賀。

輔仁文社　清末愛國團體。光緒十八年（1892）二月，在香港建立。楊衢雲爲社長。以「盡忠報國」爲宗旨。二十一年，加入興中會。

兩淮鹽法志　書名。清佶山等纂修。嘉慶十一年（1806）成書，五十六卷，卷首四卷。記敘兩淮鹽區生產、銷售、轉運、課則等規章，是研究兩淮鹽政的重要資料。

保和殿　宮殿名。清皇宮外朝三大殿之一。位於故宮中和殿後。明永樂十八年（1420）建，初名謹身殿，後改建極殿，清順治時始稱保和殿。乾隆時重修。每年除夕、元宵筵宴外藩蒙古、公主下嫁納采後賜宴，以及殿試（初在太和殿丹墀，乾隆後期移此）、朝考，均在此舉行。

太和殿　俗稱「金鑾殿」。宮殿名。清皇宮外朝三大殿之一。在北京紫禁城太和門內正中，坐北

1892	光緒十八年	四月二十六日，**保和殿**策試。
1892	光緒十八年	五月初一日，**太和殿**傳臚，授一甲劉福姚、吳士鑒、陳伯陶分別爲翰林院修撰、編修，賜進士及第。
1892	光緒十八年	五月，天津至熱河（承德）創辦電線。
1892	光緒十八年	五月初七日，以聶士成爲山西太原鎮總兵。
1892	光緒十八年	五月二十八日，以譚鍾麟爲閩浙總督。
1892	光緒十八年	五月，俄兵佔領中國設有**卡倫**之蘇滿塔什、讓庫爾、阿克塔什。

朝南。始建於明永樂十八年（1420），初名奉天殿，後改皇極殿；清順治二年（1645），改稱今名。康熙八年（1669）重建；三十四年，再建。是皇帝舉行大朝典禮之所，每年元旦、冬至、萬壽（皇帝誕辰）三大節及逢登極、親政、大朝會筵宴、命將出師、百官除授謝恩及金殿傳臚等，均在此舉行。

卡倫　滿語音譯，意爲哨卡，哨所。清於東北、蒙古、新疆北沿國境線內側設置，一般分爲三層：內稱「常設卡倫」，爲永久駐守者；外稱「移設卡倫」；再外稱「添設卡倫」。皆暖則外展，寒則內遷，進退盈縮，或千里，或數百里，均在常設卡倫之外、邊界線內。東北、蒙古、新疆的某些禁地或衝要處所，如盛京、吉林之柳條邊，熱河之木蘭圍場，外蒙古之呼圖斯採金處，新疆之和闐採玉處，以及哈密、吐魯番等衝要之處，亦設卡駐兵，守

1892	光緒十八年	六月十六日，以汪鳳藻爲出使日本國大臣。
1892	光緒十八年	六月十六日，命薛福成與英外部商議滇緬界務。
1892	光緒十八年	六月二十四日，永定河決口，順天、保定、天津等地受災。
1892	光緒十八年	六月二十六日，**《中俄電報接線條款》**議定。
1892	光緒十八年	閏六月十二日，以張煦爲山西巡撫，吳大澂爲湖南巡撫。
1892	光緒十八年	閏六月，黃河在山東利津、濟陽、惠民縣決口百餘丈。
1892	光緒十八年	七月二十八日，江蘇巡撫德馨鎮壓武功山哥老會於萍鄉。

衛稽察。

中俄電報接線條款　光緒十八年（1892）三月，俄使喀西尼（Arthur Pavlovitch Cassini, 1835-?）請接通中俄邊界電報線，清政府派李鴻章與該使商議。六月二十六日（1892.07.19），議定中俄《電報接線條款》，主要內容爲：中國琿春電局與俄國岩杵河電局接線；中國海蘭泡電局與俄國布拉戈維申斯克電局接線；中國恰克圖之買賣城（今屬蒙古國）電局與俄國恰克圖電局接線。此條款尋於本年七月初四日（1892.08.25），在天津簽押。

孫家鼐（1827～1909）　安徽壽州人，字燮臣，號蟄生，又號澹靜老人。咸豐狀元，授修撰。光

1892	光緒十八年	八月初四日，駐藏大臣升泰卒。
1892	光緒十八年	八月十七日，以**孫家鼐**爲工部尙書兼順天府尹，調張蔭桓爲戶部左侍郎，徐用儀爲吏部左侍郎。
1892	光緒十八年	八月二十九日，命張之萬管理吏部事務，授協辦大學士，福錕爲大學士。
1892	光緒十八年	九月十四日，華商「同順泰號」與朝鮮訂立合同，借給朝鮮銀十萬兩以歸還德商債務。
1892	光緒十八年	十月初二日，湖北機器織布局在武昌開機生產。
1892	光緒十八年	十月十五日，甘肅新疆巡撫陶模奏，新疆設立俄文學館，酌擬章程，請飭立案。

緒四年（1878），奉命在毓慶宮行走，與尙書翁同龢同爲光緒帝師傅。累遷內閣學士，擢工部侍郎。十六年，授都察院左都御史、工部尙書，兼順天府尹。二十二年，提出「中學爲主，西學爲輔」的主張。二十四年，以吏部尙書協辦大學士。命爲管學大臣，主辦京師大學堂，建議增設中小學堂、速成學校及醫學校。戊戌政變後，慈禧太后謀廢光緒帝，力持不可，以病乞免官。後起爲禮部尙書，拜體仁閣大學士，轉文淵閣大學士。三十三年，晉武英殿大學士。充學務大臣，裁廢規章，嚴定宗旨。資政院成立充任總裁。三十四年，賞太子太傅。

1892	光緒十八年	是年，英商美查兄弟公司創辦**上海搾油廠**。
1892	光緒十八年	是年，山西北部旱災嚴重。
1892	光緒十八年	是年，**陳虬**著成《治平通議》。
1893	光緒十八年	十一月十八日，《懲治會匪章程》頒行各省。
1893	光緒十八年	十二月初一日，《平定陝甘新疆回匪方略》編輯完工。
1893	光緒十八年	十二月初九日，重慶開辦火柴廠。
1893	光緒十八年	十二月二十二日，以楊儒爲出使美、日（西）、祕國大臣。
1893	光緒十九年	正月初一日，英國人在上海創刊《**新聞報**》

上海搾油廠　外商企業。清光緒十八年（1892），由英商美查兄弟公司創辦於上海。除經營棉子搾油外，兼製酒精。

陳虬（1851～1903）　清末早期改良派。字志三。原名國珍，晚號蟄廬。浙江樂清人。舉人出身。光緒十八年（1892），著《治平通議》八卷。認爲只有致富致強，才能立國禦侮，而「欲圖自強，自在變法」。提出設立議院、興地利、獎工商、興製造、開鐵路、變營制、籌海、籌邊、治河等主張。中日甲午戰爭後，以公車入京。二十四年，參加康有爲等發起的保國會。後在溫州設立學堂、開辦報館、藥房等。戊戌變法失敗後，被清政府通緝，潛藏溫州。另著有《報國錄》。

新聞報　美國公司在中國主辦的

		。
1893	光緒十九年	正月二十一日，俄人請以新疆色勒庫爾大分水嶺爲界。
1893	光緒十九年	正月二十九日，令撥銀十萬兩備賑山西，暫停徵收山西、直隸採運糧石稅釐。
1893	光緒十九年	二月十五日，光緒帝接見德駐華公使巴蘭德。
1893	光緒十九年	二月二十日，調「靖遠」、「來遠」兩艦赴仁川以防東學黨。
1893	光緒十九年	三月二十日，李鴻章致電袁世凱敦促朝鮮與日本解決「**防穀令**」一事。

中文報紙。該報是由英國商人丹福士（A. W. Danforth）於光緒十九年（1893），在上海創辦。二十五年，由於無力繼續經營，轉讓給美國人福開森（John Calvin Ferguson, 1866-1945）。編輯和經理工作都聘請中國人分擔，外國人在幕後指揮。報紙的文字和版面的安排儘量迎合中國讀者的閱讀習慣。初創時僅銷三百份。1919年（民國八年），達四萬五千多份。1929年，由福開森經手出售給華商股份有限公司。

防穀令　日本於光緒二年（1876），迫使朝鮮開關後，日商一面將棉布等物輸入朝鮮，同時以低廉價格從朝鮮大量輸出稻穀、大豆等物，導致該國糧價上漲，居民生活困難。朝鮮政府出於穩定

1893	光緒十九年	三月二十七日，令速派快船二隻到仁川以防**東學黨**。
1893	光緒十九年	四月十八日，張之洞、譚繼洵奏，鄂省引進桑苗，興辦蠶桑事業。
1893	光緒十九年	五月十四日，**理藩院**請賑濟伊克昭盟。
1893	光緒十九年	五月，日本參謀總部次長川上操六到津觀察防務並試射上海機器局新造快槍。
1893	光緒十九年	五月二十三日，《中美上海新定虹口租界章程》訂立。
1893	光緒十九年	六月初二日，以衛汝貴為甘肅寧夏鎮總兵。

國內局勢需要，擬在災款糧荒之年施行「防穀令」措施（即禁止穀物出口）。日人則惟恐此舉損害其利益，因於九年規定，朝鮮地方官發布防穀令應提前一個月通知當地日本領事。十五年，咸鏡道大豆歉收，該道監司發布防穀令；次年，黃海道監司亦行此令。日本政府聲稱，兩處地方官之提前預告期均不足一個月，致使日商蒙受損失，要求朝鮮政府予以賠償。據朝方估算，日商損失至多六萬日元，允賠此數。日方則索賠十四萬日元，雙方僵持不下。已而，日人又提出追加利息三萬，使其索賠數目達到十七萬日元，朝方更是不允，遂成為兩國交涉之一懸案。

東學黨　又稱東學道或東學教，由朝鮮慶尚道崔濟愚創立於中國同治年間。其宗教思想據稱係兼取儒、佛、道三教之長而為「東學」，宣傳「人人平等」、「廣濟衆生」，以對抗天主教為代表

1893	光緒十九年	六月二十三日，永定河漫口，北京地區水災嚴重。
1893	光緒十九年	八月初四日，准由駐外使臣或領事發給海外華民護照，以便隨時回國或出洋。
1893	光緒十九年	八月初五日，四川泰寧（今康定縣西北）地震，惠遠廟倒塌。
1893	光緒十九年	八月初七日，河道總督許振禕請根除黃河修治工程冒支經費問題。
1893	光緒十九年	八月二十三日，兵部左侍郎洪鈞卒。

之「西學」。該教雖被朝鮮政府視爲邪教施行鎮壓政策，教主崔濟愚遭處決，但仍以祕密宗教流行。農民、手工業者和市民紛紛加入，聲勢日盛。

理藩院　官署名。清代管理蒙古、新疆、西藏各少數民族地區事務的中央機關。清初設蒙古衙門，天聰十二年（1638），改爲理藩院，屬禮部。順治十八年（1661），改與六部同等，成爲特設在六部以外管理蒙古、新疆、西藏少數民族地區事務的部級機構。執掌部界、封爵、設官、戶口、耕牧、賦稅、兵刑、交通、會盟、朝貢、貿易、宗教等事。此外，並掌管一部分屬國及其他外國交往事務（禮部也掌管一部分）。置尚書一人，左右侍郎各一人，以上均爲滿員；額外侍郎一人。選蒙古貝勒、貝子之賢能者充任。下設有郎中宗室、員外郎宗室、堂主事、主事等。光緒三十二年（1906），改爲理藩部

1893	光緒十九年	九月初三日，中俄訂立《**交收巴爾魯克山文約**》。
1893	光緒十九年	九月初四日，授貝勒載漪爲御前大臣，松溎爲刑部尚書，懷塔布爲工部尚書。
1893	光緒十九年	九月初十日，上海機器織布局失火焚毀。
1893	光緒十九年	九月二十一日，命爲孫開華建祠，宣付國史館立傳，謚「壯武」。
1893	光緒十九年	十月初四日，派龔照瑗爲出使英、法、意、比國大臣。
1893	光緒十九年	十月二十六日，許景澄奏甘肅新疆省多有金礦。
1893	光緒十九年	十月二十八日，《**中英藏印條款**》訂立。

。辛亥革命後廢。

交收巴爾魯克山文約　光緒十九年（1893）二月，塔城參贊大臣富勒銘額奉命派伊塔道英林等與俄國駐伊犁領事開議巴爾魯克山收還事宜。九月初三日（1893.10.12），雙方訂立文約，規定自光緒十九年九月初三日起，俄國將此山區完全交還中國，凡山中尚未遷往俄境之哈薩克人，即作爲中國居民，歸中國管轄。

中英藏印條款　光緒十九年十月二十八日（1893.12.05），清參將何長榮和英印政府政務司保爾在大吉嶺簽訂《藏印條款》，即《會議藏印續約》。該約全文共十二款（正文九款又續款三），主要內容爲：亞東於光緒二十年三月二十六日（1894.05.01），

1893　光緒十九年　十月，令戶部每年添撥內務府經費銀五十萬兩。

1893　光緒十九年　十一月初一日，李鴻章設立天津西醫學堂（**北洋醫學堂**），以歐士敦爲總教習。

1893　光緒十九年　十一月初五日，戶部預撥東北邊防經費，共銀一百八十六萬兩。

1893　光緒十九年　十一月初十日，新疆庫車地震。

1893　光緒十九年　十一月十九日，毛澤東出生於湖南省湘潭縣韶山沖。

1893　光緒十九年　十一月二十日，漢陽鐵廠建成。

1893　光緒十九年　十一月二十日，湖北開辦「**自強學堂**」。

開關通商；軍火及痲醉藥等禁止入境與否，兩國各隨其便；除上述應禁貨物外，其餘各貨自開關之日起五年內概行免納進出口稅，印茶須俟五年後方可入藏銷售。從此，西藏門戶被英國侵略勢力打開。

北洋醫學堂　又名天津醫學堂，是最早的官辦西醫學校之一。光緒十九年（1893），李鴻章督飭海關道以本地官商捐款在天津城外建立，是官辦天津醫院的附屬西醫學堂。聘天津稅務署英國醫官歐士敦（Anderew Lrwin）監督一般醫學事宜，延請中外醫生任教習，按照西方醫學校的標準設置課程。一切經費由海防經費中開支。

自強學堂　清末洋務學堂之一。光緒十九年（1893）十一月，湖

1893	光緒十九年	是年，禮和永軋花廠在上海創辦。
1893	光緒十九年	是年，華商在廣州創辦義和火柴公司。
1893	光緒十九年	是年，美國煙草公司在上海建立。
1893	光緒十九年	是年，道員**鄭觀應**撰成《**盛世危言**》，主張興學校、使人盡其才。

廣總督張之洞爲培養通曉洋務的買辦、外語翻譯人員和教學人員設立於武昌。初設方言（外國語言文字）、格致、算學、商務四科。二十三年，算學科歸兩湖書院辦理，格致、商務兩科停辦，僅留方言一科，分英文、法文、俄文、德文四門，故又稱方言學堂。招收青年子弟入學攻讀，五年畢業。二十九年，改爲普通中學堂。

鄭觀應（1842～1922）　廣東香山（今中山）人，又名官應，字正翔，號陶齋。咸豐八年（1858），放棄科舉，到上海學商。第二次鴉片戰爭後，到海外經商。曾爲寶順洋行和太古洋行買辦，並投資輪船公司。捐資得道員銜。光緒六年（1880），受李鴻章委派爲上海機器織布局會辦，後幫辦輪船招商局，後任總辦及上海電報局總辦。十九年，刊行《盛世危言》一書，主張設立議會，實行君主立憲，收回利權，振興民族工商業，和外國進行商戰。對洋務派作了較全面的批判，爲早期改良思想中影響較大的著作。二十二年，任漢陽鐵廠總辦。二十六年，參加容閎、嚴復等人領導的上海自立會，爲首席幹事。三十二年，任粵漢鐵路總辦。三十四年，曾上書清政府，請求速行憲政，隨即參加上海預備立憲公會。辛亥革命後，居上海，爲商界著名人士。除《盛世危言》，還著有《盛世危言後編》

1893	光緒十九年	是年，**陳熾**著成《庸書》。
1894	光緒十九年	十二月初二日，許庚身卒，贈太子太保銜，諡「恭慎」。
1894	光緒十九年	十二月初二日，命徐用儀在軍機大臣上行走，廖壽豐為浙江巡撫。

、《羅浮待鶴山人詩草》等。

盛世危言　書名。清末鄭觀應著。同治元年（1862），以《救時揭要》之名發表。十年，經改編增寫，以《易言》之名發表。光緒十九年（1893），再經增補修改，以《盛世危言》之名刊行。全書共五卷，列有道器、學校、西學、考試、議院等正文五十七篇，附錄十九篇。宣傳變易原理；主張「主以中學，輔以西學」，在中國設立議院，實行君主立憲政體；提出振興民族工商業，同外國資本主義進行「商戰」，「以兵以衛商」的思想；主張改革科學制度，廣辦學校、報紙，普及教育；對洋務派的「自強新政」作了較全面的批判。為中日甲午戰爭以前著名的政治改良論著。其後，鄭曾多次改編重版，並於辛亥革命後，另編《盛世危言後編》。

陳熾（1855～1900）　江西瑞金人，字次亮，號瑤林館主。舉人出身。歷任戶部郎中、刑部章京、軍機處章京。遍歷沿海各地，曾到香港、澳門等地考察。鑽研西學，主張學習西法，以求自強。光緒十九年（1893），著《庸書》，主張設立議院，革新政治。要求關稅自主，反對外國人把持海關。譴責頑固派反對發展機器工業導致國家貧弱，批評洋務派「摧折華商」。闡釋以商業為中心，全面發展各部門經濟的理論，主張發展民族工商業，抵制

1894	光緒十九年	十二月初九日，調孫毓汶爲兵部尙書，薛允升爲刑部尙書。
1894	光緒十九年	十二月十七日，准駐美使臣楊儒與美國簽訂《華工保護條約》。
1894	光緒二十年	正月初一日，封瑾嬪、珍嬪爲瑾妃、**珍妃**。
1894	光緒二十年	正月初十日，漢陽鐵廠開爐冶煉。
1894	光緒二十年	正月二十四日，《**中英續議滇緬界、商務條款**》訂立。

外國資本主義的經濟侵略等。二十一年，與康有爲等發起組織強學會，任提調。參加變法維新運動，爲甲午戰爭前後著名的早期改良派代表人物之一。二十四年，戊戌變法失敗後，憂憤而死。另著有《續富國策》等。

珍妃（1876～1900）　清光緒帝妃，滿洲鑲紅旗人，他他拉氏。侍郎長敘之女。光緒十四年（1888），被選爲珍嬪，聰明有才學，得寵於光緒帝而進珍妃。二十四年，支持變法，助光緒帝理朝政，遭慈禧太后忌恨。戊戌政變猝發，密諫急派太監聶八十、寇連才出宮給維新派傳信，旋被圈禁。二十六年，八國聯軍陷北京，慈禧太后出逃時，命太監崔玉貴推入井中溺死。

中英續議滇緬界、商務條款　援《中英緬甸條款》有關規定，英國強迫清政府訂立的不平等條約。光緒二十年正月二十四日（1894.03.01），由清政府代表薛福成與英外務大臣簽訂於倫敦。凡二十條，另有《約後附載》。主要內容：（一）劃定尖高山以南中緬邊界；（二）清方「不再

1894	光緒二十年	二月二十二日，韓人金玉均在上海美租界被刺。
1894	光緒二十年	三月十八日，命於本月二十六日在保和殿考試翰詹。
1894	光緒二十年	四月初三日，李鴻章校閱北洋海軍。
1894	光緒二十年	四月二十五日，太和殿傳臚，授一甲**張謇**等爲翰林院修撰、編修，賜進士及第。
1894	光緒二十年	四月三十日，朝鮮請派兵助韓圍剿叛軍。

索問永昌、騰越界外之隙地」，英國讓出北尼丹、科幹、孟連、江洪等駐地，但不許中國將其割讓他國；（三）華貨除鹽之外陸路入緬，英貨及緬土產除米之外陸路運華，概不收稅，中緬貿易邊關暫定蠻允、盞西兩處，以後再行添設；（四）英國和清政府分別可在蠻允和仰光派駐領事。通過《中英緬甸條款》和本約，英國擴大了在中國西南地區的侵略特權。

張謇（1853～1926）　江蘇通州（今南通）人，字季直，號嗇庵。光緒狀元，授翰林院修撰。中日甲午戰爭後，憤政府喪權辱國，遂致力於實業、教育。光緒二十二年（1896），經張之洞奏派總辦通州商務局，創辦南通大生紗廠。二十五年，紗廠建成開工；次年，又籌建通海墾牧公司、上海大達外江輪步公司、資生鐵冶廠等企業。逐步形成擁有十九個企業的大生資本集團。又積極創辦文教事業，先後建立通州師範、女子師範及各類職業、專科學校、中小學、博物苑、圖書館等。曾著《變法平議》，並代張

1894	光緒二十年	五月初一日，派葉志超、聶士成率軍前往朝鮮牙山。
1894	光緒二十年	五月初七日，日軍強行進入漢城。
1894	光緒二十年	五月初七日，《平定陝甘新疆回匪方略》、《平定雲南回匪方略》、《平定貴州苗匪方略》完成。
1894	光緒二十年	五月十八日，汪鳳藻照會日本外務省，駁其所謂「共改韓政」之說。
1894	光緒二十年	五月十九日，日本御前會議決定，單獨進行

之洞等草擬《請立憲》奏稿。三十二年，在滬成立預備立憲公會，成爲國內立憲運動的首領。宣統元年（1909），當選江蘇咨議局議長，發起入京請願，要求開國會、行憲政。武昌起義後贊同共和。1912年（民國元年），任南京臨時政府實業總長；1913年，曾任北洋政府農林、工商總長，兼全國水利局總裁。兩年後，以不贊成帝制辭職南歸。晚年繼續經營實業。有《張季子九錄》、《嗇翁自訂年譜》、《張謇日記》等。

孫中山（1866～1925） 廣東香山縣（今中山市）翠亨村人，名文，字逸仙。青少年時期，先後在檀香山、廣州、香港受教育。光緒二十年（1894），上書李鴻章，提出改革的主張。因遭拒絕，遂赴檀香山，建立中國最早的革命團體興中會。二十一年，設興中會總會於香港，策劃在廣州起義，未發事洩，流亡國外。二十六年，組織發動惠州起義。三十一年七月，中國同盟會成立，

		「朝鮮內政改革」並派出第二批赴韓陸軍。
1894	光緒二十年	五月，**孫中山**上書李鴻章，提出培養人才、發展實業等變法自強主張。
1894	光緒二十年	六月十八日，日本照會韓廷，要求華軍退出朝鮮並廢止中韓《貿易章程》。
1894	光緒二十年	六月十九日，薛福成卒。
1894	光緒二十年	六月二十一日，日軍攻入朝鮮王宮，解除韓軍武裝，立大院君主政。

孫中山被推爲總理，提出「驅除韃虜，恢復中華，建立民國，平均地權」的革命綱領，創立三民主義學說。宣統三年（1911），武昌起義後，回國領導辛亥革命。1912年1月1日，在南京就任臨時大總統，建立中華民國。2月13日，被迫辭職，讓位於袁世凱。3月，主持制訂通過了《中華民國臨時約法》。8月，同盟會改組爲國民黨，被選爲理事長。1913年，發動「二次革命」。1914年6月，在日本東京建立中華革命黨。1915年，爲反對帝制復辟，參加護國運動。1917年，在廣州領導了「護法運動」。失敗後至上海，創辦《建設雜誌》，發表《實業計劃》，並改中華革命黨爲中國國民黨。1924年1月，召開中國國民黨第一次全國代表大會，改組國民黨，重新解釋三民主義，採取「聯俄、聯共、扶助農工」三大政策，實行國共合作，還創辦了黃埔軍校。同年11月，應邀北上討論國是。1925年3月12日，在北京病逝。

1894	光緒二十年	六月二十三日，日艦在豐島海面攻擊我濟遠等艦，擊沉高陸號運兵船，**中日甲午戰爭**爆發。
1894	光緒二十年	六月二十三日，朝鮮大院君在日軍脅迫下，宣布廢止中韓《貿易章程》。
1894	光緒二十年	六月二十七日，聶士成一軍與來犯日軍戰於成歡驛。
1894	光緒二十年	六月二十八日，命駐日使臣汪鳳藻即行撤回國內。

遺著編爲《中山全書》或《總理全集》多種。

中日甲午戰爭　清末日本侵略中國的戰爭，因爆發於舊曆甲午年，故稱「甲午戰爭」。日本明治維新後，國力日昌，逐漸向外侵略擴張，制訂了以侵佔中國爲基本目標的「大陸政策」。光緒二十年（1894），朝鮮政府請求清政府協助鎮壓東學黨起義，日方一面慫恿清政府出兵，一面搶派重兵進駐朝鮮。六月二十三日（1894.07.25），日本艦隊在牙山口外豐島海面襲擊中國運兵船艦，同日，日本陸軍進攻牙山清軍；二十七日（1894.07.29），清軍退守平壤。七月初一日（1894.08.01），中日雙方正式宣戰。八月中旬，日本陸軍萬餘進攻平壤，清軍敗退回本境。十八日（1894.08.18），日本海軍在黃海大東溝海面攔擊北洋艦隊，雙方激戰數時皆有較大損傷，日軍取得制海權。隨後，日軍侵犯中國境內，九月下旬，接連佔領九連城、安東（今丹東）、鳳凰城；十月，相繼侵佔金州、大連、旅順。次年正月，攻佔威海衛

1894	光緒二十年	七月初一日，清政府對日宣戰。
1894	光緒二十年	七月初七日，**左寶貴**率兵抵平壤。
1894	光緒二十年	七月十二日，調神機營駐紮通州，以衛京畿。
1894	光緒二十年	七月十六日，調李秉衡爲山東巡撫。
1894	光緒二十年	七月二十六日，命葉志超爲平壤各軍總統。
1894	光緒二十年	七月二十六日，命**丁汝昌**即行革職。

，北洋艦隊全軍覆沒。二月，遼東日軍奪取牛莊、營口、田莊臺等要地。清政府不顧愛國軍民奮勇抗敵的要求，一意乞和，三月二十三日（1895.04.17）與日本簽訂了喪權辱國的《中日馬關條約》，中國更進一步地陷入了半殖民地半封建社會的深淵。

左寶貴（1837～1894）　山東費縣人，字冠廷。回族。行伍出身。咸豐十一年（1861），在上海鎮壓太平軍。後隨僧格林沁鎮壓捻軍，升副將。光緒十五年（1889），授廣東高州鎮總兵，長駐奉天（今瀋陽），鎮壓了朝陽反洋教起義。二十年，甲午戰爭時，率軍赴朝鮮平壤，堅守玄武門。清軍主帥葉志超欲逃，他派兵看守，督軍奮勇血戰，後中炮陣亡。

丁汝昌（1836～1895）　安徽廬江人，字禹廷、雨亭，號次章。早年參加太平軍，後爲清軍收編。隨淮軍將領劉銘傳鎮壓太平天國和捻軍起義，官至記名提督。光緒三年（1877），調北洋水師任職。次年，赴法、德等國參觀遊歷。十四年，北洋艦隊成軍，

1894	光緒二十年	八月初一日，李鴻章奏請勿輕易換丁汝昌。
1894	光緒二十年	八月初四日，劉錦棠卒，宣付國史館立傳，建立專祠，謚「襄勤」。
1894	光緒二十年	八月十三日，**馬玉崑**退敵於平壤。
1894	光緒二十年	八月十六日，日軍大舉進攻平壤，左寶貴殉國。
1894	光緒二十年	八月十八日，**黃海海戰**。

任北洋海軍提督。中日甲午戰爭爆發後，率北洋艦隊護送運兵船增援平壤，在黃海與日本艦隊激戰，受重傷後仍坐甲板督戰。黃海戰役受挫後，率領北洋艦隊困守威海衛。二十年初，日軍圍攻威海衛軍港時，佔據劉公島，多次組織反擊，擊沉敵艦艇數艘。但孤軍無援，後拒絕投降，服毒自盡。

馬玉崑（1838～1908）　安徽蒙城人，字景山，別號珊園、三元。同治元年（1862），以武童生在籍辦團練。四年，從宋慶鎮壓捻軍，賜號振勇巴圖魯。光緒二年（1876），配合左宗棠抗擊阿古柏和沙俄的侵略。駐西北十餘年，令部下墾圍。新疆平定後，調直隸。二十年，補山西太原鎮總兵。同年，日本侵略朝鮮，統毅軍赴朝，參加平壤戰役。後又在營口、田莊臺等處力抗日軍。二十五年，擢浙江提督。次年，還直隸，統武衛左軍禦敵，在天津配合義和團抗擊八國聯軍。慈禧太后和光緒帝出京西逃，奉命隨護。二十七年，還京，加太子太保。二十八年，赴熱河朝陽鎮壓起義。後病卒。

黃海海戰　亦稱「大東溝之役」

1894	光緒二十年	八月二十二日，命四川提督宋慶幫辦北洋軍務。
1894	光緒二十年	九月十五日，免葉志超、衛汝貴**統領**職務。
1894	光緒二十年	九月十五日，調邵友濂署湖南巡撫，唐景崧署理福建臺灣巡撫。
1894	光緒二十年	九月二十六日，日軍在花園口登陸，侵入遼東半島。

。中日甲午戰爭中一次重大戰役。光緒二十年八月十七日（1894.09.16），清北洋海軍提督丁汝昌率定遠號等十二艘艦艇、四艘魚雷艇護送招商局輪船運兵增援平壤守軍，在鴨綠江大東溝登陸。次日上午，北洋艦隊準備返航時，突遭日本海軍松島號等十二艘艦隻襲擊，丁汝昌立即下令迎戰。濟遠、廣甲兩艦相繼臨陣脫逃，其餘各艦奮勇還擊。丁汝昌負傷後，堅持指揮旗艦定遠號炮擊敵艦。致遠號和經遠號受重創後，在管帶鄧世昌和林永升指揮下，奮力衝向敵艦，中魚雷相繼沉沒。是役，致遠、經遠、超勇被擊沉，揚威、廣甲自毀，另有六艘艦艇受創，死傷管帶以下官兵千餘人，日本聯合艦隊旗艦松島及赤城、吉野、比叡、西京丸受重創，死傷艦長以下官兵六百餘人。經過此役，日本取得制海權。

統領　清制官名，八旗兵的前鋒營、護軍營分設前鋒統領、護軍統領。又步兵營設提督九門步軍巡捕五營統領。咸豐以後，各省招募勇營成軍，其統軍之官亦稱統領。清末新軍制稱一協（旅）的長官爲統領，也叫協統。各省

1894	光緒二十年	九月二十七日，鴨綠江大戰。
1894	光緒二十年	十月初五日，命恭親王奕訢督辦軍務，設立「督辦軍務處」。
1894	光緒二十年	十月初五日，成立「京師巡防處」，以恭親王等辦理「巡防」事宜。
1894	光緒二十年	十月初五日，清政府命胡燏棻駐津辦理糧臺

巡防隊分路的統兵官也稱統領。

新軍 清末仿歐美軍制編練的新式陸軍。光緒二十年（1894），清政府命廣西按察使胡燏棻在天津小站籌練。次年二月，募集四千七百餘人，編爲十營，聘德國教官訓練，名「定武軍」。十二月，改派袁世凱接辦，擴編爲七千餘人，改稱「新建陸軍」，設督練處，仍聘德人訓練。署兩江總督張之洞亦在江南聘德人編練「自強軍」。二十四年，袁部新建陸軍改爲武衛右軍；次年底，調赴山東鎭壓義和團，乘機擴充至一萬七千餘人。二十七年冬，調防直隸（今河北），衛戍畿輔。後以袁世凱繼任直隸總督兼北洋大臣、練兵大臣，遂擴充爲北洋常備軍。二十八年，設立軍政司，管理督練新軍事務。各省亦在「新政」名義下編練新軍，或就防軍改編，或用新法招練。二十九年，爲劃一軍制，在京師設練兵處，以奕劻爲總理，袁世凱爲會辦。各省設督練公所，由督、撫、將軍、都統兼任督辦。三十年，由練兵處制訂陸軍軍制，確定以鎭（師）爲經常編制，擁有步、騎、炮、工程輜重等兵種，建制爲鎭、協（旅）、標（團）、營、隊（連）、排、棚（班），每棚兵目十四人，合計每鎭官兵共一萬二千五百十二人。各級軍官大多由軍事學堂畢業生充

		，並會同漢納根籌辦「西法練兵」（**新軍**始建）。
1894	光緒二十年	十月初六日，補授翁同龢、李鴻藻、**剛毅**爲軍機大臣。
1894	光緒二十年	十月初九日，金州失守。
1894	光緒二十年	十月初十日，大連灣失守。

任。新兵選拔徵募，對年齡、體格及文化程度均有嚴格要求。三十一年，計劃在全國編練新軍三十六鎮，按省分配，限年編練。至武昌起義前夕，全國已編練新軍十三鎮（一說十四鎮）、十八個混成協、四個標和一個禁衛軍；以北洋新軍爲中央軍（亦稱國軍），各省新軍爲地方軍。受全國革命形勢的影響，部分新軍官兵傾向革命，成爲武昌起義和各省光復的主要力量。

剛毅（1837～1900）　清滿洲鑲藍旗人，字子良。以筆帖式累遷刑部郎中。光緒三年（1877），以平反葛畢氏案（即楊乃武與小白菜冤案），受嘉獎。六年，出爲廣東惠潮嘉道。次年，遷江西按察使，調直隸。遷廣東布政使，調雲南。十一年，擢山西巡撫。後調江蘇、廣東巡撫。二十年，中日戰爭爆發，附和主戰，補禮部侍郎，入値軍機處。二十二年，遷工部尚書。二十四年，改兵部尚書，授協辦大學士。以附和慈禧太后發動政變獲寵信。二十五年，奉命南下江蘇、江西、廣東等省查辦稅收、清理財政，得渾名爲「搜刮大王」。同年底，支持榮祿、徐桐等立溥儁爲「大阿哥」。二十六年，力主借助義和團對付洋人，主張圍攻各國使館。八國聯軍陷北京，扈從慈禧太后西逃，病死於山西侯馬鎮

1894	光緒二十年	十月初十日，慈禧太后六旬生辰。
1894	光緒二十年	十月十三日，命丁汝昌將定遠、來遠兩艦帶出旅順。
1894	光緒二十年	十月十五日，派湖北布政使**王之春**爲專使，赴俄國賀尼古拉二世（Nicholas Ⅱ, 1868-1918）嗣位。
1894	光緒二十年	十月二十二日，調譚鍾麟爲四川總督，邊寶泉爲閩浙總督。
1894	光緒二十年	十月二十三日，令葉志超革職。
1894	光緒二十年	十月二十四日，旅順失陷，日軍大屠殺。
1894	光緒二十年	十月二十五日，以聶士成爲直隸提督，馬玉崑爲太原鎮總兵。
1894	光緒二十年	十月二十八日，依克唐阿率部血戰草河嶺。

。

王之春（1842～？）　湖南清泉（今衡陽）人，字爵棠。曾任浙江、廣東按察使，光緒十六年（1890），遷湖北布政使。次年，刊行《國朝柔遠記》，綜述順治元年至同治十三年（1644～1874）的中外關係。二十四年，在四川布政使任內鎮壓余棟臣起義。次年，升山西巡撫，旋調安徽巡撫。二十八年，任廣西巡撫，主張以礦權換取法軍協同鎮壓廣西會黨反清活動，激起拒法運動。次年，被革職。

興中會　中國最早的革命團體。光緒二十年（1894）十月，孫中

1894	光緒二十年	十月二十九日，聶士成率部一舉收復連山關要隘。
1894	光緒二十年	十月二十九日，降瑾妃、珍妃爲貴人。
1894	光緒二十年	十月，孫中山在檀香山創立**興中會**。
1894	光緒二十年	十一月初八日，令撤滿漢書房。
1894	光緒二十年	十一月初八日，奕訢補授軍機大臣。
1894	光緒二十年	十一月初十日，聶士成率軍奪回分水嶺，同日復州失守。
1894	光緒二十年	十一月十四日，鳳凰城戰役。
1894	光緒二十年	十一月十七日，海城失陷。
1894	光緒二十年	十一月十九日，依克唐阿部反攻鳳凰城失利，侍衛永山陣亡。

山在檀香山建立。通過《興中會章程》，提出「驅除韃虜，恢復中華，創立合眾政府」的政治綱領。舉劉祥、何寬爲正副主席，有會員一百二十三十人，多係華僑，還有部分工人、知識分子和會黨人物。次年，在香港成立興中會總會，舉楊衢雲爲會長，後辭職，以孫中山自代。光緒二十五年底，創辦《中國日報》。先後策動和領導了乙未廣州起義和庚子惠州之役。在橫濱、河內、舊金山、南非洲等地先後設立分會，在華僑中發展組織。二十九年，創設東京軍事學校，提出「驅除韃虜，恢復中華，創立民國，

1894	光緒二十年	十一月二十三日，宋慶率軍血戰缸瓦寨。
1894	光緒二十年	十一月二十五日，以劉步蟾暫署海軍提督。
1894	光緒二十年	十一月二十六日，以**松蕃**署理雲貴總督兼署雲南巡撫。
1894	光緒二十年	十二月初二日，命劉坤一爲欽差大臣，節制關內外防剿各軍。
1894	光緒二十年	十二月初四日，調依克唐阿軍移往遼陽一帶。
1894	光緒二十年	十二月初四日，道員劉含芳奏，旅順被殺民衆達二千六七百人。
1894	光緒二十年	是年，三姓金礦建立。
1894	光緒二十年	是年，朱鴻度於上海創辦裕源紗廠。
1894	光緒二十年	是年，**祝大椿**在上海創辦源昌繅絲廠。

平均地權」的完整綱領。三十一年，聯合華興會、光復會部分成員成立中國同盟會。

松蕃（？～1905） 清滿洲鑲藍旗人，瓜爾佳氏，字錫侯。咸豐舉人，入資爲吏部郎中。光緒十一年（1885），授湖南按察使，遷四川布政使。十七年，任貴州巡撫，後調雲南巡撫。二十一年，任雲貴總督。二十六年，調陝甘總督，於西安城南建立大學堂，分兩齋，東齋考文，西齋講武。修寧夏七星渠等水利工程，又設農務局，招墾荒地，先後報墾數千畝。三十一年，調閩浙總督，病卒未上任。

1894	光緒二十年	是年，陝西巡撫鹿傳霖創設陝西機器局。
1895	光緒二十年	十二月十二日，董福祥率陝甘防軍八營抵京。
1895	光緒二十年	十二月十五日，蓋平失守。
1895	光緒二十年	十二月二十一日，命宋慶、吳大澂幫辦關內外軍務。
1895	光緒二十年	十二月二十二日，反攻海城失利。
1895	光緒二十年	十二月二十五日，榮成失守。
1895	光緒二十年	十二月二十八日，派王文韶爲北洋幫辦事務大臣。
1895	光緒二十年	十二月二十八日，聶士成擊退金家河日軍。
1895	光緒二十一年	正月初五日，**威海衛之戰**。

祝大椿（1856～1926）　江蘇無錫人，字蘭舫。同治十一年（1872），赴滬，在鐵行學徒。曾充怡和洋行和上海電車公司買辦。光緒十一年（1885）前後，創辦源昌號，經營煤鐵五金商業。後又經營新加坡、上海、日本之間的海運業，並在滬經營房地產。自光緒十四年至民國初年，陸續創辦源昌機器碾米廠、繅絲廠，合資開設華興麵粉公司、公益機器紡織公司、怡和源打包公司等。三十四年，因興辦實業由清政府賞給二品頂帶。曾任上海商務總會董事、錫金商務分會總理；晚年，任上海總商會董事。

1895	光緒二十一年	正月初九日，丁汝昌在劉公島擊退日本艦隊。
1895	光緒二十一年	正月十一日，定遠艦沉毀。
1895	光緒二十一年	正月十二日，擬向匯豐銀行借庫平銀一千萬兩，又英金三百萬鎊。
1895	光緒二十一年	正月十二日，來遠艦被擊沉。
1895	光緒二十一年	正月十五日，靖遠艦毀。
1895	光緒二十一年	正月十六日，劉步蟾自盡。
1895	光緒二十一年	正月十八日，丁汝昌自盡。
1895	光緒二十一年	正月十九日，派李鴻章爲全權大臣，與日本商議條約。

威海衛之戰　光緒二十一年（1895），日本出動艦艇二十五艘，軍隊兩萬餘人在山東半島榮成灣登陸，兵分兩路進犯威海衛，又以軍艦封鎖港口。正月初五日（1895.01.30），日軍向南幫炮臺發起進攻，守軍拼死抵抗，守將劉超佩退逃，炮臺失守。正月初八日（1895.02.02），北幫炮臺不戰自潰，威海衛失守。日軍以所佔炮臺配合艦炮終日轟擊港內中國軍艦。丁汝昌組織頑強抵抗，擊傷日艦多艘，但定遠、來遠、威遠、靖遠等艦先後被敵擊沉。北洋艦隊中的外國教員煽動士兵投降，水兵逼丁汝昌降敵，丁守死不允。十七日（1895.02.11），服毒自殺。十八

1895	光緒二十一年	正月二十日，「威海衛降約」議定。
1895	光緒二十一年	正月二十日，北洋海軍左翼總兵、鎮遠艦管帶楊用霖自盡。
1895	光緒二十一年	正月二十三日，日軍艦隊進入威海港。
1895	光緒二十一年	正月二十七日，宋慶軍克復大平山。
1895	光緒二十一年	正月三十日，大平山血戰。
1895	光緒二十一年	正月，（香港）興中會建立。
1895	光緒二十一年	二月初二日，張錫鑾收復寬甸城。
1895	光緒二十一年	二月初八日，**牛莊血戰**。
1895	光緒二十一年	二月初十日，營口失陷。
1895	光緒二十一年	二月十二日，**田莊臺之戰**。

日（1895.02.12），諱變士兵以丁汝昌的名義投降，所餘艦艇十一艘及其他軍械全部被擄，北洋海軍全軍覆滅。

牛莊血戰　中日甲午戰爭中的重要戰役。光緒二十一年（1895）二月，日軍由海城進犯牛莊。駐守海城北面的黑龍江將軍依克唐阿部潰退遼陽。二月初七日（1895.03.03）夜，日軍偷襲牛莊，清將魏光燾所部武威軍六營聞訊，由海城西四臺子回防；李光久部老湘軍由海城西三臺子返牛莊參戰。初八日（1895.03.04），日軍入城。清兵與敵巷戰，逐屋爭奪，因寡衆懸殊，兵敗城陷，傷亡兩千多人。不久營口、田莊臺相繼失守。

1895	光緒二十一年	二月十六日，准裁撤海軍衙門。
1895	光緒二十一年	二月二十日，日軍大本營決定成立「征清大總督府」。
1895	光緒二十一年	二月二十一日，免吳大澂幫辦軍務職。
1895	光緒二十一年	二月二十七日，澎湖列島失陷。
1895	光緒二十一年	二月二十八日，**李鴻章日本遇刺**。
1895	光緒二十一年	三月初五日，《**中日停戰協定**》簽署。
1895	光緒二十一年	三月十二日，派李經方爲全權大臣赴日。

田莊臺之戰　中日甲午戰爭中的重要戰役。光緒二十一年（1895）二月初，日軍先後攻陷牛莊、營口後，以三個師團近兩萬人的兵力進犯田莊臺。駐守田莊臺清軍六十九營，約兩萬人。二月十三日（1895.03.09），日軍分三路向田莊臺發起猛攻，以猛烈炮火揭開戰幕，清軍亦用大炮還擊，戰鬥十分激烈。日軍步兵在炮火的掩護下突入城區，數千清兵與敵短兵相接，最後因傷而退。是役日軍死傷一百六十餘人，清軍損失二千多人。至此，遼南戰場全部結束，清軍大敗。

李鴻章日本遇刺　光緒二十一年二月二十八日（1895.03.24），李鴻章於會談後返回寓所途中遇刺受傷。當李鴻章於春帆樓會議後乘轎行至距寓所引接寺不遠處時，突於夾道圍觀人群中跳出一暴徒，以手槍向轎內射擊，子彈擊中李鴻章左頰骨，血流不止。暴徒名叫小山豐太郎，日本群馬縣人。其行刺之動機在阻止中日議和，以使日軍侵佔更多的領土

1895	光緒二十一年	三月十四日，旨令遼東、臺灣不可失。
1895	光緒二十一年	三月二十一日，李鴻章與伊藤博文第五次會談，被迫同意日方條款。
1895	光緒二十一年	三月二十二日，以鹿傳霖爲四川總督。
1895	光緒二十一年	三月二十三日，中日《**馬關條約**》簽字。
1895	光緒二十一年	三月二十三日，中日《停戰展期另款》訂立。
1895	光緒二十一年	三月二十八日，「**公車上書**」。

和攫取更多的利益。

中日停戰協定　李鴻章於病榻上同伊藤博文簽訂。主要內容有：自是日（1895.03.30）起至本月二十六日（1895.04.20）中午止，在中國奉天、直隸、山東之雙方水陸各軍均暫時停戰，各自駐紮現在所屯之處，不得前進，亦不添派援軍；二十一天期限屆滿時彼此無須知會。簽訂此協定的目的是爲和談創造條件。

馬關條約　日本強迫清政府訂立的結束中日甲午戰爭的不平等條約。光緒二十一年三月二十三日（1895.04.17），由清政府欽差頭等大臣李鴻章與日本總理大臣伊藤博文簽訂於日本馬關。主要內容有：中國承認朝鮮「完全無缺之獨立自主」，即承認日本對朝鮮的控制；割讓遼東半島、臺灣全島及附屬島嶼和澎湖列島；賠款銀二萬萬兩；增開沙市、重慶、蘇州、杭州爲商埠；日船可沿內河駛入開放口岸，並可以在通商口岸設立領事；允許日本臣民在中國商埠投資設廠，所製物

1895	光緒二十一年	三月二十九日，俄、德、法照會日本外務省，要求不得割取遼東半島。
1895	光緒二十一年	四月初五日，命李鴻章告知伊藤博文臺民誓死不從割讓臺灣。
1895	光緒二十一年	四月十一日，日本照會俄、德、法，謂「放棄對遼東半島之永久佔領」。
1895	光緒二十一年	四月二十一日，臺灣民衆致電張之洞誓拒割讓，死守臺灣島。
1895	光緒二十一年	四月二十四日，派李經方前往臺灣，與日本派出大臣商辦事件。
1895	光緒二十一年	四月二十五日，太和殿傳臚。
1895	光緒二十一年	四月二十六日，令**唐景崧**解職來京，並令臺省大小文武官員內渡。

品免納各項雜捐。該條約適應了列強對華資本輸出的需要，大大加深了中國半殖民地化的程度。

公車上書　漢朝用公家車送應舉之人入京，後來人們即用以「公車」爲進京應試舉人代稱。光緒二十一年（1895）三月中旬，《馬關條約》簽訂以後，全國人民痛心疾首。四月初八日（1895.05.02），康有爲在北京發動十八省應試舉人一千三百多人，聯名上書光緒帝，痛陳割地、賠款的嚴重後果，請求光緒帝以開創之勢，推行富國、養民、教民之法，建議實行君民共主。上書被都察院拒絕，但衝破了清廷不准「士人干政」的禁令，使維新思潮發展成愛國救亡的政治運

1895	光緒二十一年	五月初二日，臺灣紳民宣布成立「民主國」。
1895	光緒二十一年	五月初四日，以吏部尚書徐桐兼署兵部尚書。
1895	光緒二十一年	五月初六日，日軍在臺灣澳底登陸。
1895	光緒二十一年	五月初十日，《交接臺灣文據》簽署。
1895	光緒二十一年	五月十一日，日軍進攻基隆。
1895	光緒二十一年	五月十五日，臺北陷落。
1895	光緒二十一年	五月十七日，滬尾陷落。
1895	光緒二十一年	五月十九日，義軍**徐驤**、**吳湯興**等軍與道員林朝棟等部清軍於新竹頑強抵抗日軍。

動。

唐景崧（1841～1902）　廣西灌陽人，字維卿。同治六年（1867），任吏部主事。光緒八年（1882），自請赴越南，招劉永福部抗法；十年，奉張之洞之命募勇四營，稱景字軍，參與抗法。次年，任福建臺灣道。十七年，任臺灣布政使。二十年，署臺灣巡撫。次年，《馬關條約》簽訂後，反對割讓臺灣。被民紳推舉爲「臺灣民主國總統」。五月，日軍攻陷基隆時，卻棄臺內渡廈門。後在廣西致力戲劇和教育事業。二十八年冬，病逝於桂林。

徐驤（1858～1895）　臺灣苗栗人，字雲賢、庠生。秀才出身。光緒二十一年（1895），憤日本

1895	光緒二十一年	五月二十五日，日本在臺北成立「臺灣總督府」，宣布殖民統治政權建立。
1895	光緒二十一年	五月二十八日，中法訂立《續議中越界務、商務專條附章》。
1895	光緒二十一年	五月三十日，新竹失陷。
1895	光緒二十一年	閏五月初九日，准裁撤東三省練軍。
1895	光緒二十一年	閏五月十三日，南疆色勒庫爾（今塔什庫爾干縣）地震。
1895	光緒二十一年	閏五月十四日，《**中俄四釐息借款合同**》及《借款聲明文件》訂立。

割佔臺灣，投筆從戎，組織義軍抗日。五月，在新竹抗擊來犯日軍，堅持兩月之久。七月，與日軍激戰於臺中大甲溪、彰化之地。九月，退守嘉義。旋在臺南曾文溪狙擊日軍戰鬥中不幸中炮犧牲。

吳湯興（1860～1895）　臺灣苗栗人，字紹文。光緒二十一年（1895），聞李鴻章割讓臺灣，與鄉人盟誓抗日。奉臺灣巡撫唐景崧命，統領各路義軍。五月，在新竹保衛戰中與徐驤等義軍奮勇抗敵，挫敗日軍。六月，率義軍反攻新竹，與敵角逐城外十八尖山。七月中旬，在苗栗抵禦來犯日軍，七月下旬，扼守彰化城外八卦山，與敵鏖戰，不幸中彈身亡。

中俄四釐息借款合同　亦稱「俄法洋款」。光緒二十一年六月初二日（1895.07.06），由清政府駐俄公使許景澄與沙俄代表簽於聖彼得堡。凡十九條，另附《四

1895	光緒二十一年	閏五月十五日，日本駐華公使林董覲見光緒帝於文華殿。
1895	光緒二十一年	閏五月十八日，命裕庚爲出使日本國大臣。
1895	光緒二十一年	六月十一日，**古田教案**發生。
1895	光緒二十一年	六月十六日，命錢應溥在軍機大臣上行走，翁同龢、李鴻藻在總理衙門行走。
1895	光緒二十一年	六月十六日，授麟書爲大學士，以崑岡爲協辦大學士。
1895	光緒二十一年	六月十八日，張之洞請與俄訂立密約，以結強援。

釐借款聲明文件》。主要內容：（一）清政府訂借款額四億法郎，以九十四又八分之一折扣交付，年息四釐，以關稅作爲押保；（二）借款分三十六年還清，若不能按期還本付息，除關稅押保外，需再以別項進款加保；（三）1896年1月（光緒二十一年十二月）前清政府不得另向他國借款；（四）若清政府給予他國「辦理照看」稅收的權力，亦准俄均沾。

古田教案　光緒二十一年（1895），福建古田齋教首領劉祥興聚衆抗稅，預謀起義。英美傳教士偵察到情況，通過駐福州領事密報官府派兵鎮壓。六月二十八日（1895.08.01），劉祥興率衆三百人在古田舉事，焚燒英美教堂及教士寓所，殺死教士十一人，傷五人。事發後，各國政府聯合要挾清政府，閩浙總督以處死劉祥興等二十六人，逮捕二百多人，地方官革職結案。

1895	光緒二十一年	六月十九日，命各省保護教堂。
1895	光緒二十一年	六月十九日，苗栗失陷，**吳彭年**卒，楊載雲犧牲。
1895	光緒二十一年	六月二十一日，命將各省機器、製造等局招商承辦。
1895	光緒二十一年	六月二十一日，以榮祿爲兵部尚書。
1895	光緒二十一年	六月二十七日，康有爲、**梁啓超**在京創辦《

吳彭年（？～1895）　浙江餘姚人。光緒二十一年（1895），以縣丞居臺灣，入劉永福幕。是年，日軍陷臺北後，慨然自請率黑旗軍援苗栗。七月下旬，日軍進犯大甲溪，聯合徐驤義軍設伏，重創敵軍。旋在彰化保衛戰中，扼守城東北八卦山，晝夜激戰，爲國捐軀。

梁啓超（1873～1929）　廣東新會人，字卓如，號任公，又號飲冰室主人。舉人出身。從學於康有爲，曾助其師編撰變法理論著作，並一起從事維新變法的宣傳，時稱「康梁」。光緒二十一年（1895），與康有爲發動「公車上書」。次年，在上海主編《時務報》，連續發表《變法通議》等一系列宣傳維新變法的論文。二十三年，受聘爲長沙時務學堂總教習。二十四年，「百日維新」開始後，奉命以六品銜辦京師大學堂、譯書局事務。戊戌政變後逃亡日本，仍堅持改良道路，陸續創辦《清議報》、《新民叢報》，鼓吹立憲保皇，反對革命，受到革命派的批判。但他介紹西方社會政治學說對當時知識界有較大影響。1913年（民國二年）初歸國，以立憲派爲基礎組織

		萬國公報》。
1895	光緒二十一年	七月初二日，以翁同龢兼管同文館事務。
1895	光緒二十一年	七月初九日，臺北、臺中失陷。
1895	光緒二十一年	七月初九日，實授王文韶直隸總督兼北洋大臣。
1895	光緒二十一年	七月十一日，命優恤**徐邦道**。

進步黨，擁護袁世凱統一，出任司法總長。1916年，策動蔡鍔組織護國軍反袁。後又組織研究系與段祺瑞合作，出任內閣財政總長。五四運動時期，遊歷歐洲。晚年，講學於南開大學、清華學校。曾倡導文體改良的「詩界革命」和「小說革命」，並為二十世紀初資產階級史學主要代表人物之一。其著作輯為《飲冰室合集》。

萬國公報　戊戌變法時期維新派創辦的第一份報紙。光緒二十一年七月十四日（1895.08.17），由康有為創刊於北京。出至第四十五期因與廣學會所辦《萬國公報》重名而於十一月十七日（1895.12.16）改稱《中外紀聞》。梁啓超、麥孟華等任編輯。分上諭、外電、譯報、各報選錄、評論等欄目，介紹西方資本主義國家情況，兼顧自然科學知識，以宣傳變法維新，改變士大夫不通外國政事風俗之陋習。隨《邸報》附送在京官員，每期約三千份，影響了不少的官員。光緒二十一年十二月初六日（1896.01.20），被清廷查禁，共出十八期。

徐邦道（？～1895）　四川涪州

1895	光緒二十一年	七月十一日，以松蕃爲雲貴總督，魏光燾爲雲南巡撫。
1895	光緒二十一年	七月，黃河與山東利津決口。
1895	光緒二十一年	八月二十日，日與俄、德、法議定交還遼東辦法，由中國增添三千萬兩賠款。
1895	光緒二十一年	八月二十一日，臺灣嘉義陷落。
1895	光緒二十一年	八月二十五日，以依克唐阿爲盛京將軍，調裕祿爲福州將軍。
1895	光緒二十一年	八月二十六日，派李鴻章爲全權大臣，辦理歸還遼東事宜。
1895	光緒二十一年	九月初四日，臺南陷落，臺灣軍民大規模反

人。字見農。早年以武童投効楚軍，參與鎮壓太平天國和捻軍起義，後入陝鎮壓回民起義。光緒四年（1878），升提督。十五年，任正定鎮總兵。二十年，中日甲午戰爭爆發後，率軍在金州、旅順英勇抗敵。二十一年，又在牛莊、田莊臺抵禦日軍。後病死。

廣州起義　光緒二十一年（1895）正月，興中會總部在香港成立後，孫中山與楊衢雲、陳少白、鄭士良等密謀在廣州起義。他們分頭聯繫會黨、防營、綠營與水師官兵，定於九月初九日（1895.10.26）舉事。重陽節前夕，各路隊伍準備就緒，起草討滿檄文，以「除暴安良」爲口號，製作青天白日旗爲義旗。後因香港軍械約期未到，又遇叛徒告密，陸皓東等被捕遇難，起義流產。孫中山流亡日本。

		日鬥爭暫告結束。
1895	光緒二十一年	九月，**廣州起義**失敗。
1895	光緒二十一年	九月二十二日，《遼東半島收還條約》簽署。
1895	光緒二十一年	九月二十九日，廣東潮州府地震。
1895	光緒二十一年	十月初四日，以陶模爲陝甘總督，饒應騏爲甘肅新疆巡撫。
1895	光緒二十一年	十月初十日，准俄國水師輪船暫泊膠州口澳停泊過冬。
1895	光緒二十一年	十月，「**強學會**」成立。

強學會 又名「譯書局」、「強學書局」。戊戌變法時期維新派重要的政治團體。光緒二十一年（1895）十月（另一說爲七月）創辦於北京。由梁啓超等發起，帝黨予以贊助。會員數十人，除維新人士如楊銳等之外，徐世昌、袁世凱、張之洞、聶士成等人也曾入會。該會章程標明「本會專爲中國自強而立」，意在「求中國自強之學」，規定首辦之事凡四：譯印圖書，講求西學之法；刊布報紙，以悉國外情況；開大書藏（圖書館），廣集中外有關經世、政教、學術著作以備研考；開博物院，置辦儀器，講求製造。該會每隔數日集會一次，每次都有人演進「中國自強之學」。並發行《中外紀聞》，探討「萬國強弱之原」。光緒二十一年底，遭御史楊崇伊以私立會黨，販賣西學彈劾，遭清廷查禁。

1895	光緒二十一年	十月，中德簽訂《漢口租界條約》及《天津租界條約》。
1895	光緒二十一年	十月二十日，派廣西按察使胡燏棻督修津蘆鐵路，並令集股籌辦蘆漢鐵路，一切爲商辦。
1895	光緒二十一年	十月二十二日，派袁世凱督練天津新建陸軍。
1895	光緒二十一年	十一月十二日，復瑾妃、珍妃封號。
1895	光緒二十一年	十一月十五日，林大北等以「驅逐倭奴，恢復中華」爲號進攻臺北。
1895	光緒二十一年	是年，華俄道勝銀行在上海設分行。
1895	光緒二十一年	是年，湖南瀏陽算學社（維新派學術團體）成立。
1895	光緒二十一年	是年，張之洞設立**江南陸師學堂**。
1895	光緒二十一年	是年，張之洞設立江南儲才學堂。

江南陸師學堂 清光緒二十一年（1895）冬，兩江總督張之洞在南京設立。錢德培爲總辦，聘德國軍官爲總教習和教習。學制三年，課程有兵法、繪圖、輿地、地形、軍器、歷史、營壘、算學、測量工程、人倫道德、漢文、德文、英文、日文，以及步操、打靶、炮操、體操、馬操等。宣統二年（1909），停辦。

1895	光緒二十一年	是年，商人樓景輝在浙江蕭山創辦合義和繅絲廠。
1895	光緒二十一年	是年，張謇創辦大生紗廠於江蘇南通。
1896	光緒二十一年	十一月十七日，令廣東南澳鎮總兵劉永福開缺回籍。
1896	光緒二十一年	十一月二十七日，劉銘傳卒，諡「壯肅」，命贈太子少保銜，宣付國史館立傳。
1896	光緒二十一年	十二月初三日，江南創辦新軍（即「**自強軍**」）。
1896	光緒二十一年	十二月初七日，命查封強學會。
1896	光緒二十一年	十二月，孫中山在日本橫濱設立興中會分會。
1896	光緒二十二年	正月初五日，署兩江總督張之洞奏請選派江南陸軍學堂等學堂學生赴海外留學。
1896	光緒二十二年	正月初五日，署兩江總督**張之洞**奏請在蘇州、鎮江、通海設立商務局。

自強軍　又稱「南洋新軍」。清末軍隊建制名。光緒二十一年（1895）冬，署兩江總督張之洞奏請在南京編練。設步隊、馬隊、炮隊、工程隊等十三營，共二千八百六十人。仿照西法操練，聘請德國教官任協、營、哨正職，副職從武備學堂畢業生中挑選。裝備屬歐洲陸軍類型。後歸袁世凱節制，編入北洋陸軍第四鎮。

1896	光緒二十二年	正月十三日，慈禧太后下諭裁撤**上書房**。
1896	光緒二十二年	正月二十日，李鴻章出使沙俄，名義爲沙皇尼古拉二世行加冕禮，順訪德、法、英、美等國。
1896	光緒二十二年	正月二十一日，總理衙門奏請設立**官書局**，由孫家鼐任管理大臣。
1896	光緒二十二年	正月三十日，戶部和總理衙門准奏，允許民間招商採礦。

張之洞（1837～1909）　字孝達，號香濤，直隸南皮（今河北南皮）人。曾任翰林院編修、侍講學士、內閣學士等職。光緒十年（1884），中法戰爭時，由山西巡撫升任兩廣總督，起用離職老將馮子材，擊敗法軍，收復鎮南關、諒山等地。十五年，調任湖廣總督，在英、德支持下大辦洋務，他先後開辦湖北槍炮廠、漢陽鐵廠和槍炮廠、湖北織布局、湖北繅絲局、製麻局等重輕工礦企業，籌辦南段蘆漢鐵路，興辦新式學堂。二十四年，發表《勸學篇》，提出「中學爲體，西學爲用」的口號，極力維護封建制度，反對變法維新。仇視並力主鎮壓義和團運動。曾積極參與「東南互保」，鎮壓兩湖地區反洋教鬥爭和唐才常自立軍起事。三十三年，調任軍機大臣，掌管學部。著有《張文襄公全集》。

上書房　又稱尚書房。清代教習皇子、皇孫讀書處。例選翰林官分侍講讀，日有課程，教習國史、聖訓、經籍、詩詞及滿、漢文字等，擇大臣二至三人充總師傅，綜領督學。

1896	光緒二十二年	二月初七日，清廷設郵政局，隸屬戶部，由海關總稅務司英國人赫德直接管理。
1896	光緒二十二年	二月初十日，中、英、德簽訂《**英德借款詳細章程**》，清朝政府向英國匯豐銀行、德國德華銀行借款一千六百萬英鎊。
1896	光緒二十二年	二月初十日，清廷任命貴州按察使文海爲駐藏大臣。
1896	光緒二十二年	二月十七日，清廷將翰林院侍讀學士文廷式革職查辦，逐回原籍，永不敘用。

官書局　戊戌變法時期帝黨主辦的編譯和教學機構。光緒二十二年（1896），清政府將被查封的強學書局改爲官書局，隸屬總理衙門，由孫家鼐管理。全局分學務、選書、局務、報務四門，曾譯刻外國法規、商務、農務、製造、測算、武備、工程等書籍，並印行《官書局報》、《官書局匯報》。延請通曉中西學問之洋人爲教習，教授各種西學。二十四年，歸併京師大學堂管轄。

英德借款詳細章程　中日甲午戰爭後，清政府爲支付賠款於光緒二十二年二月初十日（1896.03.23），與英德簽訂《英德借款合同》（即《英德借款詳細章程》）。借款總額爲一千六百萬英鎊，折銀九千七百餘萬兩，由匯豐銀行和德華銀行各攤一半，年利五釐，折扣九四，以中國海關收入爲擔保，分三十六年還清。合同還規定：此項借款起債後六個月內，清政府保證不向他國借款；又規定款未償清前海關行政不得改變，這樣保證英國人佔據海關總稅務司的位置。通過貸款，英國進一步獲得控制中

1896	光緒二十二年	二月二十二日，湖南巡撫**陳寶箴**奏請設立湖南礦務總局，試行開礦。
1896	光緒二十二年	二月二十六日，盛宣懷奏請設立**南洋公學**（上海交通大學的前身）。
1896	光緒二十二年	三月十八日，直隸提督聶士成呈請從淮軍中挑選精兵組成**武毅軍**，仿德國軍制，嘗試新式練兵。
1896	光緒二十二年	三月二十一日，李鴻章與沙俄開始談判。
1896	光緒二十二年	四月初一日，袁世凱在天津的新建陸軍設德

國海關行政的權力。

陳寶箴（1831～1900）　江西義寧（今修水）人，字右銘。舉人出身。歷任浙江、湖北按察使，直隸布政使。光緒二十一年（1895）起，任湖南巡撫，積極贊助維新變法運動在湖南的開展。二十三年，在長沙創設時務學堂，並支持譚嗣同、唐才常等維新人士創辦《湘學報》、《湘報》及南學會；又主持在湖南興辦電信、小輪船、槍彈廠，設立礦務局、官錢局、鑄幣局等新政，爲清末地方督撫中推行新政最力者。二十四年閏三月，上摺建議力行新政。「百日維新」期間，舉薦楊銳、劉光第等參預新政，但反對維新派「民權平等」說及康有爲的《孔子改制考》。戊戌政變後，被革職永不敘用。

南洋公學　光緒二十二年（1896）二月，盛宣懷創設於上海。經費來自電報、招商兩局。分四院：師範院，即師範學堂；外院，即附屬小學堂；中院，即二等學堂（中學堂）；上院，即頭等學

		文、炮、步、馬四學堂，招學生二百八十餘人。
1896	光緒二十二年	四月初二日，漢陽鐵廠改爲官督商辦，張之洞委任盛宣懷爲督辦。
1896	光緒二十二年	四月十二日，總理衙門議定教案處分辦法。
1896	光緒二十二年	四月二十一日，俄、法漢口租界地條約簽字。
1896	光緒二十二年	四月二十二日，李鴻章與俄國簽訂《禦敵互相援助條約》（即《**中俄密約**》）。

堂（大學堂）。二十九年，改名爲上海商務學堂；不久，又改名商務部高等實業學堂。三十二年，又改爲郵傳部上海高等實業學堂，設有鐵路、電機等科。辛亥革命後，改爲交通部上海工業專門學校。1921年（民國十年），與唐山工業專門學校、北京郵電學校、交通傳習所等合併，改名爲上海交通大學。

武毅軍　清末將領聶士成編練之防軍。光緒二十二年（1896），直隸提督聶士成於直隸駐防淮軍內選練馬步隊三十營，仿德國營制操法編練，名爲「武毅軍」，駐防蘆臺。二十四年，「百日維新」期間，榮祿調聶士成率武毅軍五千人駐天津，董福祥率甘軍駐長辛店，與駐天津小站的袁世凱新建陸軍相呼應，密謀政變。戊戌政變後，榮祿將北洋四軍（甘軍、武毅軍、新建陸軍、毅軍）合編爲武衛軍，以武毅軍爲前軍，駐蘆臺。二十六年，曾參加鎮壓義和團運動。八國聯軍進攻天津時，武毅軍在聶士成率領下

1896	光緒二十二年	四月二十四日，護理山西巡撫張汝梅奏，創建格致實學書院。
1896	光緒二十二年	四月二十五日，調工部尚書**懷塔布**爲禮部尚書，升戶部侍郎剛毅爲工部尚書。
1896	光緒二十二年	五月初八日，光緒帝生母葉赫那拉氏（慈禧太后之妹）病逝。

英勇抵抗。聶士成戰死後，武毅軍大都潰散，餘部併入毅軍。

中俄密約　亦稱中俄《禦敵互相援助條約》、《防禦同盟條約》。俄國強迫清政府簽訂的不平等條約。光緒二十二年（1896），清政府派李鴻章爲特使「訪問」歐美各國。三月二十一日（1896.05.03），與俄財政大臣維特（Count Sergei Yul'yevich Witte, 1849-1915）、外交大臣羅拔諾夫開始祕密談判。四月二十二日（1896.06.03），俄國採取威逼、利誘、賄賂等手段，在莫斯科簽訂密約，共六款。主要內容有：（一）日本如侵佔俄國遠東領土、或中國、朝鮮領土，中、俄兩國共同出兵，並互相接濟軍火、糧食；（二）戰爭期間，俄國軍艦可駛入中國所有口岸；（三）中國允許俄國在黑龍江、吉林兩省修築鐵路直達海參崴，由華俄道勝銀行承辦，詳細合同另行商定。俄國以共同防日爲幌子，將其勢力伸入中國東北地區，清政府幻想聯俄制日，實際上出賣了東北主權。

懷塔布（？～1900）　滿洲正藍旗人，葉赫那拉氏。咸豐三年（1853），以蔭生補員外郎。光緒二十二年（1896），擢禮部尚書。二十四年，變法新政期間，因竭力阻撓群臣上書言事，被光緒帝革職。會同楊崇伊等赴天津與

1896	光緒二十二年	五月十六日，《**蘇報**》在上海創刊，創辦人胡璋（鐵梅）。
1896	光緒二十二年	五月十八日，黃河在山東利津縣決口。
1896	光緒二十二年	五月，江蘇、山東大刀會起事。
1896	光緒二十二年	六月十一日，《**中日通商行船條約**》簽訂，日本取得領事裁判權和片面最惠國待遇。

榮祿密議政變陰謀。後授左都御史兼內務府大臣，又遷理藩院尚書。

蘇報　清末傾向革命的報紙。光緒二十二年五月十六日（1896.06.26），創刊於上海。中國人胡璋（鐵梅）的日籍妻子生駒悅擔任「館主」，在日駐滬領事館註冊，托名為日商報紙。二十六年，由陳範接辦，宣傳改良。二十八年（1902）冬，開始傾向革命，支持中國教育會和愛國學社的活動。二十九年，聘章士釗為主筆，章炳麟、蔡元培等為撰稿人，革命言論日趨激烈。同年閏五月十三日（1903.07.07），被清政府勾結上海租界工部局查封。

中日通商行船條約　日本援《中日馬關條約》有關條款，強迫清政府訂立的不平等條約。光緒二十二年六月十一日（1896.07.21），由總理衙門大臣、戶部左侍郎張蔭桓與日方代表林董簽於北京。凡二十九款，另附雙方往復照會六件。主要內容：（一）兩國可互派公使駐京；（二）中國各通商口岸准日本設領事，准日人往來居住、從事工商業、賃買房屋、租地建造、雇役華人等事；（三）日本對華貿易援列強通例，免除釐金等一切雜派；（四）日本享領事裁判權和片面最惠國待遇。

1896	光緒二十二年	六月十八日，清廷諭命福州將軍裕祿為船政大臣，負責整頓福州船政局。
1896	光緒二十二年	七月初一日，**《時務報》**在上海創刊，創辦人為汪康年、黃遵憲、梁啓超、吳德瀟、鄒凌瀚五人，主筆是梁啓超。
1896	光緒二十二年	七月初九日，江西巡撫德壽奏准設立蠶桑局，以廣開利源。

時務報　戊戌變法運動期間維新派重要報刊之一。黃遵憲、汪康年、梁啓超發起，於光緒二十二年七月初一日（1896.08.09），在上海創刊。旬刊。汪康年任經理，梁啓超任主筆。以「變法圖存」為宗旨。每期一冊，二十餘頁，三四萬字。梁啓超在該報連續發表《變法通議》等著名論文，其他維新人士也紛紛撰稿，倡言變法圖強，抨擊封建頑固勢力，頗受讀者歡迎，數月之間，風靡海內，最多時行銷一萬七千餘份，創當時國內報紙發行數字的最高紀錄，成為維新派最有影響的報紙。張之洞以報中議論太新，頻加干涉。二十四年六月，光緒帝准御史宋伯魯之請，諭令改為官報，派康有為督辦。康尚未及接辦，汪康年擅改名《昌言報》繼續出版。《時務報》於六月二十一日（1898.08.08）終刊。共出六十九期。

合辦東省鐵路公司合同章程　又名《東省鐵路公司合同章程》，光緒二十二年八月初二日（1896.09.08），中國駐俄公使許景澄與華俄道勝銀行總辦羅啓泰在柏林簽訂。共十二款。主要內容：（一）設立中國東省鐵路公司，修築和經營中東鐵路，章程照俄國鐵路公司成規；所有股票

1896	光緒二十二年	八月初二日，清政府與沙俄簽訂《**合辦東省鐵路公司合同章程**》。
1896	光緒二十二年	八月二十八日，追贈前陝甘總督楊岳斌太子太保銜。
1896	光緒二十二年	九月初四日，張之洞於湖北設立武備學堂。
1896	光緒二十二年	九月十三日，總理衙門與日本簽訂《**公立文憑**》。

只准華俄商民購買；公司總辦由中國政府選派；（二）合同批准之日起，十三個月內公司應將鐵路開工，六年完成；（三）凡建造、經營、防護鐵路及開採沙、石、石灰等項所需土地，官地則無償徵用，民地則按時價付錢。所需人力、車馬，中國地方官應盡力滿足；（四）俄國有權經此鐵路運送軍隊、軍械，唯不得借故中途逗留；貨物經此路由俄入俄者免稅釐，運入中國或中貨運入俄國者，交進出口正稅的三分之二；（五）自通車之日起凡十年內，鐵路盈虧，公司自負，八十年後所有鐵路及產業悉歸中國，勿需給價。開車之日起三十六年後，中國政府有權給價收回，按所用本銀並因此路欠債項及利息，照數償還。

公立文憑　又稱《通商公立文憑》或《通商口岸日本租界專條》，光緒二十二年九月十三日（1896.10.19），總理衙門大臣榮祿、敬信、張蔭桓與日本駐華公使林董在北京簽訂。凡四款：添設通商口岸，專爲日本商民妥定租界，管理道路及稽查地面之權屬日本領事；中國政府有權課日本機器製造貨物以稅餉；中國政府應允，一經日本政府咨請，即在上海、天津、廈門、漢口等處

1896	光緒二十二年	九月十四日，清政府設立鐵路總公司。
1896	光緒二十二年	九月，孫中山先生在倫敦被清政府誘捕，史稱「**孫中山倫敦被難**」。
1896	光緒二十二年	十月十六日，總理衙門奏定預籌朝鮮通商辦法。
1896	光緒二十二年	十一月初二日，清政府准奏於京師、上海設立大學堂，各省設學堂。
1896	光緒二十二年	十一月初三日，翰林院侍讀學士陳兆文奏請

，設日本專管租界；日軍在山東駐區四十華里以內，中國軍隊不得駐紮。

孫中山倫敦被難　孫中山被清駐英使館囚禁事件。光緒二十一年（1895），廣州起義失敗後，孫中山逃亡國外，經橫濱、檀香山開始了對北美、西歐一些國家的考察。二十二年八月二十五日（1896.10.01），到達英國倫敦。九月初五日（1896.10.11），被清朝駐英公使館人員綁架，囚於館內，準備解送回國，孫中山求得使館英國僕人柯爾的幫助，暗中送信給曾在香港西醫書院任教務長的康德黎（Sir James Cantlie, 1851-1926）。康邀集其他英國友人奔走營救，並將此事在報上披露。英政府懾於社會輿論的壓力干預此事，清使館被迫於十七日（1896.10.23）釋放了孫中山。經過這一事件，孫中山開始在國外享有聲譽。

商務印書館　清末創立的出版機構。光緒二十三年（1897），創辦於上海。主要印刷商業簿冊表報。後以出版學校教科書、古籍、科學、文藝、工具書、期刊等

		停止捐納道府州縣實官，以利於整頓吏治。
1897	光緒二十二年	十二月十五日，上海美商鴻源紗廠開工。
1897	光緒二十三年	正月初十日，夏瑞芳等創辦**商務印書館**，此爲國人自辦近代出版事業之始。
1897	光緒二十三年	正月初十日，康有爲在廣西創辦**聖學會**，宣傳維新。
1897	光緒二十三年	正月二十一日，《**知新報**》在澳門創刊，創辦人有康有爲、康廣仁、何廷光。

爲主。1932年（民國二十一年），「一二八」淞滬戰役中，該館一些主要設施被日軍炸毀，後部分恢復。1954年5月遷北京。

聖學會　戊戌變法運動期間在廣西成立的維新派團體。光緒二十二年（1896），北京、上海強學會被封，康有爲回到南方。二十三年春，抵桂林講學，與唐景崧、岑春煊、蔡希邠等發起成立「聖學會」。該會認爲，「中國義理學術大道皆出於孔子」，西方各國借「聖教而勢日以盛」，故以尊孔教、傳聖道、育人才、救中國爲宗旨，會章規定五項要務：（一）逢庚子日集會談經；（二）廣購圖書儀器；（三）編輯報紙；（四）設立義塾；（五）開農、工、商三業學堂。參加者二百餘人。並發行《廣仁報》，宣傳變法維新思想，主張廢除八股文，鼓勵學習時事新聞、科學技術，提倡男女平等。二十四年，戊戌政變後停止活動。

知新報　戊戌變法運動期間維新派的重要報刊之一。在康有爲領導下，由何廷光、梁啓超負責籌備，光緒二十三年正月二十一日

1897	光緒二十三年	正月二十二日，山東歷城、章丘黃河因淩汛決口。
1897	光緒二十三年	正月，美國傳教士**李佳白**在北京創辦尙賢堂（英文名稱爲「中國國際學會」）。

（1897.02.22），創刊於澳門。何廷光、康廣仁任經理，梁啓超、何樹齡、韓文舉、徐勤等任撰述。初爲五日刊，自第二十冊起改爲旬刊，第一百二十冊起又改爲半月刊。辦報方針大體仿照上海《時務報》，宣傳變法圖存思想，發表變法新政條陳和維新言論，介紹新政推行情況等。與《時務報》相較，更加注意有關變法新政的報導。該報是戊戌變法失敗後倖存的少數幾家維新派報刊之一。停刊日期不詳，今見至光緒二十六年十二月初一日（1901.01.20）出版的第一百三十三冊。

李佳白（Gilbert Reid, 1857-1927） 美國傳教士。大學畢業後矢志傳教。光緒八年（1882），受美國長老會的派遣來華傳教，在山東煙臺、濟南等地活動。十八年，返美休假。二十年，以獨立教士身分再度來華。中日甲午戰爭時，任倫敦《泰晤士報》記者。二十三年，在北京發起組織「尙賢堂」，自封爲院長，推行文化侵略。維新運動期間，會同李提摩太等傳教士一起插手干預維新運動，發表了一系列文章。二十九年，又至上海組成尙賢堂董事會。後曾任倫敦《晨郵報》通訊員、英國使館翻譯、《北京晚報》社長。後死在上海。著有《中國排外騷亂的根源》、《中國一瞥》等書。

趙三多（1841～1902） 直隸威縣（今屬河北）人，又名洛珠，字祝盛，人稱趙老祝。雇農出身

1897	光緒二十三年	二月二十二日，義和拳拳民在山東冠縣亮拳比武，首領是**趙三多**、閻書勤。
1897	光緒二十三年	三月二十一日，**《湘學新報》**（後改爲《湘學報》）創刊。

，當過學徒，做過小生意。擅長梅花拳，是遠近聞名的梅花拳教師。光緒二十二年（1896）三月，到山東冠縣梨園屯設場練拳，廣招拳衆。二十四年九月初十日（1898.10.24），第一次以義和拳的名義發動反洋教起義，公開打出「扶清滅洋」的旗幟，震動了直隸、山東兩省，是爲義和團運動的起點。起義遭清軍鎮壓後，率部分骨幹沿運河北上，在直隸南部地區活動。二十六年四月初四日（1900.05.02），又在直隸棗強縣卷子鎮發動第二次起義，不但打擊外國教會侵略勢力，而月展開「均糧」鬥爭。八國聯軍攻佔北京後，清政府殘酷鎮壓義和團。他領導的義和團在冠縣、威縣交界地區遭到清軍包圍，傷亡慘重，後率部突圍，轉移到廣宗一帶。二十八年三月十六日（1902.04.23），與景廷賓聯合在直隸鉅鹿縣舉行起義，建議豎「掃清滅洋」旗幟。起義失敗後被捕；六月初二日（1902.07.06），英勇就義。至此，義和團運動最後失敗。義和團首領中歷經運動之始終者，唯此一人。

湘學新報　戊戌變法運動期間維新派在湖南創辦的報刊。湖南學政江標於光緒二十三年三月二十一日（1897.04.22），在長沙創刊。半年後，自第二十一冊起改爲《湘學報》。旬刊。由江標、徐仁鑄先後任督辦，唐才常任主編，陳爲鎰、楊毓麟、易鼐等人任編撰。其宗旨爲介紹新學，開民智，育人才，圖富強。設有「

1897	光緒二十三年	是年春，譚嗣同完成《仁學》。
1897	光緒二十三年	四月二十日，浙江巡撫廖壽豐於杭州創辦**求是書院**，傳授中西之學。
1897	光緒二十三年	四月二十六日，盛宣懷與比利時公司簽訂**蘆漢鐵路借款合同**。
1897	光緒二十三年	四月二十六日，**中國通商銀行**在上海成立。

掌故」、「史學」、「時務」、「輿地」、「算學」、「商學」、「交涉」、「各報近事節要」等欄，介紹「中西有用諸學」，宣傳維新派的變法主張。唐才常發表了一系列介紹西方資本主義國家政治經濟制度、鼓吹變法圖強的文章，在湖南知識界擁有廣泛影響。二十四年六月二十一日（1898.08.08）終刊，共出四十五冊。

求是書院　又稱浙江求是書院、杭州求是書院。清光緒二十三年（1897），浙江巡撫廖壽豐等在杭州普慈司寺設立。委派杭州知府林啓爲總辦，聘西教習一人爲正教習，教授各種西學；華教習二人副之，一授算學，一授西文，委監院一人管理院中一切事宜。由地方紳士保送年在二十歲以內之舉貢生監，經總辦考取複試合格者入院肆業，學以五年爲限。除學西學西文外，還須泛覽經史、國朝掌故及中外報紙，以期明體達用。二十七年，改爲浙江大學堂；次年正月，開學。只設正齋，招生一百二十人；設中、西學教習，中教習課經史、政治等學，西教習課天文、算學、地輿、測繪、格致、方言、體操等學。勞乃宣任總理。後改爲浙江高等學堂。

蘆漢鐵路借款合同　光緒二十三年四月二十六日（1897.05.27）

1897	光緒二十三年	四月，**羅振玉**在上海創辦農學會，發行《農學報》。
1897	光緒二十三年	六月二十五日，協辦大學士、吏部尚書李鴻藻卒。
1897	光緒二十三年	六月二十八日，**大刀會**圍攻江蘇碭山縣礬莊之教堂。

，督辦鐵路總公司事務大臣盛宣懷與比利時銀團代表在武昌簽訂。凡十七款。主要內容：（一）借款四百五十萬鎊，九折實付，年息四釐；前十年不還本，自三十四年十二月十二日（1909.01.03）起，分二十年還清；（二）以本鐵路及其產業擔保；（三）合同期內無論何事，此公司不得讓他國商民管理干涉，並不能將此合同轉與他國及他國之人。旋又簽訂正合同。

中國通商銀行　中國最早設立的銀行。光緒二十三年（1897）成立，總行設在上海。1935年（民國二十四年），改組爲「官商合辦」銀行，爲四大家族所控制。1949年後，「官股」由人民政府接管。1952年12月，與其他行莊合併組成公私合營銀行。

羅振玉（1866～1940）　浙江上虞人，字叔言，號雪堂。光緒二十三年（1897），在上海創辦《農學報》，後從事教育工作，創辦東文學社，歷任湖北農務學堂、江蘇師範學堂和京師大學堂農科等校監督。思想守舊，反對改革。1924年（民國十三年），應清廢帝所召，入値南書房，助溥儀逃入日本使館，後經天津逃到東北，勾結日本建立了僞滿洲國，任僞監察院院長。他長期從事甲骨文的收集與研究，經理清廷內閣大庫檔案和器物。有《殷墟

1897	光緒二十三年	六月，上海成立不纏足會，反對封建禮教。
1897	光緒二十三年	七月初五日，《經世報》於杭州創刊。
1897	光緒二十三年	八月初一日，《實學報》在上海創刊，王仁俊主辦。
1897	光緒二十三年	八月二十四日，授予甲午海戰中英勇獻身的鄧世昌母親一御匾，上書：教忠資訓。
1897	光緒二十三年	九月初二日，四川總督鹿傳霖因辦理川省邊

書契前編》、《後編》、《殷墟書契考釋》和《流沙墜簡考釋》等。

大刀會 清末民間結社組織。本名金鐘罩，又名鐵布衫。乾隆年間已有活動，流傳於華北、江淮地區，尤以魯西南等地最盛行。成員多爲貧苦農民和破產手工業者。設壇（場）授徒，傳習金鐘罩術（即硬氣功，又稱鐵布衫法）的排刀、排槍、運氣、畫符念咒，以求「刀槍不入」。大刀會多有反清活動，故歷遭鎮壓。隨著外國教會侵略勢力的猖獗，則成爲反洋教鬥爭的重要力量。光緒二十年（1894），劉士瑞等在山東曹州（今曹縣）、單縣地區組織坎門大刀會，旋在魯、豫、皖、蘇四省交界地區開展反教會鬥爭，成爲義和團運動之前驅。後被清廷鎮壓，曹、單大刀會遂改稱紅拳、義合、訣字、紅門等會，並與直魯交界地區的義和拳、神拳相融合，成爲義和團運動的重要組成部分。

國聞報 戊戌變法運動期間維新派的重要報刊之一。光緒二十三年十月初一日（1897.10.26），嚴復、夏曾佑、王修植、杭辛齋等創辦於天津，嚴復主編。出版

		務不利調回北京。
1897	光緒二十三年	十月初一日，嚴復、夏曾佑、王曾植在天津創辦《**國聞報**》。
1897	光緒二十三年	十月初，康廣仁等在上海創辦**大同譯書局**。
1897	光緒二十三年	十月初七日，山東曹州鉅野發生教案。
1897	光緒二十三年	十月二十日，德國強佔膠州灣。
1897	光緒二十三年	十一月初六日，湖南**時務學堂**正式開學。

日報、旬刊兩種。日報即《國聞報》，著重刊登國內外新聞，詳於本國之事；旬刊稱《國聞匯編》，以刊載重大消息及論說、譯文爲主，詳於外國之事。辦報宗旨「一曰通上下之情，一曰通中外之故」，和同時期其他報刊相比，該報在「通中外之故」方面最爲突出。嚴復譯《天演論》和《群學肄言》的部分譯文即在該報旬刊上首次刊載。在維新運動中與上海《時務報》南北呼應，起了很大作用。旬刊僅出六期。日報則於二十四年七月十二日（1898.09.28）停刊。後報權售與日人。

大同譯書局　戊戌變法時期維新派主辦的編譯出版機構。光緒二十三年（1897）十月，由梁啓超等集資創設於上海，康廣仁任經理。規定譯書以東文爲主，輔以西文；以政學爲先，次以藝學。首譯各國變法之書，涉及憲法、章程、商務等，以備仿效。刊印之書影響較大者有《經世文新編》、《孔子改制考》、《新學僞經考》、《中西學門徑》、《日本書目志》等。次年，戊戌政變後被迫停辦。

時務學堂　戊戌變法運動期間

1897	光緒二十三年	十一月二十一日，沙俄軍艦強行駛入旅順港。
1897	光緒二十三年	十一月，康有爲第五次上書光緒帝。
1898	光緒二十三年	十二月十二日，德國駐華公使向總理衙門提出租借膠州灣的要求。
1898	光緒二十三年	十二月十三日，康有爲於北京南海會館創立粵學會。
1898	光緒二十三年	十二月二十三日，清廷因**鉅野教案**懲處山東官員，並諭令各省保護教堂教士。
1898	光緒二十三年	十二月二十四日，清政府與德國就教案事件達成解決辦法。

，維新派在湖南創辦的新式學校。由譚嗣同等發起，得到湖南巡撫陳寶箴、按察使黃遵憲、學政江標的贊助，於光緒二十三年（1897）十月在長沙創辦，十一月，正式開學。熊希齡任提調（校長），梁啓超任中文總教習，歐榘甲、韓文舉、唐才常等任分教習。李維格任西文總教習，王史爲分教習。學生定額一百二十名，第一期四十名，學習期限五年。二十四年春，全堂師生達二百餘人。教學內容包括經、史、諸子和資本主義國家的政治法律與自然科學。教習經常通過講課和批改學生作業宣傳維新變法思想，引起頑固守舊派的仇視。頑固士紳王先謙、葉德輝等攻擊該學堂「不知忠孝節義爲何事」，「誤盡天下蒼生」；還糾集黨徒，陰謀搗毀學堂，因而被迫停辦。戊戌政變後，改爲求是書院。

1898	光緒二十三年	十二月二十五日，兵部尚書榮祿奏請設立武備特科。
1898	光緒二十三年	十二月二十五日，清政府決定在內地籌辦製造局，並準備將上海製造局內遷。
1897	光緒二十三年	是年，湖南鄉紳王先謙等創辦兩湖輪船公司。
1897	光緒二十三年	是年，梁啓超主編《西政叢書》，介紹西方政治制度。
1898	光緒二十四年	正月初三日，李鴻章、翁同龢、榮祿、**廖壽恆**、張蔭桓等大臣召見康有爲。

鉅野教案　又稱「曹州教案」。光緒二十三年（1897），德國傳教士在山東曹州（今菏澤）附近各縣唆使教徒欺壓人民，激起群衆公憤。十月，鉅野縣農民殺死張家莊德國傳教士二人。濟寧、壽張、單縣、武城各縣群衆和農民在大刀會號召下紛紛響應。事件發生後，德國藉口傳教士被殺，向清政府提出交涉，並把兵艦駛入膠州灣，強行登陸。清政府被迫與德國簽訂協議，有關處理鉅野教案的要點規定：將山東巡撫李秉衡革職；償銀二十二萬五千兩；逮捕群衆九人，其中二人被處死，三人被判徒刑。清政府降諭保護在華德國傳教士。

廖壽恆（1839～1903）　江蘇嘉定（今上海嘉定）人，字仲山，晚號抑齋。同治進士。歷任翰林院侍讀學士，內閣學士，兼兵、禮、吏、戶等部侍郎及尚書等職

1898	光緒二十四年	正月初五日，清政府允許湖南、湖北、廣東三省紳商自行承辦粵漢鐵路。
1898	光緒二十四年	正月初六日，詔令設立**經濟特科**，考試內容爲內政、外交、理財、軍事、格物等實際學問。
1898	光緒二十四年	正月初十日，林旭、張鐵君等創辦閩學會於

。曾纂修同治實錄。中法戰爭時，附和李鴻章「先戰而後和」的論調，以總理衙門大臣的身分和李鴻章共商中法條約的細則。光緒二十六年，因病退職。

經濟特科　清末區別於八股取士的一種考試科目。光緒二十四年（1898），由貴州學政嚴修奏設。規定凡士人（不論有無功名）及五品以下京官、四品以下外官，經保選者均可應試。內容爲內政、外交、理財、農桑及格致等專門之學，以選拔「通達中外時務」之人才。被錄取者與正途出身同等待遇。戊戌政變起停開。二十七年，慈禧太后詔令各部、院官員及地方督撫、學政保薦士人應考。二十九年，舉行考試，試策、論各一，取一等九人，二等十八人。錄取人原有官職略加提升，舉人、生員以知縣、州佐任用。

昭信股票　中國最早發行的國家公債。光緒二十四年（1898）初，爲償付中日《馬關條約》規定的第四期賠款，右中允黃思永建議仿外國公債例，發行自強股票，定名「昭信股票」，寓「以昭信守」之意。預定發行總額一億兩，面額分一百兩、五百兩、一千兩三種。以田賦、鹽稅作擔保。年息五釐，二十年本利付清。由戶部設昭信局，各省設分局，辦理公債發行及償還事宜。債票

		京師福建會館，宣傳變法維新。
1898	光緒二十四年	正月十四日，戶部奏准頒發「**昭信股票**」。
1898	光緒二十四年	正月二十一日，清政府覆照英國駐華公使**竇納樂**，允許英國將長江流域劃為其勢力範圍。
1898	光緒二十四年	二月初一日，長沙**南學會**開始講學。

准許抵押售賣，但須報局立案。發行後流弊甚多，遭輿論譴責。同年七月，清廷被迫宣布除官員仍准請領、官民認定之款約二千萬兩照數呈交外，民間一概停辦。

竇納樂（Claude Maxwell MacDonald, 1852-1915） 英國外交官。陸軍出身。1896至1900年（光緒二十二至二十六年），任駐華公使。1898年，列強在中國劃分「勢力範圍」，搶佔租借地，他強迫清政府宣布不將長江流域各省割讓與他國，使之成為英國的「勢力範圍」；又強取威海衛（今威海市）和九龍半島為英國的「租借」地。1900年，義和團運動在北京興起後，各帝國主義駐華公使以「保護」使館為名，派軍封鎖東交民巷一帶，作為「佔領區」，他被外交使團推為使館區司令和與清政府交涉的主要代表。後調任駐日公使，1906年，升格為大使。

南學會 戊戌變法運動期間維新派在湖南創建的政治團體。由譚嗣同、皮錫瑞、唐才常等發起，於光緒二十四年二月初一日（1898.02.21）在長沙成立。譚嗣同、皮錫瑞任學會長。長沙設總會，各縣設分會。先後入會者達千餘人。學會以「講愛國之理，求救亡之法」為宗旨。每七天集會一次，主講人有譚嗣同、皮錫

1898	光緒二十四年	二月初九日，總理衙門與英德簽訂第二次借款合同（**《英德續借款合同》**）。
1898	光緒二十四年	二月十四日，清政府與德國簽訂**《中德膠澳租借條約》**。
1898	光緒二十四年	二月十五日，**《湘報》**創刊。熊希齡創辦，唐才常為主編。

瑞、黃遵憲、唐才常等。講學內容分學術、政教、天文、輿地四門，借以宣傳新學和變法救亡主張。二月，創辦《湘報》，作為該會機關報。由於學會受到以湖南巡撫陳寶箴為首的贊助變法的地方官吏的支持，曾與以王先謙、葉德輝為首的湖南守舊派展開激烈鬥爭，戊戌政變後被取締。

英德續借款合同　中日甲午戰爭後，清政府為支付賠款向外國借債。光緒二十四年二月初九日（1898.03.01），清政府與英、德簽訂《續借英德洋款合同》（即《英德續借款合同》），總額一千六百萬英鎊，折銀一億一千二百餘萬兩，八三扣，年利四釐五，分四十五年還清，以海關稅收，蘇州、淞滬、九江、浙江釐金及宜昌、鄂岸、皖岸鹽釐為擔保。通過此項借款，英德獲得監督、控制中國財政行政權，還取得一些地區的釐金抵押權。

中德膠澳租借條約　又稱《德租膠澳專約》，德國強迫清政府簽訂的租地條約。光緒二十三年十月二十日（1897.11.14），德國藉口曹州教案佔領膠州灣。二十四年二月十四日（1898.03.06），德駐華公使海靖與清總理衙門大臣李鴻章在北京簽訂《膠澳租借條約》。主要內容有：（一）中國將膠州灣租給德國，租期九十九年；（二）允許德國在山東

1898	光緒二十四年	二月十九日，總理衙門將康有為的上清帝第六書上呈光緒帝。
1898	光緒二十四年	二月二十八日，湖南周漢因反洋教被清政府逮捕。
1898	光緒二十四年	三月初六日，清政府與俄國簽訂《**旅大租借條約**》。

省境內修築鐵路，開採鐵路沿線兩旁各三十華里以內的礦產；（三）山東境內舉辦任何事業，如需外人、外資和器材，德國享有優先承辦權；（四）德軍在膠州灣沿岸一百華里內可自由通行。通過這一條約，山東成為德國的勢力範圍。1914年（民國三年），日本出兵攻佔膠澳。1919年，巴黎和會上，日本要求將膠州灣無條件轉交於己，遭到中國人民堅決反對。1921至1922年在華盛頓會議上，日允退膠州灣，由中國付鉅款贖回。

湘報 戊戌變法運動期間維新派在湖南創辦的報刊。光緒二十四年（1898）二月，由譚嗣同、唐才常等創刊於長沙，作為南學會的機關報。唐才常、熊希齡等主編，譚嗣同、梁啓超、樊錐等任撰述，宣傳維新變法。譚、唐、梁、樊等發表了大量宣傳變法的文章，引起很大反響。湖南頑固派攻擊該報為「中國之巨蠹」，並唆使黨徒毆打該報主筆。戊戌政變後，於同年九月初一日（1898.10.15）停刊，共出一百七十七期。

旅大租借條約 原稱《中俄會訂條約》，又稱《中俄條約》。俄國強迫清政府訂立的不平等條約。光緒二十四年三月初六日（1898.03.27），總理衙門大臣李鴻章等與俄國駐華代辦在北京

1898	光緒二十四年	三月十四日，法國公使照會總理衙門，將雲南、兩廣劃爲其勢力範圍。
1898	光緒二十四年	三月二十七日，**保國會**在北京粵東會館召開第一次會議，康有爲在會上慷慨陳辭。
1898	光緒二十四年	三月二十八日，張之洞奏請籌辦江西萍鄉煤礦。
1898	光緒二十四年	閏三月初二日，日本公使照會總理衙門，將福建劃爲其勢力範圍。

簽訂。共九款。主要內容：（一）俄國租借旅順口、大連灣及其附近海面，租期二十五年，期滿可商延期；（二）租地內軍、政大權統歸俄國，但不得有總督，巡撫名目；俄國有權在此建造各種設施，但中國不得在此駐軍；（三）租地以北設「中立區」，行政由中國官吏主持，中國軍隊非經俄國同意，不得入內；（四）旅順口爲軍港，獨准華俄船隻享用，大連灣除口內一港專爲中俄兵艦使用外，其餘地方作通商口岸；（五）允俄修鐵路支線至旅順、大連。同年四月十一日（1898.05.30），本約在俄國首都聖彼得堡交換批准。後又續訂條約詳劃租地範圍。

保國會　戊戌變法運動期間維新派組織的全國性政治團體。光緒二十四年（1898）春，各省旅京人士紛紛成立以省爲單位的學會，如閩學會、陝學會、蜀學會、關學會等。三月二十二日（1898.04.12），由康有爲發起，帝黨官僚李盛鐸出面，聯合各省學會在北京成立保國會，列名入會者一百八十六人。擬定章程三十條，宣告以「保國、保種、保教」爲宗旨；規定在北京、上海

1898	光緒二十四年	閏三月，張之洞撰寫《**勸學篇**》。
1898	光緒二十四年	閏三月，康有爲等人再次發動公車上書。
1898	光緒二十四年	四月初十日，恭親王奕訢卒。
1898	光緒二十四年	四月，梁啓超等人上書請廢八股。
1898	光緒二十四年	四月二十一日，中英簽訂《**展拓香港界址專條**》。

設總會，各省、府、縣設分會；並對會議期限、領導機關、入會手續和會員權利等都作了明確規定，已具有近代政黨的雛形。不久，頑固守舊派官僚紛紛上奏，攻擊該會「包藏禍心」，「陰謀叛亂」；咒罵康有爲「僭越妄爲，非殺不可」。在這種形勢下，不少會員紛紛退出，保國會無形瓦解。

勸學篇　書名，張之洞著。光緒二十四年（1898）閏三月出版，共二十四篇，四萬多字。分「內篇」、「外篇」。序言謂：「內篇務本，以正人心，外篇務道，以開風氣。」實際是宣揚「中學爲體，西學爲用」的觀點，主張在維護封建專制制度的基礎上，吸收西方資本主義的軍事、經濟技術，用以反對維新派「開議院，興民權」的思想主張。是集中反映洋務派思想體系的代表作，曾被清政府頒行全國，但遭到維新派的嚴厲批判。

展拓香港界址專條　英國強迫清政府訂立的租地條約。光緒二十四年四月二十一日（1898.06.09），由清總理衙門大臣李鴻章與英駐華公使竇納樂在北京簽訂。專條規定：英國「租借」深圳河

1898	光緒二十四年	四月二十三日，光緒帝下「定國是詔」，宣布變法，**百日維新**開始。
1898	光緒二十四年	四月二十七日，戶部尚書翁同龢奉旨開缺回籍。

以南、九龍半島界限街以北及附近島嶼的中國領土，即所謂「新界」九百七十五點一平方公里，包括大鵬灣、深水灣水面，租期九十九年。連同道光二十二年（1842）《南京條約》割讓給英國的香港島七十五點六平方公里，以及咸豐十年（1860）《北京條約》割讓給英國的九龍司（半島界限街以南）十一點一平方公里，整個香港地區面積爲一千零六十一點八平方公里。

百日維新　光緒二十四年四月二十三日（1898.06.11），光緒帝採納維新派康有爲、梁啓超等人的主張，頒布「明定國是」詔，宣布變法。從這一天起，到八月初六日（1898.09.21），慈禧發動政變止，歷時一百零三天，史稱「百日維新」。在此期間，光緒開始引用維新人士，罷黜部分后黨頑固派官僚，頒布一系列變法詔書，改革舊制，實行新政。經濟方面：（一）保護及獎勵農、工、商業，在北京設立農工商總局、鐵路礦務總局，提倡實業，鼓勵私人投資，各省、州、縣設立農會（農業研究機關）、商會（商業公司）；（二）設中國銀行，編製國家預、決算，按月公布；（三）舉辦新式郵政；（四）獎勵科學著作和發明。政治方面：（一）裁撤詹事府、通政司、光祿寺等閒散衙門和重疊機構，裁汰冗官；（二）廣開言路，允許官民上書言事，嚴禁官吏阻撓；並准許自由開設報館、學會，報紙一律免稅；（三）取消

1898	光緒二十四年	四月二十八日，光緒帝召見康有為、**張元濟**。
1898	光緒二十四年	四月，嚴復翻譯的《**天演論**》正式出版。

滿人寄生特權，准許其自謀生計。軍事方面：（一）裁汰綠營、統勇，令八旗及各省軍隊一律改練洋操，採用西洋兵制；（二）籌辦兵工廠，籌造兵輪，添練海軍。思想文化方面：（一）廢八股，改試策論；（二）設立學堂，首先籌辦京師大學堂，各省書院、祠廟改設學堂；（三）設立譯書局，編譯書籍；（四）派人出國遊歷、遊學等。八月初六日（1898.09.21），慈禧太后發動政變，取消新政，恢復舊制。變法維新運動失敗。

張元濟（1867～1959）　浙江海鹽人，字菊生。光緒進士。曾任清刑部主事、總理衙門章京，中日甲午戰後，參加維新變法運動。光緒二十三年（1897），在上海創辦通藝學堂，設英文、算學等課程，倡習西學；並參預梁啓超、汪康年《時務報》事務。二十四年，「百日維新」期間，經由徐致靖舉薦，受光緒帝召見；繼而迭上新政奏議，請改官制，廢跪拜禮儀，建議「設議政局以總變法之事」等。戊戌政變發生後，被革職永不敘用。後在上海致力於文化出版事業，主持商務印書館，校印百衲本《二十四史》，影印《四部叢刊》。1949年後，參加中國人民政治協商會議，當選為全國人民代表大會代表。著有《校史隨筆》、《涵芬樓燼餘書錄》等。

天演論　書名。天演即進化。英國生物學家赫胥黎（Thomas Henry Huxley, 1825-1895）《進

1898	光緒二十四年	五月初一日，康有爲進呈《**孔子改制考**》。
1898	光緒二十四年	五月初五日，清政府廢八股改試**策論**。
1898	光緒二十四年	五月十三日，中英簽訂《**訂租威海衛專條**》

化論與倫理學》序論與本論兩篇的中譯本。嚴復譯述，並附案語闡述己見。該書借「物競天擇，適者生存」、「優勝劣敗」、「弱者先絕」的進化論觀點，激勵中國人民變法維新，「自強保種」。宣傳「天道變化，不主故常」、「世道必進，後勝於今」的社會進步理論。乃近代比較系統、準確地向中國人介紹達爾文（Charles Robert Darwin, 1809-1882）生物進化論基本內容的著名譯作，對思想界產生了強烈而深遠的影響。

孔子改制考　書名。康有爲關於變法維新的理論著作之一，共二十一卷。光緒二十四年（1898），在上海刊行。力證六經皆孔子爲托古改制而作，所載堯、舜、文王之誥命典章和盛德大業，皆孔子理想寄託，並非史實。認爲孔子改制精義在「通三統」、「張三世」，中國社會發展，必由據亂世（君主專制時代）而入昇平世（君主立憲時代），最終達於太平世（民主共和時代）。斷言中國欲由據亂世進入昇平世，唯有變法維新。遭頑固派嫉視，曾兩次焚版禁行。1920年（民國九年）重刊。該書在當時的思想界引起巨大反響，梁啓超把它的刊行比作火山大噴火、大地震。

策論　清代科舉考試的一種文體。策是策問，或從四書、五經、史書中，或從當時的政治經濟問題中，提出一些問題，讓應試者作文對答。論是議論文。清康熙年間，曾用以取士，不久廢。戊戌變法期間，議廢八股，改試策論，未果。光緒二十八年（1902

。

1898	光緒二十四年	五月十五日，軍機大臣會同總理衙門王大臣會奏**京師大學堂**章程及籌辦辦法。

），又規定凡鄉試、會試及生童歲科考試，均廢八股，改試策論，不久又廢。

訂租威海衛專條　英國強迫清政府訂立的關於租借威海衛的條約。光緒二十四年三月初七日（1898.03.28），英國提出租借要求，五月十三日（1898.07.01），英駐華公使竇納樂與總理衙門大臣奕劻簽訂《訂租威海衛專條》。主要內容有：（一）將威海衛、威海灣內之群島以及全灣沿岸十英里以內地方租給英國；（二）租期二十五年，經雙方同意仍可延長；（三）所租之地歸英國管轄。1919年（民國八年），巴黎和會上，英代表巴爾福聲明放棄租權。1922年2月1日，英國聲明退還威海衛，但仍保留英艦隊對劉公島的使用權。1923年，租借期滿，仍未退還。1930年4月18日，中英訂立交收威海衛專約及協定，依舊保留劉公島爲英海軍根據地。

京師大學堂　中國近代最早的大學。光緒二十四年（1898），創辦於北京，爲戊戌變法的「新政」措施之一，目的在於「廣育人才，講求時務」，「培非常之才以備他日特達之用」。課程設置強調「中西並重」，最初擬設道學、政學、農學、工學、商學等十科，招收官員、官僚子弟及各省中學堂畢業生入學。但因戊戌變法失敗，在頑固派統治下，實際只辦了詩、書、易、禮四堂及春秋二堂，每班不過十餘人，性質仍與舊式書院相近。二十六年，八國聯軍進佔北京，學校一度停辦。二十八年，復校，增設預

1898	光緒二十四年	五月十五日，四川**余棟臣**第二次反洋教起義爆發。
1898	光緒二十四年	六月初六日，《**女學報**》於上海創刊。
1898	光緒二十四年	六月初八日，清廷將《時務報》改爲官辦，派康有爲督辦。
1898	光緒二十四年	六月十五日，諭命設立礦務鐵路總局。
1898	光緒二十四年	六月十八日，廣西全州山洪暴發，淹死三百多人。
1898	光緒二十四年	七月十四日，清政府大力裁撤冗官冗員。

備科（政科、藝科）及速成科（仕學館、師範館）。二十九年，增設進士館、譯學館及醫學實業館。宣統二年（1910），發展爲經、法、文、格致、農、工、商七科。辛亥革命後改稱北京大學。

余棟臣（1851～？）　四川大足縣龍水鎭人，又名騰良，別號余蠻子。以挑煤爲業。光緒十二年（1886）、十三年，兩次參加龍水鎭搗毀教堂的鬥爭。十六年，爲反對法國教會干涉中國內政和清政府護教抑民的行徑，組織煤窯、紙廠工人和挑販數百人舉行武裝起義。十八年，起義失敗後，轉入山區堅持鬥爭。二十四年，被清政府逮捕。經蔣贊臣等人營救，出獄。回到龍水鎭後，集合群衆六千多人再次舉行起義。清政府派重兵圍剿。二十五年，投降清軍，起義失敗。二十五年至民國成立以前，爲清政府監禁。宣統三年（1911），辛亥革命爆發後，被釋出獄，因附保皇營被處死。

1898	光緒二十四年	七月十六日，農工商總局成立。
1898	光緒二十四年	七月二十九日，日本前首相伊藤博文訪華。
1898	光緒二十四年	七月三十日，光緒帝託**楊銳**傳出密詔。
1898	光緒二十四年	八月初一日，光緒帝召見袁世凱。
1898	光緒二十四年	八月初三日，慈禧太后取消光緒帝獨立處理政事的權力。
1898	光緒二十四年	八月初四日，慈禧太后將光緒帝軟禁於瀛臺。

女學報　中國近代最早的婦女報紙。光緒二十四年六月初六日（1898.07.24），創刊於上海。康有爲之女康同薇、梁啓超夫人李蕙仙等任主筆。設論說、新聞、徵文、告白等欄，鼓吹男女平權，施教勸學，提倡民主科學，主張興辦女學，以求婦女解放，國富民強。現見最後一期爲光緒二十四年七月三十日（1898.09.15）出版的第十二期。

楊銳（1857～1898）　四川綿竹人，字叔嶠，又字鈍叔。舉人出身，張之洞弟子，光緒十五年（1889）起，任內閣中書，政治上與張之洞有密切聯繫。二十一年，參加強學會。二十四年二月，倡立蜀學會，不久又參加保國會。「百日維新」期間經湖南巡撫陳寶箴舉薦，受光緒帝召見。七月，與譚嗣同、林旭、劉光第同授四品卿銜，任軍機章京，參預新政。八月初六日（1898.09.21），戊戌政變發生；初九日（1898.09.24），被捕；十三日（1898.09.28），與譚嗣同等同時

1898	光緒二十四年	八月初六日，慈禧太后發動**戊戌政變**，宣布垂簾聽政。
1898	光緒二十四年	八月十三日，清廷在菜市口殺害「**戊戌六君子**」。
1898	光緒二十四年	八月十六日，漢口大火災，延燒五千多戶，死三百多人。
1898	光緒二十四年	八月二十一日，湖南巡撫陳寶箴被革職，另有相當支持變法的官員受到處分。

遇害，爲「戊戌六君子」之一。著有《說經堂詩草》。

戊戌政變　慈禧太后發動的推翻戊戌新政的宮廷政變。光緒二十四年（1898）的維新活動遭到以慈禧太后爲首的頑固守舊勢力的堅決反對，八月初六日（1898.09.21），慈禧太后發動政變，又一次臨朝「訓政」。隨即囚禁光緒帝，搜捕維新人士；十三日（1898.09.28），殺譚嗣同、康廣仁、楊深秀、楊銳、劉光第、林旭六人（史稱「戊戌六君子」）；下令通緝康有爲、梁啓超（此時康、梁已逃往日本）；懲辦支持維新變法的官員陳寶箴、江標、黃遵憲等數十人。廢除新政詔令，戊戌變法失敗。這次政變史稱「戊戌政變」。

戊戌六君子　見「**戊戌政變**」條。

關內外鐵路借款合同　光緒二十四年八月二十五日（1898.10.10），清政府關內外鐵路督辦胡燏棻與英國中英公司在北京簽訂。共二十款。主要內容有：借款總額二百三十萬英鎊，年息五釐，九扣實付，四十五年還清；用於修築自奉天（今遼寧瀋陽）中後所至新民屯（今新民）的鐵路及

1898	光緒二十四年	八月二十五日，清政府與英國簽訂《**關內外鐵路借款合同**》。
1898	光緒二十四年	九月二十六日，日照教案發生。
1898	光緒二十四年	十月初，趙三多率領**義和團**在山東冠縣蔣家莊起義，打出「扶清滅洋」的口號。
1898	光緒二十四年	十月二十一日，清政府再次嚴厲處置翁同龢，即行革職，永不敘用。

營口支線，備還津榆、津蘆路所欠款項；以北京至山海關鐵路財產、收入和新築的鐵路收入作擔保；總理衙門須向英國公使保證，本合同內所指各鐵路永不讓與他國。

義和團 清末民間武術團體與祕密教門的混合組織。由義和拳、梅花拳、大刀會等民間祕密結社互相結合、發展而成，爲義和團運動的基本力量。最初流行於山東、直隸（今河北）等地，以設拳廠、練拳習武的方式組織群衆。參加者大多數是農民、手工業者和其他勞動群衆。中日甲午戰爭後，民族危機空前嚴重，義和拳等祕密結社遂匯合起來，以反對外國侵略、打擊教會勢力爲主要鬥爭內容。光緒二十四年（1898），義和拳的鬥爭在山東冠縣興起，以後很快波及全省。二十五年下半年，義和拳等組織改稱義和團。山東義和團首先提出「扶清滅洋」的口號，爲各地義和團所接受，勢力迅速擴展到華北、東北及內蒙古等廣大地區，京、津一帶聲勢尤爲浩大。二十六年夏，八國聯軍進攻中國，義和團在廊坊、大沽、天津、北京等地英勇抗擊。最後在八國聯軍

1898	光緒二十四年	十一月十一日，梁啓超在日本橫濱創辦《**清議報**》。
1898	光緒二十四年	十一月十九日，京師大學堂正式開學。
1899	光緒二十四年	十一月二十六日，安徽渦陽飢民起義。
1899	光緒二十四年	十二月初八日，余棟臣率部投降，四川反洋教運動終止。
1899	光緒二十四年	十二月十八日，按慣例授予班禪額爾德尼之弟扎喜汪結公爵職銜。
1899	光緒二十四年	十二月，劉坤一奏報於上海設立商務總局，選舉絲茶各業鉅商**嚴信厚**等爲商務總董。

和清政府的聯合鎮壓下，義和團運動失敗。

清議報　清末改良派刊物。光緒二十四年十一月十一日（1898.12.23），創刊於日本橫濱。旬刊。發行兼編輯署「英人馮鏡如」，實爲梁啓超主持。主旨是提倡保皇，抵制革命。因火災於二十七年十一月十一日（1901.12.21）停刊。共出一百期。

嚴信厚（1828～1906）　浙江慈溪人，字筱舫。幼年曾在寧波錢莊學徒。同治初，入李鴻章幕，後任河南鹽務督銷。光緒十一年（1885），署長蘆鹽務幫辦。以鹽務起家，從事商業，光緒十五年，積資鉅富。陸續創設或投資上海源豐潤銀號、寧波通久源紗廠、錦州天一墾務公司、上海華興水火保險公司、上海中英藥房、四明商業銀行等。曾任中國通商銀行總董。二十八年，任上海商業會議會所總理。三十年，任

1899	光緒二十五年	二月初四日，清政府頒布地方官與教士往來事宜五條。
1899	光緒二十五年	二月十八日，德軍佔領日照並拘禁日照新任知縣。
1899	光緒二十五年	三月十九日，英俄換文劃分在中國的勢力範圍。
1899	光緒二十五年	三月十九日，日本強迫清政府在福州簽訂《**福州口租界條款**》。
1899	光緒二十五年	四月初九日，許景澄、張翼與英德銀行簽訂《**津鎮鐵路借款草合同**》。

上海商務總會首屆總理。

福州口租界條款　日本帝國主義強迫清政府簽訂的租地條約。光緒二十三至二十四年（1897～1898），日本領事向清福建布政司要求三鄉洲一帶爲日租界。二十五年三月十九日（1899.04.28），日本強迫清政府簽訂《福州口租界條款》，共十二款，附有《另約章程》。主要內容有：（一）自天主堂碼頭東界起，至尾墩村東方止，前部面沿閩江，後部包田地一帶地方，爲日本專管租界；（二）租期三十年，期滿可以續租；（三）租界內行政、警察等權皆由日本管理；（四）所有外國租界和將來開拓之外國租界的優惠，日本租界一體享受。

津鎮鐵路借款草合同　津鎮鐵路自天津至鎮江，光緒二十二年（1896），容閎請求修築該路。二十五年四月初九日（1899.05.18），清政府工部左侍郎許景澄與

1899	光緒二十五年	四月十二日，諭命剛毅南巡，考察地方財政稅收，加強中央財政收入。
1899	光緒二十五年	四月十四日，張謇創辦的大生紗廠試生產成功。
1899	光緒二十五年	五月十九日，山東日照教案議結，向德國賠款七萬七千八百二十兩。
1899	光緒二十五年	六月十三日，康有爲在加拿大成立**保皇會**。
1899	光緒二十五年	六月二十三日，總理衙門與礦務鐵路總局奏定《增訂礦務章程》。

英德銀團代表在北京簽訂借款草合同，共三十五款。後要求自辦，多次交涉未成。三十三年十二月，清政府代表與英德銀團在北京簽訂《天津浦口鐵路借款合同》。宣統二年（1910），在北京又簽訂《津浦鐵路續借款合同》。英德借此長期控制津浦鐵路，並加強其在華北的侵略勢力。

保皇會　清末改良派的政治團體，亦稱中國維新會。光緒二十五年六月十三日（1899.07.20），建於加拿大。康有爲任正會長，梁啓超、徐勤任副會長。全稱爲保救大清皇帝會，簡稱保皇會。以保救光緒、實行君主立憲、反對革命爲宗旨。總部設於澳門，並陸續在世界各地華僑中建立組織，共建立總會十一個，支會一百零三個。三十二年十一月十七日（1907.01.01），改名爲國民憲政會，旋正式定名爲帝國憲政會。

門戶開放政策　又叫「海約翰政策」。美國政府提出的侵略中國的政策。甲午戰後，各國在中國

1899	光緒二十五年	七月初九日，山東大刀會首領劉贊虞率衆進入直隸境內活動。
1899	光緒二十五年	八月初二日，美國宣布對中國實現**門戶開放政策**。
1899	光緒二十五年	八月初七日，中韓訂立《和好通商條約》。
1899	光緒二十五年	八月十三日，山東平原縣槓子李莊拳民李長水等與教民發生衝突。
1899	光緒二十五年	九月初七日，**朱紅燈**率義和拳與官府發生衝突。

爭劃勢力範圍。美國爲了分享各國在華侵略權益，於光緒二十五年（1899）八月至十月，由國務卿海約翰（John Milton Hay, 1835-1905）分別訓令美國駐英、俄、德、日、意、法等國大使，向各駐在國政府提出「開放中國門戶」的照會。主要內容是：（一）各國在中國的所謂「勢力範圍」或租借地內的任何投資事業或既得利益，他國不得干涉；（二）各國運往上述「勢力範圍」內各口岸的貨物，均按中國現行關稅稅率由中國政府徵收稅款；（三）各國對進入自己「勢力範圍」內的他國船舶，不得徵收高於本國船舶的港口稅，在其「勢力範圍」內所建築、控制或經營的鐵路上運輸他國的貨物時，不得徵收高於本國商品的運輸費。門戶開放政策是要列強開放在華勢力範圍和租借地，使它享有均等的貿易機會。

朱紅燈（？～1899）　山東泗水人，原名逢明。遊民出身，以賣藥行醫爲業。光緒二十四年（

1899	光緒二十五年	九月二十一日，四川總督奎俊奏准派道員、提督各一人赴日本考察學制兵制。
1899	光緒二十五年	十月十四日，清政府與法國簽訂**廣州灣租借條約**。
1899	光緒二十五年	十月十九日，清政府突發上諭，要求各省督撫抵禦外侮。
1899	光緒二十五年	十月十九日，義和拳首領朱紅燈在山東茌平

1898），因避水災來到長清（今齊河）縣大李莊，在當地組織義和拳，並於當年率領拳衆焚毀徐家樓、龜對教堂，受到群衆擁護。此後在長清、茌平、高唐一帶領導義和拳積極開展反對外國教會侵略勢力的鬥爭，焚燒教堂多處，並與禹城義和拳首領心誠和尚聯絡，互爲聲援。二十五年九月，率衆支援平原縣槓子李莊義和拳的鬥爭，打退平原縣令蔣楷所率捕役和馬隊，繼而在平原與恩縣之間的森羅殿地方擊敗袁世敦（袁世凱之兄）等率領的清軍騎兵，影響及於附近各州縣。後與心誠和尚同被山東巡撫毓賢誘捕，十一月二十二日（1899.12.24），在濟南遇害。

廣州灣租界條約　法國強迫清政府訂立的不平等條約。光緒二十四年十月初三日（1898.11.16），廣西提督蘇元春與法海軍軍官禮睿在廣州灣正式簽訂。主要內容：（一）廣州灣及附近海面租給法國，租期九十九年；（二）租界內全歸法國管理，並有權設防駐紮軍隊、徵收船稅；（三）允准法國修築自廣州灣赤坎至安鋪的鐵路。二十五年十二月二十七日（1900.01.27），法將廣州

		被捕。
1899	光緒二十五年	十一月初四日，山東巡撫**毓賢**替義和團辯護，事後清政府以袁世凱代毓賢。
1899	光緒二十五年	十一月初五日，清政府加入保和會。
1899	光緒二十五年	十一月十七日，命李鴻章署理兩廣總督。
1899	光緒二十五年	十一月二十二日，毓賢離任前，下令處死義和團領袖朱紅燈和**心誠和尚**。

灣劃歸法越殖民總督管轄。到1945年（民國三十四年）8月18日，中法簽訂《交收廣州灣租借地專約》，本約廢除。

毓賢（？～1901）　漢軍正黃旗人，字佐臣。監生出身。光緒十六年（1890），為山東曹州（今菏澤）知府。二十二年，為山東按察使，任內鎮壓當地及江蘇碭山（今屬安徽）等處大刀會的反教會活動，屠殺會眾數千人。二十五年，任山東巡撫。時山東義和團運動蓬勃興起，他曾力圖鎮壓，並於當年底誘捕義和團首領朱紅燈和心誠和尚。但懾於義和團聲勢浩大，也建議清政府採取「撫」的策略，把山東義和團編入民間團練。後由美國公使康格（Edwin Hund Conger, 1843-1907）出面，迫使清政府將他撤職。次年，調任山西巡撫，殺外國傳教士數十人。八國聯軍攻陷北京後，隨慈禧太后西逃。清政府與聯軍議和後，被指為「禍首」之一。二十七年，在蘭州被處死。

心誠和尚（？～1899）　山東高唐人，亦稱本明和尚，出家前名楊照順，一名楊順天。自幼在禹城縣丁家寺為僧，對於拳技刀槍無不精熟，遂設廠練拳習武，組

1899	光緒二十五年	十一月二十五日，以戶部尚書王文韶爲協辦大學士。
1900	光緒二十五年	十二月初二日，山東高密民衆聚衆阻撓德國修築**膠濟鐵路**。
1900	光緒二十五年	十二月二十四日，慈禧太后立端郡王**載漪**之子溥儁爲皇子，又稱「大阿哥」。
1900	光緒二十五年	十二月二十五日，興中會在香港創刊《**中國**

織義和拳開展反對外國教會侵略勢力的鬥爭，與朱紅燈率領的義和拳互相聲援，使禹城、長清、茌平、高唐等地的義和拳聯成一片。後與朱紅燈同被山東巡撫毓賢誘捕，光緒二十五年十一月二十二日（1899.12.24），在濟南遇害。

膠濟鐵路　從山東青島經濰坊、張店（淄博市）到濟南。長三百九十三公里。光緒二十五年（1899），開工修建；三十年，築成。該路爲德國控制。第一次世界大戰期間又爲日本所佔。1922年（民國十一年），贖回。

載漪（1856～1922）　清末滿洲貴族。愛新覺羅氏。惇親王綿愷孫，後出繼瑞郡王綿忻。妻慈禧太后侄女。光緒二十年（1894），進封端郡王。二十五年十二月，慈禧太后立其子溥儁爲大阿哥（即皇位繼承人），以圖「徐篡大統」，廢光緒帝位。五月，授總理衙門大臣，辦理外交。時正值義和團運動高漲，八國聯軍侵華之際，他力主攻打外國公使館，企圖迫使各國公使承認廢立計劃。他率領下的虎神營士兵打死德國公使克林德（Klemens August Ketteler, 1853-1900）。七月，八國聯軍攻陷北京，隨慈禧太后西逃。二十七年，《辛丑

		日報》，陳少白任社長。
1900	光緒二十五年	十二月二十六日，上海電報局總辦經元善聯合知名人士章炳麟、唐才常等一千二百三十一人簽名致電總理衙門，反對廢黜光緒帝。
1899	光緒二十五年	是年，清國子監祭酒王懿榮發現甲骨文。
1899	光緒二十五年	是年，**林紓**翻譯的《巴黎茶花女遺事》出版發行，乃國人較系統譯介西洋文學之始。

條約》簽訂，被指爲「禍首」，奪爵，罷官，遣戍新疆；其子溥儁開去大阿哥名號。

中國日報　中國革命派最早的報紙。光緒二十五年十二月二十五日（1900.01.25），創刊於香港。陳少白任社長兼總編輯。當時既是興中會的機關報，又是革命黨人的聯絡機關。日刊出版兩個月後，又兼出旬刊。二十七年正月，旬刊移入日報，作爲報紙的文學副刊。三十一年，成爲同盟會的報紙。三十二年五月改組，馮自由任社長兼總編輯。辛亥革命後遷廣州，成爲國民黨的宣傳機關。1913年（民國二年）8月，被軍閥龍濟光查封。在辛亥革命準備時期，該報在革命宣傳方面起了重要作用。

林紓（1852～1924）　福建閩縣（今閩侯）人，原名群玉，字琴南，號畏廬，別署冷紅生。舉人出身。曾任教於京師大學堂。早年致力於桐城派古文，思想傾向維新。戊戌變法前作《新樂府五十首》，讚揚新學，批判科舉制度。後靠懂西文的人口述，用古文翻譯歐美等國小說一百七十餘種，其中以小仲馬《巴黎茶花女遺事》最爲有名。所譯小說適應當時維新運動的需要，增進了文化界對西方政治、社會及世情習

1900	光緒二十六年	正月十二日，諭命兩廣總督李鴻章掘毀康有爲、梁啓超本籍祖墳，並於隨後懸賞十萬兩捉拿康、梁二人。
1900	光緒二十六年	二月初二日，英、美、德、意四國公使和法國駐華代辦要求清政府嚴厲取締義和團和大刀會。
1900	光緒二十六年	三月十三日，英、美、法、俄四國艦隊進逼大沽口，強迫清政府鎭壓義和團。
1900	光緒二十六年	四月二十三日，列強駐京外交公使團照會清政府，要求鎭壓義和團。
1900	光緒二十六年	四月二十四日，總理衙門大臣奕劻奏請保護使館教堂，懲辦拳民。

俗的了解；並對二十世紀初至五四運動以後中國文學的發展有一定影響。譯筆頗流暢，但因他不懂西文，僅據他人口述，不免有許多錯誤。晚年反對五四新文化運動，是守舊派代表入物之一。能詩畫，有《畏廬文集》、《畏廬詩存》及傳奇、小說、筆記等多種。

西摩爾（Admiral Sir Edward Hobart Seymour, 1840-1929）英國海軍將領。1852年（咸豐二年），進英國海軍，以少尉參加第二次鴉片戰爭。1862年（同治元年），在上海參與清政府鎭壓太平天國革命的戰爭。1900年（光緒二十六年），任英國東亞艦隊總司令。6月，各國以「保護」使館爲名，由他率八國聯軍二千餘人從天津進犯北京，沿途遭到義和團的堵截，在廊坊等地遭到義和團和董福祥所部清軍痛擊

1900	光緒二十六年	四月二十八日，道士王圓箓整理敦煌石窟洞室時，發現敦煌經卷。
1900	光緒二十六年	五月十四日，英將**西摩爾**率八國聯軍由津赴京。
1900	光緒二十六年	五月十五日，義和團與八國聯軍在廊坊激戰。
1900	光緒二十六年	五月十九日，義和團開始**攻打西什庫教堂**，並焚燒其他教堂。
1900	光緒二十六年	五月二十日，慈禧太后召集第一次御前會議，此後連續三天召集四次御前會議，籌議應對義和團和八國聯軍。

，狼狽逃回天津租界。著有《我的海軍生涯及旅行紀事》。

攻打西什庫教堂　北京西什庫教堂是直隸（今河北）北部天主教總教堂，是外國對中國進行宗教侵略的一個重要據點。光緒二十六年（1900）五月間，北京地區義和團反帝鬥爭高漲，法國傳教士、北京教區主教樊國梁（Pierre Marie Alphonse Favier, 1837-1905，或譯「法維埃」）以該教堂爲據點，糾集中國教民二千餘人，配備新式武器，修築防禦工事，進行頑抗；同時有從天津調集的侵略軍四十餘名幫助「守衛」。從五月十九日（1900.06.15）開始，一直持續到七月二十日（1900.08.14）北京陷落，上萬名義和團戰士和清軍配合圍攻該教堂，共斃傷侵略者二十餘名，其中包括一名法國軍官。但由於清政府一直企圖妥協

1900	光緒二十六年	五月二十一日，八國聯軍攻陷大沽炮臺。
1900	光緒二十六年	五月二十四日，德國公使**克林德**爲清兵所殺。
1900	光緒二十六年	五月二十四日，清兵和義和團圍攻東交民巷使館。
1900	光緒二十六年	五月二十四日，八國聯軍從楊村撤退，義和團取得楊村大捷。
1900	光緒二十六年	五月二十五日，清廷發布正式宣戰詔書。

求和，對教堂採取「明攻暗保」策略，致使義和團和清軍始終未能攻下。

克林德（Klemens August Ketteler, 1853-1900）　德國外交官。陸軍出身。1881年（光緒七年）來華，爲使館翻譯學生。1883年，任駐廣州領事館翻譯。1885年，任使館參贊。1889年，任代辦。後來曾一度任駐墨西哥使館參贊。1899年，再度來華任公使。1900年6月14日（光緒二十六年五月十八日），他帶領一隊德國水兵外出巡邏，命令士兵開槍打死路過使館旁的義和團民約二十人。17日（二十一日），德軍又打死清軍士兵三人，引起義和團和中國軍民的極大憤慨。20日（二十四日），當他乘轎到總理衙門行經東單時，被清軍虎神營士兵擊斃。

余聯沅（？～1901）　湖北孝感人。光緒進士，歷任監察御史、給事中、署福建按察使、布政使、江蘇蘇松太兵備道、浙江巡撫等職。光緒二十四年（1898），戊戌變法期間，彈劾康有爲「非聖無法，心術不正」。二十六年

1900	光緒二十六年	五月三十日，上海道**余聯沅**與各國駐上海領事議定《東南保護約款》及《保護上海城廂內外章程》，史稱「**東南互保**」。
1900	光緒二十六年	六月初七日，美國發布第二次「門戶開放」照會。
1900	光緒二十六年	六月十三日，直隸提督聶士成力戰殉國。
1900	光緒二十六年	六月十八日，清軍退守北倉，天津失陷。

，義和團運動高漲、八國聯軍進攻北京期間，參與英、美策動的「東南互保」。同年五月三十日（1900.06.26），與督辦蘆漢鐵路大臣盛宣懷代表兩江總督劉坤一和湖廣總督張之洞與各國駐上海領事商定《東南保護約款》九條。二十七年底，病卒。

東南互保　義和團運動時期，英、美勾結我國東南各省督撫企圖分裂中國的侵略活動。光緒二十六年，北方廣大地區掀起的義和團反帝愛國鬥爭，影響及於全國。五月，英國駐上海代理總領事霍必瀾（Sir Pelham Laird Warren, 1845-1923）策動督辦蘆漢鐵路大臣盛宣懷從中牽線，聯絡兩江總督劉坤一、湖廣總督張之洞等，於三十日（1900.06.26），由上海道余聯沅出面，與駐滬各國領事商定《中外互保章程》（又稱《東南保護條款》）和《保護上海城廂內外章程》，主要內容是：「上海租界歸各國公同保護，長江及蘇杭內地均歸各督撫保護，兩不相擾」；上海江南製造總局的軍火，「專爲防剿長江內地土匪，保護中外商民之

1900	光緒二十六年	六月二十一日，沙俄軍隊在海蘭泡大肆屠殺中國和平居民，史稱「**海蘭泡慘案**」。
1900	光緒二十六年	六月二十一日，沙俄軍隊又釀「**江東六十四屯慘案**」。

用」。兩廣總督李鴻章、山東巡撫袁世凱等亦加入「東南互保」。上述兩個章程雖未正式簽訂，但有關條款在長江流域和東南沿海督撫方面已在實際中執行。

海蘭泡慘案　俄軍屠殺中國人民的大血案。海蘭泡，地名，原名孟家屯，位於黑龍江省璦琿縣（今愛輝縣）黑河鎮對岸。第二次鴉片戰爭時，被沙俄侵佔，並於咸豐八年（1858）更名布拉戈維申斯克，該地居民半數以上是中國人。光緒二十六年（1900），沙俄出兵佔領我國東北，六月十九日（1900.07.15），俄軍突然封鎖黑龍江，扣留了全部船隻，不許中國居民過江。當晚俄軍到處搜捕中國居民，並將他們驅往黑龍江邊。二十一日（1900.07.17），又出動大批步騎兵，將中國居民五千餘人殺死或趕入江中淹死，只有八十人泅水過江，倖免於難。

江東六十四屯慘案　江東六十四屯位於黑龍江東岸，精奇里江（今俄羅斯結雅河）江口以南直至孫吳縣霍爾莫勒津屯對岸，南北約一百四十里，東西約七八十里，是中國人民世代居住的地方，歷史上曾有六十四個居民村屯，習慣上稱為「江東六十四屯」。沙俄強迫清政府接受的《璦琿條約》中規定：江東六十四屯由中國人「永遠居住」，俄國「不得侵犯」。光緒二十六年（1900）六月，在製造海蘭泡慘案的同時，又用火燒、刀砍、槍殺以及趕入黑龍江中溺死等殘酷手段，殺

1900	光緒二十六年	七月初一日，**唐才常**等人在上海愚園成立中國議會。
1900	光緒二十六年	七月初五日，列強在天津成立「**天津都統衙門**」，作爲暫時佔領機構。

死中國居民二千餘人，從此江東六十四屯被沙俄強佔。

唐才常（1867～1900） 湖南瀏陽人，字黻丞，一字伯平，號佛塵，自號洴澼子。貢生出身。先後肄業於長沙校經、岳麓及武昌兩湖書院。光緒二十三年（1897），在長沙主編《湘學報》，任時務學堂教習。次年春，又與譚嗣同等發起創設南學會，創辦《湘報》，並任主筆。曾發表大量宣傳維新變法的政論文章。戊戌政變後流亡日本。二十五年冬，回國；次年，在上海成立正氣會，後易名自立會。二十六年六月，在上海張園召開「國會」，宣布「保全中國自主之權，創造新自立國」；「清光緒帝復辟」等政綱；同時聯絡長江流域會黨，組織自立軍七軍，擬在安徽、湖北、湖南同時起兵。七月二十八日（1900.08.22），湖廣總督張之洞勾結英國領事將其逮捕殺害。有《唐才常集》。

天津都統衙門 全稱「暫行管理津郡城廂內外地方事務都統衙門」，八國聯軍佔領天津後設立的殖民統治機構。光緒二十六年六月十八日（1900.07.14），八國聯軍攻佔天津；七月初五日（1900.07.30），成立此機構。由聯軍司令部任命俄國沃加克上校、英國鮑爾中校和日本青木中佐組成三人委員會，均稱都統。同年九月，又增加德、法、美軍官各一名，擴大爲六人委員會，下設八個部門和由九百名侵略軍組成的「巡邏隊」，對天津實行軍

1900	光緒二十六年	七月十五日，**秦力山**率自立軍在安徽大通起義。
1900	光緒二十六年	七月十七日，清廷殺反對同列強開戰的兵部尚書徐用儀、內閣學士聯元、戶部尚書立山。
1900	光緒二十六年	七月二十日，八國聯軍總攻北京，慈禧太后召集大臣議定出京暫避。
1900	光緒二十六年	七月二十一日凌晨，慈禧太后攜光緒倉皇出逃，八國聯軍佔領北京。
1900	光緒二十六年	七月二十三日，列強接受德國元帥**瓦德西**為

事統治。天津城牆被全部拆毀，由天津至大沽口及山海關的炮臺、兵營均被削平。該機構直至二十八年七月才撤銷，以清軍只能在距天津二十里處駐兵爲條件，將天津的行政、警察管理權交還直隸總督袁世凱。

秦力山（1877～1906）　湖南長沙人，初名鼎彝，字力三，又名鄄，號俊傑，又號力山。光緒二十三年（1897），入時務學堂。戊戌變法失敗後，留學日本。二十六年，回國，參加唐才常自立軍，被推爲安徽大通前軍統領。自立軍原定於是年七月十五日（1900.08.09）在湖北、湖南、安徽各路同時起兵，因故延期。他因未得延期通知，按原計劃在大通起兵，旋即失敗，逃亡日本。到日本後，憤怒揭發康有爲私扣募款的劣跡，並與保皇會絕交，投身民主革命。二十七年，在日本編《國民報》，是爲留日學界最早宣傳革命的報紙。三十一年，加入同盟會，被派回安徽，在安慶策劃軍隊起義，事洩逃亡香

		八國聯軍統帥。
1900	光緒二十六年	八月十四日，清廷諭令圍剿義和團。
1900	光緒二十六年	閏八月初六日，俄軍攻陷遼陽。
1900	光緒二十六年	閏八月初八日，俄軍攻佔盛京，至此俄軍基本佔領東北三省重要城市和交通線。
1900	光緒二十六年	閏八月十三日，興中會會員**鄭士良**在廣東惠州發動起義失敗。
1900	光緒二十六年	九月初四日，慈禧一行逃至西安。

港，又轉赴緬甸仰光。三十二年，到雲南乾崖一帶少數民族地區從事革命活動，後病逝。

瓦德西（Count von Alfred Heinrich Karl Ludwig Waldersee, 1832-1904）　德國軍官。歷任陸軍參謀總長、軍團長、陸軍元帥等職。光緒二十六年（1900）七月，八國聯軍攻佔北京後，正式就任聯軍總司令；九月，到達北京，指揮聯軍擴大侵略，到處燒殺搶掠，殘酷屠殺義和團。二十七年四月，回國。著有《回憶錄》三卷，王光祈譯中文節譯本名《庚子聯軍統帥瓦德西拳亂筆記》。

鄭士良（1863～1901）　廣東歸善（今惠陽）人，原名振華，字安醫，參加革命後，改名士良，號弼臣。自幼與會黨關係密切。青年時期，曾求學於廣州博濟醫院附設南華醫學校，與孫中山結交。光緒二十一年（1895），參加興中會，參與籌劃廣州起義，負責聯絡會黨。二十六年，領導惠州（今廣東惠陽）三洲田起義

1900	光緒二十六年	九月十七日，沙俄強迫清政府地方官員簽訂非法的《**奉天交地暫且章程**》。
1900	光緒二十六年	九月二十七日，八國聯軍侵入張家口。
1900	光緒二十六年	十一月初三日，十一國公使將**議和大綱**草案交奕劻。
1900	光緒二十六年	十一月初六日，清廷允准議和大綱。

，屢敗清軍。後因彈藥不濟，將起義軍解散。次年，在香港被清奸細毒死。

奉天交地暫且章程　光緒二十六年（1900），沙俄強迫奉天（今遼寧）地方政府簽訂的章程。是年，沙俄佔領我國東三省後，於九月十七日（1900.11.08）強迫盛京（即奉天）將軍增祺簽訂本章程，規定奉天交還中國的條件是：（一）俄國駐兵省城盛京（今瀋陽）及其他各地；（二）駐在奉天省的中國軍隊「一律撤散，收繳軍械」，軍械庫所存軍裝、槍炮統行交俄武官經理，炮臺、營壘、火藥庫一律拆毀；（三）中國供給俄國奉天駐軍住房和糧食；（四）俄國在盛京設總管一人，「預聞要公」（即沙俄總管有權預聞盛京將軍辦理的一切重要事件）等。按這個章程的內容，奉天省名存實亡，與沙俄殖民地無異。十一月，沙俄強迫增祺擅訂《章程》事敗露，清政府將增祺革職，宣布《章程》作廢。

議和大綱　光緒二十六年（1900）七月，八國聯軍侵入北京；閏八月，法國政府向各國發出照會，主張以懲辦禍首，禁止軍火入口，賠款，使館駐兵，拆除大沽炮臺以及聯軍佔領大沽至天津間

1901	光緒二十六年	十一月十二日，授駐俄公使**楊儒**爲全權大臣，與俄國談判接收東三省事宜。
1901	光緒二十六年	十一月二十五日，奕劻、李鴻章在議和大綱上正式畫押。
1901	光緒二十六年	十二月初十日，清政府在西安下詔變法，清末**新政**開始。
1901	光緒二十六年	十二月二十六日，清廷「頒自責之詔」。

的二三處地方等項要求作爲與清政府議和的基礎。照會爲各國所接受，後又增補了各國的要求，即擴大懲辦禍首名額和賠款數字，修訂通商行船條約，中國地方官員有鎮壓群衆排外之責，改革總理衙門等項，擴充成十二條，即「議和大綱」。十一月初一日（1900.12.22），以英、俄、美、日、德、法、意、奧、比、西、荷十一國公使共同照會的形式交給清政府代表。清政府表示「所有十二條大綱，應即照允。」二十七年，正式簽訂的《辛丑條約》就是以「議和大綱」爲基礎擬定的。

楊儒（？～1902）　漢軍正紅旗人，字子通。舉人出身。以監生納貲爲員外郎。後歷任江蘇常鎮通海道、浙江溫處道、安徽徽寧池太廣道。光緒十八年（1892），以四品卿銜任駐美國、西班牙和祕魯三國公使。二十二年，轉任駐俄、奧、荷三國公使。二十四年，晉升爲工部右侍郎，仍駐俄。十一月，被任爲全權大臣，與俄談判交收東三省問題。在談判中，沙俄提出囊括我國東三省的政權、軍權、財權的侵略條款，並迫使他簽字；他堅持拒絕簽字。次年二月，在談判歸途中患中風跌傷。二十八年正月十二日

1901	光緒二十七年	正月二十五日，上海各界人士二百餘人於張園集會，抗議沙俄侵略我國東北，主張堅拒俄約。
1901	光緒二十七年	二月初一日，美國教會所辦**東吳大學**在蘇州成立。
1901	光緒二十七年	二月初五日，俄國強迫全權大臣楊儒接受俄國單方面提出的條約，楊儒堅決拒絕。

（1902.02.19），病死於彼得堡任所。

新政　光緒二十六年底至三十一年（1901.01～1905），清政府爲維護其統治而採取的措施。光緒二十六年十二月初十日（1901.01.29），清廷頒布變法上諭。二十七年三月初三日（1901.04.21），成立了以奕劻爲首的督辦政務處，總攬一切新政事宜。光緒二十六年底至三十一年，清政府頒布了一系列上諭，陸續推行新政。內容包括：改總理各國事務衙門爲外務部；停止捐納實官，裁汰各衙門胥吏差役；裁汰綠營防勇，編練常備、續備、巡警各軍；廢棄舊式武科，建立武備學堂，派遣留學生出洋，開經濟特科，停止鄉會試及各省歲考，廣設學堂；獎勵工商業，准滿漢通婚等。而練兵籌餉則是新政的中心內容。推行新政，不僅未能加強清朝的統治，反而加劇了統治階級和被統治階級之間的矛盾，促進了民主革命的高漲。

東吳大學　光緒二十七年二月初一日（1901.03.20），在蘇州成立，由美國基督教監理會合併上海中西書院和蘇州博習學院而成

1901	光緒二十七年	三月初一日，各國列強提出賠款總額爲銀四萬萬五千萬兩。
1901	光緒二十七年	三月初三日，清政府設立**督辦政務處**。
1901	光緒二十七年	三月二十二日，流亡日本之愛國志士和留學生創辦《**國民報**》。
1901	光緒二十七年	四月二十一日，臺灣蘇澳附近發生六級地震。

；次年，正式開學。著名傳教士林樂知爲董事長。以「培養法科人才」爲宗旨。先後在蘇州設文理學院，在上海設法學院。法學院設宗教、法律等十三項課程，所用課本大部爲美國大學法律系的教材。學生讀兩年大學，再入法科修業三年，畢業後授予法學士學位。1927年（民國十六年）後，始聘中國人楊永清爲校長。抗日戰爭時期，文理學院遷曲江，法學院遷重慶。抗戰勝利後，遷回上海。1951年，由人民政府接管。次年，全國高校院系調整後，分別併入他校。

督辦政務處　清末官署名稱。光緒二十七年三月初二日（1901.04.21）設立。以奕劻、李鴻章、榮祿、昆岡、王文韶、鹿傳霖爲督辦大臣，劉坤一、張之洞（後增袁世凱）爲參予政務大臣。爲主持推行「新政」的機構。三十二年，改爲會議政務處。三十三年七月，併入內閣。宣統三年（1911）四月，撤銷。

國民報　留日學生創辦的革命刊物。光緒二十七年三月二十二日（1901.05.10），創刊於東京。月刊。秦力山任總編輯。該刊系統介紹了自由、平等和

1901	光緒二十七年	四月二十五日，羅振玉創辦的《教育世界》在上海發行。
1901	光緒二十七年	五月二十七日，醇親王**載灃**起程赴德，為在義和團運動中遇難的德國公使克林德向德國政府道歉。
1901	光緒二十七年	五月 ，張謇創辦的通海墾牧公司成立。
1901	光緒二十七年	六月初九日，清廷諭命改總理衙門為**外務部**，班列六部之前。
1901	光緒二十七年	六月中旬，兩江總督劉坤一、湖廣總督張之

人權學說，明確提出了反清革命思想。二十七年六月二十六日（1901.08.10）停刊。共出四期。

載灃（1883～1952）　愛新覺羅氏，宣統帝之父，襲醇親王爵。光緒二十七年（1901），任專使，為德國駐華公使克林德被殺害事件赴德道歉。三十四年（1908），溥儀即位後任監國攝政王。宣統元年（1909），編練禁衛軍，罷斥袁世凱，自封海陸軍大元帥。三年四月，組織「皇族內閣」，表明「預備立憲」。武昌起義後，各省紛紛宣布獨立，被迫辭職。後曾移居天津、東北。1952年（民國四十一年），病逝於北京。

外務部　光緒二十七年（1901）後，清朝中央政府外交機構。根據《辛丑條約》第十二款規定，清政府於光緒二十七年六月初九日（1901.07.24），詔令將原外交機構——總理各國事務衙門改為外務部，班列六部之前。設總理一人，會辦一人，尚書一人，左、右侍郎各一人。宣統三年（

		洞聯銜上呈《**江楚會奏變法三摺**》，此三摺被視爲清末新政的指導性文獻。
1901	光緒二十七年	七月初一日，清政府定於八月二十四日自西安回鑾。
1901	光緒二十七年	七月初二日，清政府決定停徵漕糧，一律改征折色（即將漕糧折合銀價或錢價，改徵銀或錢）。
1901	光緒二十七年	七月十六日，清廷決定科舉考試廢除八股，改試策論。

1911），去總理、會辦職，改尚書爲大臣，侍郎爲副大臣，各一人。

江楚會奏變法三摺　書名。清末著名奏摺。光緒二十六年十二月（1901.01），清政府諭令中外大員就變法事宜提出建議，兩江總督劉坤一和湖廣總督張之洞遂會銜連上三道奏摺。二十七年五月二十七日（1901.07.12）一摺，就興學育才提出四條建議：設文武學堂、酌改文科、停罷武科、獎勸遊學。六月初四日（1901.07.19）一摺，就整頓中法提出十二條建議：崇節儉、破常格、停捐納、課官重祿、去書吏、去差役、恤刑獄、改選法、籌八旗生計、裁屯衛、裁綠營、簡文法。初五日（1901.07.20）一摺，就採用西法提出十一條建議：廣派遊歷、練外國操、廣軍實、修農政、勸工藝、定礦律路律商律交涉刑律、用銀元、行印花稅、推行郵政、官收洋藥、多譯東西各國書。這些建議有不少爲清政府採納頒爲新政。是年九月

1901	光緒二十七年	七月二十五日，**《辛丑條約》**簽定。
1901	光緒二十七年	七月二十九日，清廷命各省建立武備學堂。
1901	光緒二十七年	八月初二日，諭命將各省書院一律改設學堂，此諭為清末新政中教育改革之正式開端。
1901	光緒二十七年	八月初四日，諭命各省選派學生出國留學，並鼓勵自費留學，此諭為清末大批學生出國留學之開端。

，兩湖書院以《江楚會奏變法》書名刊印。

辛丑條約　八國聯軍攻佔北京後，強迫清政府訂立的不平等條約。光緒二十七年七月二十五日（1901.09.07），由清政府全權代表奕劻、李鴻章與英、俄、美、德、日、法、奧、意、西、荷、比十一國代表在北京簽訂。共十二款，另有十九個附件。其主要內容為：（一）中國賠款海關銀四億五千萬兩，分三十九年還清，年息四釐，本息共計九億八千多萬兩，以海關稅、常關稅和鹽稅作抵押。（二）將北京東交民巷劃為外國使館界，由各國駐兵管理，「中國民人，概不准在界內居住」。（三）拆毀大沽炮臺及北京直到渤海一線的所有炮臺，而外國有權在北京至山海關的十二個據點駐紮軍隊。（四）永遠禁止中國人民成立或加入任何反帝組織，違者處死。清政府各級官吏對人民的反帝鬥爭，「必須立時彈壓懲辦」，否則革職永不敘用；並責成清政府須懲辦「縱信」義和團而開罪外國侵略者的官員一百多人。（五）改總理各國事務衙門為外務部，班列六部之前。（六）清政府分派王大臣赴德、日兩國「謝罪」，在德國公使克林德被殺地點建立牌坊

1901	光緒二十七年	八月初五日，最後一批八國聯軍從北京撤退。
1901	光緒二十七年	八月十九日，諭命盛宣懷爲辦理商稅事務大臣。
1901	光緒二十七年	八月，興中會成員**謝纘泰**聯絡洪秀全侄子**洪全富**預謀在廣東策劃起義，建號「大明順天國」。

，對被殺之日本使館書記生杉山彬「須用優榮之典」。這個條約是中國近代喪權辱國最爲嚴重的不平等條約，它表明清政府完全變爲帝國主義統治中國的工具，成了名副其實的「洋人的朝廷」。

謝纘泰（1872～1937）　廣東開平人，字聖安，號康如。出生於澳大利亞。光緒十三年（1887），隨父歸香港，肄業於皇仁書院。十八年，參加輔仁文社。二十一年，加入興中會，負責對外交涉事務。二十八年，與洪全福等人預定在廣州舉義。事敗後，任《南華早報》編輯，專在言論上鼓吹改革，不再與聞軍事。晚年，經營礦業，但因缺乏資本無所進展。1937年（民國二十六年）4月1日，病逝於香港。著有《中華民國革命祕史》，對興中會成立始末記錄頗詳。

洪全福（1836～1904）　廣東花縣人，原名春魁，字其元。洪秀全之侄。早年參加太平天國起義，被封爲瑛王。太平天國失敗後，逃亡香港，在外國輪船上當廚役。晚年，在香港行醫。光緒二十八年（1902），與興中會員謝纘泰、李紀堂等聯合，準備在廣州起義。二十九年初，起事計劃洩露，化裝逃往香港。翌年，病

1901	光緒二十七年	九月二十七日，李鴻章卒於北京，諡號「文忠」，追贈太傅。
1901	光緒二十七年	十月二十日，清廷諭令廢除溥儁大阿哥名號，並命立即出宮。
1901	光緒二十七年	十月，袁世凱在山東創辦**山東大學堂**（今山東大學前身）。
1901	光緒二十七年	十一月十四日，清政府爲李鴻章在京師建立專祠，此爲漢大臣在京師建專祠之第一人。
1902	光緒二十七年	十一月二十五日，《外交報》在上海創刊，創辦人張元濟。
1902	光緒二十七年	十一月二十九日，慈禧太后發布懿旨，追贈

逝。

山東大學堂　清光緒二十七年（1901），奏請在山東省城濟南設立。山東巡撫袁世凱委任周學熙爲總辦，美國人赫士（Watson McMillen Hayes, 1857-?）任總教習。內分備齋、正齋、專齋。備齋習淺近各學，溫習中國經史掌故，授以外國語言文字、史志、地輿、算術等，二年畢業，略如各州縣之小學堂；正齋習普通學，分政學、藝學兩門，政學爲中國經學、中外史學、中外治法學，藝學爲算學、天文學、地質學、測量學、格物學、化學、生物學、譯學等，四年畢業，略如各府廳直隸州之中學堂；專齋習專門學，有中國經學、中外史學、中外政治學、方言學、商學、工學、礦學、農學、測繪學、醫學等，二年至四年畢業。先辦備齋、正齋，續辦專齋。學堂還採集

		珍妃爲貴妃。
1902	光緒二十七年	十二月初一日，清廷命**張百熙**爲管學大臣，負責管理京師大學堂。
1902	光緒二十七年	十二月初二日，諭令將同文館併入京師大學堂。
1902	光緒二十七年	十二月二十一日，第一次《英日同盟條約》簽字。
1902	光緒二十七年	十二月二十三日，諭准滿漢通婚，並提倡漢族婦女去除纏足陋習。
1901	光緒二十七年	是年，日本人在北京創辦《**順天時報**》，這是外國人在北京出版的第一份中文報紙。

各家所譯西文格言，及科學理化之論，成《西學要領》一書，教授學生。後遷新校址，改名爲高等學堂。

張百熙（1847～1907）　字埜秋，湖南長沙人。同治進士。曾任編修、侍讀。甲午中日戰起，疏劾李鴻章陽作戰備、陰實主和之罪。光緒二十四年（1898），遷內閣學士，管理京師大學堂事務。戊戌政變起，因曾奏薦康有爲而被革職留任。二十七年，疏請改官制、理財政、變科舉、辦學堂、設報館。後歷任工部、吏部、戶部、郵傳部尚書等職。

順天時報　日本外務省在華出版的中文報紙。原名《燕京時報》，1901年（光緒二十七年）10月，創刊於北京，中島真雄、龜井陸良等主編。標榜「以融合中日文化，民族親善，經濟提攜，互尊互惠爲宗旨」。刺探中國政局

1902	光緒二十八年	正月初一日，梁啓超在日本橫濱創辦《**新民叢報**》。
1902	光緒二十八年	正月初一日，梁啓超的《新民說》和《新史學》在《新民叢報》首刊上發表。
1902	光緒二十八年	正月初十日，駐俄公使楊儒病逝於俄國。
1902	光緒二十八年	正月十五日，上海商業會議公所成立。
1902	光緒二十八年	正月十七日，裁撤河東河道總督。

內幕，攻擊中國人民反帝愛國鬥爭，扶植親日派軍閥，爲日本侵略政策服務。1930年（民國十九年）3月26日，停刊。

新民叢報　辛亥革命前改良派的重要刊物。光緒二十八年正月初一日（1902.02.08），創刊於日本橫濱。初定爲半月刊，第二年後，多未按期出版。梁啓超主編。宣傳宗旨是保皇立憲，反對革命。光緒二十九年前，在介紹西學、抨擊以西太后爲首的清政府、剖析民族危亡的嚴重形勢等方面，起了啓發知識分子民族民主覺悟的作用。革命形勢日益高漲後，矛頭主要指向革命派。從三十一年起，與《民報》展開全面論戰，遭到革命派的嚴正駁斥。三十三年冬，停刊，共出九十六期。有彙編本。

景廷賓（1861～1902）　直隸廣宗東苕村人，號尙卿。武進士出身。光緒二十七年（1901）春，曾領導廣宗縣人民抗拒外國教會勾結清朝官府勒索「攤派賠款」的鬥爭。二十八年正月，直隸總督袁世凱派兵襲擊東苕村，他率衆奮起迎戰。因寡不敵衆，於二月轉移至鉅鹿，自稱「龍團大元帥」，豎「官逼民反」、「掃清

1902	光緒二十八年	正月二十四日，直隸廣宗聯莊會首**景廷賓**率衆與官兵發生衝突。
1902	光緒二十八年	正月二十七日，清政府諭將**詹事府**併入翰林院，並裁撤通政司。
1902	光緒二十八年	二月初十日，清廷爲直隸提督聶士成恢復名譽，並將其生平事蹟交國史館立傳。
1902	光緒二十八年	三月初一日，清廷與俄國簽訂《**中俄交收東三省條約**》。

滅洋」大旗。隊伍擴大到六萬人。起義軍以聯莊會的農民群衆爲主，也包括部分義和團餘部，從事抗拒清朝官府和外國教會侵略勢力的鬥爭。曾圍攻威縣天主教堂，殺死法國神甫，直、魯、豫三省二十四縣人民紛起響應，聲勢浩大。四月，袁世凱派大隊清軍前往廣宗鎮壓，並有德、日、法侵略軍六千餘人「助剿」。起義軍作戰失利，他率衆突圍被捕。六月，在威縣就義。

詹事府　官署名。清初輔導東宮太子、管理太子宮內事務的機構。設滿、漢詹事（詹事之意，即供給宮中之事）各一人，正三品，其漢員兼翰林院侍讀學士銜；滿、漢少詹事各一人，正四品，其漢員兼翰林院侍講學士銜。其下有左右春坊及司經局。自康熙後，照例不立太子，詹事府就成爲皇帝用以安置文學侍從、備翰林官員遷轉的閒散機構。光緒二十八年（1902），以名實不副被撤銷，其事務歸翰林院。

中俄交收東三省條約　亦稱《俄國撤兵條約》。光緒二十六年（1900），沙俄佔領我國東北三省後，直至次年《辛丑條約》簽訂，仍不肯撤兵，激起中國人民的

1902	光緒二十八年	三月十九日，**章炳麟**在日本東京組織「**支那亡國二百四十二年紀念會**」。
1902	光緒二十八年	三月二十日，**中國教育會**在上海成立，事務

強烈反對。同時，由於利害衝突，英、美、日等國也出面要求俄國撤兵。沙俄不得已於光緒二十八年三月初一日（1902.04.08），與清政府簽訂《撤兵條約》四款。主要內容：（一）東三省歸還中國。（二）俄軍在十八個月內分三期（六個月爲一期）全部撤回。（三）俄軍撤退前，清政府在東北「不另添練兵」；撤兵後，駐東北的軍隊人數如有增減，應隨時知照俄國。（四）俄方交還山海關、營口、新民廳沿線鐵路，但清政府應給予「賠償」。但到二十九年三月第二期撤兵期滿時，俄軍又違約不撤，並向清政府提出七項新的侵略要求，從而激起中國人民的拒俄運動。

章炳麟（1869～1936）　字枚叔，號太炎。浙江餘杭人。自幼熟讀經史。光緒二十三年（1897），任《時務報》撰述。二十六年，與改良派決裂。二十八年，在日本發起「支那亡國二百四十二周年紀念會」。旋在上海與蔡元培等組織中國教育會和愛國學社。次年，發表《駁康有爲論革命書》，駁斥保皇派的謬論，宣傳革命。「蘇報案」發，與鄒容同被監禁。三十年，參與籌劃成立光復會。三十二年，出獄後東渡日本，參加同盟會，主編《民報》。宣統二年（1910）正月，在東京重建光復會總部，任會長。三年，上海光復後回國，任孫中山總統府樞密顧問，同時與張謇等組織統一黨。袁世凱篡政初期，公開擁袁集權。1913年（民國二年），發生「宋教仁案」，指責袁世凱，不久，在北京被軟禁

		長爲蔡元培。
1902	光緒二十八年	四月初六日，清廷著派沈家本、**伍廷芳**悉心考訂、編纂現行律令。

。1917年，任護法軍政府祕書長。五四運動後，以講學爲業。1936年，在蘇州病逝。主要著作收入《章氏叢書》。

支那亡國二百四十二周年紀念會 清末留日學生的革命活動。光緒二十八年（1902），是南明永曆帝覆亡二百四十二周年；三月十九日（1902.04.26），是明崇禎帝自縊紀念日。爲了喚起人們的反清革命思想，由章炳麟、秦力山等十人發起，定於該日在東京舉行紀念會。在章炳麟起草的《宣言書》中，號召人們學習二百多年以前的反清志士，同清朝封建統治者鬥爭。中國留日學生報名赴會者達數百人。但由於清駐日公使蔡鈞和日本外務省勾結，阻止開會，大會未能按計劃在東京舉行。當天下午，孫中山等六十餘人在橫濱補行了紀念儀式。同一天，香港的愛國志士也舉行了紀念儀式。

中國教育會 清末進步文化教育團體。光緒二十八年三月二十日（1902.04.27），在上海成立。蔡元培爲事務長（會長）。「以教育中國男女青年，開發其智識而增進其國家觀念，以爲他日恢復國權之基礎爲目的。」下設教育、出版、實業三個部。該會爲收容南洋公學退學青年，曾設愛國學社，愛國女學校；組織張園演說，並經常爲《蘇報》撰稿，開展革命宣傳活動。「蘇報案」發生後，愛國學社被解散，該會也於光緒三十三年停止活動。

伍廷芳（1842～1922） 字文爵，號秩庸。廣東新會人。同治十三年（1874），赴英留學，獲法

1902	光緒二十八年	四月十二日，以肅親王善耆爲步軍統領。
1902	光緒二十八年	五月初二日，英國傳教士**李提摩太**提議，將其議設的中西學堂併入晉省大學堂，作爲西學專齋。
1902	光緒二十八年	五月初四日，實授袁世凱爲直隸總督兼北洋大臣。
1902	光緒二十八年	五月十二日，滿族人英華在天津創刊《**大公報**》。

律博士學位。後在香港當律師、法官兼立法局議員。光緒八年（1882），入李鴻章幕府，協助辦理洋務和外交。二十八年，任法律大臣、會辦商務大臣、外交部與刑部右侍郎。在此期間兩度出任駐美國、西班牙、祕魯等國公使。武昌起義爆發後，伍贊成共和，被推爲光復各省臨時外交代表與議和代表，參加南北和談。1912年（民國元年），任南京臨時政府司法總長，協助孫中山制訂法制和法令。袁世凱竊權後，退居上海。1916年，出任段祺瑞內閣外交總長。1917年，任護法軍政府外交總長。軍政府改組後，任總裁兼外長和財長，旋即離去。後追隨孫中山，恢復軍政府，任外長兼財長，一度代行總統職務。1922年，又兼任廣東省長。陳炯明叛變時，仍與孫中山合作。是年，病死於廣州。

李提摩太（Timothy Richard, 1845-1919）　英國浸禮會傳教士。1870年（同治九年）來華，先後在山東、山西等地傳教。1890年（光緒十六年），應直隸總督李鴻章之聘，在天津主編《時報》。1891年，到上海任同文書會（1906年，改名廣學會）總

1902	光緒二十八年	六月十三日，駐京各使臣照會清廷同意裁撤「天津都統衙門」。
1902	光緒二十八年	六月二十三日，諭命張之洞充督辦商務大臣。
1902	光緒二十八年	六月二十四日，東京留日學生與清廷駐日公使蔡鈞發生衝突，事後學潮首領**吳稚暉**被日本警方驅逐出境。

幹事，聯合其他基督教團體從事宗教文化侵略。與洋務派官員李鴻章、張之洞來往密切，和維新派亦有聯繫。1895年，曾參加強學會，企圖插手維新運動；並著《新政策》，建議清政府設立「新政部」，由英、美籍西人主管，企圖囊括中國主權，變中國爲殖民地。1901年，義和團運動失敗後，向山西地方當局勒索賠款，辦山西大學堂。辛亥革命後回國。此人在中國從事宗教文化侵略活動達四十五年，被英國譽爲「國外佈道英雄」，著有《留華四十五年記》等。

大公報　光緒二十八年五月十二日（1902.06.17），創刊於天津租界。日報。英華主辦，劉孟揚、王瀛孫等主編。由天主教資本家柴天寵、朱志堯和法國駐華公使鮑渥（Paul Jean Baptiste Beau, 1857-1927）、主教樊國梁等集股而成。以「開風氣，牖民智」、「通上下之情，作四民之氣」、「興利除弊，力圖富強」爲宗旨。鼓吹保皇，詆毀革命。1916年（民國五年），轉讓給皖系政客王郅隆，由胡政之任經理、總編輯。1926年，吳鼎昌、張季鸞等接辦，曾先後增出上海、漢口

1902	光緒二十八年	七月初五日，袁世凱奏設京師師範學堂（今北京師範大學前身）。
1902	光緒二十八年	七月十二日，張百熙奏學堂章程，候旨頒行，此即**欽定學堂章程**。
1902	光緒二十八年	七月十二日，湖南辰州發生教案。
1902	光緒二十八年	八月初四日，盛宣懷與英國簽訂《馬凱條約》。
1902	光緒二十八年	八月，湖南邵陽**賀金聲起義**，未遂。

、重慶、香港、桂林等版。中華人民共和國成立後，由人民政府接管續辦，1966年9月10日終刊。香港版於1948年復刊，持續至今。

吳稚暉（1865～1953）　江蘇武進人，名朓，後改敬恆。清光緒舉人。早年執教於津滬，後留學日本。光緒二十八年（1902），參加上海愛國學社，任《蘇報》撰述，抨擊清廷。「蘇報案」發，走倫敦。三十一年，加入同盟會。三十三年，與張靜江、李石曾在巴黎創辦《新世紀》，宣傳無政府主義。民國成立後，回國，參與國語統一會和留法勤工儉學活動，並創辦《中華新報》。1924年（民國十三年）起，任國民黨中央監察委員、國民政府委員等職。1927年4月，提出「清黨案」，反對中國共產黨。後病逝於臺北。有《吳稚暉先生全集》。

欽定學堂章程　又稱「壬寅學制」。清末第一個系統的學制文件，由管學大臣張百熙擬訂，光緒二十八年（1902，壬寅年），欽定頒行。包括京師大學堂章程並

1902	光緒二十八年	九月初五日，兩江總督劉坤一卒。
1902	光緒二十八年	九月十四日，督辦鐵路總公司大臣盛宣懷與俄國華俄銀行簽訂《正太鐵路借款詳細合同》。
1902	光緒二十八年	十月初五日，政務處大臣奕劻奏請特設商部，以振興商務。
1902	光緒二十八年	十月十七日，上海南洋公學退學學生受中國教育會資助，成立**愛國學社**。

考選入學章程、高等學堂、中學堂、小學堂及蒙學堂章程各一份。分學校爲七級：蒙學堂四年，尋常小學堂三年，高等小學堂三年，中學堂四年，高等學堂或大學預科三年，大學堂三年，大學院無定期。另有各級實業學堂、師範學堂並行。因不夠完備，並未實施。

賀金聲起義　清末中國人民的反教鬥爭。光緒二十八年（1902）八月，湖南邵陽人民爲反對外國教會的壓迫，在賀金聲的領導下發動起義，自稱「大漢滅洋軍」。丨　口（1902.09.12），佔領邵陽縣城。最後賀被湖南巡撫俞廉三誘捕，於二十六日（1902.09.27）遇難。起義失敗。

愛國學社　清末中國教育會創辦的學校。光緒二十八年（1902）十月，上海南洋公學第五班學生反對學校當局壓制言論自由，掀起退學風潮，要求中國教育會辦學相助。中國教育會遂於十七日（1902.11.16），在泥城橋福源里設立愛國學社。蔡元培任總理，吳稚暉任學監，黃炎培、章炳麟、蔣維喬等任義務教員。學務

1902	光緒二十八年	十月，梁啓超在日本創辦《**新小說**》月刊。
1902	光緒二十八年	十一月十三日，清政府諭將電信收歸國有。
1903	光緒二十八年	十二月，洪全福起義失敗。
1902	光緒二十八年	是年，康有爲完成《**大同書**》。
1902	光緒二十八年	是年，嚴復所譯《原富》出版。

則由學生聯合會自治。學社學生分尋常、高等兩級，均以兩年爲畢業期限。次年，南京陸師學堂退學青年亦來滬加入。總計學社共收學生一百三十餘人，全部加入中國教育會。該社編刊《學生世界》，組織張園集會演說，爲《蘇報》撰稿，宣傳革命。二十九年閏五月，「蘇報案」發，章炳麟、鄒容被捕，蔡元培逃離上海，學社被迫解散。

新小說　光緒二十八年（1902）十月，創刊於東京，爲文藝月刊，倡言「小說界革命」。梁啓超主編；次年，改在上海出版。以發表小說爲主，兼及詩歌、戲曲。多涉及時局及社會問題，政治上傾向改良。三十一年十一月，停刊。共出二十四期。

大同書　書名。康有爲著。光緒十一年（1885。另說1884至1887年），寫成《人類公理》一書。以後陸續修改、補充，二十七至二十八年最後成書，更名爲《大同書》。共十卷。1913年（民國二年），在《不忍》雜誌上發表兩卷，全書於1935年由中華書局出版。康有爲在書中把中國古代公羊派的「三世說」、《禮記‧禮運》中的大同思想、佛家慈悲平等思想與西方自由、平等、博愛思想以及片段接觸的空想社會

1903	光緒二十九年	正月初一日，留日湖北學生創辦《**湖北學生界**》，後改名《漢聲》。
1903	光緒二十九年	正月二十日，浙江留日學生創辦《**浙江潮**》。
1903	光緒二十九年	二月二十二日，袁世凱擬籌建北洋陸軍武備學堂。

主義思想雜揉在一起，運用自己豐富的想像力，描繪了人類理想社會——大同社會的美好圖景。康有爲大同理想的主流是建立在「天賦人權」、「自由、平等、博愛」學說基礎之上，批判封建制度，把西方資本主義制度理想化，代表著從封建主義的束縛中解放出來的知識分子對資本主義制度的嚮往；同時也批判了資本主義制度的某些弊病，帶有空想社會主義色彩。但康有爲沒有也不可能找到實現大同理想的科學道路。

湖北學生界　湖北留日同鄉會主辦的革命刊物。光緒二十九年正月初一日（1903.01.29），創刊於日本東京。自第六期起改名《漢聲》。月刊。尹援[illegible]，竇燕石等爲發行人，劉成禺、藍天蔚等爲編輯。以「輸入東西學說，喚起國民精神」爲宗旨。是中國留日學生主辦的革命刊物中以省區命名最早的一種。光緒二十九年八月初一日（1903.09.21），停刊，共出八期。

浙江潮　浙江留日同鄉會主辦的革命刊物。光緒二十九年正月二十日（1903.02.17），創刊於東京。撰述人有孫翼中、蔣方震、蔣智由等。宣傳反清革命思想。對「拒俄運動」有較多報導。並

1903	光緒二十九年	三月十四日，大學士、軍機大臣榮祿卒，予諡文忠。
1903	光緒二十九年	三月二十一日，以錫良署四川總督；以李興銳署閩浙總督。
1903	光緒二十九年	三月二十一日，俄軍從中國第二次撤軍期限已過，但俄軍拒不撤退，反提出七項要求。
1903	光緒二十九年	四月初一日，張謇創辦的南通師範學堂開學。

附有留學界記事調查錄、明末《浙江文獻錄》等重要史料。三十年初，停刊，共出十二期。

張園拒俄會議　清光緒二十九年（1903），沙俄拒不按約從中國東北撤兵，反而提出七項新要求，企圖永久霸佔東北。四月初一日（1903.04.27），汪康年等發起，上海紳商學各界千餘人集會張園，數十人即席演說，並致電清政府外務部和各國外交部，譴責沙俄侵略罪行。

拒俄義勇隊　留日學生建立的愛國軍事組織。四月初三日（1903.04.29），東京留日中國學生舉行拒俄大會，決定成立拒俄義勇隊。兩天後，義勇隊改名爲學生軍，參加者有一百二十二人，另有部分女學生做隨軍看護，推藍天蔚爲隊長。學生軍組成後即向清政府要求開赴東北前線與沙俄侵略軍作戰，並派代表赴天津請求北洋大臣袁世凱主戰。清政府密令逮捕回國代表，並聯合日本政府解散義勇隊。四月十五日（1903.05.11），拒俄義勇隊改爲軍國民教育會。

藍天蔚（1878～1922）　字秀豪

1903	光緒二十九年	四月初一日，上海各界紳商、民衆千餘人集會於張園，抗議沙俄侵略，史稱「**張園拒俄會議**」。
1903	光緒二十九年	四月初三日，留日學生在東京錦輝館召開大會，成立**拒俄義勇隊**，**藍天蔚**爲隊長。
1903	光緒二十九年	四月初四日，京師大學堂學生開會拒俄。
1903	光緒二十九年	四月，**鄒容**《革命軍》在上海出版。

，湖北黃陂人。日本士官學校畢業。曾參加留日學生拒俄義勇隊，被推爲隊長。歸國後，赴武昌爲新軍統帶。後任協領，駐防關外。武昌起義後，密謀在關外響應，未成，去上海，被東北黨人推爲關東革命軍大都督。孫中山復任其爲北伐軍第二軍總司令，至煙臺督率海陸軍，欲謀取東北。袁世凱竊權後，辭職南下。護法運動時，暗助南方護法軍政府。因參加反軍閥鬥爭，1922年（民國十一年），爲孫傳芳所敗。後在重慶遇害。

鄒容（1885～1905）　原名紹陶，字蔚丹，又名威丹。四川巴縣人。光緒二十八年（1902）春，自費留學日本，投身民主革命運動。次年三月，回到上海，參加愛國學社，發表宣傳民主革命的著作《革命軍》，提出結束中國君主專制制度、建立「中華共和國」的主張。蘇報案發生後，被英租界當局無理判處徒刑二年，與章炳麟一起囚於上海租界監獄。三十一年二月，死於獄中。1912年（民國元年）2月，被南京臨時政府追贈爲大將軍。

1903	光緒二十九年	四月，章炳麟撰成**《駁康有為論革命書》**。
1903	光緒二十九年	四月，袁世凱重建**天津中西學堂**校舍，改名北洋大學。
1903	光緒二十九年	五月初五日，以王文韶爲武英殿大學士；崑岡爲文淵閣大學士；崇禮爲東閣大學士。
1903	光緒二十九年	五月初九日，清廷命鐵良會同袁世凱辦理京

駁康有為論革命書　文章名。章炳麟著。寫成於光緒二十九年（1903）四月。初刊入《黃帝魂》，後出單行本，又在《蘇報》上以《康有爲與覺羅君之關係》爲題節錄發表。全文八千餘字。全面系統地批判了康有爲在《與南北美洲諸華商書》中所散布的保皇立憲、反對革命的謬論。指出：清政府爲了維持其種族壓迫，決不會放棄政權，實行立憲；只有通過流血革命，實行民主共和，才能使中國免爲歐美之奴隸。同時通過具體事實說明：「公理之未明，即以革命明之。舊俗之俱在，即以革命去之。革命非天雄大黃之猛劑，而實補瀉兼備之良藥。」直斥保皇派奉爲「聖明之主」的光緒帝爲「載湉小丑，未辨菽麥」。在當時革命派同改良派的鬥爭中，這篇文章產生了巨大影響。

天津中西學堂　亦稱「天津西學學堂」，或稱「北洋西學堂」。光緒二十一年（1895），盛宣懷創辦於天津。分頭等學堂和二等學堂兩級，學習各四年。二等學堂屬預科性質。頭等學堂普通學科有英文、數學、製圖、物理、化學、天文、地學、萬國公法、理財學等，專門學科有工程學、電學、礦務學、機器學、律例學等。畢業後，「或派赴外洋分途歷練，或酌量委派洋務職事」。

		旗練兵事宜。
1903	光緒二十九年	閏五月初五日，「**蘇報案**」發生。
1903	光緒二十九年	閏五月初六日，章炳麟被捕；龍澤厚自動投案。
1903	光緒二十九年	閏五月十五日，盛宣懷與英國中英公司簽訂《**滬寧鐵路借款合同**》。

此學堂於二十六年爲帝國主義侵略軍所毀。再建後，二十九年，改爲北洋大學。辛亥革命後，校名屢變。1946年（民國三十五年）後，又恢復北洋大學校名。1949年後，改稱天津大學。

蘇報案　清末著名的政治案件。光緒二十九年（1903），民主革命宣傳家鄒容、章炳麟相繼發表《革命軍》和《駁康有爲論革命書》。與中國教育會和愛國學社有聯繫的上海《蘇報》連續報導各地學生的愛國運動，發表、推薦鄒容和章炳麟的文章，使革命思想得到廣泛傳播。爲此，清政府勾結上海公共租界工部局於閏五月逮捕了章炳麟。鄒容激於義憤，於七日（1903.07.01），自動投案。十三日（1903.07.07），《蘇報》被查封。次年四月初七日（1904.05.21），章、鄒分別被判處監禁三年和二年。三十一年，鄒容被折磨致死。三十二年，章炳麟刑滿釋放。這一事件促使更多的人走上革命道路。

滬寧鐵路借款合同　光緒二十九年閏五月十五日（1903.07.09），訂於上海。清政府向英國銀公司借款三百二十五萬英鎊築滬寧鐵路，九折實付，年息五釐，五十年爲期，以鐵路產業作抵；由銀公司代爲建造滬寧全路及行駛火車，訂約後十二個月不興工，則此約作廢；中國若未滿二十五

1903	光緒二十九年	閏五月二十日，沙俄修建的東三省鐵路竣工通車。
1903	光緒二十九年	六月初五日，日俄就中國東北和朝鮮問題舉行談判。
1903	光緒二十九年	七月十六日，清政府設立**商部**，以載振爲尙書，班列外交部之次。
1903	光緒二十九年	七月二十九日，中法戰爭名將馮子材卒。
1903	光緒二十九年	八月初六日，准商部奏議各省設立路礦農務

年之前取贖，則加息二釐半。

商部　官署名。光緒二十九年（1903），設立。掌管全國工商事務，包括農務、蠶桑、畜牧，以及工藝、路礦等。置尙書及左、右侍郎各一員，下轄保惠、平均、通藝、會計四司和司務廳。附設律學館、商務學堂、工藝局、註冊局、京師勸工陳列所等，兼轄鐵路、礦務、農務、工藝各項公司。三十年九月，以工部併入，改爲農工商部。

華興會　清末革命團體。光緒二十九年九月十六日（1903.11.04），在長沙建立。黃興爲會長，宋教仁、劉揆一爲副會長。以「驅除韃虜，復興中華」爲宗旨，以「雄踞一省與各省紛起」、進而推翻清政府爲戰略方針。會後，設立「華興公司」作爲總機關，設黃漢會以聯絡軍界，設同仇會以聯絡會黨，擴大革命力量。爲了「雄踞一省」，決定二十八日（1903.11.16），在長沙舉行起義，並派人往武昌、江西、四川、上海聯絡黨人，以圖同時並舉。事洩，黃興等逃亡日本。次年，與興中會聯合，在日本東京

		工藝各項公司。
1903	光緒二十九年	八月，袁世凱創辦直隸工藝局，委周學熙為總辦。
1903	光緒二十九年	八月，王錫彤率浙江海寧民眾焚燒教堂。
1903	光緒二十九年	九月十六日，**華興會**在長沙成立，**黃興**為會長。
1903	光緒二十九年	十月十四日，清廷准商部訂鐵路簡明章程二十四條。

建立中國同盟會。

黃興（1874～1916）　原名軫，字廑午，又字克強。湖南善化（今長沙）人。光緒二十八年（1902）初，赴日本留學，和楊篤生等創辦《遊學譯編》，組織「湖南編輯社」，介紹西方的科學文化。二十九年，參加拒俄運動及軍國民教育會。同年夏，回國進行革命活動。三十年正月，在長沙組成華興會，任會長。隨後策劃長沙起義未成，經上海去日本。三十一年，與孫中山等人建立中國同盟會，任執行部庶務，居協理地位。三十三年起，先後參與或指揮欽廉防城起義、鎮南關（今友誼關）起義、欽廉上思起義、雲南河口起義、廣州新軍起義和黃花崗之役。武昌起義後，被推為革命軍總司令，率領民軍在漢口、漢陽對清軍作戰。1912年（民國元年），任南京臨時政府陸軍總長。臨時政府北遷，任南京留守府留守。1913年7月，任江蘇討袁軍總司令；失敗後，流亡日本。1914年夏，離日本去美國養病。1916年，在袁世凱死後回國。同年10月31日，因

1903	光緒二十九年	十月十六日，清政府設**練兵處**，以奕劻爲練兵大臣。
1903	光緒二十九年	十月二十七日，蔡元培組織「對俄同志會」。
1903	光緒二十九年	十一月初一日，《**中國白話報**》在上海創刊。
1903	光緒二十九年	是年，**陳天華**的《猛回頭》、《警世鐘》相繼出版。
1903	光緒二十九年	是年，李寶嘉的《官場現形記》出版。
1903	光緒二十九年	是年，吳沃堯的《二十年目睹之怪現狀》出

病在上海逝世。

練兵處　清末官署名。光緒二十九年十月十六日（1903.12.04），在北京成立。以奕劻總理練兵事務，袁世凱爲會辦練兵大臣，鐵良襄同辦理。該機構是全國編練新軍的參謀部。在其主持下，制訂了一系列練兵的規章和法令，在各省設立督練公所，仿照西方資本主義國家的軍制，編練新軍。

中國白話報　清末革命刊物。光緒二十九年十一月初一日（1903.12.19），創刊於上海。初爲半月刊。第十三期以後，改爲旬刊。主編人林獬。用白話文宣傳反滿革命思想、民主思想和團結禦侮的愛國思想。三十年八月二十九日（1904.10.08），停刊，共出二十四期。

陳天華（1875～1905）　原名顯宿，字星臺、過庭，別號思黃。湖南新化人。光緒二十九年（1903）初，官費留學日本，參與

		版。
1903	光緒二十九年	是年，劉鶚的《老殘遊記》出版。
1903	光緒二十九年	是年，曾樸的《孽海花》出版，譴責小說盛極一時。
1903	光緒二十九年	是年年底 ，英軍自印度大舉入侵我西藏。
1904	光緒二十九年	十一月二十六日，張之洞、張百熙上奏學堂章程，由清政府頒布施行，是爲中國首次施行正規學制。
1904	光緒二十九年	十二月，《**女子世界**》在上海創刊。

編輯《遊學譯編》、《新湖南》等書刊，發表宣傳革命的著作《猛回頭》、《警世鐘》。三十年，與黃興等在長沙創立華興會，參與策劃長沙起義，未成，逃亡日本。三十一年，協助孫中山組織中國同盟會，任書記和《民報》編輯。十月，日本政府頒布取締留學生規則，留日中國學生群起抗議。他爲激勵大家「共講愛國」，寫下絕命書，於十一月十二日（1905.12.08），在東京大森海灣蹈海自盡。輯有《陳天華集》。

女子世界　清末革命婦女刊物。光緒二十九年十二月（1904.01），創刊於上海。初由丁初我主編。第六期起，改由陳志群主編。鼓吹「政治之革命」和「家庭之革命」並舉，號召婦女和男子一道「演驅逐異族光復河山推倒舊政府建設新中國之活劇」。三十二年初，停刊，共出十八期。是當時以婦女爲對象的刊物中歷

1904	光緒二十九年	十二月二十三日，日俄戰爭爆發。
1904	光緒二十九年	十二月二十七日，清政府宣布對日俄戰爭守局外中立，並公布局外中立條規。
1904	光緒三十年	正月二十四日，「上海萬國紅十字會」成立。
1904	光緒三十年	正月二十五日，**《東方雜誌》**在上海創刊。
1904	光緒三十年	正月二十八日，奕劻等奏請設立戶部銀行。
1904	光緒三十年	二月初一日，商部奏，擬訂《礦務暫行章程》三十八條。
1904	光緒三十年	二月二十六日，日軍侵佔西藏江孜，大肆屠殺我藏胞。
1904	光緒三十年	二月，北洋已練成新軍三鎮，各鎮翼長分別為王英楷、吳長純、段祺瑞。

時最長、影響最大的一種。

東方雜誌　光緒三十年正月二十五日（1904.03.11），創刊於上海，由商務印刷館出版，編輯有徐珂、孟森、杜亞泉等社會名流。刊物下設論旨、社說、內務、軍事、外交、教育、實業、宗教、記載等欄目，涉及社會生活的各個方面。其記載欄中的中國大事記、中國時事匯錄頗有特色，鼓吹立憲，在當時亦很有影響。該刊一直發行到1949年（民國三十八年），是近代中國頗有影響且發行時間較長的刊物之一。

馬福益（1865～1905）　湖南哥老會首領。又名乾，湖南醴陵人

1904	光緒三十年	三月初一日，諭以張謇爲商部頭等顧問官，加三品卿銜。
1904	光緒三十年	三月初十日，清政府批准加入國際紅十字會條約和荷蘭保和會公約。
1904	光緒三十年	三月十六日，日軍第一軍渡鴨綠江攻佔九連城，日俄戰爭轉入中國境內。
1904	光緒三十年	三月十八日，日軍第三次沉船封堵旅順軍港，俄海軍無法出海，日本獲制海權。
1904	光緒三十年	是年春，黃興會見會黨首領**馬福益**，商議起義計劃。
1904	光緒三十年	是年春，湖北、湖南兩省分別設立圖書館。
1904	光緒三十年	四月初一日，沈家本、伍廷芳所設的法律館開館。

。早年，曾在江南當營勇，參加哥老會。回鄉後，在醴陵淥口（今株洲市）地方開堂放票，招收黨徒，勢力逐漸遍於長沙、衡陽、永州三府城鄉，徒衆達萬人之多。光緒三十年（1904），接受華興會的革命宗旨，與黃興等組織同仇會，任少將，負責組織訓練會衆，俟十月初十日（1904.11.16），西太后七十壽辰時，率會黨分五路向長沙進軍。但因事機敗露，未及發動而失敗。馬福益改名陳右衡，逃至廣西，不久返回湘西，準備以洪江爲根據地，重新部署起義。不幸在湘鄉境內被清軍逮捕。三十一年

1904	光緒三十年	四月初四日，清廷以「倡言革命，刊布逆詩」爲由，斥革陝西三原縣舉人于伯循（即**于右任**）。
1904	光緒三十年	四月初七日，上海租界當局判章炳麟監禁三年，鄒容二年，期滿逐出租界，「蘇報案」完結。
1904	光緒三十年	四月二十九日，《時報》於上海創刊。
1904	光緒三十年	五月二十日，**呂大森**、劉靜庵等在武昌成立

三月，被害於長沙。

于右任（1879～1964）　陝西三原人，原籍涇陽，本名伯循，以字行，晚號太平老人。清光緒舉人。光緒三十年（1904），出版《半哭半笑樓詩草》，因譏刺時政，遭通緝，遂走上海，入震旦學院。次年，參與創辦復旦公學、中國公學。三十二年，赴日本募款辦報，訪孫中山，入同盟會。宣統元年（1909）起，先後創刊《民呼日報》、《民籲日報》、《民立報》，鼓吹革命。1912年（民國元年），任南京臨時政府交通次長。宋教仁案發生後，致力討袁鬥爭。1922年，與邵力子等創辦上海大學，任校長。1924年，當選爲國民黨中央執行委員，擁護孫中山的三大政策。1928年起，歷任國民黨中央常務委員、審計院院長、監察院院長等職。後在臺灣病逝。工草書，擅寫詩。著有《右任詩存》、《右任文存》等。

呂大森（1881～1930）　湖北建始人，字槐庭。曾在湖北武備學堂學習時參加拒俄運動。清光緒三十年（1904）夏，創科學補習所於武昌，任所長。是年，謀響應華興會長沙起義，事洩，避往

		反清革命團體**科學補習所**。
1904	光緒三十年	五月二十日，翁同龢卒。
1904	光緒三十年	六月初一日，膠濟鐵路青島至濟南幹線竣工。
1904	光緒三十年	六月，**協和醫學堂**創辦。
1904	光緒三十年	六月二十二日，英軍侵佔西藏拉薩，達賴喇嘛外逃。

恩施山中數年。「二次革命」時，在上海參加討袁，被捕下獄。1920年（民國九年），因加入靖國軍，再次下獄。1922年，復以驅逐湖北督軍王佔元下獄。1930年，至杭州，投奔浙江省政府主席張難先，不得志。旋病死。

科學補習所　清末革命團體。光緒三十年五月二十日（1904.07.03），在湖北武昌成立。呂大森爲所長，胡瑛爲總幹事，曹亞伯任宣傳，時功璧任財政，宋教仁任文書，康建唐任庶務，軍營和學堂都設幹事。以「革命排滿」爲宗旨。借研究科學之名，在學校和新軍中進行革命活動。後因準備策應華興會長沙起義，湖廣總督張之洞下令搜捕，補習所被迫停止活動。

協和醫學堂　由英國會施醫院的醫生科齡創辦，地址在北京東單牌樓雙旗杆。醫學堂的宗旨是「教訓中國之子弟，拯救中國之人民，以求中國之振興」。醫院的創辦得到了英國公使和清政府以及歐洲駐華各界人士的大力支持。該學堂1915年（民國四年）改由美國洛克菲勒基金會接辦，並改名爲協和醫科大學，係舊中國著名高等學府之一。

1904	光緒三十年	七月十六日，清廷電諭暫行革去達賴喇嘛名號，懲罰其畏敵脫逃。
1904	光緒三十年	七月十六日，商部奏准授予耀徐玻璃公司專利十年，並請地方官員實力保護。
1904	光緒三十年	七月二十一日，孫中山先生用英文撰成《**中國問題的真解決**》。
1904	光緒三十年	七月二十五日，日俄遼陽會戰俄軍開始敗退。
1904	光緒三十年	七月二十八日，英國強迫西藏地方官員簽訂《**拉薩條約**》（又稱《西藏條約》）。
1904	光緒三十年	九月初三日，張之洞奏准擴建湖北槍炮廠，並改名爲「湖北兵工廠」。
1904	光緒三十年	九月初八日，嚴修、張伯苓創辦敬業中學堂

中國問題的真解決　文章名。孫中山著。光緒三十年七月二十一日（1904.08.31），作於美國。原文爲英文。標題又譯作「支那問題眞解」。該文向世界各國人士闡明了中國革命的必然性、正義性及其國際意義。指出中國問題的眞解決，關鍵在於「把過時的滿清君主政體改變爲『中華民國』」。勸說西方各國放棄支持清政府的政策，呼籲歐美人民對中國革命在道義上與物質上給以同情和支援。今收入《孫中山全集》。

拉薩條約　光緒三十年七月二十八日（1904.09.07），侵藏英軍強迫西藏地方官員非法簽訂。規定：非經英政府照允，不得將西

		，後改名南開中學。
1904	光緒三十年	九月十六日，華興會起義計劃洩密，清吏搜捕黃興，起義未發而敗。
1904	光緒三十年	九月二十三日，署兩江總督李興銳卒，以山東巡撫周馥署兩江總督。
1904	光緒三十年	九月二十七日，清外交部宣布：英軍強迫西藏地方當局簽訂的《拉薩條約》無效。
1904	光緒三十年	九月二十九日，臺灣嘉義地震，死亡一百四十五人，傷一百五十八人。臺灣全島均有震感。
1904	光緒三十年	九月，陳去病、柳亞子在上海創辦《**二十世紀大舞臺**》，爲中國最早之戲劇雜誌。

藏土地利權讓與他國；開江孜、噶大克、亞東爲商埠；拆除印度邊界至江孜、拉薩的炮臺和山寨；賠償英國五十萬英鎊。條約嚴重損害中國主權，清政府不予承認，派代表與英國交涉，重訂本約。

二十世紀大舞臺　雜誌名，光緒三十年（1904）九月，在上海創刊。半月刊。陳去病、汪笑儂主編。柳亞子撰《創刊詞》。以「改革惡俗，開通民智，提倡民主主義，喚起國家思想」爲宗旨。主張改良戲劇，鼓吹組成「梨園革命軍」。所載以劇本、小說爲主，兼刊論著。內容緊扣現實，爲「建獨立之旗，撞自由之鐘」編演壯劇、快劇，宣傳反清革命

1904	光緒三十年	十月初五日，簽訂《**中葡通商條約**》，隨後又簽《**中葡廣澳鐵路合同**》。
1904	光緒三十年	十月十三日，**萬福華**於上海租界刺殺主張聯俄抗日的廣西巡撫王之春未遂，被捕。
1905	光緒三十年	十一月二十六日，日俄旅順之戰，俄軍投降。

。出版兩期，被查封。

中葡通商條約　光緒三十年十月初五日（1904.11.11），訂於上海。凡二十款。規定：葡萄牙人可在華開辦工商製造、採礦各業，亦可與華人合股經營或合辦貿易公司；葡船可至西江及廣州附近內港航行；中國盡免進出口貨物釐金，准葡國在通商、納稅等方面享受最惠國待遇。此約僅簽字，未互換。

中葡廣澳鐵路合同　光緒三十年十月初五日（1904.11.11），訂於上海。凡三十一條。中葡商人合股之中葡廣澳鐵路公司取得修築廣（州）澳（門）鐵路特權，五十年後，中國才能收歸國有。

萬福華（1865～1919）　字紹武。安徽合肥人。清候補知縣。光緒三十年（1904）夏，與吳暘谷等在南京組織暗殺團，謀刺鐵良未果。十月十三日（1904.11.19），在上海英租界四馬路、湖北路口金谷香西餐館槍擊前廣西巡撫王之春，因不諳槍法，功敗垂成，被會審公廨判處十年徒刑。1912年（民國元年），獲釋。次年，至北京，拒絕袁世凱利誘，後離京。1916年，被黎元洪招至北京，主張興辦實業。1919年，病逝。

光復會　清末革命團體。光緒三十年（1904）冬，在上海成立。蔡元培任會長。以入會誓詞「光

1905	光緒三十年	十二月十八日，直隸總督袁世凱奏准於直隸試辦公債。
1905	光緒三十年	十二月，戶部奏請嚴禁鴉片煙。
1905	光緒三十年	是年冬，**光復會**在上海成立。
1905	光緒三十一年	正月初九日，授予實業家**張振勳**頭品頂戴。

復漢族，還我山河，以身許國，功成身退」為宗旨。光緒三十一年後，多數成員加入同盟會，部分會員獨立活動。宣統二年（1910），章炳麟、陶成章與同盟會分裂，在東京成立光復會總部，李燮和在南洋組織光復會南洋總部，代行東京總部職權，並在浙江、上海等地組織光復軍。三年，武昌起義後，光復軍在汕頭、浙江、上海、鎮江等地響應。1912年（民國元年）3月，陶成章在上海被陳其美刺殺，該會解體。

張振勳（1841～1916）　廣東大浦人，字弼士，號肇燮。咸豐八年（1858），隻身赴南洋，先在荷屬印尼巴城（雅加達）當雜工，後開酒行，結交荷蘭殖民當局，獲准辦餉墾荒。同治五年（1866）起，先後創辦墾殖公司、礦務公司、萬裕興輪船公司，還經營藥材批發。歷經三十年，成為南洋華僑首屈一指的鉅富。光緒十八年（1892），被清政府任命為駐檳榔嶼領事，二十年，升駐新加坡總領事。二十四年，應召回國後，負責督辦粵漢、佛山鐵路。三十年，清政府賞賜一品頂戴。光緒二十年以後，在國內先後投資創辦煙臺張裕釀酒公司、廣廈鐵路公司等企業。宣統元年（1909），任廣東總商會公會總理。辛亥革命後，任袁世凱總

1905	光緒三十一年	正月十二日，清廷諭命達賴喇嘛回藏，並希望其「善撫衆生，毋負德意」。
1905	光緒三十一年	正月十二日，《**國粹學報**》於上海創刊。
1905	光緒三十一年	正月二十六日，張翼在英國倫敦高等法院訴訟開平礦權一事，獲得勝訴。
1905	光緒三十一年	二月初五日，日俄戰爭日軍佔領奉天，俄軍慘敗。
1905	光緒三十一年	二月二十三日，黃遵憲卒。
1905	光緒三十一年	二月二十九日，山海關內外鐵路竣工，**詹天佑**因築路有功而受到嘉獎。

統府顧問。一生熱心慈善事業，經常捐資助學。1916年（民國五年）9月12日，病逝於印尼巴城。

國粹學報　清末反清革命刊物。光緒三十一年正月十二日（1905.02.15），創刊於上海。月刊。革命學術團體國學保存會的機關刊物。鄧實主編。以「發明國學，保存國粹」，「愛國保種，存學救世」爲宗旨，尤著重於「辨夷夏主義」。宣統三年（1911），停刊，共出八十二期。

詹天佑（1861～1919）　近代愛國工程師。字眷誠，原籍江西婺源縣，生於廣東南海。同治十一年（1872），考取幼童出洋預備班，官費留學美國。光緒七年（1881），畢業於耶魯大學。回國後，曾任教於福州船政局、廣東博學館、廣東海圖水陸師學堂，任潮汕鐵路工程師。三十一年二月，任京張鐵路總工程師兼會辦。詹天佑和中國工程技術人員克

1905	光緒三十一年	二月二十九日，鄒容病逝於上海租界中。
1905	光緒三十一年	二月，張謇、**湯壽潛**、許鼎霖等創設上海大達輪步股份有限公司。
1905	光緒三十一年	三月二十日，伍廷芳奏請於京師設立法律學堂；並奏請廢除凌遲、梟首、戮屍及其他苛酷刑罰。
1905	光緒三十一年	三月二十二日，御史黃昌年奏請將各衙門摺件刊布曉示，以廣傳布，開近代文件公開之先河。
1905	光緒三十一年	三月，川藏交界巴塘地區喇嘛寺及土司暴動，殺駐藏幫辦鳳全及其隨從人員百餘人。

服重重困難，終於在宣統元年（1909）七月，比原計劃提前兩年完成了全部工程，並培養了我國第一批鐵路工程師。後任漢粵川鐵路督辦。1919年（民國八年）4月，在漢口逝世。

湯壽潛（1857～1917）　浙江山陰天樂鄉人，原名震，字蟄仙。光緒進士，曾任安徽青陽知縣。光緒十六年（1890），撰寫《危言》四卷，主張設立議院，裁汰冗員，鼓勵商人開礦築路。二十六年，勸說劉坤一、張之洞與英美簽訂《東南互保章程》。三十一年六月，浙江全省鐵路公司成立，被推爲經理。次年，與張謇組織預備立憲公會，任副會長。三十三年，參與浙江鄉紳殺害秋瑾事件。宣統三年（1911）十月，杭州光復，被舉爲軍政府都督。次年，南京國民政府成立，被聘爲交通總長，未就職。1917年（民國六年）6月，病故。遺囑以銀二十萬元捐助浙江教育事業

1905	光緒三十一年	四月初五日，呂海寰奏請博採歐美律例，以收回治外法權。
1905	光緒三十一年	四月初七日，上海總商會開會，討論美國排斥華工的對策，會後一致決定**總商會抵制美貨**。
1905	光緒三十一年	五月初四日，盛宣懷奏蘆漢鐵路南北幹線告成，黃河大橋亦告竣工。
1905	光緒三十一年	五月二十二日，《**二十世紀之支那**》在日本出版，日後成爲同盟會的機關報。
1905	光緒三十一年	五月，張之洞、袁世凱、周馥聯銜奏請於十二年後實現立憲政體。

。

總商會抵制美貨　光緒二十年（1894），清政府與美國簽訂限制華工之條約，限制華工。至光緒三十年，是約到期。中方欲改約，美方欲續約。事情爲上海紳商所知，乃議對待之法。會上董曾鑄提議，以兩月爲期，如美方仍不允改約，則抵制美貨。會後由董曾鑄領銜致電外務部請拒美約，又電各省商會、商務局，請一致行動。抵制美貨運動由此開始，在中國近代史上具有深遠的意義。

二十世紀之支那　雜誌名。光緒三十一年（1905），由中國留日學生創辦於日本東京。宋教仁主持，黃興、田桐、陳天華等革命黨人任編輯。「以提倡國民精神，輸入文明學說」，「使我二十世紀之支那，進而爲世界第一強國」爲宗旨。設論說、學說、政

1905	光緒三十一年	六月初三日，諭命張之洞督辦粵漢鐵路。
1905	光緒三十一年	六月十四日，派載澤等大臣出洋考察政治。
1905	光緒三十一年	六月十七日，孫中山先生抵達日本，與革命黨人商議成立革命政黨事宜。
1905	光緒三十一年	六月十八日，上海總商會召集各幫商董會議，決定將抵制美貨擴大到全國三十五個商埠。
1905	光緒三十一年	六月二十八日，愛國志士召開**同盟會籌備會議**。
1905	光緒三十一年	七月初九日，經美國調停，日俄雙方於美國朴茨茅斯議和。

法、歷史、軍事、理科、實業、叢錄、文苑、時評等欄目。七月二十日（1905.08.20），中國同盟會成立後，因該刊創辦人和編輯大多加入同盟會，而成爲同盟會的機關報。後不久因登文批評日本侵華政策，而被日本政府查禁。

同盟會籌備會議　光緒三十一年六月二十八日（1905.07.30），黃興、宋教仁等分頭召集留日學生在東京召開會議。會議首先由孫中山先生演說，講述革命理由、革命形式和革命方法，主張必須合組新團體，進行排滿革命。接著黃興演說，申明今日會議之目的就是籌備新的革命組織，並號召大家簽名。會上衆人商定新的革命組織定名爲「中國同盟會」；孫中山提議同盟會宗旨爲「驅除韃虜，恢復中華，創立民國，平均地權」；並且推選黃興、

1905	光緒三十一年	七月二十日，**中國同盟會**召開正式成立大會。
1905	光緒三十一年	八月初四日，清政府決定自明年起廢除科舉。
1905	光緒三十一年	八月初六日，**馬相伯**創設的復旦公學（即今復旦大學）開學。
1905	光緒三十一年	八月初七日，日俄簽訂《**朴茨茅斯和約**》，

陳天華、汪精衛起草章程。

中國同盟會　光緒三十一年七月二十日（1905.08.20），在孫中山倡導下，於日本東京成立，以興中會、華興會爲基礎，聯合光復會組成。推孫中山爲總理。領導機構按「三權分立」原則，下設執行、評議、司法三部。確定革命綱領。創辦《民報》爲機關報，確立「民族、民權、民生」的三大主義。在國內設九個支部，在國外設四個支部，廣泛發動群衆，爭取支援。同盟會成立後，先後發動萍瀏醴起義、潮州黃岡起義、欽廉防城起義、鎮南關起義、雲南河口起義、廣州新軍起義和黃花崗起義，直至辛亥革命。不久，本部由東京先後遷到上海、南京。1912年（民國元年）8月，改組爲國民黨。

馬相伯（1840～1939）　江蘇丹陽人，原名建長，改名良，以字行。同治元年（1862），入上海徐家匯天主教耶穌會小修院，受「神修」訓練。十一年，任上海徐家匯公學校長。光緒七年（1881），出任駐日使館參贊。二十九年，辦震丹學院。三十一年，創辦復旦公學，任校長。1913年（民國二年），曾一度代理北京大學校長。1932年，加入中國民權保障同盟。1937年，被委任

		俄國竟然將我東北的權益轉讓給日本。
1905	光緒三十一年	八月二十六日，出洋五大臣於出京時在火車站遇襲擊，載澤、紹英受傷。組織者是反對立憲，主張革命排滿的革命黨人**吳樾**。
1905	光緒三十一年	八月二十九日，外務部與十一國駐華公使簽訂《**修浚黃浦河道條款**》，稍後清政府任命**辜鴻銘**爲總辦。

爲國民政府委員。1939年，病逝於越南諒山。

朴茨茅斯和約　日俄雙方在美國的斡旋下簽訂的停火條約。此條約實際上是日俄雙方對遠東地區的重新瓜分。條約規定：俄國政府承認日本在韓國的殖民統治地位；將俄國先前取得的旅順口、大連灣的租借權轉讓給日本；將長春至旅順的鐵路及其附屬權益轉讓給日本。中國民衆對此條約非常憤慨。清政府也不認同該條約，並進行了積極的外交交涉。

吳樾（1878～1905）　安徽桐城人，原名蒙霞，改孟俠。光緒二十八年（1902），入保定高等師範學堂。次年，組織軍國民教育會保定支部，並創兩江公學，辦《直隸白話報》，宣傳革命。二十年，兩次圖謀狙擊滿洲貴族鐵良，未成。次年八月二十六日（1905.09.24），爲揭露清政府假立憲陰謀，在北京站謀炸出洋考察憲政五大臣，炸彈突然引發，清廷大臣僅紹英、載澤受輕傷，本人殉難。

修浚黃浦河道條款　光緒二十七年（1901）的《辛丑條約》規定，成立一個機構修浚上海黃浦江，以改善西方駐華人士的生活環境，費用由中外分攤，但須由外國人進行管理。根據此條約精神

1905	光緒三十一年	九月初十日，清政府諭設警部，以徐世昌爲**巡警部**尚書。
1905	光緒三十一年	九月十七日，清政府擬派員赴日考察律例。
1905	光緒三十一年	九月，北洋軍隊於直隸河間舉行秋操（即大規模軍事演習），清政府軍隊改革初見成效。
1905	光緒三十一年	十月初六日，日本文部省頒布《關於准許清國人入學之公私立學校之規程》，即一般所稱的「**取締清國留日學生規則**」。

成立浚浦局，但改由中國人自辦，經費也由中國承擔。稍後清政府任命辜鴻銘爲總辦。

辜鴻銘（1857～1928）　福建同安人，名湯生，以字行，自號漢濱讀易者。早年，官費留學英國，繼遊歷法、德、意等國，精通數國語言。回國後，曾充張之洞幕僚。辛亥革命後，任教於北京大學。思想守舊，篤信孔孟學說。以英文翻譯《中庸》、《論語》，著《春秋大義》等，流傳歐美，爲西方學者所矚目。

巡警部　官署名。光緒三十一年（1905），清政府爲興辦巡警而設，由原工巡總局改易而成，置尚書、侍郎等官職。分警政、警法、警保、警學、警務五司。掌管京城內外工巡事務，並督辦各省巡警。三十二年，改歸民政部。

取締清國留日學生規則　又稱《關於准許清國人入學之公私立學校之規程》。光緒三十一年（1905），日本文部省頒布。共十五條。規定中國留日學生不論入公立還是私立學校均需找官廳作保，由清駐日公使出具證明；在

1905	光緒三十一年	十月十二日，班禪額爾德尼在英軍挾持下赴印談判，但班禪並沒有喪失民族立場，及時向當局報告相應動態。
1905	光緒三十一年	十月二十一日，中日東三省善後事宜談判開始。
1905	光緒三十一年	十月二十九日，清政府設立考察政治館。
1905	光緒三十一年	十月三十日，同盟會機關報《**民報**》發刊，孫中山先生在發刊詞上正式提出「民族、民權、民生」的**三民主義**。

入學志願書上必須寫明本人入學前的履歷、介紹入學的官廳名稱；學生無論在校寄宿還是在外租住旅館，須經日本政府審查批准，由日本文部大臣派專人負責監督；學生在校言行要隨時載入學籍簿中；凡因參與政治活動指令退學者不得復入學。並制訂所謂的「校外監督」方法，對中國留學生強行進行書信檢查。該規則遭到全體中國留日學生的堅決反對。在同盟會的領導下，東京八千餘名中國留日學生罷課抗議，其中一部分憤然退學回國。

民報　中國同盟會機關報。光緒三十一年十月三十日（1905.11.26），創刊於日本東京。胡漢民、張繼、章炳麟、陶成章、汪精衛先後任主編，主要撰稿人有陳天華、朱執信、廖仲愷、宋教仁等。以宣傳民族主義、民權主義、民生主義爲宗旨。係當時銷量最大、影響最廣的一份革命雜誌。三十四年，出至二十四期被日本當局停刊。宣統元年十二月二十二日（1910.02.01）復刊，出兩期後終刊。

三民主義　孫中山先生提出的中

1905	光緒三十一年	十一月初三日，諭命奕劻選派宗室出洋學習武備。
1905	光緒三十一年	十一月十二日，陳天華於東京大森海灣蹈海自殺。
1905	光緒三十一年	十一月二十六日，中日簽訂《**會議東三省事宜條約**》及附約十二款。
1906	光緒三十一年	十二月三十日，兩廣總督發布示諭自明年正月開始，兩廣官員一律免除跪拜禮，見面用長揖。
1905	光緒三十一年	是年，張謇創辦**南通博物苑**。
1905	光緒三十一年	是年，北洋六鎮新軍全部練成。

國民主革命的綱領，即民族主義、民權主義、民生主義。光緒三十一年（1905）十月，孫中山在《民報》發刊詞中將中國同盟會規定的「驅除韃虜，恢復中華，創立民國，平均地權」的宗旨，概括爲「民族、民權、民生」三大主義。三十二年十月，孫中山先生強調「我們革命的目的是爲衆生謀幸福，因不願少數滿洲人專利，故要民族革命；不願君主一人專利，故要政治革命；不願少數富人專利，故要社會革命。」主張同時進行民族革命、政治革命和社會革命，推翻清朝封建專制統治，建立歐美式的民主共和國。

會議東三省事宜條約　清政府在日本政府的威逼利誘下簽訂的不平等條約。該條約在事實上接受

1905	光緒三十一年	是年，簡氏兄弟（簡照南、簡玉階）於香港創辦「廣東南洋煙草公司」。
1906	光緒三十二年	正月初一日，梁啓超於《新民叢報》發表《開明專制論》。
1906	光緒三十二年	正月初四日，日本政治家伊藤博文會見考察日本律例的載澤等出洋大臣。
1906	光緒三十二年	正月初十日，以日本在韓國設立總監（即吞併韓國）爲由，英美法等國駐韓使臣撤離。
1906	光緒三十二年	正月二十九日，江西南昌知縣江召棠被傳教士逼迫自殺。
1906	光緒三十二年	正月，劉靜庵等在武漢創立反清革命團體**日知會**。

了日俄雙方在《朴茨茅斯和約》裡對我國東北的安排。此外還簽訂了一個十二款的附約，進一步擴大了日本的侵略特權。附約規定清政府承諾在日俄雙方軍隊撤退後，在相應的地區增開商埠；並允許日本在我國東北開設中日木植公司，用來採伐鴨綠江右岸的樹木。

南通博物苑　近代中國第一個博物館。光緒三十一年（1905），由張謇在江蘇通州創設。目的在使學生「睹器而識其名，考文而知其物」。籌備數十年，才正式開館。佔地四十畝，分自然、歷史、美術、教育四館，收集物品、標本二千九百七十三件。1938年（民國二十七年），毀於抗日戰爭。1951年，重建，改名爲南通博物館。

1906	光緒三十二年	二月初三日，因江召棠被逼自刎一事激起衆怒，南昌數萬民衆燒毀教堂三所，打死外國人九人。此即轟動一時的**南昌教案**。
1906	光緒三十二年	二月初六日，考察大臣載澤抵美考察。
1906	光緒三十二年	二月十三日，考察政治大臣戴鴻慈、端方抵達德國首都柏林，開始在德之考察。
1906	光緒三十二年	三月初八日，蘆漢鐵路正式通車，改稱京漢鐵路。
1906	光緒三十二年	四月初二日，商部會同修訂法律大臣制訂「破產律」，頒布實施。
1906	光緒三十二年	四月初二日，沈家本擬就刑事訴訟法和民事

日知會　原爲美國基督教中國聖公會在武昌設立的閱覽室。科學補習所被清政府破壞後，劉靜庵入聖公會，且借此聯繫原科學補習所會員，進行反清革命活動。至此乃成立團體，爲躲避清廷耳目，仍以日知會爲名。日知會以劉靜庵爲總幹事，李東亞、辜天保爲幹事，會員遍及軍、學、新聞、宗教各界，而以軍界爲最多，爲以後武昌首義奠定了基礎。

南昌教案　先是南昌知縣江召棠與法國傳教士王安之在處理民教糾紛上意見不一，王安之迫使江召棠在其擬好的文本上簽字。江堅拒不簽，被逼自刎。江召堂的被逼自刎激起衆怒，南昌民衆聚集數萬，燒毀教堂三所，法文學堂一所；斃王安之；另斃法籍教習五人、英教士夫婦及子女共九人。此教案在當時轟動一時，並引起列強強烈的外交交涉。

		訴訟法。
1906	光緒三十二年	四月初四日，中英簽訂《**續定藏印條約**》，清政府有條件承認《英藏條約》。
1906	光緒三十二年	四月十四日，日本明治天皇諭命設立**南滿洲鐵路株式會社**，簡稱滿鐵，專門負責在我東三省築路。
1906	光緒三十二年	四月二十五日，戴鴻慈、端方乘火車到達俄國，開始在俄國的考察。
1906	光緒三十二年	閏四月初七日，**禹之謨**等率湖南學生公葬陳天華、姚宏業於岳麓山。

續定藏印條約　此前，英國勾結西藏地方當局簽訂《拉薩條約》，遭到清政府的抵制。英國被迫同清政府進行談判，最後雙方簽訂此約。條約中，英國承認清政府對西藏地區享有主權，反對列強染指西藏。但另一方面清政府也被迫同意英國在西藏享有經濟方面的特權，實際上，將西藏劃爲英國的勢力範圍。

南滿洲鐵路株式會社　經日本天皇批准設立，總部設在大連，支社設在東京。名義上是股份公司，主要業務是經營中國東北三省的鐵路，實際上是日本侵略中國東北的大本營。這可由其長官看出，會社的委員長初爲日本參謀總長兒玉源太郎，兒玉卒，又以陸軍大臣寺內正毅繼任。

禹之謨（1867～1907）　湖南湘鄉青書坪人，字稽亭。早年曾入營幕，與各地幫會頭目有聯繫。

1906	光緒三十二年	閏四月二十九日，袁世凱奏請設立**保定軍官學堂**。
1906	光緒三十二年	五月初八日，章太炎刑滿出獄，同盟會派人到滬，將其迎至日本，日本留學生二千餘人開會歡迎。
1906	光緒三十二年	六月初七日，袁世凱奏北洋創辦無線電報。
1906	光緒三十二年	六月十一日，日本於我國東北設「**關東都督府**」，作爲日本侵華的大本營。
1906	光緒三十二年	六月二十一日，清政府抓捕禹之謨，後將其

光緒二十六年（1900），參加自立軍起事，事敗流亡日本。三十年，加入華興會。三十一年，負責同盟會湖南分會，參加抵制美貨運動。三十二年，被選爲湖南教育會會長和商會會長。同年，湖南籍革命志士陳天華、姚宏業先後自殺，二人之屍同時歸梓湖南。禹之謨主張應公葬於岳麓山，當地政府大員嚴禁此事。陳、姚之棺到日，禹之謨率全城學生身穿制服行喪禮，岳麓山全山縞素。禹之謨以此獲罪清廷，於六月二十一日（1906.08.10）被捕，遭到嚴刑酷打，於十二月二十四日（1907.02.06）被絞殺。民國建立後，由湖南省公葬之於岳麓山。

保定軍官學堂　初名「保定東關大學堂」。清末民初軍事學校。光緒三十二年（1906）閏四月，直隸總督兼北洋大臣袁世凱奏請設於保定。以段祺瑞爲督辦。分速成、深造兩級，學制分別爲一年半和三年。後設步、馬、炮、工、輜重等兵種。共畢業九期。

		絞殺。
1906	光緒三十二年	六月，端方、戴鴻慈、載澤等考察大臣紛紛上奏，請求立憲變法。
1906	光緒三十二年	七月十三日，清廷宣布「**預備仿行立憲**」，預備立憲開始。
1906	光緒三十二年	八月初三日，諭令十年內將鴉片禁絕，清末新一輪禁煙開始。
1906	光緒三十二年	八月二十一日，御史趙炳麟奏請先設責任內閣。

蔣介石總統、陳誠、張治中、蔣光鼐、蔡廷鍇、傅作義等將軍均為該校畢業生。1920年（民國九年），因國內混戰而停辦。

關東都督府　日本政府設立，其第一任都督為陸軍大將大島義昌，是日本繼滿鐵之後又一侵華的大本營。都督府條例規定：「關東都督府」置關東都督，都督管轄關東州，兼掌保護監督南滿鐵路沿線，並監督南滿鐵道株式會社之業務；都督為保持所轄區域內安寧秩序，及警護鐵道線路，必要時得使用兵力。由此可觀「關東都督府」的地位和性質。

預備仿行立憲　迫於內外交困的形勢，清政府宣布預備立憲。首先改革官制，明定責任；次定更張，並將各項法律詳慎釐定；而又廣興教育，清理財政，整飭武備，普設巡警，使紳民明悉國政，以預備立憲之基礎。從表面上看，是清政府順應時代之潮流和變革之趨勢，實際上，只不過是清政府掩人耳目，以延續其反動統治而已。從以後成立的皇家內

1906	光緒三十二年	九月初一日，日本東亞同文會於奉天創辦《盛京時報》。
1906	光緒三十二年	九月初六日，前考察政治大臣戴鴻慈、端方進呈所編《歐美政治要義》。
1906	光緒三十二年	九月十六日，慶親王奕劻等將所核定之新官制進呈，設責任內閣，裁撤軍機處和原內閣。
1906	光緒三十二年	九月二十日，清政府宣布**改革官制**。
1906	光緒三十二年	九月二十日，在改制中宣布組建**度支部**。

閣可以看出，這只是清政府設計的又一次騙局。

改革官制　爲適應預備立憲的要求，清政府宣布改革官制。這次官制改革變化之劇，在清朝是前所未有的。內容有：外務部、吏部和學部仍舊；巡警爲民政之一部分，著改爲民政部；戶部著改爲度支部，將財政處併入；太常、光祿、鴻臚三寺併入禮部；兵部著改爲陸軍部，後增設海軍部和軍諮府；刑部著改爲法部，專任司法；大理寺著改爲大理院，專任審判；工部著併入商部，改爲農工商部；輪船、鐵路、電線、郵政應設專司，著名爲郵傳部。是清朝中央行政體制的一次大變革。

度支部　官署名。光緒三十二年（1906），由戶部改易而成，係清末中央政府最高財政機關。分承政、參議兩廳，田賦、軍餉、制用、廉俸、漕倉、稅課等十司和一金銀庫，總理全國財政。並設有寶泉局、崇文門稅關、大清銀行、造幣總廠等附屬機構。辛

1906	光緒三十二年	九月二十日，清政府預籌地方自治。
1906	光緒三十二年	秋冬間，同盟會領袖在東京制訂《**革命方略**》。
1906	光緒三十二年	十月初五日，直隸總督袁世凱奏請開去各項兼差。
1906	光緒三十二年	十月十九日，**萍瀏醴起義**爆發。
1906	光緒三十二年	十一月初一日，上海及江浙商紳成立**預備立憲公會**。

亥革命後，又改設財政部。

革命方略　由同盟會首領孫中山、黃興、宋教仁等在東京制訂。最初有十三個文件，後增添到十五個文件。其中最主要的是《軍政府宣言》，宣言中詳細闡述了同盟會的十六字綱領（即驅除韃虜，恢復中華，建立民國，平均地權）和三個建國程序論（即軍法之治、約法之治和憲法之治）。這一系列文件是清末革命黨人的綱領性文件。

萍瀏醴起義　處於湘贛交界的萍瀏醴地區多會黨。同盟會成立後，派劉道一、蔡紹南等回湖南活動。劉駐長沙掌全局，蔡前往萍鄉發動會黨。經過精心醞釀，萍鄉、瀏陽、醴陵的革命黨人先後起義。這次起義聲勢浩大，堅持了一個多月，壯大了革命軍的聲勢，沉重打擊了清政府的統治。

預備立憲公會　由上海和浙江鄉紳組織成立。會長爲鄭孝胥，副會長有張謇、湯壽潛等社會名流。該公會爲準政黨性質的政治結社，且爲當時國內最大的立憲團

1906	光緒三十二年	十一月初二日，直隸總督袁世凱創辦灤州煤礦。
1906	光緒三十二年	十一月十六日，同盟會會員**劉道一**被害。
1907	光緒三十二年	十一月二十五日，湖北日知會策應萍瀏醴起義失敗，**劉靜庵**被捕遇害。
1907	光緒三十二年	十二月初一日，秋瑾等在上海創辦《**中國女**

體。爲推動立憲，普及憲政知識，該會出版了《預備立憲公報》，並印行多種宣傳憲政的書籍。在當時產生了很大的影響。

劉道一（1884～1906）　湖南衡山人，字炳生，號鋤非。光緒三十年（1904），參加華興會及長沙起義，旋留學日本，與秋瑾等人組織十人會。次年，加入同盟會，任書記、幹事等職。三十二年，奉命回國，策動湘軍與會黨武裝起義。萍瀏醴起義爆發後，在長沙準備響應，不幸於十一月十六日（1906.12.31）事洩被捕，英勇就義。

劉靜庵（1875～1911）　湖北潛江人，原名貞一，一名大雄，字敬庵、靜安。早年，入新軍。光緒三十年（1904），發起組織科學補習所。因圖謀響應長沙起義，事洩被逐。次年，任教會閱報室「日知會」司理，購置新書，組織演講，發展會員，宣傳革命，並將其改造成革命團體。三十二年，準備響應萍瀏醴起義，旋被奸人指爲湖北全省哥老會首領，被捕入獄，嚴刑逼供；宣統三年（1911），瘐死獄中。

中國女報　光緒三十二年十二月（1907.01），創刊於上海。秋瑾主編兼發行，陳平伯編輯。以「開通風氣，提倡女學，聯感情，結團體，並爲他日創設中國婦人協會之基礎」爲宗旨。雜誌下

		報》。
1907	光緒三十二年	十二月初七日，**楊度**於日本東京創辦《中國新報》，宣傳立憲。
1907	光緒三十三年	正月初一日，康有爲改保皇會爲**帝國憲政會**。

設社說、論說、演壇、譯編、小說、文苑、新聞、調查等欄。爭取男女平等，反對封建禮教，主張婦女解放和反清革命相結合。共出二期，三十三年二月，因經費支絀而停刊。

楊度（1875～1931）　湖南湘潭人。字晳子，號虎工。光緒二十八年（1902），留學日本，參與創刊《遊學譯編》雜誌，後爲清政府出洋考察憲政五大臣起草報告，任憲政編查館提調。三十三年，創辦《中國新報》月刊，主張實行君主立憲，召開國會以定國是。宣統三年（1911），武昌起義後，與汪精衛組織國事共濟會。1914年（民國三年），組織籌安會，幫助袁世凱復辟。1922年後，傾向革命，曾追隨孫中山先生，奔走南北。1929年，加入中國共產黨。1931年9月17日，病逝於上海。

帝國憲政會　清末保皇派轉化來的立憲團體。康有爲爲支持清廷預備立憲，於光緒三十三年舊曆元旦（1907.02.13），將保皇派定名爲帝國憲政會，並在美國紐約召開成立大會。申明以君主立憲爲宗旨，宣稱必以「君民共治，滿漢不分」，方能「救中國之淪喪」。三十四年，康有爲聯合亞、美、歐、非、澳五洲二百埠會員上書請願召開國會。宣統二年（1910）底，改爲帝國統一黨

1907	光緒三十三年	正月二十三日，外務部與英國中英有限公司簽訂《廣九鐵路借款合同》。
1907	光緒三十三年	二月初六日，兩江總督端方奏准籌建南洋大學。
1907	光緒三十三年	二月二十日，于右任、楊毓麟於上海創辦《神州日報》。
1907	光緒三十三年	二月，袁世凱在**天津試辦獨立審判**。
1907	光緒三十三年	三月初八日，清廷改盛京將軍爲東三省總督

，向清政府民政部申請註冊，未被承認。

天津試辦獨立審判　光緒三十三年（1907）二月起，袁世凱在天津試辦獨立審判。試辦之地是天津府，天津府中又於天津縣先行試辦。天津府設高等審判分廳，天津縣設地方審判廳，又於天津城鄉設鄉讞局四處。審判人員從平時對法律素有研究者、日本法政學校畢業者及原有府縣發審各員中擇優錄取。此爲我國試辦獨立審判之始。

黃岡起義　又稱「潮州黃岡起義」、「丁未黃岡之役」。光緒三十三年（1907），同盟會會員許雪湫聯絡會黨首領余丑、陳湧波等籌劃起義。四月，陳聚衆七百餘人在潮州黃岡城外誓師發難，攻入都司衙門，發布文告，宣稱「除暴安良」，隊伍發展至五、六千人。十四日（1907.05.25），向汫洲港清軍出擊時，傷亡甚多，起義軍敗散。余丑等人逃亡香港。

斯坦因（Sir Mark Aurel Stein, 1862-1943）　匈牙利人，受英印政府派遣來華，於1907年（光

		。
1907	光緒三十三年	四月十一日，同盟會發動**黃岡起義**失敗。
1907	光緒三十三年	四月，**斯坦因**竊取敦煌石室寶貴文物。
1907	光緒三十三年	四月二十二日，同盟會於廣東惠州府歸善縣發動**七女湖起義**，再敗。
1907	光緒三十三年	四月三十日，**劉師培**在日本創辦《**天義報**》。

緒三十三年）3月，抵達敦煌；5月，攜帶二十九箱珍貴文物而歸。回英後，將文物獻給大英博物館。自此敦煌文物爲世人所矚目，敦煌學從此興起。

七女湖起義　光緒三十三年（1907），孫中山派鄧子瑜赴廣東惠州聯絡會黨，擬與黃岡起義相呼應。四月二十二日（1907.06.02），鄧子瑜和陳純率衆在惠州城外七女湖發難，劫奪清軍防營槍械。轉戰泰尾、楊村、柏塘等地，曾屢挫清軍。後因軍械不繼，埋槍解散。

劉師培（1884～1919）　江蘇儀徵人，一名光漢，字申叔。光緒三十年（1904），任《警鐘日報》主筆。三十三年，赴日本，參加同盟會；和何震創辦《天義報》、《衡報》。宣統元年（1909），因出賣浙江革命黨人武裝起事的機密，入兩江總督端方幕。三年，隨端方入川鎮壓保路運動。1914年（民國三年），參加籌安會，爲袁世凱復辟製造輿論。1917年，應蔡元培之邀，任北京大學教授。1919年，任《國故月刊》總編輯，反對新文化運動。

1907	光緒三十三年	春夏間，**憲政講習所**於東京成立。
1907	光緒三十三年	五月初九日，京奉鐵路全線通車。
1907	光緒三十三年	五月十二日，**張靜江**、吳稚暉、李石曾在巴黎創辦《**新世紀**》，宣傳無政府主義。

是年11月20日，病逝於北京。一生著述頗豐，精於經學、小學。

天義報　由劉師培、何震等創辦。創刊於日本，是女子復權會的機關刊物，同時又是當時中國最早的無政府主義刊物，後還曾刊登過《共產黨宣言》（部分）等馬克思（Karl Heinrich Marx, 1818-1883）、恩格斯（Engels Friedrich, 1820-1895）的著作。

憲政講習所　會長爲熊範輿，而實際上核心人物是楊度。楊度原擬與梁啓超同創一立憲團體，後因意見不和，乃自創該團體。憲政講習所雖成立於日本，但後來主要在國內發展並最先向清廷請願，求開國會。後更名爲憲政公會。

張靜江（1877～1950）　浙江吳興人。原名增澄，一名人傑，以字行。光緒二十七年（1901），充駐法公使商務隨員，在巴黎設通運公司，資助孫中山先生革命活動。後參與組織世界社，刊行《新世紀》周刊。1924年（民國十三年），國民黨改組後，當選中央執行委員。次年，任廣州革命政府常務委員。1926年，當選國民黨中央監察委員。北伐時，曾代理中執委主席。南京國民政府成立後，歷任國民黨中央政治會議浙江分會主席、中華民國建設委員會委員長、浙江省政府主席。1937年冬，出國；1939年起，因病定居美國。1945年，雙目失明。1950年9月3日，在紐約病故。

新世紀　近代中國無政府主義刊

1907	光緒三十三年	五月二十六日，徐錫麟率安徽巡警學堂學生於**安慶起義**，刺殺安徽巡撫**恩銘**。
1907	光緒三十三年	五月二十七日，清政府試行新編地方官制。
1907	光緒三十三年	六月初四日，女革命家**秋瑾**被捕。

物之一。光緒三十三年五月十二日（1907.06.22），由中國留法學生創刊於法國巴黎。同盟會會員張靜江、李石曾等人發起。以反對一切政府和「顛覆一切強權」爲宗旨。介紹蒲魯東（Pierre-Joseph Proudhon, 1809-1865）等人的無政府主義學說；揭露列強的侵略活動；抨擊清廷的腐朽統治；批判立憲派及其發動的國會請願活動；主張「尊今薄古」，提倡「祖宗革命」，「行孔丘革命，以破支那人之迷信」。共出刊物一百二十期，宣統二年四月十三日（1910.05.21）停刊。

安慶起義　由光復會會員徐錫麟組織發動。原定計劃於光緒三十三年五月二十六日（1907.07.06）同秋瑾一起發動起義。不料有會黨先行起義，走漏風聲，徐錫麟遂變計於巡警學堂學生行畢業式時行動。至時，安徽巡撫恩銘等到場，徐錫麟突然拔出手槍向恩銘射擊，率學生倉促起義。恩銘被刺身亡，徐錫麟也被俘，並於次日被害，起義失敗。

恩銘（？～1907）　滿洲鑲白旗人。于庫里氏，字新甫。曾任按察使、布政使等職。光緒三十二年（1906），升安徽巡撫，派兵鎮壓紅蓮會教徒起事。三十三年，奉旨推行新政。整頓巡警學堂，開辦警察處。同年五月，在安慶檢閱巡警學堂時，被警察處會辦、光復會會員徐錫麟開槍殺死。

秋瑾（1875～1907）　號競雄，又號鑑湖女俠，浙江紹興人。光

1907	光緒三十三年	六月二十一日，《**日俄密約**》簽訂。
1907	光緒三十三年	七月初十日，天津縣議事會成立，爲試辦地方自治之始。
1907	光緒三十三年	七月二十三日，英俄簽訂《英俄協定》。其中的《**西藏專約**》承認中國對西藏的「宗主權」。
1907	光緒三十三年	七月，革命團體**共進會**成立。
1907	光緒三十三年	七月二十四日，同盟會發動廣東**欽廉防城起**

緒三十年（1904），衝破封建枷鎖赴日留學。同年，創辦《白話報》，鼓吹推翻清政府，提倡男女平等；參加洪門天地會，受封爲「白紙扇」。次年，加入光復會和同盟會。三十二年，爲抗議日本取締中國留學生而回國。十二月，創辦《中國女報》，並積極從事革命活動，聯合徐錫麟在浙皖同時舉事，起義失敗被捕。六月初六日（1907.07.15），在紹興軒亭口英勇就義。

日俄密約　日俄雙方對遠東殖民統治秩序的再次確立。條約中規定：中國東北南部爲日本的勢力範圍，北部則爲俄國的勢力範圍；俄國承認日本對朝鮮的佔領，日本則承認俄國在外蒙古的特殊利益。

西藏專約　《英俄協定》中的一部。內容有：承認清政府在西藏的「宗主權」，除通過中國政府外，不與西藏直接交涉。在一定程度上有利於維護西藏的主權。

共進會　清末革命團體。光緒三十三年（1907）七月，由焦達峰、劉公、鄧文輝、孫武等人於日本東京成立。推同盟會會員張百

		義。
1907	光緒三十三年	八月十三日，諭命設立**資政院**。
1907	光緒三十三年	八月十八日，都察院都御史陸寶忠等奏請改都察院爲「國議會」，作爲將來設立的議院基礎。
1907	光緒三十三年	九月初四日，諭命重申嚴禁官員吸食鴉片。
1907	光緒三十三年	九月十一日，梁啓超在日本東京組織**政聞社**。

祥爲總理。以「推翻滿清政權，光復舊物爲目的」。改同盟會誓約「平均地權」爲「平均人權」，制訂三等九級軍制。後派孫武、焦達峰回國內兩湖地區活動，於宣統元年（1909），在湖北武昌建立總部，在湖南長沙建立組織，在江西南昌設立分部。以「中華山」爲名統一長江流域會黨。宣統三年八月，與文學社聯合發動武昌起義，後無形解散。

欽廉防城起義　首先，欽、廉兩府發生抗捐風潮並演化成暴動，同盟會乃乘機起義。光緒三十三年七月二十八日（1907.09.05），同盟會會員、會黨首領王和順率領義軍攻佔防城，之後進攻欽州未果，王和順敗走越南，餘部退入山區。

資政院　清廷諭命設立。懿旨中稱「立憲政體取決公論，上下議院實爲行政之本。中國上下議院一時未能成立。亟宜設資政院以立議院基礎。」從中可以看出，設立資政院的目的在於爲將來設立議院做準備。清廷著派溥倫、孫家鼐任該院總裁，職責是會同軍機大臣制訂資政院的詳細章程

1907	光緒三十三年	九月十三日，慈禧太后懿旨命設**諮議局**。
1907	光緒三十三年	九月二十日，**憲政編查館**負責編纂的《政治官報》刊行。
1907	光緒三十三年	十月十四日，廣東粵商自治會成立。
1907	光緒三十三年	十月二十七日，同盟會**鎮南關起義**爆發。

。

政聞社　由梁啓超在日本東京組織。但由於康有爲、梁啓超不便出面當社長，乃推舉馬良（相伯）爲總務員。政聞社之宗旨爲推動立憲在中國實現，近期之目標在於促進召開國會。發行月刊《政論》。其奉行的主義在《政聞社宣言書》中闡明有：實行國會制度建設責任政府；釐定法律鞏固司法權之獨立；確立地方自治正中央地方之權限；慎重外交保持對等權利。次年，清廷以其「內多悖逆要犯……托名研究時務，陰圖煽亂，擾害治安」爲名，將其查禁。

諮議局　清末預備立憲中設置的地方諮議機構。光緒三十三年（1907），清廷詔令各省督撫在省會籌設。次年，諭准《各省咨議局章程》和《咨議局議員選舉章程》，規定該局「爲各省採取輿論之地，以指陳通省利病，籌計地方治安爲宗旨」。宣統元年（1909）八月，在各省宣告成立，並開始召集議會。因資格限制，當選議員皆地方官僚、地主和上層知識分子。但諮議局議員沒有實權，最後的裁奪施行之權仍操本省督撫之手。宣統三年武昌起義後，不少省份的諮議局議員附從革命形勢策動督撫脫離清廷，宣布獨立，加速了清王朝統治的瓦解。

1907	光緒三十三年	十月二十七日，修訂法律館開館。
1907	光緒三十三年	十一月初四日，郵傳部奏請設**交通銀行**獲准。
1907	光緒三十三年	十一月初五日，京師訴訟廳成立。
1907	光緒三十三年	十一月十八日，派**梁士詒**爲郵傳部鐵路總局局長。

憲政編查館　由考察政治館改易而來。直屬軍機處，設提調二人綜理館中事宜。分編制、統計二局和庶務、譯書、圖書三處。職責爲調查各國憲法、編定憲法草案、編制法規、統計政要、翻譯書籍等。供清政府預備立憲之用。宣統三年（1911），裁撤。

鎭南關起義　光緒三十三年十月二十七日（1907.12.02），孫中山先生委派鎭南關都督黃明堂率鄉勇襲擊鎭南關炮臺。次日，孫中山、黃興、胡漢民等革命黨領袖自越南赴鎭南關參戰。孫中山親自發炮擊敵，以鼓舞士氣。戰鬥十分激烈，起義軍血戰七晝夜。清軍援軍紛紛到來，義軍被迫撤退。孫中山也因清政府的交涉，被越南當局驅除出境，起義陷入低潮。

交通銀行　由郵傳部奏請設立。該行係官商合辦，初始股本銀五百萬兩，其中郵傳部認股四成，其餘六成招募商股。交通銀行的一切經營活動悉照各國普通商業銀行辦法，與中央銀行性質截然不同。創立的目的是將輪、路、電、郵各局存款，改由該行統一經理，以提高資金利用效率。該行的第一任行總爲山西道員周克昌。

梁士詒（1869～1933）　廣東三水人。字翼夫，號燕孫。光緒進士。光緒二十九年（1903），被

1908	光緒三十三年	十二月二十四日，海關總稅務司赫德退休，清廷授予尙書銜。
1908	光緒三十三年	是年，**榮德生**、**榮宗敬**創辦振新紗廠，此爲榮氏兄弟投資紡紗業之始。
1908	光緒三十三年	十二月，盛宣懷將漢陽鐵廠、大冶鐵礦、萍鄉煤礦合爲漢冶公司。
1908	光緒三十四年	二月二十五日，黃興親率革命軍發動**欽州起**

袁世凱聘爲「北洋編書局」總辦。三十三年，任交通銀行幫理、鐵路總局局長。宣統三年（1911）武昌起義後，任袁世凱內閣郵傳部大臣。次年，任袁總統府祕書長、交通銀行總理，世稱「二總統」。1916年（民國五年），袁世凱下臺後，被北洋軍閥政府通緝，避往香港。1921年，經張作霖推薦，出任國務總理。次年，奉軍戰敗，逃亡日本。1925年，再次出任交通銀行總理。1928年，被國民政府通緝，再次逃亡香港。1933年4月9日，死於上海。

榮德生（1875～1952）　江蘇無錫人。又名宗銓。早年從事錢莊業。光緒二十八年（1902），與兄宗敬先後在無錫、上海、漢口、濟南等地創設麵粉廠和紗廠。1918至1921年（民國七至十年），先後當選江蘇省議員、北洋政府國會議員。抗戰時期，拒絕日寇提出的合辦企業的要求。1949年後，曾任政協全國委員會委員。1952年，在無錫病逝。

榮宗敬（1873～1938）　浙江無錫人，又名宗錦。光緒二十八年（1902），與弟德生及友人在無錫建成寶興麵粉廠。次年，獨立經營，更名茂新。三十三年，建設振新、申新紗廠。1914年（民

		義，後因寡不敵衆退守越南。
1908	光緒三十四年	三月初一日，滬寧鐵路通車，自上海至南京下關，全長三百一十一公里。
1908	光緒三十四年	三月二十八日，**農工商部**奏請設立京師自來水公司。
1908	光緒三十四年	四月初一日，同盟會發動**雲南河口起義**。

國三年）起，在上海、武漢、濟南等地設立分廠。形成了擁有資本一千餘萬的榮氏企業體系。五卅運動中，提倡國貨宣言，參加罷市。在國民政府中，先後擔任工商部參議、中央銀行理事、全國經濟委員會委員等職。1937年，抗日戰爭爆發後，避居香港。1938年2月10日，在香港病故。

欽州起義　黃興率革命黨人自越南進入欽州，張貼「中華國民軍南軍」告示，於光緒三十四年二月二十五日（1908.03.27）發動起義。義軍作戰十分頑強，接連以少勝多，連克清軍，攻佔了馬篤山。此後黃興率義軍二百餘人轉戰欽、廉、上思一帶四十餘天，屢獲勝利。後因彈盡糧絕，被迫撤回越南。這次起義堅持時間之長是前所未有的，極大地鼓舞了革命黨人的鬥志。

農工商部　官署名。光緒三十二年（1906），由工部和商部歸併而成。設尚書、侍郎爲主官。分農務、工務、商務、庶務四司。掌管全國農工商政和農工商各公司、局、廠等事務。宣統三年（1911），改主官爲大臣、副大臣。北洋政府期間，分設農林、工商二部。

雲南河口起義　同盟會會員黃明堂、王和順、關仁甫於光緒三十

1908	光緒三十四年	四月初三日，理藩部帶領朝貢的廓爾喀使臣覲見光緒帝。
1908	光緒三十四年	五月初八日，光緒病重，命各地官員精選良醫，來京會診。
1908	光緒三十四年	五月十九日，**郵傳部**決定將電報收歸官辦，由官出資將商股買收。
1908	光緒三十四年	六月十五日，美國駐華公使照會清政府外務部，告知美國已決定將庚子賠款部分返還中國，並主張**庚款辦學**，資助中國學生出國留學。

四年四月初一日（1908.04.30）發動。黃、王、關率領從鎮南關撤出的革命軍又自越南返回，在清軍防營的響應下，攻佔了河口。起義軍繼續北上，但由於隊伍中多清軍降卒，紀律渙散，指揮不一，行動遲緩，延誤了戰機。初八日（1908.05.07），黃興抵達河口，親自指揮，仍未奏效。黃興在河內不幸被法警兵所拘，強行送往新加坡。隨後又有相當數量的起義軍被法國越南當局繳械，送往新加坡，起義再次失敗。

郵傳部　官署名。光緒三十二年（1906）設立。置尚書、侍郎爲主官。分承政、參議兩廳和船政、路政、郵政、電政、庶務五司。統轄全國輪船、鐵路、電報、郵政事務，改變了原船政、招商局隸屬北洋大臣，內地商船隸屬工部，郵政隸屬總稅務司，鐵路、電政另派大臣管理的分散局面。宣統三年（1911），改主官爲

1908	光緒三十四年	六月二十一日，清廷准達賴喇嘛來京陛見。
1908	光緒三十四年	六月二十四日，清廷頒布《各省咨議局章程》和《咨議局議員選舉章程》。
1908	光緒三十四年	六月，法國人伯希和（Paul Pelliot, 1878-1945）盜走敦煌經卷六千餘卷。
1908	光緒三十四年	七月初三日，內閣學士文海、載昌因煙癮未除而被革職。
1908	光緒三十四年	七月十七日，清廷諭命查禁政聞社。
1908	光緒三十四年	八月初一日，清廷頒布《**憲法大綱**》，同時宣布立憲籌辦清單，定九年後召開國會。

大臣、副大臣。北洋政府時，改設交通部，主官爲總長、次長。

庚款辦學　光緒三十二年（1906），美國伊利諾大學校長詹姆斯（James）向總統羅斯福（Theodore Roosevelt, 1858-1919）建議，把中國留學生引向美國，以便更好地在精神上、知識上得心應手地支配未來的中國領袖。同年二月，美國傳教士明恩溥（Arthur Henderson Smith, 1845-1932）覲見羅斯福，力陳以庚款辦學，培植中國留學生。三十四年，美國國會通過總統咨文。旋即聲明，退還庚款半數（一千一百六十餘萬美元）作爲中國選派學生赴美留學之用，並在北京開設預備學校（即清華大學）。1923年（民國十二年）起，英、法、意、比、荷等國相繼效仿，利用退還庚款在中國舉辦各類學校。

憲法大綱　由憲政編查館、資政院擬訂。主要內容有：首列「君

1908	光緒三十四年	九月初二日，將明末清初的大儒顧炎武、王夫之、黃宗羲從祀孔子廟。
1908	光緒三十四年	九月初十日，立憲團體貴州自治學社成立。
1908	光緒三十四年	九月二十日，達賴喇嘛覲見慈禧太后和光緒帝。
1908	光緒三十四年	九月二十五日，日本政府禁止《民報》第二十四號發行，《民報》停刊。
1908	光緒三十四年	十月二十一日，光緒帝去世，在位三十四年，終年三十七歲。
1908	光緒三十四年	十月二十一日，攝政王載灃之子溥儀，著入承大統爲嗣皇帝。

上大權」，皇帝權力仍然至高無上，神聖不可侵犯，和專制政權沒有太大差別；次列「附臣民權利義務」，規定公民在憲法和法律的範圍內享有言論、著作、集會、結社的權利以及人身、財產的不受侵犯。義務方面有納稅、服兵役等；三列「附議院法要領」，規定議院只有建議之權，並無行政之責，只是一個咨詢機構，沒有實權。

附錄

1. 光緒皇帝后妃表
2. 年代對照表
3. 辭條檢索
4. 譯名對照表

光緒皇帝后妃表

位號	姓氏	父	備註
孝定景皇后	葉赫那拉氏	桂祥	同治七年正月初十日生。 孝欽顯皇后姪女。 光緒十四年十月初五日皇太后懿旨立爲后。 光緒十五年正月二十六日冊封爲皇后。 光緒三十四年十月二十一日宣統帝入承大統，稱兼祧母后，尊爲隆裕皇太后。 宣統三年十二月二十五日率同皇帝下詔遜國。 宣統五年正月十七日丑刻崩，享年46歲，合葬崇陵。
瑾妃	他他拉氏	長敘	同治十三年八月二十日生。 光緒十四年十月初五日選爲瑾嬪。 光緒十五年二月十八日冊封瑾嬪。 光緒二十年正月初一日晉爲瑾妃。 光緒二十年十月二十九日降爲貴人。 光緒二十一年十一月十二日復瑾妃封號。 光緒三十四年宣統帝即位，尊爲皇考瑾貴妃。 遜國後，尊爲端康皇貴妃。 宣統十六年九月二十二日薨逝，享年51歲。
珍妃	他他拉氏	長敘	光緒二年生。 瑾妃妹。 光緒十四年十月初五日選爲珍嬪。 光緒十五年二月十八日冊封珍嬪。 光緒二十年正月初一日晉爲珍妃。 光緒二十年十月二十九日降爲貴人。 光緒二十一年十一月十二日復珍妃封號。 光緒二十六年七月京師陷殉難，享年25歲。 光緒二十七年十一月，追贈爲珍貴妃。 遜國後，移其棺袝葬崇陵。 宣統十二年三月，追贈爲恪順皇貴妃。

年代對照表（光緒朝）

西曆	清	干支	生肖
1875.02.06	德宗 光緒 01.01.01	乙亥	豬
1876.01.01	01.12.05	乙亥	豬
1876.01.26	02.01.01	丙子	鼠
1877.01.01	02.11.17	丙子	鼠
1877.02.13	03.01.01	丁丑	牛
1878.01.01	03.11.28	丁丑	牛
1878.02.02	04.01.01	戊寅	虎
1879.01.01	04.12.09	戊寅	虎
1879.01.22	05.01.01	己卯	兔
1880.01.01	05.11.20	己卯	兔
1880.02.10	06.01.01	庚辰	龍
1881.01.01	06.12.02	庚辰	龍
1881.01.30	07.01.01	辛巳	蛇
1882.01.01	07.11.12	辛巳	蛇
1882.02.18	08.01.01	壬午	馬
1883.01.01	08.11.23	壬午	馬
1883.02.08	09.01.01	癸未	羊
1884.01.01	09.12.04	癸未	羊
1884.01.28	10.01.01	甲申	猴
1885.01.01	10.11.16	甲申	猴
1885.02.15	11.01.01	乙酉	雞
1886.01.01	11.11.27	乙酉	雞

1886.02.04		12.01.01	丙戌	狗
1887.01.01		12.12.08	丙戌	狗
1887.01.24		13.01.01	丁亥	豬
1888.01.01		13.11.18	丁亥	豬
1888.02.12		14.01.01	戊子	鼠
1889.01.01		14.11.30	戊子	鼠
1889.01.31		15.01.01	己丑	牛
1890.01.01		15.12.11	己丑	牛
1890.01.21		16.01.01	庚寅	虎
1891.01.01		16.11.21	庚寅	虎
1891.02.09		17.01.01	辛卯	兔
1892.01.01		17.12.02	辛卯	兔
1892.01.30		18.01.01	壬辰	龍
1893.01.01		18.11.14	壬辰	龍
1893.02.17		19.01.01	癸巳	蛇
1894.01.01		19.11.25	癸巳	蛇
1894.02.06		20.01.01	甲午	馬
1895.01.01		20.12.06	甲午	馬
1895.01.26		21.01.01	乙未	羊
1896.01.01		21.11.17	乙未	羊
1896.02.13		22.01.01	丙申	猴
1897.01.01		22.11.28	丙申	猴
1897.02.02		23.01.01	丁酉	雞
1898.01.01		23.12.09	丁酉	雞

1898.01.22	24.01.01	戊戌	狗
1899.01.01	24.11.20	戊戌	狗
1899.02.10	25.01.01	己亥	豬
1900.01.01	25.12.01	己亥	豬
1900.01.31	26.01.01	庚子	鼠
1901.01.01	26.11.11	庚子	鼠
1901.02.19	27.01.01	辛丑	牛
1902.01.01	27.11.22	辛丑	牛
1902.02.08	28.01.01	壬寅	虎
1903.01.01	28.12.03	壬寅	虎
1903.01.29	29.01.01	癸卯	兔
1904.01.01	29.11.14	癸卯	兔
1904.02.16	30.01.01	甲辰	龍
1905.01.01	30.11.26	甲辰	龍
1905.02.04	31.01.01	乙巳	蛇
1906.01.01	31.12.07	乙巳	蛇
1906.01.25	32.01.01	丙午	馬
1907.01.01	32.11.17	丙午	馬
1907.02.13	33.01.01	丁未	羊
1908.01.01	33.11.28	丁未	羊
1908.02.02	34.01.01	戊申	猴
1909.01.01	34.12.10	戊申	猴

辭條檢索

【七畫】

【九畫】

【十畫】

【十一畫】

【十二畫】

【十三畫】

【十四畫】

【十七畫】

【十八畫】

【十九畫】

【二十畫】

【二十一畫】

【二十二畫】

【二十五畫】

譯名對照表

*本表依中文譯名筆畫順序排列

丁韙良（William Alexander Parsons Martin, 1827-1916）

丹福士（A. W. Danforth）

巴榮訥（Bayonne）

巴德諾（巴特納）（Jules Patenôtre, 1845-1925）

巴蘭德（Maximilian August Scipio von Brandt, 1835-1920）

戈可當（Georges Cogordan, 1849-1904）

戈登（Charles George Gordon, 1833-1885）

尼古拉二世（Nicholas II, 1868-1918）

瓦德西（Count von Alfred Heinrich Karl Ludwig Waldersee, 1832-1904）

伊巴理（Cárlos Antonio de España, ?-1880）

安吉立（James Burrill Angell, 1829-1916）

艾約瑟（Joseph Edkins, 1823-1905）

西摩爾（Admiral Sir Edward Hobart Seymour, 1840-1929）

伯希和（Paul Pelliot, 1878-1945）

克拉哈瑪（Graham）

克林德（Klemens August Ketteler, 1853-1900）

利士比（Sébastien Nicolas Joachim Lespés, 1828-1897）

李佳白（Gilbert Reid, 1857-1927）

李提摩太（Timothy Richard, 1845-1919）

李維業（Henri Laurent Revière）

杜森尼（Dugenne）

狄亞士（Diaz）

孤拔（古爾貝）（Amédée Anatole Prosper Courbet, 1827-1885）

怡和洋行（渣甸洋行）（Jardine, Matheson & Co., Ltd.）

明恩溥（Arthur Henderson Smith, 1845-1932）

林樂知（Young John Allen,

1836-1907）

波士頓（Boston）

哈巴（Andrew Patton Happer, 1818-1894）

威妥瑪（Sir Thomas Francis Wade, 1818-1895）

帥腓德（John F. Swift, 1829-1891）

柏郎（Colonel Horace Albert Browne, 1832-1914）

洛士丙冷（Rock Springs）

美查（Ernest Major）

美查兄弟公司（美查洋行）（Major Brothers & Co.）

韋廉臣（Alexander Williamson, 1829-1890）

剛必達（Leon Gambetta）

恩格斯（Engels Friedrich, 1820-1895）

格爾思（Michail Nikolajevitch de Giers, 1856-1924）

格蘭特（Ulysses Simpson Grant, 1822-1885）

海約翰（John Milton Hay, 1835-1905）

海淑德（Laura Askew Haygood, 1845-1900）

茹費理（費理）（Jules Francçois Camille Ferry, 1832-1893）

馬克思（Karl Heinrich Marx, 1818-1883）

馬根濟（瑪申斯）（John Kenneth Mackenzie, ?-1888）

馬嘉理（Augustus Raymond Margary, 1846-1875）

偉烈亞力（Alexander Wylie, 1815-1887）

商犀（Chanzy）

康格（Edwin Hund Conger, 1843-1907）

康德黎（Sir James Cantlie, 1851-1926）

梅生（Charles Welsh Mason, 1866-?）

梅輝立（William Frederick Mayers, 1831-1878）

琅威理（Captain William M. Lang, ?-1906）

畢樂（Billot）

喀西尼（Arthur Pavlovitch

Cassini, 1835-?）
喀拉多（Eduardo Callado）
斯坦因（Sir Mark Aurel Stein, 1862-1943）
華爾（Frederick Townsend Ward, 1831-1862）
匯豐銀行（Hongkong & Shanghai Banking Corporation）
瑟堡（Cherbourg）
詹姆斯（James）
達爾文（Charles Robert Darwin, 1809-1882）
旗昌洋行（Russell & Co.）
漢納根（Constantin von Hanaken, 1855-1925）
福開森（John Calvin Ferguson, 1866-1945）
福祿諾（Captain François Ernest Fournier, 1842-1934）
維特（Count Sergei Yul'yevich Witte, 1849-1915）
蒲安臣（Anson Burlingame, 1820-1870）
蒲魯東（Pierre-Joseph Proudhon, 1809-1865）
赫士（Watson McMillen Hayes, 1857-?）
赫胥黎（Thomas Henry Huxley, 1825-1895）
赫德（Sir Robert Hart, 1835-1911）
德理固（脫利古）（Arthur Tricou, 1837-?）
德璀琳（Gustav von Detring, 1842-1913）
樊國梁（法維埃）（Pierre Marie Alphonse Favier, 1837-1905）
歐士敦（Anderew Lrwin）
盧眉（Le Myre de Vilers）
霍必瀾（Sir Pelham Laird Warren, 1845-1923）
靜樂林（Lawrence Ching）
鮑渥（Paul Jean Baptiste Beau, 1857-1927）
謝滿祿（Vicomte de Marie Joseph Claude Edouard Robert Semallé）
羅根（Logan）
羅斯福（Theodore Roosevelt, 1858-1919）

寶海（Frédéric-Albert Bourée, 1836-1914）

竇納樂（Claude Maxwell MacDonald, 1852-1915）

蘭斯頓（Henry Charles Keith Lansdowne）

清史事典筆記

清史事典筆記

清史事典筆記

國家圖書館出版品預行編目資料

光緒事典 / 劉耿生編著. -- 初版. -- 臺北市
: 遠流, 2005[民94]
面 ; 公分. -- (清史事典 ; 11)
含索引
ISBN 957-32-5569-3(精裝)

1. 清德宗 - 傳記 2. 中國 - 歷史 - 清德宗(1875-1908)

627.8 94011713

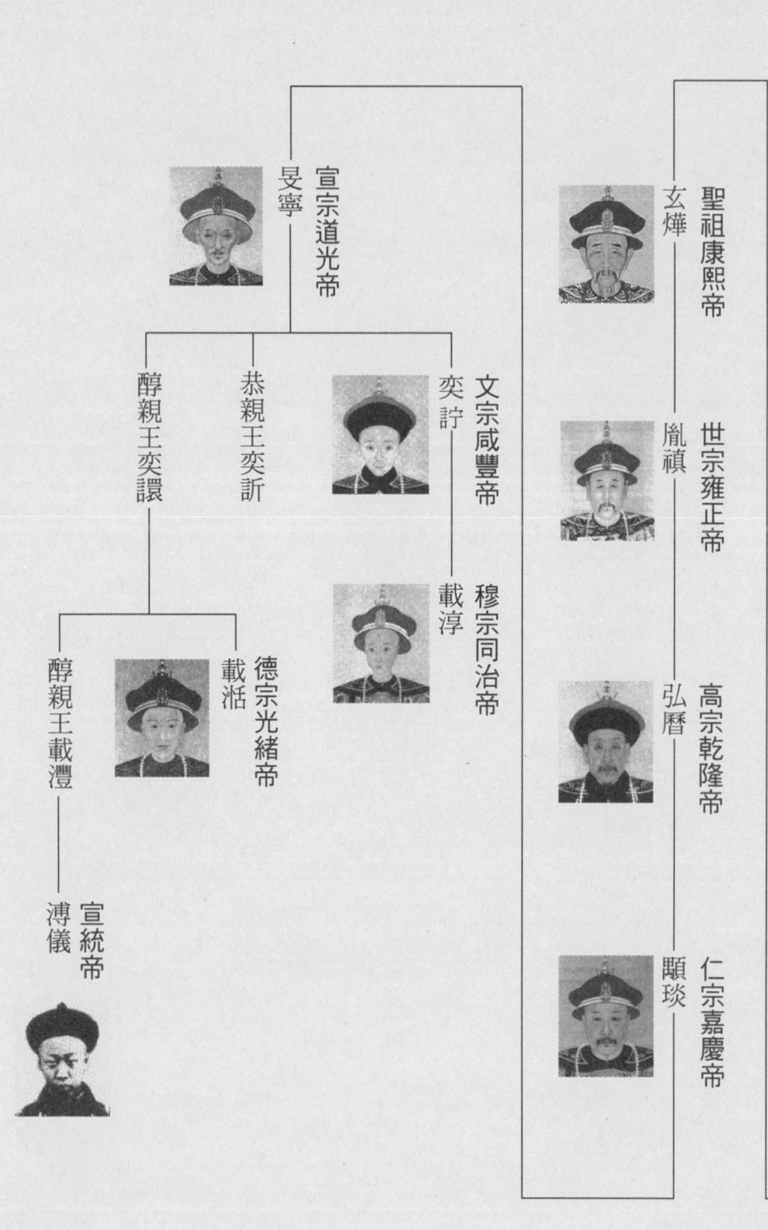

聖祖康熙帝
玄燁
世宗雍正帝
胤禛
高宗乾隆帝
弘曆
仁宗嘉慶帝
顒琰
宣宗道光帝
旻寧
文宗咸豐帝
奕詝
恭親王奕訢
醇親王奕譞
穆宗同治帝
載淳
德宗光緒帝
載湉
醇親王載灃
宣統帝
溥儀